ŒUVRES COMPLÈTES

DE

GUSTAVE FLAUBERT

LA PRÉSENTE ÉDITION
DES
ŒUVRES COMPLÈTES DE GUSTAVE FLAUBERT
A ÉTÉ TIRÉE
PAR L'IMPRIMERIE NATIONALE
EN VERTU D'UNE AUTORISATION
DE M. LE GARDE DES SCEAUX
EN DATE DU 30 JANVIER 1902.

———

IL A ÉTÉ TIRÉ DE CETTE ÉDITION
50 EXEMPLAIRES NUMÉROTÉS SUR PAPIER DE CHINE.

*Le texte de cette édition
est conforme à celui de l'édition originale.
Paris, 1881.
Alponse Lemerre, éditeur.
Avec addition des notes et du Dictionnaire des idées reçues.*

ŒUVRES COMPLÈTES

DE

GUSTAVE FLAUBERT

BOUVARD ET PÉCUCHET

ŒUVRE POSTHUME

PARIS

LOUIS CONARD, LIBRAIRE-ÉDITEUR

17, BOULEVARD DE LA MADELEINE, 17

MDCCCCX

BOUVARD ET PÉCUCHET

I

Comme il faisait une chaleur de 33 degrés, le boulevard Bourdon se trouvait absolument désert.

Plus bas, le canal Saint-Martin, fermé par les deux écluses, étalait en ligne droite son eau couleur d'encre. Il y avait au milieu un bateau plein de bois, et sur la berge deux rangs de barriques.

Au delà du canal, entre les maisons que séparent des chantiers, le grand ciel pur se découpait en plaques d'outremer, et sous la réverbération du soleil, les façades blanches, les toits d'ardoises, les quais de granit éblouissaient. Une rumeur confuse montait au loin dans l'atmosphère tiède; et tout semblait engourdi par le désœuvrement du dimanche et la tristesse des jours d'été.

Deux hommes parurent.

L'un venait de la Bastille, l'autre du Jardin des Plantes. Le plus grand, vêtu de toile, marchait le chapeau en arrière, le gilet déboutonné et sa cra-

vate à la main. Le plus petit, dont le corps disparaissait dans une redingote marron, baissait la tête
sous une casquette à visière pointue.

Quand ils furent arrivés au milieu du boulevard, ils s'assirent, à la même minute, sur le
même banc.

Pour s'essuyer le front, ils retirèrent leurs coiffures, que chacun posa près de soi ; et le petit
homme aperçut, écrit dans le chapeau de son
voisin : Bouvard ; pendant que celui-ci distinguait
aisément dans la casquette du particulier en redingote le mot : Pécuchet.

— Tiens, dit-il, nous avons eu la même idée,
celle d'inscrire notre nom dans nos couvre-chefs.

— Mon Dieu, oui, on pourrait prendre le
mien à mon bureau !

— C'est comme moi, je suis employé.

Alors ils se considérèrent.

L'aspect aimable de Bouvard charma de suite
Pécuchet.

Ses yeux bleuâtres, toujours entre-clos, souriaient dans son visage coloré. Un pantalon à
grand-pont, qui godait par le bas sur des souliers
de castor, moulait son ventre, faisait bouffer sa
chemise à la ceinture ; et ses cheveux blonds,
frisés d'eux-mêmes en boucles légères, lui donnaient quelque chose d'enfantin.

Il poussait du bout des lèvres une espèce de
sifflement continu.

L'air sérieux de Pécuchet frappa Bouvard.

On aurait dit qu'il portait une perruque, tant
les mèches garnissant son crâne élevé étaient plates
et noires. Sa figure semblait toute en profil, à cause
du nez qui descendait très bas. Ses jambes, prises

dans des tuyaux de lasting, manquaient de proportion avec la longueur du buste, et il avait une voix forte, caverneuse.

Cette exclamation lui échappa :

— Comme on serait bien à la campagne !

Mais la banlieue, selon Bouvard, était assommante par le tapage des guinguettes. Pécuchet pensait de même. Il commençait néanmoins à se sentir fatigué de la capitale, Bouvard aussi.

Et leurs yeux erraient sur des tas de pierres à bâtir, sur l'eau hideuse où une botte de paille flottait, sur la cheminée d'une usine se dressant à l'horizon ; des miasmes d'égout s'exhalaient. Ils se tournèrent de l'autre côté. Alors ils eurent devant eux les murs du Grenier d'abondance.

Décidément (et Pécuchet en était surpris) on avait encore plus chaud dans la rue que chez soi !

Bouvard l'engagea à mettre bas sa redingote. Lui, il se moquait du qu'en-dira-t-on !

Tout à coup un ivrogne traversa en zigzag le trottoir ; et, à propos des ouvriers, ils entamèrent une conversation politique. Leurs opinions étaient les mêmes, bien que Bouvard fût peut-être plus libéral.

Un bruit de ferrailles sonna sur le pavé dans un tourbillon de poussière : c'étaient trois calèches de remise qui s'en allaient vers Bercy, promenant une mariée avec son bouquet, des bourgeois en cravate blanche, des dames enfouies jusqu'aux aisselles dans leur jupon, deux ou trois petites filles, un collégien. La vue de cette noce amena Bouvard et Pécuchet à parler des femmes, qu'ils déclarèrent frivoles, acariâtres, têtues. Malgré cela, elles étaient souvent meilleures que les hommes ;

d'autres fois elles étaient pires. Bref, il valait mieux vivre sans elles ; aussi Pécuchet était resté célibataire.

— Moi, je suis veuf, dit Bouvard, et sans enfants !

— C'est peut-être un bonheur pour vous ? Mais la solitude à la longue était bien triste.

Puis, au bord du quai parut une fille de joie avec un soldat. Blême, les cheveux noirs et marquée de petite vérole, elle s'appuyait sur le bras du militaire, en traînant des savates et balançant les hanches.

Quand elle fut plus loin, Bouvard se permit une réflexion obscène. Pécuchet devint très rouge, et sans doute pour s'éviter de répondre, lui désigna du regard un prêtre qui s'avançait.

L'ecclésiastique descendit avec lenteur l'avenue des maigres ormeaux jalonnant le trottoir, et Bouvard, dès qu'il n'aperçut plus le tricorne, se déclara soulagé, car il exécrait les jésuites. Pécuchet, sans les absoudre, montra quelque déférence pour la religion.

Cependant le crépuscule tombait, et des persiennes en face s'étaient relevées. Les passants devinrent plus nombreux. Sept heures sonnèrent.

Leurs paroles coulaient intarissablement, les remarques succédant aux anecdotes, les aperçus philosophiques aux considérations individuelles. Ils dénigrèrent le corps des ponts et chaussées, la régie des tabacs, le commerce, les théâtres, notre marine et tout le genre humain, comme des gens qui ont subi de grands déboires. Chacun en écoutant l'autre retrouvait des parties de lui-même oubliées. Et bien qu'ils eussent passé l'âge des émotions naïves, ils éprouvaient un plaisir nouveau, une sorte d'épanouissement, le charme des tendresses à leur début.

Vingt fois ils s'étaient levés, s'étaient rassis et avaient fait la longueur du boulevard, depuis l'écluse d'amont jusqu'à l'écluse d'aval, chaque fois voulant s'en aller, n'en ayant pas la force, retenus par une fascination.

Ils se quittaient pourtant, et leurs mains étaient jointes, quand Bouvard dit tout à coup :

— Ma foi! si nous dînions ensemble?

— J'en avais l'idée! reprit Pécuchet, mais je n'osais pas vous le proposer!

Et il se laissa conduire en face de l'Hôtel de Ville, dans un petit restaurant où l'on serait bien.

Bouvard commanda le menu.

Pécuchet avait peur des épices comme pouvant lui incendier le corps. Ce fut l'objet d'une discussion médicale. Ensuite, ils glorifièrent les avantages des sciences : que de choses à connaître que de recherches... si on avait le temps! Hélas le gagne-pain l'absorbait; et ils levèrent les bras d'étonnement, ils faillirent s'embrasser par-dessus la table en découvrant qu'ils étaient tous les deux copistes, Bouvard dans une maison de commerce, Pécuchet au ministère de la Marine; ce qui ne l'empêchait pas de consacrer, chaque soir, quelques moments à l'étude. Il avait noté des fautes dans l'ouvrage de M. Thiers, et il parla avec le plus grand respect d'un certain Dumouchel, professeur.

Bouvard l'emportait par d'autres côtés. Sa chaîne de montre en cheveux et la manière dont il battait la rémolade décelaient le roquentin plein d'expérience, et il mangeait, le coin de la serviette dans l'aisselle, en débitant des choses qui faisaient rire Pécuchet. C'était un rire particulier, une seule note très basse, toujours la même, poussée à de longs intervalles. Celui de Bouvard était contenu, sonore, découvrait ses dents, lui secouait les épaules, et les consommateurs à la porte s'en retournaient.

Le repas fini, ils allèrent prendre le café dans un autre établissement. Pécuchet, en contemplant les becs de gaz, gémit sur le débordement du luxe, puis, d'un geste dédaigneux, écarta les journaux. Bouvard était plus indulgent à leur endroit. Il aimait tous les écrivains en général et avait eu dans sa jeunesse des dispositions pour être acteur.

Il voulut faire des tours d'équilibre avec une queue de billard et deux boules d'ivoire, comme en exécutait Barberou, un de ses amis. Invariablement elles tombaient, et, roulant sur le plancher entre les jambes des personnes, allaient se perdre au loin. Le garçon, qui se levait toutes les fois pour les chercher à quatre pattes sous les banquettes, finit par se plaindre. Pécuchet eut une querelle avec lui ; le limonadier survint, il n'écouta pas ses excuses et même chicana sur la consommation.

Il proposa ensuite de terminer la soirée paisiblement dans son domicile, qui était tout près, rue Saint-Martin.

A peine entré, il endossa une manière de camisole en indienne et fit les honneurs de son appartement.

Un bureau de sapin, placé juste dans le milieu,

incommodait par ses angles ; et tout autour, sur des planchettes, sur les trois chaises, sur le vieux fauteuil et dans les coins se trouvaient pêle-mêle plusieurs volumes de l'*Encyclopédie Roret,* le *Manuel du magnétiseur,* un Fénelon, d'autres bouquins, avec des tas de paperasses, deux noix de coco, diverses médailles, un bonnet turc et des coquilles rapportées du Havre par Dumouchel. Une couche de poussière veloutait les murailles, autrefois peintes en jaune. La brosse pour les souliers traînait au bord du lit, dont les draps pendaient. On voyait au plafond une grande tache noire produite par la fumée de la lampe.

Bouvard, à cause de l'odeur sans doute, demanda la permission d'ouvrir la fenêtre.

— Les papiers s'envoleraient ! s'écria Pécuchet, qui redoutait, en plus, les courants d'air.

Cependant il haletait dans cette petite chambre, chauffée depuis le matin par les ardoises de la toiture.

Bouvard lui dit :

— A votre place, j'ôterais ma flanelle !

— Comment !

Et Pécuchet baissa la tête, s'effrayant à l'hypothèse de ne plus avoir son gilet de santé.

— Faites-moi la conduite, reprit Bouvard, l'air extérieur vous rafraîchira.

Enfin Pécuchet repassa ses bottes en grommelant :

— Vous m'ensorcelez, ma parole d'honneur !

Et malgré la distance, il l'accompagna jusque chez lui, au coin de la rue de Béthune, en face le pont de la Tournelle.

La chambre de Bouvard, bien cirée, avec des

rideaux de percale et des meubles en acajou, jouissait d'un balcon ayant vue sur la rivière. Les deux
ornements principaux étaient un porte-liqueurs au
milieu de la commode, et, le long de la glace, des
daguerréotypes représentant des amis ; une peinture à l'huile occupait l'alcôve.

— Mon oncle ! dit Bouvard.

Et le flambeau qu'il tenait éclaira un monsieur.

Des favoris rouges élargissaient son visage surmonté d'un toupet frisant par la pointe. Sa haute
cravate, avec le triple col de la chemise, du gilet
de velours et de l'habit noir, l'engonçaient. On
avait figuré des diamants sur le jabot. Ses yeux
étaient bridés aux pommettes, et il souriait d'un
petit air narquois.

Pécuchet ne put s'empêcher de dire :

— On le prendrait plutôt pour votre père !

— C'est mon parrain, répliqua Bouvard négligemment, ajoutant qu'il s'appelait de ses noms
de baptême François-Denys-Bartholomée. Ceux
de Pécuchet étaient Juste-Romain-Cyrille, — et
ils avaient le même âge : quarante-sept ans. Cette
coïncidence leur fit plaisir, mais les surprit, chacun ayant cru l'autre beaucoup moins jeune. Ensuite, ils admirèrent la Providence, dont les combinaisons parfois sont merveilleuses.

— Car, enfin, si nous n'étions pas sortis tantôt
pour nous promener, nous aurions pu mourir
avant de nous connaître !

Et s'étant donné l'adresse de leurs patrons, ils
se souhaitèrent une bonne nuit.

— N'allez pas voir les dames ! cria Bouvard
dans l'escalier.

Pécuchet descendit les marches sans répondre à la gaudriole.

Le lendemain, dans la cour de MM. Descambos frères : tissus d'Alsace, rue Hautefeuille, 92, une voix appela :

— Bouvard! Monsieur Bouvard!

Celui-ci passa la tête par les carreaux et reconnut Pécuchet, qui articula plus fort :

— Je ne suis pas malade! je l'ai retirée!

— Quoi donc?

— Elle! dit Pécuchet, en désignant sa poitrine.

Tous les propos de la journée, avec la température de l'appartement et les labeurs de la digestion, l'avaient empêché de dormir, si bien que, n'y tenant plus, il avait rejeté loin de lui sa flanelle. Le matin, il s'était rappelé son action, heureusement sans conséquence, et il venait en instruire Bouvard, qui, par là, fut placé dans son estime à une prodigieuse hauteur.

Il était le fils d'un petit marchand et n'avait pas connu sa mère, morte très jeune. On l'avait, à quinze ans, retiré de pension pour le mettre chez un huissier. Les gendarmes y survinrent, et le patron fut envoyé aux galères; histoire farouche qui lui causait encore de l'épouvante. Ensuite, il avait essayé de plusieurs états : élève en pharmacie, maître d'études, comptable sur un des paquebots de la haute Seine. Enfin, un chef de division, séduit par son écriture, l'avait engagé comme expéditionnaire; mais la conscience d'une instruction défectueuse, avec les besoins d'esprit qu'elle lui donnait, irritait son humeur; et il vivait complètement seul, sans parents, sans maîtresse.

Sa distraction était, le dimanche, d'inspecter les travaux publics.

Les plus vieux souvenirs de Bouvard le reportaient sur les bords de la Loire, dans une cour de ferme. Un homme, qui était son oncle, l'avait emmené à Paris pour lui apprendre le commerce. A sa majorité, on lui versa quelques mille francs. Alors il avait pris femme et ouvert une boutique de confiseur. Six mois plus tard, son épouse disparaissait en emportant la caisse. Les amis, la bonne chère, et surtout la paresse, avaient promptement achevé sa ruine. Mais il eut l'inspiration d'utiliser sa belle main ; et depuis douze ans, il se tenait dans la même place, chez MM. Descambos frères : tissus, rue Hautefeuille, 92. Quant à son oncle, qui autrefois lui avait expédié comme souvenir le fameux portrait, Bouvard ignorait même sa résidence et n'en attendait plus rien. Quinze cents livres de revenu et ses gages de copiste lui permettaient d'aller, tous les soirs, faire un somme dans un estaminet.

Ainsi leur rencontre avait eu l'importance d'une aventure. Ils s'étaient, tout de suite, accrochés par des fibres secrètes. D'ailleurs, comment expliquer les sympathies ? Pourquoi telle particularité, telle imperfection, indifférente ou odieuse dans celui-ci enchante-t-elle dans celui-là ? Ce qu'on appelle le coup de foudre est vrai pour toutes les passions. Avant la fin de la semaine, ils se tutoyèrent.

Souvent, ils venaient se chercher à leur comptoir. Dès que l'un paraissait, l'autre fermait son pupitre, et ils s'en allaient ensemble dans les rues. Bouvard marchait à grandes enjambées, tandis que Pécuchet, multipliant les pas, avec sa redingote qui lui battait les talons, semblait glisser sur des roulettes. De même leurs goûts particuliers s'harmonisaient. Bouvard fumait la pipe, aimait le fromage, prenait régulièrement sa demi-tasse. Pécuchet prisait, ne mangeait au dessert que des confitures et trempait un morceau de sucre dans le café. L'un était confiant, étourdi, généreux ; l'autre discret, méditatif, économe.

Pour lui être agréable, Bouvard voulut faire faire à Pécuchet la connaissance de Barberou. C'était un ancien commis voyageur, actuellement boursier, très bon enfant, patriote, ami des dames, et qui affectait le langage faubourien. Pécuchet le trouva déplaisant et il conduisit Bouvard chez Dumouchel. Cet auteur (car il avait publié une petite mnémotechnie) donnait des leçons de littérature dans un pensionnat de jeunes personnes, avait des opinions orthodoxes et la tenue sérieuse. Il ennuya Bouvard.

Aucun des deux n'avait caché à l'autre son opinion. Chacun en reconnut la justesse. Leurs habitudes changèrent et, quittant leur pension bourgeoise, ils finirent par dîner ensemble tous les jours.

Ils faisaient des réflexions sur les pièces de théâtre dont on parlait, sur le gouvernement, la cherté des vivres, les fraudes du commerce. De temps à autre, l'histoire du Collier ou le procès de Fualdès revenait dans leurs discours ; et puis, ils cherchaient les causes de la Révolution.

Ils flânaient le long des boutiques de bric-à-brac. Ils visitèrent le Conservatoire des arts et métiers, Saint-Denis, les Gobelins, les Invalides et toutes les collections publiques.

Quand on demandait leur passeport, ils faisaient mine de l'avoir perdu, se donnant pour
deux étrangers, deux Anglais.

Dans les galeries du Muséum, ils passèrent avec
ébahissement devant les quadrupèdes empaillés,
avec plaisir devant les papillons, avec indifférence
devant les métaux ; les fossiles les firent rêver,
la conchyliologie les ennuya. Ils examinèrent les
serres chaudes par les vitres, et frémirent en songeant que tous ces feuillages distillaient des poisons. Ce qu'ils admirèrent du cèdre, c'est qu'on
l'eût rapporté dans un chapeau.

Ils s'efforcèrent au Louvre de s'enthousiasmer
pour Raphaël. A la grande bibliothèque, ils auraient voulu connaître le nombre exact des volumes.

Une fois, ils entrèrent au cours d'arabe du Collège de France, et le professeur fut étonné de voir
ces deux inconnus qui tâchaient de prendre des
notes. Grâce à Barberou, ils pénétrèrent dans les
coulisses d'un petit théâtre. Dumouchel leur procura des billets pour une séance de l'Académie.
Ils s'informaient des découvertes, lisaient les prospectus, et, par cette curiosité, leur intelligence
se développa. Au fond d'un horizon plus lointain
chaque jour ils apercevaient des choses à la fois
confuses et merveilleuses.

En admirant un vieux meuble, ils regrettaient
de n'avoir pas vécu à l'époque où il servait, bien
qu'ils ignorassent absolument cette époque-là.
D'après de certains noms, ils imaginaient des
pays d'autant plus beaux qu'ils n'en pouvaient
rien préciser. Les ouvrages dont les titres étaient
pour eux inintelligibles leur semblaient contenir
un mystère.

Et ayant plus d'idées, ils eurent plus de souffrances. Quand une malle-poste les croisait dans
les rues, ils sentaient le besoin de partir avec elle.
Le quai aux Fleurs les faisait soupirer pour la campagne.

Un dimanche ils se mirent en marche dès le
matin, et, passant par Meudon, Bellevue, Su-
resnes, Auteuil, tout le long du jour ils vagabon-
dèrent entre les vignes, arrachèrent des coqueli-
cots au bord des champs, dormirent sur l'herbe,
burent du lait, mangèrent sous les acacias des
guinguettes, et rentrèrent fort tard, poudreux,
exténués, ravis. Ils renouvelèrent souvent ces promenades. Les lendemains étaient si tristes, qu'ils
finirent par s'en priver.

La monotonie du bureau leur devenait odieuse.
Continuellement le grattoir et la sandaraque, le
même encrier, les mêmes plumes et les mêmes
compagnons! Les jugeant stupides, ils leur parlaient de moins en moins. Cela leur valut des ta-
quineries. Ils arrivaient tous les jours après l'heure,
et reçurent des semonces.

Autrefois, ils se trouvaient presque heureux;
mais leur métier les humiliait depuis qu'ils s'estimaient davantage, et ils se renforçaient dans ce
dégoût, s'exaltaient mutuellement, se gâtaient.
Pécuchet contracta la brusquerie de Bouvard,
Bouvard prit quelque chose de la morosité de
Pécuchet.

— J'ai envie de me faire saltimbanque sur les
places publiques! disait l'un.

— Autant être chiffonnier! s'écriait l'autre.

Quelle situation abominable! Et nul moyen
d'en sortir! Pas même d'espérance!

Un après-midi (c'était le 20 janvier 1839), Bouvard étant à son comptoir reçut une lettre, apportée par le facteur.

Ses bras se levèrent, sa tête peu à peu se renversait et il tomba évanoui sur le carreau.

Les commis se précipitèrent, on lui ôta sa cravate. On envoya chercher un médecin. Il rouvrit les yeux; puis aux questions qu'on lui faisait :

— Ah!... c'est que... c'est que... un peu d'air me soulagera. Non! laissez-moi! permettez!

Et malgré sa corpulence, il courut tout d'une haleine jusqu'au ministère de la Marine, se passant la main sur le front, croyant devenir fou, tâchant de se calmer.

Il fit demander Pécuchet.

Pécuchet parut.

— Mon oncle est mort! j'hérite!

— Pas possible!

Bouvard montra les lignes suivantes :

ÉTUDE
DE
M⁰ TARDIVEL   Savigny-en-Septaine, 14 janvier 1839.
NOTAIRE.

«Monsieur,

«Je vous prie de vous rendre en mon étude, pour y prendre connaissance du testament de votre père naturel, M. François-Denys-Bartholomée Bouvard, ex-négociant dans la ville de Nantes, décédé en cette commune le 10 du présent mois. Ce testament contient en votre faveur une disposition très importante.

«Agréez, Monsieur, l'assurance de mes respects.

«Tardivel, notaire.»

Pécuchet fut obligé de s'asseoir sur une borne dans la cour. Puis il rendit le papier en disant lentement :

— Pourvu... que ce ne soit pas... quelque farce !

— Tu crois que c'est une farce ! reprit Bouvard d'une voix étranglée, pareille à un râle de moribond.

Mais le timbre de la poste, le nom de l'étude en caractères d'imprimerie, la signature du notaire, tout prouvait l'authenticité de la nouvelle ; — et ils se regardèrent avec un tremblement du coin de la bouche et une larme qui roulait dans leurs yeux fixes.

L'espace leur manquait. Ils allèrent jusqu'à l'Arc de Triomphe, revinrent par le bord de l'eau, dépassèrent Notre-Dame. Bouvard était très rouge. Il donna à Pécuchet des coups de poing dans le dos, et pendant cinq minutes, déraisonna complètement.

Ils ricanaient malgré eux. Cet héritage, bien sûr, devait se monter...

— Ah ! ce serait trop beau ! n'en parlons plus.

Ils en reparlaient. Rien n'empêchait de demander tout de suite des explications. Bouvard écrivit au notaire pour en avoir.

Le notaire envoya la copie du testament, lequel se terminait ainsi :

« En conséquence, je donne à François-Denys-Bartholomée Bouvard, mon fils naturel reconnu, la portion de mes biens disponible par la loi. »

Le bonhomme avait eu ce fils dans sa jeunesse, mais il l'avait tenu à l'écart soigneusement, le fai-

sant passer pour un neveu ; et le neveu l'avait toujours appelé mon oncle, bien que sachant à quoi
s'en tenir. Vers la quarantaine, M. Bouvard s'était
marié, puis était devenu veuf. Ses deux fils légitimes ayant tourné contrairement à ses vues, un
remords l'avait pris sur l'abandon où il laissait depuis tant d'années son autre enfant. Il l'eût même
fait venir chez lui, sans l'influence de sa cuisinière. Elle le quitta, grâce aux manœuvres de la
famille, et, dans son isolement, près de mourir,
il voulut réparer ses torts en léguant au fruit de
ses premières amours tout ce qu'il pouvait de sa
fortune. Elle s'élevait à la moitié d'un million, ce
qui faisait pour le copiste deux cent cinquante
mille francs. L'aîné des frères, M. Étienne, avait
annoncé qu'il respecterait le testament.

Bouvard tomba dans une sorte d'hébétude. Il
répétait à voix basse, en souriant du sourire pai-
sible des ivrognes :

— Quinze mille livres de rente !

Et Pécuchet, dont la tête pourtant était plus
forte, n'en revenait pas.

Ils furent secoués brusquement par une lettre
de Tardivel. L'autre fils, M. Alexandre, déclarait
son intention de régler tout devant la justice, et
même d'attaquer le legs s'il le pouvait, exigeant
au préalable scellés, inventaire, nomination d'un
séquestre, etc. ! Bouvard en eut une maladie bi-
lieuse. A peine convalescent, il s'embarqua pour
Savigny, d'où il revint, sans conclusion d'aucune
sorte et déplorant ses frais de voyage.

Puis ce furent des insomnies, des alternatives
de colère et d'espoir, d'exaltation et d'abattement.
Enfin, au bout de six mois, le sieur Alexandre

s'apaisant, Bouvard entra en possession de l'héritage.

Son premier cri avait été :

— Nous nous retirerons à la campagne!

Et ce mot qui liait son ami à son bonheur, Pécuchet l'avait trouvé tout simple. Car l'union de
ces deux hommes était absolue et profonde.

Mais comme il ne voulait point vivre aux cro-
chets de Bouvard, il ne partirait pas avant sa
retraite. Encore deux ans; n'importe! Il demeura
inflexible et la chose fut décidée.

Pour savoir où s'établir, ils passèrent en revue
toutes les provinces. Le Nord était fertile, mais
trop froid; le Midi enchanteur par son climat,
mais incommode vu les moustiques, et le Centre,
franchement, n'avait rien de curieux. La Bretagne
leur aurait convenu, sans l'esprit cagot des habitants. Quant aux régions de l'Est, à cause du
patois germanique, il n'y fallait pas songer. Mais
il y avait d'autres pays. Qu'était-ce, par exemple,
que le Forez, le Bugey, le Roumois? Les cartes
de géographie n'en disaient rien. Du reste, que
leur maison fût dans tel endroit ou dans tel autre,
l'important c'est qu'ils en auraient une.

Déjà ils se voyaient en manches de chemise, au
bord d'une plate-bande, émondant des rosiers, et
bêchant, binant, maniant de la terre, dépotant des
tulipes. Ils se réveilleraient au chant de l'alouette
pour suivre les charrues, iraient avec un panier
cueillir des pommes, regarderaient faire le beurre,
battre le grain, tondre les moutons, soigner les
ruches, et se délecteraient au mugissement des
vaches et à la senteur des foins coupés. Plus
d'écritures! plus de chefs! plus même de terme à

2

payer! Car ils posséderaient un domicile à eux!
Et ils mangeraient les poules de leur basse-cour,
les légumes de leur jardin, et dîneraient en gardant leurs sabots!

— Nous ferons tout ce qui nous plaira! nous
laisserons pousser notre barbe!

Ils s'achetèrent des instruments horticoles, puis
un tas de choses «qui pourraient peut-être servir»,
telles qu'une boîte à outils (il en faut toujours
dans une maison), ensuite des balances, une
chaîne d'arpenteur, une baignoire en cas qu'ils
ne fussent malades, un thermomètre et même un
baromètre «système Gay-Lussac» pour des expériences de physique, si la fantaisie leur en prenait.
Il ne serait pas mal, non plus (car on ne peut pas
toujours travailler dehors), d'avoir quelques bons
ouvrages de littérature, et ils en cherchèrent, fort
embarrassés parfois de savoir si tel livre était vraiment «un livre de bibliothèque». Bouvard tranchait la question :

— Eh! nous n'aurons pas besoin de bibliothèque.

— D'ailleurs j'ai la mienne, disait Pécuchet.

D'avance, ils s'organisaient. Bouvard emporte-
rait ses meubles, Pécuchet sa grande table noire;
on tirerait parti des rideaux et avec un peu de bat-
terie de cuisine ce serait bien suffisant.

Ils s'étaient juré de taire tout cela, mais leur
figure rayonnait. Aussi leurs collègues les trouvaient drôles. Bouvard, qui écrivait étalé sur son
pupitre et les coudes en dehors pour mieux ar-
rondir sa bâtarde, poussait son espèce de sifflement tout en clignant d'un air malin ses lourdes
paupières. Pécuchet, juché sur un grand tabouret

de paille, soignait toujours les jambages de sa
longue écriture, mais en gonflant les narines, pinçait les lèvres, comme s'il avait peur de lâcher
son secret.

Après dix-huit mois de recherches, ils n'avaient
rien trouvé. Ils firent des voyages dans tous les
environs de Paris, et depuis Amiens jusqu'à
Évreux, et de Fontainebleau jusqu'au Havre. Ils
voulaient une campagne qui fût bien la campagne,
sans tenir précisément à un site pittoresque, mais
un horizon borné les attristait.

Ils fuyaient le voisinage des habitations et redoutaient pourtant la solitude.

Quelquefois ils se décidaient, puis craignant de
se repentir plus tard, ils changeaient d'avis, l'endroit leur ayant paru malsain, ou exposé au vent
de mer, ou trop près d'une manufacture ou d'un
abord difficile.

Barberou les sauva.

Il connaissait leur rêve, et un beau jour vint
leur dire qu'on lui avait parlé d'un domaine, à
Chavignolles, entre Caen et Falaise. Cela con-
sistait en une ferme de trente-huit hectares, avec
une manière de château et un jardin en plein
rapport.

Ils se transportèrent dans le Calvados et ils
furent enthousiasmés. Seulement, tant de la ferme
que de la maison (l'une ne serait pas vendue sans
l'autre), on exigeait cent quarante-trois mille francs.
Bouvard n'en donnait que cent vingt mille.

Pécuchet combattit son entêtement, le pria de
céder, enfin déclara qu'il compléterait le surplus.
C'était toute sa fortune, provenant du patrimoine
de sa mère et de ses économies. Jamais il n'en

avait soufflé mot, réservant ce capital pour une grande occasion.

Tout fut payé vers la fin de 1840, six mois avant sa retraite.

Bouvard n'était plus copiste. D'abord, il avait continué ses fonctions par défiance de l'avenir, mais s'en était démis une fois certain de l'héritage. Cependant il retournait volontiers chez les MM. Descambos, et la veille de son départ il offrit un punch à tout le comptoir.

Pécuchet, au contraire, fut maussade pour ses collègues, et sortit, le dernier jour, en claquant la porte brutalement.

Il avait à surveiller les emballages, faire un tas de commissions, d'emplettes encore, et prendre congé de Dumouchel!

Le professeur lui proposa un commerce épistolaire, où il le tiendrait au courant de la littérature; et après des félicitations nouvelles, lui souhaita une bonne santé.

Barberou se montra plus sensible en recevant l'adieu de Bouvard. Il abandonna exprès une partie de dominos, promit d'aller le voir là-bas, commanda deux anisettes et l'embrassa.

Bouvard, rentré chez lui, aspira sur son balcon une large bouffée d'air en se disant : « Enfin. » Les lumières des quais tremblaient dans l'eau, le roulement des omnibus au loin s'apaisait. Il se rappela des jours heureux passés dans cette grande ville, des pique-niques au restaurant, des soirs au théâtre, les commérages de sa portière, toutes ses habitudes; et il sentit une défaillance de cœur, une tristesse qu'il n'osait pas s'avouer.

Pécuchet, jusqu'à deux heures du matin, se

promena dans sa chambre. Il ne reviendrait plus
là; tant mieux! et cependant, pour laisser quelque
chose de lui, il grava son nom sur le plâtre de la
cheminée.

Le plus gros du bagage était parti dès la veille.
Les instruments de jardin, les couchettes, les matelas, les tables, les chaises, un caléfacteur, la
baignoire et trois fûts de Bourgogne iraient par
la Seine, jusqu'au Havre, et de là seraient expédiés sur Caen, où Bouvard qui les attendrait les
ferait parvenir à Chavignolles.

Mais le portrait de son père, les fauteuils, la
cave à liqueurs, les bouquins, la pendule, tous
les objets précieux furent mis dans une voiture
de déménagement qui s'acheminerait par Nonan-
court, Verneuil et Falaise. Pécuchet voulut l'ac-
compagner.

Il s'installa auprès du conducteur, sur la banquette, et, couvert de sa plus vieille redingote,
avec un cache-nez, des mitaines et sa chancelière
de bureau, le dimanche 20 mars, au petit jour,
il sortit de la capitale.

Le mouvement et la nouveauté du voyage l'oc-
cupèrent les premières heures. Puis les chevaux
se ralentirent, ce qui amena des disputes avec le
conducteur et le charretier. Ils choisissaient d'exé-
crables auberges, et, bien qu'ils répondissent de
tout, Pécuchet, par excès de prudence, couchait
dans les mêmes gîtes.

Le lendemain, on repartait dès l'aube; et la
route, toujours la même, s'allongeait en montant
jusqu'au bord de l'horizon. Les mètres de cailloux
se succédaient, les fossés étaient pleins d'eau, la
campagne s'étalait par grandes surfaces d'un vert

monotone et froid, des nuages couraient dans le
ciel, de temps à autre la pluie tombait. Le troisième jour, des bourrasques s'élevèrent. La bâche
du chariot, mal attachée, claquait au vent comme
la voile d'un navire. Pécuchet baissait la figure
sous sa casquette, et chaque fois qu'il ouvrait sa
tabatière, il lui fallait, pour garantir ses yeux,
se retourner complètement. Pendant les cahots, il
entendait osciller derrière lui tout son bagage et
prodiguait les recommandations. Voyant qu'elles
ne servaient à rien, il changea de tactique; il fit
le bon enfant, eut des complaisances; dans les
montées pénibles, il poussait à la roue avec les
hommes; il en vint jusqu'à leur payer le gloria
après les repas. Dès lors, ils filèrent plus lestement, si bien qu'aux environs de Gauburge l'es-
sieu se rompit et le chariot resta penché. Pécuchet
visita tout de suite l'intérieur; les tasses de porcelaine gisaient en morceaux. Il leva les bras, en
grinçant des dents, maudit ces deux imbéciles;
et la journée suivante fut perdue à cause du
charretier qui se grisa; mais il n'eut pas la force
de se plaindre, la coupe d'amertume étant remplie.

Bouvard n'avait quitté Paris que le surlende-
main, pour dîner encore une fois avec Barberou.
Il arriva dans la cour des Messageries à la dernière
minute, puis se réveilla devant la cathédrale de
Rouen; il s'était trompé de diligence.

Le soir, toutes les places pour Caen étaient re-
tenues; ne sachant que faire, il alla au théâtre des
Arts, et il souriait à ses voisins, disant qu'il était
retiré du négoce et nouvellement acquéreur d'un
domaine aux alentours. Quand il débarqua le ven-

dredi à Caen, ses ballots n'y étaient pas. Il les reçut le dimanche et les expédia sur une charrette, ayant prévenu le fermier qu'il les suivrait de quelques heures.

A Falaise, le neuvième jour de son voyage, Pécuchet prit un cheval de renfort, et jusqu'au coucher du soleil on marcha bien. Au delà de Bretteville, ayant quitté la grand'route, il s'engagea dans un chemin de traverse, croyant voir à chaque minute le pignon de Chavignolles. Cependant les ornières s'effaçaient; elles disparurent, et ils se trouvèrent au milieu des champs labourés. La nuit tombait. Que devenir? Enfin Pécuchet abandonna le chariot, et, pataugeant dans la boue, s'avança devant lui à la découverte. Quand il approchait des fermes, les chiens aboyaient. Il criait de toutes ses forces pour demander sa route. On ne répondait pas. Il avait peur et regagnait le large. Tout à coup deux lanternes brillèrent. Il aperçut un cabriolet, s'élança pour le rejoindre. Bouvard était dedans.

Mais où pouvait être la voiture de déménagement? Pendant une heure ils la hélèrent dans les ténèbres. Enfin elle se retrouva, et ils arrivèrent à Chavignolles.

Un grand feu de broussailles et de pommes de pin flambait dans la salle. Deux couverts y étaient mis. Les meubles arrivés sur la charrette encombraient le vestibule. Rien ne manquait. Ils s'attablèrent.

On leur avait préparé une soupe à l'oignon, un poulet, du lard et des œufs durs. La vieille femme qui faisait la cuisine venait de temps à autre s'informer de leurs goûts. Ils répondaient :

Oh! très bon, très bon! et le gros pain difficile à couper, la crème, les noix, tout les délecta. Le carrelage avait des trous, les murs suintaient. Cependant ils promenaient autour d'eux un regard de satisfaction, en mangeant sur la petite table où brûlait une chandelle. Leurs figures étaient rougies par le grand air. Ils tendaient leur ventre; ils s'appuyaient sur le dossier de leur chaise, qui en craquait, et ils se répétaient :

— Nous y voilà donc! quel bonheur! il me semble que c'est un rêve!

Bien qu'il fût minuit, Pécuchet eut l'idée de faire un tour dans le jardin. Bouvard ne s'y refusa pas. Ils prirent la chandelle et, l'abritant avec un vieux journal, se promenèrent le long des plates-bandes. Ils avaient plaisir à nommer tout haut les légumes :

— Tiens, des carottes! Ah! des choux!

Ensuite ils inspectèrent les espaliers. Pécuchet tâcha de découvrir des bourgeons. Quelquefois une araignée fuyait tout à coup sur le mur, et les deux ombres de leur corps s'y dessinaient agrandies, en répétant leurs gestes. Les pointes des herbes dégouttelaient de rosée. La nuit était complètement noire, et tout se tenait immobile dans un grand silence, une grande douceur. Au loin un coq chanta.

Leurs deux chambres avaient entre elles une petite porte que le papier de la tenture masquait. En la heurtant avec une commode, on venait d'en faire sauter les clous. Ils la trouvèrent béante. Ce fut une surprise.

Déshabillés et dans leur lit, ils bavardèrent quelque temps, puis s'endormirent, Bouvard sur

le dos, la bouche ouverte, tête nue; Pécuchet
sur le flanc droit, les genoux au ventre, affublé
d'un bonnet de coton, et tous les deux ronflaient
sous le clair de la lune, qui entrait par les fenêtres.

II

QUELLE joie, le lendemain en se réveillant! Bouvard fuma une pipe et Pécuchet huma une prise, qu'ils déclarèrent la meilleure de leur existence. Puis ils se mirent à la croisée, pour voir le paysage.

On avait en face de soi les champs, à droite une grange, avec le clocher de l'église; et à gauche un rideau de peupliers.

Deux allées principales, formant la croix, divisaient le jardin en quatre morceaux. Les légumes étaient compris dans les plates-bandes, où se dressaient, de place en place, des cyprès nains et des quenouilles. D'un côté une tonnelle aboutissait à un vigneau; de l'autre un mur soutenait les espaliers; et une claire-voie, dans le fond, donnait sur la campagne. Il y avait au delà du mur un verger, après la charmille, un bosquet; derrière la claire-voie, un petit chemin.

Ils contemplaient cet ensemble, quand un homme à chevelure grisonnante et vêtu d'un paletot noir longea le sentier, en raclant avec sa canne tous les barreaux de la claire-voie. La vieille servante leur apprit que c'était M. Vaucorbeil, un docteur fameux dans l'arrondissement.

Les autres notables étaient : le comte de Faverges, autrefois député, et dont on citait les vacheries; le maire, M. Foureau, qui vendait du bois, du plâtre, toute espèce de choses; M. Marescot le notaire; l'abbé Jeufroy, et Mme veuve Bordin, vivant de son revenu. Quant à elle, on l'appelait la Germaine, à cause de feu Germain son mari. Elle faisait des journées; mais aurait voulu passer au service de ces messieurs. Ils l'acceptèrent, et partirent pour leur ferme, située à un kilomètre de distance.

Quand ils entrèrent dans la cour, le fermier, maître Gouy, vociférait contre un garçon et la fermière, sur un escabeau, serrait entre ses jambes un dinde qu'elle empâtait avec des gobes de farine. L'homme avait le front bas, le nez fin, le regard en dessous, et les épaules robustes. La femme était très blonde, avec les pommettes tachetées de son, et cet air de simplicité que l'on voit aux manants sur le vitrail des églises.

Dans la cuisine, des bottes de chanvre étaient suspendues au plafond. Trois vieux fusils s'échelonnaient sur la haute cheminée. Un dressoir chargé de faïence à fleurs, occupait le milieu de la muraille; et les carreaux en verre de bouteille jetaient sur les ustensiles de fer-blanc et de cuivre rouge une lumière blafarde.

Les deux Parisiens désiraient faire leur inspection, n'ayant vu la propriété qu'une fois, sommairement. Maître Gouy et son épouse les escortèrent et la kyrielle des plaintes commença.

Tous les bâtiments, depuis la charretterie jusqu'à la bouillerie, avaient besoin de réparations. Il aurait fallu construire une succursale pour les fromages, mettre aux barrières des ferrements neufs, relever les hauts-bords, creuser la mare et replanter considérablement de pommiers dans les trois cours.

Ensuite on visita les cultures : maître Gouy les déprécia. Elles mangeaient trop de fumier, les charrois étaient dispendieux; impossible d'extraire les cailloux, la mauvaise herbe empoisonnait les prairies; et ce dénigrement de sa terre atténua le plaisir que Bouvard sentait à marcher dessus.

Ils s'en revinrent par la cavée, sous une avenue de hêtres. La maison montrait, de ce côté-là, sa cour d'honneur et sa façade.

Elle était peinte en blanc, avec des réchampis de couleur jaune. Le hangar et le cellier, le fournil et le bûcher faisaient en retour deux ailes plus basses. La cuisine communiquait avec une petite salle. On rencontrait ensuite le vestibule, une deuxième salle plus grande, et le salon. Les quatre chambres au premier s'ouvraient sur le corridor qui regardait la cour. Pécuchet en prit une pour ses collections; la dernière fut destinée à la bibliothèque; et comme ils ouvraient les armoires, ils trouvèrent d'autres bouquins, mais n'eurent pas la fantaisie d'en lire les titres. Le plus pressé, c'était le jardin.

Bouvard, en passant près de la charmille, découvrit sous les branches une dame en plâtre. Avec deux doigts, elle écartait sa jupe, les genoux pliés, la tête sur l'épaule, comme craignant d'être surprise.

— Ah! pardon! ne vous gênez pas!

Et cette plaisanterie les amusa tellement, que, vingt fois par jour, pendant plus de trois semaines ils la répétèrent.

Cependant les bourgeois de Chavignolles désiraient les connaître : on venait les observer par la claire-voie. Ils en bouchèrent les ouvertures avec des planches. La population fut contrariée.

Pour se garantir du soleil, Bouvard portait sur la tête un mouchoir noué en turban, Pécuchet sa casquette; et il avait un grand tablier avec une poche par devant, dans laquelle ballottaient un sécateur, son foulard et sa tabatière. Les bras nus, et côte à côte, ils labouraient, sarclaient, émondaient, s'imposaient des tâches, mangeaient le plus vite possible; mais allaient prendre le café sur le vigneau, pour jouir du point de vue.

S'ils rencontraient un limaçon, ils s'approchaient de lui, et l'écrasaient en faisant une grimace du coin de la bouche, comme pour casser une noix. Ils ne sortaient pas sans leur louchet, et coupaient en deux les vers blancs, d'une telle force que le fer de l'outil s'en enfonçait de trois pouces.

Pour se délivrer des chenilles, ils battaient les arbres, à grands coups de gaule, furieusement.

Bouvard planta une pivoine au milieu du gazon et des pommes d'amour qui devaient retomber comme des lustres, sous l'arceau de la tonnelle.

Pécuchet fit creuser devant la cuisine un large trou, et le disposa en trois compartiments, où il fabriquerait des composts qui feraient pousser un tas de choses dont les détritus amèneraient d'autres récoltes procurant d'autres engrais, tout cela indéfiniment, et il rêvait au bord de la fosse, aperce-

vant dans l'avenir des montagnes de fruits, des
débordements de fleurs, des avalanches de légumes. Mais le fumier de cheval si utile pour les
couches lui manquait. Les cultivateurs n'en vendaient pas : les aubergistes en refusèrent. Enfin,
après beaucoup de recherches, malgré les instances de Bouvard, et abjurant toute pudeur, il
prit le parti « d'aller lui-même au crottin ! ».

C'est au milieu de cette occupation que
Mme Bordin, un jour, l'accosta sur la grande route.
Quand elle l'eut complimenté, elle s'informa de
son ami. Les yeux noirs de cette personne, très
brillants bien que petits, ses hautes couleurs, son
aplomb (elle avait même un peu de moustache),
intimidèrent Pécuchet. Il répondit brièvement et
tourna le dos. Impolitesse que blâma Bouvard.

Puis les mauvais jours survinrent, la neige, les
grands froids. Ils s'installèrent dans la cuisine, et
faisaient du treillage ; ou bien parcouraient les
chambres, causaient au coin du feu, regardaient
la pluie tomber.

Dès la mi-carême, ils guettèrent le printemps,
et répétaient chaque matin : « Tout part ! » Mais la
saison fut tardive, et ils consolaient leur impatience, en disant : « Tout va partir ».

Ils virent enfin lever les petits pois. Les asperges
donnèrent beaucoup. La vigne promettait.

Puisqu'ils s'entendaient au jardinage, ils devaient réussir dans l'agriculture ; et l'ambition les
prit de cultiver leur ferme. Avec du bon sens et
de l'étude ils s'en tireraient, sans aucun doute.

D'abord, il fallait voir comment on opérait
chez les autres ; et ils rédigèrent une lettre, où ils
demandaient à M. de Faverges l'honneur de visiter

son exploitation. Le comte leur donna tout de suite un rendez-vous.

Après une heure de marche, ils arrivèrent sur le versant d'un coteau qui domine la vallée de l'Orne. La rivière coulait au fond, avec des sinuosités. Des blocs de grès rouge s'y dressaient de place en place, et des roches plus grandes formaient au loin comme une falaise surplombant la campagne, couverte de blés mûrs. En face, sur l'autre colline, la verdure était si abondante, qu'elle cachait les maisons. Des arbres la divisaient en carrés inégaux, se marquant au milieu de l'herbe par des lignes plus sombres.

L'ensemble du domaine apparut tout à coup. Des toits de tuiles indiquaient la ferme. Le château à façade blanche se trouvait sur la droite, avec un bois au delà, et une pelouse descendait jusqu'à la rivière, où des platanes alignés reflétaient leur ombre.

Les deux amis entrèrent dans une luzerne qu'on fanait. Des femmes portant des chapeaux de paille, des marmottes d'indienne ou des visières de papier, soulevaient avec des râteaux le foin laissé par terre; et à l'autre bout de la plaine, auprès des meules, on jetait des bottes vivement dans une longue charrette, attelée de trois chevaux. M. le comte s'avança suivi de son régisseur.

Il avait un costume de basin, la taille raide et les favoris en côtelette, l'air à la fois d'un magistrat et d'un dandy. Les traits de sa figure, même quand il parlait, ne remuaient pas.

Les premières politesses échangées, il exposa son système relativement aux fourrages; on retournait les andains sans les éparpiller; les meules

devaient être coniques et les bottes faites immédiatement sur place, puis entassées par dizaines.
Quant au râteleur anglais, la prairie était trop
inégale pour un pareil instrument.

Une petite fille, les pieds nus dans des savates,
et dont le corps se montrait par les déchirures de
sa robe, donnait à boire aux femmes, en versant
du cidre d'un broc qu'elle appuyait contre sa
hanche. Le comte demanda d'où venait cette enfant; on n'en savait rien. Les faneuses l'avaient
recueillie pour les servir pendant la moisson. Il
haussa les épaules et, tout en s'éloignant, proféra
quelques plaintes sur l'immoralité de nos campagnes.

Bouvard fit l'éloge de sa luzerne. Elle était assez
bonne, en effet, malgré les ravages de la cuscute;
les futurs agronomes ouvrirent les yeux au mot
cuscute. Vu le nombre de ses bestiaux, il s'appliquait aux prairies artificielles; c'était d'ailleurs
un bon précédent pour les autres récoltes, ce
qui n'a pas toujours lieu avec les racines fourra-
gères.

— Cela du moins me paraît incontestable.

Bouvard et Pécuchet reprirent ensemble :

— Oh! incontestable.

Ils étaient sur la limite d'un champ soigneusement ameubli : un cheval que l'on conduisait à la
main traînait un large coffre monté sur trois roues.
Sept coutres, disposés en bas, ouvraient parallèlement des raies fines, dans lesquelles le grain tombait par des tuyaux descendant jusqu'au sol.

— Ici, dit le comte, je sème des turneps. Le
turnep est la base de ma culture quadriennale.

Et il entamait la démonstration du semoir. Mais

un domestique vint le chercher. On avait besoin de lui au château.

Son régisseur le remplaça, homme à figure chafouine et de façons obséquieuses.

Il conduisit «ces messieurs» vers un autre champ, où quatorze moissonneurs, la poitrine nue et les jambes écartées, fauchaient des seigles. Les fers sifflaient dans la paille qui se versait à droite. Chacun décrivait devant soi un large demi-cercle, et tous sur la même ligne, ils avançaient en même temps. Les deux Parisiens admirèrent leurs bras et se sentaient pris d'une vénération presque religieuse pour l'opulence de la terre.

Ils longèrent ensuite plusieurs pièces en labour. Le crépuscule tombait, des corneilles s'abattaient dans les sillons.

Puis ils rencontrèrent le troupeau. Les moutons, çà et là, pâturaient et on entendait leur continuel broutement. Le berger, assis sur un tronc d'arbre, tricotait un bas de laine, ayant son chien près de lui.

Le régisseur aida Bouvard et Pécuchet à franchir un échalier, et ils traversèrent deux masures, où des vaches ruminaient sous les pommiers.

Tous les bâtiments de la ferme étaient contigus et occupaient les trois côtés de la cour. Le travail s'y faisait à la mécanique, au moyen d'une turbine, utilisant un ruisseau qu'on avait exprès détourné. Des bandelettes de cuir allaient d'un toit dans l'autre, et au milieu du fumier une pompe de fer manœuvrait.

Le régisseur fit observer dans les bergeries de petites ouvertures à ras du sol, et dans les cases

aux cochons, des portes ingénieuses, pouvant
d'elles-mêmes se fermer.

La grange était voûtée comme une cathédrale
avec des arceaux de briques reposant sur des murs
de pierre.

Pour divertir les messieurs, une servante jeta
devant les poules des poignées d'avoine. L'arbre
du pressoir leur parut gigantesque, et ils montèrent dans le pigeonnier. La laiterie spécialement
les émerveilla. Des robinets dans les coins four-
nissaient assez d'eau pour inonder les dalles; et
en entrant, une fraîcheur vous surprenait. Des
jarres brunes, alignées sur des claires-voies, étaient
pleines de lait jusqu'aux bords. Des terrines
moins profondes contenaient de la crème. Les
pains de beurre se suivaient, pareils aux tron-
çons d'une colonne de cuivre, et de la mousse
débordait des seaux de fer-blanc, qu'on venait de
poser par terre. Mais le bijou de la ferme, c'était
la bouverie. Des barreaux de bois scellés perpen-
diculairement dans toute sa longueur la divisaient
en deux sections : la première pour le bétail, la
seconde pour le service. On y voyait à peine,
toutes les meurtrières étant closes. Les bœufs
mangeaient, attachés à des chaînettes, et leurs
corps exhalaient une chaleur que le plafond bas
rabattait. Mais quelqu'un donna du jour, un filet
d'eau tout à coup se répandit dans la rigole qui
bordait les râteliers. Des mugissements s'élevèrent; les cornes faisaient comme un cliquetis de
bâtons. Tous les bœufs avancèrent leurs mufles
entre les barreaux et buvaient lentement.

Les grands attelages entrèrent dans la cour et
des poulains hennirent. Au rez-de-chaussée, deux

ou trois lanternes s'allumèrent, puis disparurent.
Les gens de travail passaient en traînant leurs sabots sur les cailloux, et la cloche pour le souper
tinta.

Les deux visiteurs s'en allèrent.

Tout ce qu'ils avaient vu les enchantait; leur
décision fut prise. Dès le soir, ils tirèrent de leur
bibliothèque les quatre volumes de la *Maison rus-
tique,* se firent expédier le cours de Gasparin et
s'abonnèrent à un journal d'agriculture.

Pour se rendre aux foires plus commodément,
ils achetèrent une carriole que Bouvard conduisait.

Habillés d'une blouse bleue, avec un chapeau à
larges bords, des guêtres jusqu'aux genoux et un
bâton de maquignon à la main, ils rôdaient autour
des bestiaux, questionnaient les laboureurs et ne
manquaient pas d'assister à tous les comices agricoles.

Bientôt ils fatiguèrent maître Gouy de leurs
conseils, déplorant principalement son système
de jachères. Mais le fermier tenait à sa routine. Il
demanda la remise d'un terme sous prétexte de la
grêle. Quant aux redevances, il n'en fournit aucune. Devant les réclamations les plus justes, sa
femme poussait des cris. Enfin, Bouvard déclara
son intention de ne pas renouveler le bail.

Dès lors maître Gouy épargna les fumiers,
laissa pousser les mauvaises herbes, ruina le fonds
et il s'en alla d'un air farouche qui indiquait des
plan de vengeance.

Bouvard avait pensé que 20,000 francs, c'est-
à-dire plus de quatre fois le prix du fermage, suf-
firaient au début. Son notaire de Paris les envoya.

3.

Leur exploitation comprenait quinze hectares
en cours et prairies, vingt-trois en terres arables et
cinq en friches situées sur un monticule couvert
de cailloux et qu'on appelait la Butte.

Ils se procurèrent tous les instruments indispensables, quatre chevaux, douze vaches, six
porcs, cent soixante moutons et, comme person-
nel, deux charretiers, deux femmes, un berger;
de plus, un gros chien.

Pour avoir tout de suite de l'argent, ils ven-
dirent leurs fourrages : on les paya chez eux; l'or
des napoléons comptés sur le coffre à l'avoine leur
parut plus reluisant qu'un autre, extraordinaire et
meilleur.

Au mois de novembre ils brassèrent du cidre.
C'était Bouvard qui fouettait le cheval et Pécuchet, monté dans l'auge, retournait le marc avec
une pelle.

Ils haletaient en serrant la vis, puchaient dans
la cuve, surveillaient les bondes, portaient de
lourds sabots, s'amusaient énormément.

Partant de ce principe qu'on ne saurait avoir
trop de blé, ils supprimèrent la moitié environ de
leurs prairies artificielles; et, comme ils n'avaient
pas d'engrais, ils se servirent de tourteaux qu'ils
enterrèrent sans les concasser, si bien que le rendement fut pitoyable.

L'année suivante ils firent les semailles très
dru. Des orages survinrent. Les épis versèrent.

Néanmoins, ils s'acharnaient au froment et ils
entreprirent d'épierrer la Butte. Un banneau emportait les cailloux. Tout le long de l'année, du
matin jusqu'au soir, par la pluie, par le soleil,
on voyait l'éternel banneau avec le même homme

et le même cheval, gravir, descendre et remonter
la petite colline. Quelquefois Bouvard marchait
derrière, faisant des haltes à mi-côte pour s'épon-
ger le front.

Ne se fiant à personne, ils traitaient eux-mêmes
les animaux, leur administraient des purgations,
des clystères.

De graves désordres eurent lieu. La fille de
basse-cour devint enceinte. Ils prirent des gens
mariés; les enfants pullulèrent, les cousins, les
cousines, les oncles, les belles-sœurs; une horde
vivait à leurs dépens, et ils résolurent de coucher
dans la ferme à tour de rôle.

Mais le soir ils étaient tristes. La malpropreté
de la chambre les offusquait, et Germaine, qui
apportait les repas, grommelait à chaque voyage.
On les dupait de toutes les façons. Les batteurs
en grange fourraient du blé dans leur cruche à
boire. Pécuchet en surprit un, et s'écria, en le
poussant dehors par les épaules :

— Misérable ! tu es la honte du village qui t'a
vu naître !

Sa personne n'inspirait aucun respect. D'ailleurs, il avait des remords à l'encontre du jardin.
Tout son temps ne serait pas de trop pour le tenir
en bon état. Bouvard s'occuperait de la ferme. Ils
en délibérèrent, et cet arrangement fut décidé.

Le premier point était d'avoir de bonnes couches. Pécuchet en fit construire une en briques.
Il peignit lui-même les châssis, et redoutant
les coups de soleil barbouilla de craie toutes les
cloches.

Il eut la précaution pour les boutures d'enlever
les têtes avec les feuilles. Ensuite, il s'appliqua

aux marcottages. Il essaya plusieurs sortes de greffes, greffes en flûte, en couronne, en écusson, greffe herbacée, greffe anglaise. Avec quel soin il ajustait les deux libers! comme il serrait les ligatures! Quel amas d'onguent pour les recouvrir!

Deux fois par jour, il prenait son arrosoir et le balançait sur les plantes, comme s'il les eût encensées. A mesure qu'elles verdissaient sous l'eau qui tombait en pluie fine, il lui semblait se désaltérer et renaître avec elles. Puis, cédant à une ivresse, il arrachait la pomme de l'arrosoir et versait à plein goulot, copieusement.

Au bout de la charmille, près de la dame en plâtre, s'élevait une manière de cahute faite en rondins. Pécuchet y enfermait ses instruments, et il passait là des heures délicieuses à éplucher les graines, à écrire des étiquettes, à mettre en ordre ses petits pots. Pour se reposer, il s'asseyait devant la porte, sur une caisse, et alors projetait des embellissements.

Il avait créé au bas du perron deux corbeilles de géraniums; entre les cyprès et les quenouilles, il planta des tournesols; et comme les plates-bandes étaient couvertes de boutons d'or, et toutes les allées de sable neuf, le jardin éblouissait par une abondance de couleurs jaunes.

Mais la couche fourmilla de larves; malgré les réchauds de feuilles mortes, sous les châssis peints et sous les cloches barbouillées, il ne poussa que des végétations rachitiques. Les boutures ne reprirent pas, les greffes se décollèrent, la sève des marcottes s'arrêta, les arbres avaient le blanc dans leurs racines; les semis furent une désolation. Le vent s'amusait à jeter bas les rames des haricots.

L'abondance de la gadoue nuisit aux fraisiers, le défaut de pinçage aux tomates.

Il manqua les brocolis, les aubergines, les navets, et du cresson de fontaine, qu'il avait voulu élever dans un baquet. Après le dégel, tous les artichauts étaient perdus. Les choux le consolèrent. Un, surtout, lui donna des espérances. Il s'épanouissait, montait, finit par être prodigieux et absolument incomestible. N'importe, Pécuchet fut content de posséder un monstre.

Alors il tenta ce qui lui semblait être le summum de l'art : l'élève du melon.

Il sema les graines de plusieurs variétés dans des assiettes remplies de terreau, qu'il enfouit dans sa couche. Puis il dressa une autre couche ; et quand elle eut jeté son feu, repiqua les plants les plus beaux, avec des cloches par-dessus. Il fit toutes les tailles suivant les préceptes du bon jardinier, respecta les fleurs, laissa se nouer les fruits, en choisit un sur chaque bras, supprima les autres, et dès qu'ils eurent la grosseur d'une noix, il glissa sous leur écorce une planchette pour les empêcher de pourrir au contact du crottin. Il les bassinait, les aérait, enlevait avec son mouchoir la brume des cloches, et si des nuages paraissaient, il apportait vivement des paillassons.

La nuit, il n'en dormait pas. Plusieurs fois même il se releva ; et pieds nus dans ses bottes, en chemise, grelottant, il traversait tout le jardin pour aller mettre sur les bâches la couverture de son lit.

Les cantaloups mûrirent. Au premier, Bouvard fit la grimace. Le second ne fut pas meilleur, le troisième non plus ; Pécuchet trouvait pour cha-

cun une excuse nouvelle, jusqu'au dernier qu'il
jeta par la fenêtre, déclarant n'y rien comprendre.

En effet, comme il avait cultivé les unes près
des autres des espèces différentes, les sucrins
s'étaient confondus avec les maraîchers, le gros
Portugal avec le grand Mongol, et le voisinage
des pommes d'amour complétant l'anarchie, il en
était résulté d'abominables mulets qui avaient le
goût de citrouille.

Alors Pécuchet se tourna vers les fleurs. Il écrivit à Dumouchel pour avoir des arbustes avec
des graines, acheta une provision de terre de
bruyère, et se mit à l'œuvre résolument.

Mais il planta des passiflores à l'ombre, des
pensées au soleil, couvrit de fumier les jacinthes,
arrosa les lis après leur floraison, détruisit les
rhododendrons par des excès de rabatage, sti-
mula les fuchsias avec de la colle forte, et rôtit
un grenadier, en l'exposant au feu dans la cuisine.

Aux approches du froid, il abrita les églan-
tiers sous des dômes de papiers forts enduits de
chandelle : cela faisait comme des pains de sucre
tenus en l'air par des bâtons.

Les tuteurs des dahlias étaient gigantesques;
et on apercevait, entre ces lignes droites, les rameaux tortueux d'un sophora japonica qui demeurait immuable, sans dépérir, ni sans pousser.

Cependant, puisque les arbres les plus rares
prospèrent dans les jardins de la capitale, ils devaient réussir à Chavignolles; et Pécuchet se procura le lilas des Indes, la rose de Chine et l'euca-
lyptus, alors dans la primeur de sa réputation.
Toutes ses expériences ratèrent. Il était chaque
fois fort étonné.

Bouvard, comme lui, rencontrait des obstacles. Ils se consultaient mutuellement, ouvraient un livre, passaient à un autre, puis ne savaient que résoudre devant la divergence des opinions.

Ainsi pour la marne, Puvis la recommande; le manuel Roret la combat.

Quant au plâtre, malgré l'exemple de Franklin, Riéfel et M. Rigaud n'en paraissent pas enthousiasmés.

Les jachères, selon Bouvard, étaient un préjugé gothique. Cependant Leclerc note les cas où elles sont presque indispensables. Gasparin cite un Lyonnais qui, pendant un demi-siècle, a cultivé des céréales sur le même champ : cela renverse la théorie des assolements. Tull exalte les labours au préjudice des engrais; et voilà le major Beetson qui supprime les engrais avec les labours!

Pour se connaître aux signes du temps, ils étudièrent les nuages d'après la classification de Luke-Howard. Ils contemplaient ceux qui s'allongent comme des crinières, ceux qui ressemblent à des îles, ceux qu'on prendrait pour des montagnes de neige, tâchant de distinguer les nimbus des cirrus, les stratus des cumulus; les formes changeaient avant qu'ils eussent trouvé les noms.

Le baromètre les trompa, le thermomètre n'apprenait rien; et ils recoururent à l'expédient imaginé sous Louis XV par un prêtre de Touraine. Une sangsue dans un bocal devait monter en cas de pluie, se tenir au fond par beau fixe, s'agiter aux menaces de la tempête. Mais l'atmosphère, presque toujours, contredit la sangsue. Ils en

mirent trois autres avec celle-là. Toutes les quatre
se comportèrent différemment.

Après force méditations, Bouvard reconnut
qu'il s'était trompé. Son domaine exigeait la
grande culture, le système intensif, et il aventura
ce qui lui restait de capitaux disponibles; trente
mille francs.

Excité par Pécuchet, il eut le délire de l'engrais. Dans la fosse aux composts furent entassés
des branchages, du sang, des boyaux, des
plumes, tout ce qu'il pouvait découvrir. Il employa la liqueur belge, le lizier suisse, la lessive,
des harengs saurs, du varech, des chiffons, fit venir du guano, tâcha d'en fabriquer, et, poussant
jusqu'au bout ses principes, ne tolérait pas qu'on
perdît l'urine; il supprima les lieux d'aisances.
On apportait dans sa cour des cadavres d'animaux, dont il fumait ses terres. Leurs charognes
dépecées parsemaient la campagne. Bouvard souriait au milieu de cette infection. Une pompe
installée dans un tombereau crachait du purin
sur les récoltes. A ceux qui avaient l'air dégoûté,
il disait :

— Mais c'est de l'or! c'est de l'or!

Et il regrettait de n'avoir pas encore plus de
fumiers. Heureux les pays où l'on trouve des
grottes naturelles pleines d'excréments d'oiseaux!

Le colza fut chétif, l'avoine médiocre, et le
blé se vendit fort mal, à cause de son odeur. Une
chose étrange, c'est que la Butte, enfin épierrée,
donnait moins qu'autrefois.

Il crut bon de renouveler son matériel. Il acheta
un scarificateur Guillaume, un extirpateur Val-
court, un semoir anglais et la grande araire de

Mathieu de Dombasle, mais le charretier la dénigra.

— Apprends à t'en servir!

— Eh bien! montrez-moi.

Il essayait de montrer, se trompait, et les paysans ricanaient.

Jamais il ne put les astreindre au commandement de la cloche. Sans cesse il criait derrière eux, courait d'un endroit à l'autre, notait ses observations sur un calepin, donnait des rendez-vous, n'y pensait plus, et sa tête bouillonnait d'idées industrielles. Il se promettait de cultiver le pavot, en vue de l'opium, et surtout l'astragale, qu'il vendrait sous le nom de « café des familles ».

Afin d'engraisser plus vite ses bœufs, il les saignait tous les quinze jours.

Il ne tua aucun de ses cochons et les gorgeait d'avoine salée. Bientôt la porcherie fut trop étroite. Ils embarrassaient la cour, défonçaient les clôtures, mordaient le monde.

Durant les grandes chaleurs, vingt-cinq moutons se mirent à tourner, et, peu de temps après, crevèrent.

La même semaine, trois bœufs expiraient, conséquence des phlébotomies de Bouvard.

Il imagina, pour détruire les mans, d'enfermer des poules dans une cage à roulettes, que deux hommes poussaient derrière la charrue; ce qui ne manqua point de leur briser les pattes.

Il fabriqua de la bière avec des feuilles de petit-chêne et la donna aux moissonneurs en guise de cidre. Des maux d'entrailles se déclarèrent. Les enfants pleuraient, les femmes geignaient, les hommes étaient furieux. Ils menaçaient tous de partir, et Bouvard leur céda.

Cependant, pour les convaincre de l'innocuité de son breuvage, il en absorba devant eux plusieurs bouteilles, se sentit gêné, mais cacha ses douleurs sous un air d'enjouement. Il fit même transporter la mixture chez lui. Il en buvait le soir avec Pécuchet, et tous deux s'efforçaient de la trouver bonne. D'ailleurs, il ne fallait pas qu'elle fût perdue.

Les coliques de Bouvard devenant trop fortes, Germaine alla chercher le docteur.

C'était un homme sérieux, à front convexe, et qui commença par effrayer son malade. La cholérine de monsieur devait tenir à cette bière dont on parlait dans le pays. Il voulut en savoir la composition, et la blâma en termes scientifiques, avec des haussements d'épaules. Pécuchet, qui avait fourni la recette, fut mortifié.

En dépit des chaulages pernicieux, des binages épargnés et des échardonnages intempestifs, Bouvard, l'année suivante, avait devant lui une belle récolte de froment. Il imagina de la dessécher par la fermentation, genre hollandais, système Clap-Mayer; c'est-à-dire qu'il la fit abattre d'un seul coup et tasser en meules, qui seraient démolies dès que le gaz s'en échapperait, puis exposées au grand air; après quoi, Bouvard se retira sans la moindre inquiétude.

Le lendemain, pendant qu'ils dînaient, ils entendirent sous la hêtrée le battement d'un tambour. Germaine sortit pour voir ce qu'il y avait; mais l'homme était déjà loin. Presque aussitôt, la cloche de l'église tinta violemment.

Une angoisse saisit Bouvard et Pécuchet. Ils se levèrent, et, impatients d'être renseignés, s'avancèrent tête nue du côté de Chavignolles.

Une vieille femme passa. Elle ne savait rien. Ils arrêtèrent un petit garçon, qui répondit :

— Je crois que c'est le feu!

Et le tambour continuait à battre, la cloche tintait plus fort. Enfin ils atteignirent les premières maisons du village. L'épicier leur cria de loin :

— Le feu est chez vous!

Pécuchet prit le pas gymnastique; et il disait à Bouvard, courant du même train à son côté :

— Une, deux; une, deux! en mesure, comme les chasseurs de Vincennes.

La route qu'ils suivaient montait toujours; le terrain, en pente, leur cachait l'horizon. Ils arrivèrent en haut, près de la Butte; et, d'un seul coup d'œil, le désastre leur apparut.

Toutes les meules, çà et là, flamblaient comme des volcans, au milieu de la plaine dénudée, dans le calme du soir.

Il y avait autour de la plus grande, trois cents personnes, peut-être; et sous les ordres de M. Foureau, le maire, en écharpe tricolore, des gars avec des perches et des crocs tiraient la paille du sommet, afin de préserver le reste.

Bouvard, dans son empressement, faillit renverser Mme Bordin, qui se trouvait là. Puis, apercevant un de ses valets, il l'accabla d'injures pour ne l'avoir pas averti. Le valet, au contraire, par excès de zèle, avait d'abord couru à la maison, à l'église, puis chez Monsieur, et était revenu par l'autre route.

Bouvard perdait la tête. Ses domestiques l'entouraient, parlant à la fois, et il défendait d'abattre les meules, suppliait qu'on le secourût, exigeait de l'eau, réclamait des pompiers.

— Est-ce que nous en avons! s'écria le maire.

— C'est de votre faute! reprit Bouvard.

Il s'emportait, proféra des choses inconvenantes, et tous admirèrent la patience de M. Foureau, qui était brutal cependant, comme l'indiquaient ses grosses lèvres et sa mâchoire de bouledogue.

La chaleur des meules devint si forte, qu'on ne pouvait plus en approcher. Sous les flammes dévorantes la paille se tordait avec des crépitations, les grains de blé vous cinglaient la figure comme des grains de plomb. Puis la meule s'écroulait par terre en un large brasier, d'où s'envolaient des étincelles; et des moires ondulaient sur cette masse rouge, qui offrait dans les alternances de sa couleur des parties roses comme du vermillon, et d'autres brunes comme du sang caillé. La nuit était venue, le vent soufflait; des tourbillons de fumée enveloppaient la foule. Une flammèche, de temps à autre, passait sur le ciel noir.

Bouvard contemplait l'incendie en pleurant doucement. Ses yeux disparaissaient sous leurs paupières gonflées, et il avait tout le visage comme élargi par la douleur. Mme Bordin, en jouant avec les franges de son châle vert, l'appelait : « Pauvre Monsieur », tâchait de le consoler. Puisqu'on n'y pouvait rien, il devait se faire une raison.

Pécuchet ne pleurait pas. Très pâle, ou plutôt livide, la bouche ouverte et les cheveux collés par la sueur froide, il se tenait à l'écart, dans ses réflexions. Mais le curé, survenu tout à coup, murmura d'une voix câline :

— Ah! quel malheur, véritablement; c'est bien fâcheux! Soyez sûr que je participe!...

Les autres n'affectaient aucune tristesse. Ils causaient en souriant, la main étendue devant les flammes. Un vieux ramassa des brins qui brûlaient pour allumer sa pipe. Des enfants se mirent à danser. Un polisson s'écria même que c'était bien amusant.

— Oui, il est beau, l'amusement! reprit Pécuchet, qui venait de l'entendre.

Le feu diminua, les tas s'abaissèrent, et une heure après, il ne restait plus que des cendres, faisant sur la plaine des marques rondes et noires. Alors, on se retira.

Mme Bordin et l'abbé Jeufroy reconduisirent MM. Bouvard et Pécuchet jusqu'à leur domicile.

Pendant la route, la veuve adressa à son voisin des reproches fort aimables sur sa sauvagerie, et l'ecclésiastique exprima toute sa surprise de n'avoir pu connaître jusqu'à présent un de ses paroissiens aussi distingué.

Seul à seul, ils cherchèrent la cause de l'incendie, et, au lieu de reconnaître avec tout le monde que la paille humide s'était enflammée spontanément, ils soupçonnèrent une vengeance. Elle venait sans doute de maître Gouy ou peut-être du taupier. Six mois auparavant, Bouvard avait refusé ses services, et même soutenu dans un cercle d'auditeurs que son industrie étant funeste, le gouvernement la devrait interdire. L'homme, depuis ce temps-là, rôdait aux environs. Il portait sa barbe entière, et leur semblait effrayant, sur-

tout le soir, quand il apparaissait au bord des
cours en secouant sa longue perche garnie de
taupes suspendues.

Le dommage était considérable, et, pour se
reconnaître dans leur situation, Pécuchet, pendant huit jours, travailla les registres de Bouvard,
qui lui parurent « un véritable labyrinthe ». Après
avoir collationné le journal, la correspondance et
le grand-livre couvert de notes au crayon et de
renvois, il reconnut la vérité : pas de marchandises à vendre, aucun effet à recevoir, et en caisse,
zéro. Le capital se marquait par un déficit de
trente-trois mille francs.

Bouvard n'en voulut rien croire, et plus de vingt
fois ils recommencèrent les calculs. Ils arrivaient
toujours à la même conclusion. Encore deux ans
d'une agronomie pareille, leur fortune y passait!
Le seul remède était de vendre.

Au moins fallait-il consulter un notaire. La
démarche était trop pénible; Pécuchet s'en
chargea.

D'après l'opinion de M. Marescot, mieux valait
ne point faire d'affiches. Il parlerait de la ferme à
des clients sérieux et laisserait venir leurs propo-
sitions.

— Très bien, dit Bouvard, on a du temps
devant soi.

Il allait prendre un fermier, ensuite on verrait.

— Nous ne serons pas plus malheureux qu'autrefois; seulement nous voilà forcés à des économies.

Elles contrariaient Pécuchet à cause du jardinage, et quelques jours après, il dit :

— Nous devrions nous livrer exclusivement à

l'arboriculture, non pour le plaisir, mais comme spéculation. Une poire qui revient à trois sols est quelquefois vendue dans la capitale jusqu'à des cinq et six francs! Des jardiniers se font avec des abricots vingt-cinq mille livres de rentes! A Saint-Pétersbourg, pendant l'hiver, on paye le raisin un napoléon la grappe! C'est une belle industrie, tu en conviendras! Et qu'est-ce que ça coûte? des soins, du fumier, et le repassage d'une serpette!

Il monta tellement l'imagination de Bouvard que, tout de suite, ils cherchèrent dans leurs livres une nomenclature de plants à acheter, et, ayant choisi des noms qui leur paraissaient merveilleux, ils s'adressèrent à un pépiniériste de Falaise, lequel s'empressa de leur fournir trois cents tiges dont il ne trouvait pas le placement.

Ils avaient fait venir un serrurier pour les tuteurs, un quincaillier pour les raidisseurs, un charpentier pour les supports. Les formes des arbres étaient d'avance dessinées. Des morceaux de latte sur le mur figuraient des candélabres. Deux poteaux à chaque bout des plates-bandes guindaient horizontalement des fils de fer; et dans le verger, des cerceaux indiquaient la structure des vases, des baguettes en cône, celle des pyramides, si bien qu'en arrivant chez eux, on croyait voir les pièces de quelque machine inconnue ou la carcasse d'un feu d'artifice.

Les trous étant creusés, ils coupèrent l'extrémité de toutes les racines, bonnes ou mauvaises, et les enfouirent dans un compost. Six mois après, les plants étaient morts. Nouvelles commandes au pépiniériste, et plantations nouvelles dans des trous encore plus profonds. Mais la pluie dé-

trempant le sol, les greffes d'elles-mêmes s'enterrèrent et les arbres s'affranchirent.

Le printemps venu, Pécuchet se mit à la taille
des poiriers. Il n'abattit pas les flèches, respecta
les lambourdes, et, s'obstinant à vouloir coucher
d'équerre les duchesses qui devaient former les
cordons unilatéraux, il les cassait ou les arrachait
invariablement. Quant aux pêchers, il s'embrouilla
dans les sur-mères, les sous-mères et les deuxièmes
sous-mères. Des vides et des pleins se présentaient
toujours où il n'en fallait pas, et impossible d'obtenir sur l'espalier un rectangle parfait, avec six
branches à droite et six à gauche, non compris
les deux principales, le tout formant une belle
arête de poisson.

Bouvard tâcha de conduire les abricotiers; ils
se révoltèrent. Il rabattit leurs troncs à ras du sol;
aucun ne repoussa. Les cerisiers, auxquels il avait
fait des entailles, produisirent de la gomme.

D'abord ils taillèrent très long, ce qui éteignait
les yeux de la base; puis trop court, ce qui amenait des gourmands; et souvent ils hésitaient, ne
sachant pas distinguer les boutons à bois des boutons à fleurs. Ils s'étaient réjouis d'avoir des fleurs;
mais ayant reconnu leur faute, ils en arrachaient
les trois quarts pour fortifier le reste.

Incessamment ils parlaient de la sève et du cam-
bium, du palissage, du cassage, de l'éborgnage.
Ils avaient, au milieu de leur salle à manger, dans
un cadre, la liste de leurs élèves, avec un numéro
qui se répétait dans le jardin, sur un petit morceau de bois, au pied de l'arbre.

Levés dès l'aube, ils travaillaient jusqu'à la nuit,
le porte-jonc à la ceinture. Par les froides mati-

nées de printemps, Bouvard gardait sa veste de tricot sous sa blouse, Pécuchet sa vieille redingote sous sa serpillière, et les gens qui passaient le long de la claire-voie les entendaient tousser dans le brouillard.

Quelquefois Pécuchet tirait de sa poche son manuel ; et il en étudiait un paragraphe, debout, avec sa bêche auprès de lui, dans la pose du jardinier qui décorait le frontispice du livre. Cette ressemblance le flatta même beaucoup. Il en conçut plus d'estime pour l'auteur.

Bouvard était continuellement juché sur une haute échelle devant les pyramides. Un jour, il fut pris d'un étourdissement, et n'osant plus descendre, cria pour que Pécuchet vînt à son secours.

Enfin des poires parurent ; et le verger avait des prunes. Alors ils employèrent contre les oiseaux tous les artifices recommandés. Mais les fragments de glace miroitaient à éblouir, la cliquette du moulin à vent les réveillait pendant la nuit, et les moineaux perchaient sur le mannequin. Ils en firent un second, et même un troisième, dont ils varièrent le costume, inutilement.

Cependant, ils pouvaient espérer quelques fruits. Pécuchet venait d'en remettre la note à Bouvard, quand tout à coup le tonnerre retentit et la pluie tomba, une pluie lourde et violente. Le vent, par intervalles, secouait toute la surface de l'espalier, les tuteurs s'abattaient l'un après l'autre, et les malheureuses quenouilles en se balançant entre-choquaient leurs poires.

Pécuchet surpris par l'averse s'était réfugié dans la cahute. Bouvard se tenait dans la cuisine. Ils

4.

voyaient tourbillonner devant eux des éclats de
bois, des branches, des ardoises; et les femmes de
marin qui, sur la côte, à dix lieues de là, regardaient la mer, n'avaient pas l'œil plus tendre et le
cœur plus serré. Puis, tout à coup, les supports et
les barres des contre-espaliers, avec le treillage,
s'abattirent sur les plates-bandes.

Quel tableau quand ils firent leur inspection!
Les cerises et les prunes couvraient l'herbe entre
les grêlons qui fondaient. Les passe-colmar étaient
perdus, comme le bési-des-vétérans et les triom-
phes-de-jordoigne. A peine s'il restait parmi les
pommes quelques bons-papas; et douze tetons-
de-Vénus, toute la récolte des pêches, roulaient
dans les flaques d'eau, au bord des buis déra-
cinés.

Après le dîner, où ils mangèrent fort peu, Pécuchet dit avec douceur :

— Nous ferions bien de voir à la ferme s'il
n'est pas arrivé quelque chose?

— Bah! pour découvrir encore des sujets de
tristesse!

— Peut-être! car nous ne sommes guère favorisés.

Et ils se plaignirent de la Providence et de la
nature.

Bouvard, le coude sur la table, poussait sa petite susurration, et, comme toutes les douleurs se
tiennent, les anciens projets agricoles lui revinrent
à la mémoire, particulièrement la féculerie et un
nouveau genre de fromages.

Pécuchet respirait bruyamment; et tout en se
fourrant dans les narines des prises de tabac, il
songeait que si le sort l'avait voulu, il ferait main-

tenant partie d'une société d'agriculture, brillerait aux expositions, serait cité dans les journaux.

Bouvard promena autour de lui des yeux chagrins.

— Ma foi! j'ai envie de me débarrasser de tout cela pour nous établir autre part!

— Comme tu voudras, dit Pécuchet.

Et un instant après :

— Les auteurs nous recommandent de supprimer tout canal direct. La sève, par là, se trouve contrariée, et l'arbre forcément en souffre. Pour se bien porter, il faudrait qu'il n'eût pas de fruits. Cependant ceux qu'on ne taille et qu'on ne fume jamais en produisent, de moins gros, c'est vrai, mais de plus savoureux. J'exige qu'on m'en donne la raison! Et non seulement chaque espèce réclame des soins particuliers, mais encore chaque individu, suivant le climat, la température, un tas de choses! où est la règle, alors? et quel espoir avons-nous d'aucun succès où bénéfice?

Bouvard lui répondit :

— Tu verras dans Gasparin que le bénéfice ne peut dépasser le dixième du capital. Donc on ferait mieux de placer ce capital dans une maison de banque. Au bout de quinze ans, par l'accumulation des intérêts, on aurait le double sans s'être foulé le tempérament.

Pécuchet baissa la tête.

— L'arboriculture pourrait bien être une blague!

— Comme l'agronomie! répliqua Bouvard.

Ensuite, ils s'accusèrent d'avoir été trop ambitieux, et ils résolurent de ménager désormais leur peine et leur argent. Un émondage de temps à

autre suffirait au verger. Les contre-espaliers furent
proscrits et ils ne remplaceraient pas les arbres
morts ou abattus; mais il allait se présenter des
intervalles fort vilains, à moins de détruire tous
les autres qui restaient debout. Comment s'y
prendre ?

Pécuchet fit plusieurs épures, en se servant de
sa boîte de mathématiques. Bouvard lui donnait
des conseils. Ils n'arrivaient à rien de satisfaisant.
Heureusement qu'ils trouvèrent dans leur bibliothèque l'ouvrage de Boitard, intitulé l'*Architecte
des Jardins.*

L'auteur les divise en une infinité de genres. Il
y a, d'abord, le genre mélancolique et romantique, qui se signale par des immortelles, des
ruines, des tombeaux, et un «ex-voto à la vierge,
indiquant la place où un seigneur est tombé sous
le fer d'un assassin». On compose le genre terrible avec des rocs suspendus, des arbres fracassés,
des cabanes incendiées; le genre exotique, en
plantant des cierges du Pérou «pour faire naître
des souvenirs à un colon ou à un voyageur». Le
genre grave doit offrir, comme Ermenonville,
un temple à la philosophie. Les obélisques et les
arcs de triomphe caractérisent le genre majestueux; de la mousse et des grottes, le genre mys-
térieux; un lac, le genre rêveur. Il y a même le
genre fantastique, dont le plus beau spécimen se
voyait naguère dans un jardin wurtembergeois —
car on y rencontrait successivement un sanglier,
un ermite, plusieurs sépulcres, et une barque se
détachant d'elle-même du rivage, pour vous conduire dans un boudoir où des jets d'eau vous inon-
daient quand on se posait sur le sofa.

Devant cet horizon de merveilles, Bouvard et
Pécuchet eurent comme un éblouissement. Le
genre fantastique leur parut réservé aux princes.
Le temple à la philosophie serait encombrant.
L'ex-voto à la madone n'aurait pas de signification,
vu le manque d'assassins; et, tant pis pour les
colons et les voyageurs, les plantes américaines
coûtaient trop cher. Mais les rocs étaient possibles, comme les arbres fracassés, les immortelles et la mousse, et dans un enthousiasme pro-
gressif, après beaucoup de tâtonnements, avec
l'aide d'un seul valet et pour une somme minime,
ils se fabriquèrent une résidence qui n'avait pas
d'analogue dans tout le département.

La charmille ouverte çà et là donnait jour sur
le bosquet, rempli d'allées sinueuses en façon de
labyrinthe. Dans le mur de l'espalier, ils avaient
voulu faire un arceau sous lequel on découvrirait
la perspective. Comme le chaperon ne pouvait se
tenir suspendu, il en était résulté une brèche
énorme, avec des ruines par terre.

Ils avaient sacrifié les asperges pour bâtir à la
place un tombeau étrusque, c'est-à-dire un quadri-
latère en plâtre noir, ayant six pieds de hauteur, et
l'apparence d'une niche à chien. Quatre sapinettes
aux angles flanquaient ce monument, qui serait
surmonté par une urne et enrichi d'une inscription.

Dans l'autre partie du potager, une espèce de
Rialto enjambait un bassin offrant sur ses bords
des coquilles de moules incrustées. La terre buvait l'eau, n'importe! Il se formerait un fond de
glaise qui la retiendrait.

La cahute avait été transformée en cabane rus-
tique, grâce à des verres de couleur.

Au sommet du vigneau, six arbres équarris sup-
portaient un chapeau de fer-blanc à pointes re-
troussées, et le tout signifiait une pagode chinoise.

Ils avaient été sur les rives de l'Orne choisir des
granits, les avaient cassés, numérotés, rapportés
eux-mêmes dans une charrette, puis avaient joint
les morceaux avec du ciment, en les accumulant
les uns par-dessus les autres ; et au milieu du
gazon se dressait un rocher, pareil à une gigantesque pomme de terre.

Quelque chose manquait au delà pour compléter l'harmonie. Ils abattirent le plus gros tilleul de
la charmille (aux trois quarts mort, du reste), et
le couchèrent dans toute la longueur du jardin, de
telle sorte qu'on pouvait le croire apporté par un
torrent ou renversé par la foudre.

La besogne finie, Bouvard, qui était sur le
perron, cria de loin :

— Ici ! on voit mieux !

— Voit mieux, fut répété dans l'air.

Pécuchet répondit :

— J'y vais !

— Y vais !

— Tiens, un écho !

— Écho !

Le tilleul, jusqu'alors, l'avait empêché de se
produire, et il était favorisé par la pagode, faisant
face à la grange, dont le pignon surmontait la
charmille.

Pour essayer l'écho, ils s'amusaient à lancer des
mots plaisants ; Bouvard en hurla de polissons,
d'obscènes.

Il avait été plusieurs fois à Falaise, sous prétexte d'argent à recevoir, et il en revenait toujours

avec de petits paquets qu'il enfermait dans sa commode. Pécuchet partit un matin pour se rendre à Bretteville, et rentra fort tard, avec un panier qu'il cacha sous son lit.

Le lendemain, à son réveil, Bouvard fut surpris. Les deux premiers ifs de la grande allée, qui, la veille encore, étaient sphériques, avaient la forme de paons, et un cornet avec deux boutons de porcelaine figuraient le bec et les yeux. Pécuchet s'était levé dès l'aube, et, tremblant d'être découvert, il avait taillé les deux arbres à la mesure des appendices expédiés par Dumouchel.

Depuis six mois, les autres derrière ceux-là imitaient plus ou moins des pyramides, des cubes, des cylindres, des cerfs ou des fauteuils, mais rien n'égalait les paons. Bouvard le reconnut avec de grands éloges.

Sous prétexte d'avoir oublié sa bêche, il entraîna son compagnon dans le labyrinthe, car il avait profité de l'absence de Pécuchet pour faire, lui aussi, quelque chose de sublime.

La porte des champs était recouverte d'une couche de plâtre, sur laquelle s'alignaient en bel ordre cinq cents fourneaux de pipes, représentant des Abd-el-Kader, des nègres, des femmes nues, des pieds de cheval et des têtes de mort.

— Comprends-tu mon impatience ?

— Je crois bien !

Et, dans leur émotion, ils s'embrassèrent.

Comme tous les artistes, ils eurent le besoin d'être applaudis, et Bouvard songea à offrir un grand dîner.

— Prends garde ! dit Pécuchet, tu vas te lancer dans les réceptions. C'est un gouffre !

La chose pourtant fut décidée.

Depuis qu'ils habitaient le pays, ils se tenaient à l'écart. Tout le monde, par désir de les connaître, accepta leur invitation, sauf le comte de Faverges, appelé dans la capitale pour affaires. Ils se rabattirent sur M. Hurel, son factotum.

Beljambe, l'aubergiste, ancien chef à Lisieux, devait cuisiner certains plats. Il fournissait un garçon. Germaine avait requis la fille de basse-cour. Marianne, la servante de Mme Bordin, viendrait aussi. Dès quatre heures, la grille était grande ouverte, et les deux propriétaires, pleins d'impatience, attendaient leurs convives.

Hurel s'arrêta sous la hêtrée pour remettre sa redingote. Puis le curé s'avança, revêtu d'une soutane neuve, et, un moment après, M. Foureau, avec un gilet de velours. Le docteur donnait le bras à sa femme, qui marchait péniblement en s'abritant sous son ombrelle. Un flot de rubans roses s'agita derrière eux ; c'était le bonnet de Mme Bordin, habillée d'une belle robe de soie gorge-de-pigeon. La chaîne d'or de sa montre lui battait sur la poitrine, et les bagues brillaient à ses deux mains couvertes de mitaines noires. Enfin parut le notaire, un panama sur la tête, un lorgnon dans l'œil, car l'officier ministériel n'étouffait pas en lui l'homme du monde.

Le salon était ciré à ne pouvoir s'y tenir debout. Les huit fauteuils d'Utrecht s'adossaient le long de la muraille ; une table ronde, dans le milieu, supportait la cave à liqueur, et on voyait au-dessus de la cheminée le portrait du père Bouvard. Les embus reparaissant à contre-jour faisaient grimacer la bouche, loucher les yeux, et un peu de moisissure aux pommettes ajoutait à l'illusion des favoris. Les invités lui trouvaient une ressemblance avec son fils, et Mme Bordin ajouta, en regardant Bouvard, qu'il avait dû être un fort bel homme.

Après une heure d'attente, Pécuchet annonça qu'on pouvait passer dans la salle.

Les rideaux de calicot blanc à bordure rouge étaient, comme ceux du salon, complètement tirés devant les fenêtres, et le soleil, traversant la toile, jetait une lumière blonde sur le lambris, qui avait pour tout ornement un baromètre.

Bouvard plaça les deux dames auprès de lui ; Pécuchet le maire à sa gauche, le curé à sa droite, et l'on entama les huîtres. Elles sentaient la vase. Bouvard fut désolé, prodigua les excuses, et Pécuchet se leva pour aller dans la cuisine faire une scène à Beljambe.

Pendant tout le premier service, composé d'une barbue entre un vol-au-vent et des pigeons en compote, la conversation roula sur la manière de fabriquer le cidre.

Après quoi on en vint aux mets digestes ou indigestes. Le docteur, naturellement, fut consulté. Il jugeait les choses avec scepticisme, comme un homme qui a vu le fond de la science, et cependant ne tolérait pas la moindre contradiction.

En même temps que l'aloyau, on servit du bourgogne. Il était trouble. Bouvard, attribuant cet accident au rinçage de la bouteille, en fit goûter trois autres sans plus de succès, puis versa du Saint-Julien, trop jeune évidemment, et tous les convives se turent. Hurel souriait sans discontinuer ; les pas lourds du garçon résonnaient sur les dalles.

Mme Vaucorbeil, courtaude et l'air bougon (elle était d'ailleurs vers la fin de sa grossesse), avait gardé un mutisme absolu. Bouvard, ne sachant de quoi l'entretenir, lui parla du théâtre de Caen.

— Ma femme ne va jamais au spectacle, reprit le docteur.

M. Marescot, quand il habitait Paris, ne fréquentait que les Italiens.

— Moi, dit Bouvard, je me payais quelquefois un parterre au Vaudeville pour entendre des farces !

Foureau demanda à Mme Bordin si elle aimait les farces !

— Ça dépend de quelle espèce, dit-elle.

Le maire la lutinait. Elle ripostait aux plaisanteries. Ensuite elle indiqua une recette pour les cornichons. Du reste, ses talents de ménagère étaient connus, et elle avait une petite ferme admirablement soignée.

Foureau interpella Bouvard :

— Est-ce que vous êtes dans l'intention de vendre la vôtre ?

— Mon Dieu, jusqu'à présent, je ne sais trop...

— Comment! pas même la pièce des Écalles ? reprit le notaire ; ce serait à votre convenance, madame Bordin.

La veuve répliqua en minaudant :

— Les prétentions de M. Bouvard seraient trop fortes.

— On pourrait peut-être l'attendrir.

— Je n'essayerai pas !

—- Bah ! si vous l'embrassiez ?

— Essayons tout de même, dit Bouvard.

Et il la baisa sur les deux joues, aux applaudissements de la société.

Presque aussitôt on déboucha le champagne, dont les détonations amenèrent un redoublement de joie. Pécuchet fit un signe, les rideaux s'ouvrirent et le jardin apparut.

C'était, dans le crépuscule, quelque chose d'effrayant. Le rocher, comme une montagne, occupait le gazon, le tombeau faisait un cube au milieu des épinards, le pont vénitien un accent circonflexe par-dessus les haricots, et la cabane, au delà, une grande tache noire, car ils avaient incendié son toit de paille pour la rendre plus poétique. Les ifs, en forme de cerfs ou de fauteuils, se suivaient jusqu'à l'arbre foudroyé, qui s'étendait transversalement de la charmille à la tonnelle, où des pommes d'amour pendaient comme des stalactites. Un tournesol, çà et là, étalait son disque jaune. La pagode chinoise, peinte en rouge, semblait un phare sur le vigneau. Les becs des paons, frappés par le soleil, se renvoyaient des feux, et derrière la claire-voie, débarrassée de ses planches, la campagne toute plate terminait l'horizon.

Devant l'étonnement de leurs convives, Bouvard et Pécuchet ressentirent une véritable jouissance.

Mme Bordin surtout admira les paons ; mais le tombeau ne fut pas compris, ni la cabane incendiée, ni le mur en ruines. Puis chacun, à tour de rôle, passa sur le pont. Pour emplir le bassin, Bouvard et Pécuchet avaient charrié de l'eau pen-

dant toute la matinée. Elle avait fui entre les
pierres du fond, mal jointes, et de la vase les re-
couvrait.

Tout en se promenant, on se permit des critiques :

— A votre place j'aurais fait cela. Les petits
pois sont en retard. Ce coin, franchement, n'est
pas propre. Avec une taille pareille, jamais vous
n'obtiendrez de fruits.

Bouvard fut obligé de répondre qu'il se moquait des fruits.

Comme on longeait la charmille, il dit d'un air
finaud :

— Ah! voilà une personne que nous déran-
geons ; mille excuses !

La plaisanterie ne fut pas relevée. Tout le
monde connaissait la dame en plâtre.

Enfin, après plusieurs détours dans le labyrinthe, on arriva devant la porte aux pipes. Des
regards de stupéfaction s'échangèrent. Bouvard
observait le visage de ses hôtes, et impatient de
connaître leur opinion :

— Qu'en dites-vous ?

Mme Bordin éclata de rire. Tous firent comme
elle, M. le curé poussait une sorte de gloussement,
Hurel toussait, le docteur en pleurait, sa femme
fut prise d'un spasme nerveux, et Foureau,
homme sans gêne, cassa un Abd-el-Kader qu'il
mit dans sa poche, comme souvenir.

Quand on fut sorti de la charmille, Bouvard,
pour étonner son monde avec l'écho, cria de toutes
ses forces :

— Serviteur ! Mesdames !

Rien ! pas d'écho. Cela tenait à des réparations

faites à la grange, le pignon et la toiture étant démolis.

Le café fut servi sur le vigneau, et les messieurs allaient commencer une partie de boules, quand ils virent en face, derrière la claire-voie, un homme qui les regardait.

Il était maigre et hâlé, avec un pantalon rouge en lambeaux, une veste bleue, sans chemise, la barbe noire taillée en brosse ; et il articula d'une voix rauque :

— Donnez-moi un verre de vin !

Le maire et l'abbé Jeufroy l'avaient tout de suite reconnu. C'était un ancien menuisier de Chavignolles.

— Allons, Gorju ! éloignez-vous, dit M. Foureau, on ne demande pas l'aumône.

— Moi ! l'aumône ! s'écria l'homme exaspéré. J'ai fait sept ans la guerre en Afrique. Je relève de l'hôpital. Pas d'ouvrage ! Faut-il que j'assassine ? nom d'un nom !

Sa colère d'elle-même tomba, et, les deux poings sur les hanches, il considérait les bourgeois d'un air mélancolique et gouailleur. La fatigue des bivouacs, l'absinthe et les fièvres, toute une existence de misère et de crapule se révélait dans ses yeux troubles. Ses lèvres pâles tremblaient en lui découvrant les gencives. Le grand ciel empourpré l'enveloppait d'une lueur sanglante, et son obstination à rester là causait une sorte d'effroi.

Bouvard, pour en finir, alla chercher le fond d'une bouteille. Le vagabond l'absorba gloutonnement, puis disparut dans les avoines, en gesticulant.

Ensuite on blâma M. Bouvard. De telles complaisances favorisaient le désordre. Mais Bouvard, irrité par l'insuccès de son jardin, prit la défense du peuple; tous parlèrent à la fois.

Foureau exaltait le gouvernement, Hurel ne voyait dans le monde que la propriété foncière. L'abbé Jeuffroy se plaignit de ce qu'on ne protégeait pas la religion. Pécuchet attaqua les impôts. Mᵐᵉ Bordin criait par intervalle :

— Moi, d'abord, je déteste la République.

Et le docteur se déclara pour le progrès :

— Car enfin, monsieur, nous avons besoin de réformes.

— Possible! répondit Foureau, mais toutes ces idées-là nuisent aux affaires.

— Je me fiche des affaires! s'écria Pécuchet.

Vaucorbeil poursuivit :

— Au moins, donnez-nous l'adjonction des capacités.

Bouvard n'allait pas jusque-là.

— C'est votre opinion? reprit le docteur, vous êtes toisé! Bonsoir! et je vous souhaite un déluge pour naviguer dans votre bassin!

— Moi aussi, je m'en vais, dit un moment après M. Foureau.

Et désignant sa poche où était l'Abd-el-Kader :

— Si j'ai besoin d'un autre, je reviendrai.

Le curé, avant de partir, confia timidement à Pécuchet qu'il ne trouvait pas convenable ce simulacre de tombeau au milieu des légumes. Hurel, en se retirant, salua très bas la compagnie. M. Marescot avait disparu après le dessert.

Mᵐᵉ Bordin recommença le détail de ses cornichons, promit une seconde recette pour les prunes à l'eau-de-vie, et fit encore trois tours dans la grande allée; mais, en passant près du tilleul, le bas de sa robe s'accrocha, et ils l'entendirent qui murmurait :

— Mon Dieu! quelle bêtise que cet arbre!

Jusqu'à minuit, les deux amphitryons, sous la tonnelle, exhalèrent leur ressentiment.

Sans doute, on pouvait reprendre dans le dîner deux ou trois petites choses par-ci par-là; et cependant les convives s'étaient gorgés comme des ogres, preuve qu'il n'était pas si mauvais. Mais pour le jardin, tant de dénigrement provenait de la plus noire jalousie; et s'échauffant tous les deux :

— Ah! l'eau manque dans le bassin! Patience, on y verra jusqu'à un cygne et des poissons!

— A peine s'ils ont remarqué la pagode!

— Prétendre que les ruines ne sont pas propres est une opinion d'imbécile!

— Et le tombeau une inconvenance! Pourquoi inconvenance? Est-ce qu'on n'a pas le droit d'en construire un dans son domaine? Je veux même m'y faire enterrer!

— Ne parle pas de ça! dit Pécuchet.

Puis ils passèrent en revue les convives.

— Le médecin m'a l'air d'un joli poseur!

— As-tu observé le ricanement de Marescot devant le portrait?

— Quel goujat que M. le maire! Quand on dîne dans une maison, que diable! on respecte les curiosités.

— Mme Bordin? dit Bouvard.

— Eh! c'est une intrigante! Laisse-moi tranquille.

Dégoûtés du monde, ils résolurent de ne plus voir personne, de vivre exclusivement chez eux, pour eux seuls.

Et ils passaient des jours dans la cave à enlever le tartre des bouteilles, revernirent tous les meubles, encaustiquèrent les chambres; chaque soir, en regardant le bois brûler, ils dissertaient sur le meilleur système de chauffage.

Ils tâchèrent par économie de fumer des jambons, de couler eux-mêmes la lessive. Germaine, qu'ils incommodaient, haussait les épaules. A l'époque des confitures, elle se fâcha, et ils s'établirent dans le fournil.

C'était une ancienne buanderie, où il y avait, sous les fagots, une grande cuve maçonnée excellente pour leurs projets, l'ambition leur étant venue de fabriquer des conserves.

Quatorze bocaux furent emplis de tomates et de petits pois; ils en lutèrent les bouchons avec de la chaux vive et du fromage, appliquèrent sur les bords des bandelettes de toile, puis les plongèrent dans l'eau bouillante. Elle s'évaporait; ils en versèrent de la froide; la différence de température fit éclater les bocaux. Trois seulement furent sauvés.

Ensuite ils se procurèrent de vieilles boîtes à sardines, y mirent des côtelettes de veau et les enfoncèrent dans le bain-marie. Elles sortirent rondes comme des ballons; le refroidissement les aplatirait. Pour continuer l'expérience, ils enfermèrent dans d'autres boîtes des œufs, de la chicorée, du homard, une matelote, un potage! et ils s'applaudissaient, comme M. Appert, «d'avoir fixé les saisons»: de pareilles découvertes, selon

Pécuchet, l'emportaient sur les exploits des conquérants.

Ils perfectionnèrent les achars de Mme Bordin, en épiçant le vinaigre avec du poivre ; et leurs prunes à l'eau-de-vie étaient bien supérieures ! Ils obtinrent par la macération des ratafias de framboise et d'absinthe. Avec du miel et de l'angélique dans un tonneau de Bagnols, ils voulurent faire du vin de Malaga ; et ils entreprirent également la confection d'un champagne ! Les bouteilles de chablis, coupées de moût, éclatèrent d'elles-mêmes. Alors ils ne doutèrent plus de la réussite.

Leurs études se développant, ils en vinrent à soupçonner des fraudes dans toutes les denrées alimentaires.

Ils chicanaient le boulanger sur la couleur de son pain. Ils se firent un ennemi de l'épicier, en lui soutenant qu'il adultérait ses chocolats. Ils se transportèrent à Falaise, pour demander du jujube, et sous les yeux mêmes du pharmacien, soumirent sa pâte à l'épreuve de l'eau. Elle prit l'apparence d'une couenne de lard, ce qui dénotait de la gélatine.

Après ce triomphe, leur orgueil s'exalta. Ils achetèrent le matériel d'un distillateur en faillite, et bientôt arrivèrent dans la maison, des tamis, des barils, des entonnoirs, des écumoires, des chausses et des balances, sans compter une sébile à boulet et un alambic tête-de-maure, lequel exigea un fourneau réflecteur, avec une hotte de cheminée.

Ils apprirent comment on clarifie le sucre, et les différentes sortes de cuites, le grand et le petit perlé, le soufflé, le boulé, le morve et le caramel.

Mais il leur tardait d'employer l'alambic; et ils
abordèrent les liqueurs fines, en commençant par
l'anisette. Le liquide presque toujours entraînait
avec lui les substances, ou bien elles se collaient
dans le fond; d'autres fois, ils s'étaient trompés
sur le dosage. Autour d'eux les grandes bassines
de cuivre reluisaient, les matras avançaient leur
bec pointu, les poêlons pendaient au mur. Souvent l'un triait des herbes sur la table, tandis que
l'autre faisait osciller le boulet de canon dans la
sébile suspendue; ils mouvaient les cuillers, ils
dégustaient les mélanges.

Bouvard, toujours en sueur, n'avait pour vêtement que sa chemise et son pantalon tiré jusqu'au
creux de l'estomac par ses courtes bretelles; mais,
étourdi comme un oiseau, il oubliait le diaphragme de la cucurbite, ou exagérait le feu.

Pécuchet marmottait des calculs, immobile dans
sa longue blouse, une espèce de sarreau d'enfant
avec des manches; et ils se considéraient comme
des gens très sérieux, occupés de choses utiles.

Enfin ils rêvèrent *une crème* qui devait enfoncer
toutes les autres. Ils y mettraient de la coriandre
comme dans le kummel, du kirsch comme dans
le marasquin, de l'hysope comme dans la chartreuse, de l'ambrette comme dans le vespetro, du
calamus aromaticus comme dans le krambambuly;
et elle serait colorée en rouge avec du bois de
santal. Mais sous quel nom l'offrir au commerce?
car il fallait un nom facile à retenir et pourtant
bizarre. Ayant longtemps cherché, ils décidèrent
qu'elle se nommerait la « Bouvarine ».

Vers la fin de l'automne, des taches parurent
dans les trois bocaux de conserves. Les tomates

et les petits pois étaient pourris. Cela devait dépendre du bouchage. Alors le problème du bouchage les tourmenta. Pour essayer les méthodes
nouvelles, ils manquaient d'argent. Leur ferme
les rongeait.

Plusieurs fois, des tenanciers s'étaient offerts,
Bouvard n'en avait pas voulu. Mais son premier
garçon cultivait d'après ses ordres, avec une
épargne dangereuse, si bien que les récoltes dimi-
nuaient, tout périclitait; et ils causaient de leurs
embarras, quand maître Gouy entra dans le laboratoire, escorté de sa femme qui se tenait en arrière, timidement.

Grâce à toutes les façons qu'elles avaient reçues,
les terres s'étaient améliorées, et il venait pour reprendre la ferme. Il la déprécia. Malgré tous leurs
travaux, les bénéfices étaient chanceux; bref, s'il
la désirait, c'était par amour du pays et regret
d'aussi bons maîtres. On le congédia d'une manière froide. Il revint le soir même.

Pécuchet avait sermonné Bouvard; ils allaient
fléchir. Gouy demanda une diminution de fermage; et comme les autres se récriaient, il se mit
à beugler plutôt qu'à parler, attestant le bon Dieu,
énumérant ses peines, vantant ses mérites. Quand
on le sommait de dire son prix, il baissait la tête
au lieu de répondre. Alors, sa femme, assise près
de la porte, avec un grand panier sur les genoux,
recommençait les mêmes protestations, en piail-
lant d'une voix aiguë comme une poule blessée.

Enfin le bail fut arrêté aux conditions de trois
mille francs par an, un tiers de moins qu'autrefois.

Séance tenante, maître Gouy proposa d'acheter
le matériel, et les dialogues recommencèrent.

L'estimation des objets dura quinze jours. Bouvard s'en mourait de fatigue. Il lâcha tout pour une
somme tellement dérisoire, que Gouy, d'abord
écarquilla les yeux, et s'écriant : « Convenu », lui
frappa dans la main.

Après quoi, les propriétaires, suivant l'usage,
offrirent de casser une croûte à la maison, et Pécuchet ouvrit une bouteille de son malaga, moins
par générosité que dans l'espoir d'en obtenir des
éloges.

Mais le laboureur dit en rechignant :

— C'est comme du sirop de réglisse.

Et sa femme, « pour se faire passer le goût »,
réclama un verre d'eau-de-vie.

Une chose plus grave les occupait! Tous les
éléments de la « Bouvarine » étaient enfin rassem-
blés.

Ils les entassèrent dans la cucurbite, avec de
l'alcool; allumèrent le feu et attendirent. Cependant Pécuchet, tourmenté par la mésaventure du
malaga, prit dans l'armoire les boîtes de fer-blanc,
fit sauter le couvercle de la première, puis de la
seconde, de la troisième. Il les rejetait avec fureur
et appela Bouvard.

Bouvard ferma le robinet du serpentin pour se
précipiter vers les conserves. La désillusion fut
complète. Les tranches de veau ressemblaient à des
semelles bouillies. Un liquide fangeux remplaçait
le homard. On ne reconnaissait plus la matelote.
Des champignons avaient poussé sur le potage, et
une intolérable odeur empestait le laboratoire.

Tout à coup, avec un bruit d'obus, l'alambic
éclata en vingt morceaux qui bondirent jusqu'au
plafond, crevant les marmites, aplatissant les

écumoires, fracassant les verres ; le charbon s'éparpilla, le fourneau fut démoli, et, le lendemain, Germaine retrouva une spatule dans la cour.

La force de la vapeur avait rompu l'instrument, d'autant que la cucurbite se trouvait boulonnée au chapiteau.

Pécuchet, tout de suite, s'était accroupi derrière la cuve, et Bouvard, comme écroulé sur un tabouret. Pendant dix minutes ils demeurèrent dans cette posture, n'osant se permettre un seul mouvement, pâles de terreur, au milieu des tessons. Quand ils purent recouvrer la parole, ils se demandèrent quelle était la cause de tant d'infortunes, de la dernière surtout ? et ils n'y comprenaient rien, sinon qu'ils avaient manqué périr. Pécuchet termina par ces mots :

— C'est que, peut-être, nous ne savons pas la chimie !

III

Pour savoir la chimie, ils se procurèrent le cours de Regnault et apprirent d'abord « que les corps simples sont peut-être composés ».

On les distingue en métalloïdes et en métaux, différence qui n'a « rien d'absolu », dit l'auteur. De même pour les acides et les bases, « un corps pouvant se comporter à la manière des acides ou des bases, suivant les circonstances ».

La notation leur parut baroque. Les proportions multiples troublèrent Pécuchet.

— Puisqu'une molécule de A, je suppose, se combine avec plusieurs parties de B, il me semble que cette molécule doit se diviser en autant de parties ; mais si elle se divise, elle cesse d'être l'unité, la molécule primordiale. Enfin, je ne comprends pas.

— Moi non plus ! disait Bouvard.

Et ils recoururent à un ouvrage moins difficile, celui de Girardin, où ils acquirent la certitude que dix litres d'air pèsent cent grammes, qu'il n'entre pas de plomb dans les crayons, que le diamant n'est que du carbone.

Ce qui les ébahit par-dessus tout, c'est que la terre, comme élément, n'existe pas.

Ils saisirent la manœuvre du chalumeau, l'or, l'argent, la lessive du linge, l'étamage des casseroles ; puis, sans le moindre scrupule, Bouvard et Pécuchet se lancèrent dans la chimie organique.

Quelle merveille que de retrouver chez les êtres vivants les mêmes substances qui composent les minéraux ! Néanmoins ils éprouvaient une sorte d'humiliation à l'idée que leur individu contenait du phosphore comme les allumettes, de l'albumine comme les blancs d'œufs, du gaz hydrogène comme les réverbères.

Après les couleurs et les corps gras, ce fut le tour de la fermentation.

Elle les conduisit aux acides, et la loi des équivalents les embarrassa encore une fois. Ils tâchèrent de l'élucider avec la théorie des atomes ; ce qui acheva de les perdre.

Pour entendre tout cela, selon Bouvard, il aurait fallu des instruments.

La dépense était considérable, et ils en avaient trop fait.

Mais le docteur Vaucorbeil pouvait, sans doute, les éclairer.

Ils se présentèrent au moment de ses consultations.

— Messieurs, je vous écoute ! quel est votre mal ?

Pécuchet répliqua qu'ils n'étaient pas malades, et ayant exposé le but de leur visite :

— Nous désirons connaître premièrement l'atomicité supérieure.

Le médecin rougit beaucoup, puis les blâma de
vouloir apprendre la chimie.

— Je ne nie pas son importance, soyez-en
sûrs! mais actuellement, on la fourre partout!
Elle exerce sur la médecine une action déplorable.

Et l'autorité de sa parole se renforçait au spectacle des choses environnantes.

Du diachylum et des bandes traînaient sur la
cheminée. La boîte chirurgicale posait au milieu
du bureau, des sondes emplissaient une cuvette
dans un coin, et il y avait contre le mur la représentation d'un écorché.

Pécuchet en fit compliment au docteur.

— Ce doit être une belle étude que l'anatomie?

M. Vaucorbeil s'étendit sur le charme qu'il
éprouvait autrefois dans les dissections; et Bouvard demanda quels sont les rapports entre l'intérieur de la femme et celui de l'homme.

Afin de le satisfaire, le médecin tira de sa bibliothèque un recueil de planches anatomiques.

— Emportez-les! Vous les regarderez chez
vous plus à votre aise!

Le squelette les étonna par la proéminence de
sa mâchoire, les trous de ses yeux, la longueur
effrayante de ses mains. Un ouvrage explicatif
leur manquait; ils retournèrent chez M. Vaucorbeil, et, grâce au manuel d'Alexandre Lauth, ils
apprirent les divisions de la charpente, en s'éba-
hissant de l'épine dorsale, seize fois plus forte,
dit-on, que si le Créateur l'eût fait droite.

— Pourquoi seize fois, précisément?

Les métacarpiens désolèrent Bouvard; et Pécu-

chet, acharné sur le crâne, perdit courage devant
le sphénoïde, bien qu'il ressemble à une «selle
turque ou turquesque».

Quant aux articulations, trop de ligaments les
cachaient, et ils attaquèrent les muscles.

Mais les insertions n'étaient pas commodes à
découvrir, et, parvenus aux gouttières vertébrales,
ils y renoncèrent complètement.

Pécuchet dit alors :

— Si nous reprenions la chimie, ne serait-ce
que pour utiliser le laboratoire?

Bouvard protesta, et il crut se rappeler que l'on
fabriquait à l'usage des pays chauds des cadavres
postiches.

Barberou, auquel il écrivit, lui donna là-dessus
des renseignements. Pour dix francs par mois, on
pouvait avoir un des bonshommes de M. Auzoux,
et, la semaine suivante, le messager de Falaise
déposa devant leur grille une caisse oblongue.

Ils la transportèrent dans le fournil, pleins
d'émotion. Quand les planches furent déclouées,
la paille tomba, les papiers de soie glissèrent, le
mannequin apparut.

Il était couleur brique, sans chevelure, sans
peau, avec d'innombrables filets bleus, rouges et
blancs le bariolant. Cela ne ressemblait point à un
cadavre, mais à une espèce de joujou, fort vilain,
très propre, et qui sentait le vernis.

Puis ils enlevèrent le thorax, et ils aperçurent
les deux poumons, pareils à deux éponges; le
cœur tel qu'un gros œuf, un peu de côté par derrière, le diaphragme, les reins, tout le paquet des
entrailles.

— A la besogne! dit Pécuchet.

La journée et le soir y passèrent.

Ils avaient mis des blouses, comme font les carabins dans les amphithéâtres, et, à la lueur de trois chandelles, ils travaillaient leurs morceaux de carton, quand un coup de poing heurta la porte. « Ouvrez ! »

C'était M. Foureau, suivi du garde champêtre.

Les maîtres de Germaine s'étaient plu à lui montrer le bonhomme. Elle avait couru de suite chez l'épicier pour conter la chose, et tout le village croyait maintenant qu'ils recelaient dans leur maison un véritable mort. Foureau, cédant à la rumeur publique, venait s'assurer du fait ; des curieux se tenaient dans la cour.

Le mannequin, quand il entra, reposait sur le flanc, et les muscles de la face étant décrochés, l'œil faisait une saillie monstrueuse, avait quelque chose d'effrayant.

— Qui vous amène ? dit Pécuchet.

Foureau balbutia :

— Rien, rien du tout.

Et, prenant une des pièces sur la table :

— Qu'est-ce que c'est ?

— Le buccinateur, répondit Bouvard.

Foureau se tut, mais souriait d'une façon narquoise, jaloux de ce qu'ils avaient un divertissement au-dessus de sa compétence.

Les deux anatomistes feignaient de poursuivre leurs investigations. Les gens, qui s'ennuyaient sur le seuil, avaient pénétré dans le fournil, et comme on se poussait un peu, la table trembla.

— Ah ! c'est trop fort ! s'écria Pécuchet ; débarrassez-nous du public !

Le garde champêtre fit partir les curieux.

— Très bien ! dit Bouvard, nous n'avons besoin de personne.

Foureau comprit l'allusion, et lui demanda s'ils avaient le droit, n'étant pas médecins, de détenir un objet pareil. Il allait, du reste, écrire au préfet.

— Quel pays ! on n'était pas plus inepte, sauvage et rétrograde. La comparaison qu'ils firent d'eux-mêmes avec les autres les consola ; ils ambitionnaient de souffrir pour la science.

Le docteur aussi vint les voir. Il dénigra le mannequin comme trop éloigné de la nature, mais profita de la circonstance pour faire une leçon.

Bouvard et Pécuchet furent charmés, et, sur leur désir, M. Vaucorbeil leur prêta plusieurs volumes de sa bibliothèque, affirmant toutefois qu'ils n'iraient pas jusqu'au bout.

Ils prirent en note, dans le *Dictionnaire de sciences médicales,* les exemples d'accouchement, de longévité, d'obésité et de constipation extraordinaires. Que n'avaient-ils connu le fameux Canadien de Beaumont, les polyphages Tarare et Bijou, la femme hydropique du département de l'Eure, le Piémontais qui allait à la garde-robe tous les vingt jours, Simon de Mirepoix, mort ossifié, et cet ancien maire d'Angoulême, dont le nez pesait trois livres !

Le cerveau leur inspira des réflexions philosophiques. Ils distinguaient fort bien dans l'intérieur le *septum lucidum,* composé de deux lamelles, et la glande pinéale, qui ressemble à un petit pois rouge ; mais il y avait des pédoncules et des ventricules, des arcs, des piliers, des étages, des ganglions et des fibres de toutes sortes, et le foramen de Pacchioni, et le corps de Paccini, bref, un amas inextricable, de quoi user leur existence.

Quelquefois, dans un vertige, ils démontaient complètement le cadavre, puis se trouvaient embarrassés pour remettre en place les morceaux.

Cette besogne était rude, après le déjeuner surtout, et ils ne tardaient pas à s'endormir, Bouvard, le menton baissé, l'abdomen en avant, Pécuchet, la tête dans les mains, avec ses deux coudes sur la table.

Souvent, à ce moment-là, M. Vaucorbeil, qui terminait ses premières visites, entr'ouvrait la porte.

— Eh bien, les confrères, comment va l'anatomie?

— Parfaitement, répondaient-ils.

Alors il posait des questions pour le plaisir de les confondre.

Quand ils étaient las d'un organe, ils passaient à un autre, abordant ainsi et délaissant tour à tour le cœur, l'estomac, l'oreille, les intestins, car le bonhomme en carton les assommait, malgré leurs efforts pour s'y intéresser. Enfin le docteur les surprit comme ils le reclouaient dans sa boîte.

— Bravo! je m'y attendais.

On ne pouvait à leur âge entreprendre ces études; et le sourire accompagnant ces paroles les blessa profondément.

De quel droit les juger incapables? Est-ce que la science appartenait à ce monsieur? comme s'il était lui-même un personnage bien supérieur!

Donc, acceptant son défi, ils allèrent jusqu'à Bayeux pour y acheter des livres.

Ce qui leur manquait, c'était la physiologie, et

un bouquiniste leur procura les traités de Riche-
rand et d'Adelon, célèbres à l'époque.

Tous les lieux communs sur les âges, les sexes
et les tempéraments leur semblèrent de la plus
haute importance; ils furent bien aises de savoir
qu'il y a dans le tartre des dents trois espèces d'ani-
malcules, que le siège du goût est sur la langue,
et la sensation de la faim dans l'estomac.

Pour en saisir mieux les fonctions, ils regrettaient de n'avoir pas la faculté de ruminer, comme
l'avaient eue Montègre, M. Gosse et le frère de
Bérard, et ils mâchaient avec lenteur, trituraient,
insalivaient, accompagnant de la pensée le bol ali-
mentaire dans leurs entrailles, le suivaient même
jusqu'à ses dernières conséquences, pleins d'un
scrupule méthodique, d'une attention presque religieuse.

Afin de produire artificiellement des digestions,
ils tassèrent de la viande dans une fiole où était le
suc gastrique d'un canard, et ils la portèrent sous
leurs aisselles durant quinze jours, sans autre résultat que d'infecter leurs personnes.

On les vit courir le long de la grande route,
revêtus d'habits mouillés et à l'ardeur du soleil.
C'était pour vérifier si la soif s'apaise par l'application de l'eau sur l'épiderme. Ils rentrèrent
haletants et tous les deux avec un rhume.

L'audition, la phonation, la vision furent expé-
diées lestement; mais Bouvard s'étala sur la génération.

Les réserves de Pécuchet, en cette matière,
l'avaient toujours surpris. Son ignorance lui parut
si complète, qu'il le pressa de s'expliquer, et Pécuchet, en rougissant, finit par faire un aveu.

Des farceurs, autrefois, l'avaient entraîné dans
une mauvaise maison, d'où il s'était enfui, se gardant pour la femme qu'il aimerait plus tard. Une
circonstance heureuse n'était jamais venue, si bien
que, par fausse honte, gêne pécuniaire, crainte
des maladies, entêtement, habitude, à cinquante-
deux ans, et malgré le séjour de la capitale, il
possédait encore sa virginité.

Bouvard eut peine à le croire, puis il rit énormément, mais s'arrêta en apercevant des larmes
dans les yeux de Pécuchet; car les passions ne lui
avaient pas manqué, s'étant tour à tour épris d'une
danseuse de corde, de la belle-sœur d'un architecte, d'une demoiselle de comptoir, enfin d'une
petite blanchisseuse, et le mariage allait même se
conclure, quand il avait découvert qu'elle était
enceinte d'un autre.

Bouvard lui dit :

— Il y a moyen toujours de réparer le temps
perdu. Pas de tristesse, voyons. Je me charge...
si tu veux.

Pécuchet répliqua, en soupirant, qu'il ne fallait
plus y penser; et ils continuèrent leur physiologie.

Est-il vrai que la surface de notre corps dégage
perpétuellement une vapeur subtile? La preuve,
c'est que le poids d'un homme décroît à chaque
minute. Si chaque jour s'opère l'addition de ce qui
manque et la soustraction de ce qui excède, la
santé se maintiendra en parfait équilibre. Sanctorius, l'inventeur de cette loi, employa un demi-
siècle à peser quotidiennement sa nourriture avec
toutes ses excrétions, et se pesait lui-même, ne
prenant de relâche que pour écrire ses calculs.

Ils essayèrent d'imiter Sanctorius. Mais comme

leur balance ne pouvait les supporter tous les deux, ce fut Pécuchet qui commença.

Il retira ses habits, afin de ne pas gêner la perspiration, et il se tenait sur le plateau, complètement nu, laissant voir, malgré la pudeur, son torse très long, pareil à un cylindre, avec des jambes courtes, les pieds plats et la peau brune. A ses côtés, sur une chaise, son ami lui faisait la lecture.

Des savants prétendent que la chaleur animale se développe par les contractions musculaires, et qu'il est possible en agitant le thorax et les membres pelviens de hausser la température d'un bain tiède.

Bouvard alla chercher leur baignoire, et quand tout fut prêt, il s'y plongea, muni d'un thermomètre.

Les ruines de la distillerie, balayées vers le fond de l'appartement, dessinaient dans l'ombre un vague monticule. On entendait par intervalles le grignottement des souris; une vieille odeur de plantes aromatiques s'exhalait, et se trouvant là fort bien, ils causaient avec sérénité.

Cependant Bouvard sentait un peu de fraîcheur.

— Agite tes membres! dit Pécuchet.

Il les agita, sans rien changer au thermomètre.

— C'est froid décidément.

— Je n'ai pas chaud non plus, reprit Pécuchet saisi lui-même par un frisson. Mais agite tes membres pelviens! agite-les!

Bouvard ouvrait les cuisses, se tordait les flancs, balançait son ventre, soufflait comme un cachalot, puis regardait le thermomètre, qui baissait toujours :

— Je n'y comprends rien! je me remue pourtant!

6

— Pas assez!

Et il reprenait sa gymnastique.

Elle avait duré trois heures, quand une fois encore il empoigna le tube.

— Comment! douze degrés! Ah! bonsoir! je me retire!

Un chien entra, moitié dogue, moitié braque, le poil jaune, galeux, la langue pendante.

Que faire? pas de sonnettes! et leur domestique était sourde. Ils grelottaient, mais n'osaient bouger, dans la peur d'être mordus.

Pécuchet crut habile de lancer des menaces, en roulant des yeux.

Alors le chien aboya; et il sautait autour de la balance, où Pécuchet, se cramponnant aux cordes et pliant les genoux, tâchait de s'élever le plus haut possible.

— Tu t'y prends mal, dit Bouvard.

Et il se mit à faire des risettes au chien en proférant des douceurs.

Le chien, sans doute, les comprit. Il s'efforçait de le caresser, lui collait ses pattes sur les épaules, les éraflait avec ses ongles.

— Allons! maintenant! voilà qu'il a emporté ma culotte!

Il se coucha dessus et demeura tranquille.

Enfin, avec les plus grandes précautions, ils se hasardèrent, l'un à descendre du plateau, l'autre à sortir de la baignoire; et quand Pécuchet fut rhabillé, cette exclamation lui échappa :

— Toi, mon bonhomme, tu serviras à nos expériences.

Quelles expériences?

On pouvait lui injecter du phosphore, puis

l'enfermer dans une cave pour voir s'il rendrait
du feu par les naseaux. Mais comment injecter?
et du reste, on ne leur vendrait pas du phosphore.

Ils songèrent à l'enfermer sous une cloche
pneumatique, à lui faire respirer des gaz, à lui
donner pour breuvage des poisons. Tout cela
peut-être ne serait pas drôle. Enfin, ils choisirent
l'aimantation de l'acier par le contact de la moelle
épinière.

Bouvard, refoulant son émotion, tendait sur
une assiette des aiguilles à Pécuchet, qui les plantait contre les vertèbres. Elles se cassaient, glis-
saient, tombaient par terre; il en prenait d'autres,
et les enfonçait vivement, au hasard. Le chien
rompit ses attaches, passa comme un boulet de
canon par les carreaux, traversa la cour, le vestibule et se présenta dans la cuisine.

Germaine poussa des cris en le voyant tout
ensanglanté, avec des ficelles autour des pattes.

Ses maîtres, qui le poursuivaient, entrèrent au
même moment. Il fit un bond et disparut.

La vieille servante les apostropha.

— C'est encore une de vos bêtises, j'en suis
sûre! — Et ma cuisine, elle est propre! — Ça le
rendra peut-être enragé! On en fourre en prison
qui ne vous valent pas!

Ils regagnèrent le laboratoire, pour éprouver
les aiguilles.

Pas une n'attira la moindre limaille.

Puis, l'hypothèse de Germaine les inquiéta.
Il pouvait avoir la rage, revenir à l'improviste, se
précipiter sur eux. Le lendemain, ils allèrent partout aux informations, et pendant plusieurs années,

6.

ils se détournaient dans la campagne, sitôt qu'apparaissait un chien ressemblant à celui-là.

Les autres expériences échouèrent. Contrairement aux auteurs, les pigeons qu'ils saignèrent, l'estomac plein ou vide, moururent dans le même espace de temps. Des petits chats enfoncés sous l'eau périrent au bout de cinq minutes; et une oie, qu'ils avaient bourrée de garance, offrit des périostes d'une entière blancheur.

La nutrition les tourmentait.

Comment se fait-il que le même suc produise des os, du sang, de la lymphe et des matières excrémentielles? Mais on ne peut suivre les métamorphoses d'un aliment. L'homme qui n'use que d'un seul est chimiquement pareil à celui qui en absorbe plusieurs. Vauquelin, ayant calculé toute la chaux contenue dans l'avoine d'une poule, en retrouva davantage dans les coquilles de ses œufs.

Donc, il se fait une création de substance. De quelle manière? on n'en sait rien.

On ne sait même pas quelle est la force du cœur. Borelli admet celle qu'il faut pour soulever un poids de cent quatre-vingt mille livres, et Kiell l'évalue à huit onces environ, d'où ils conclurent que la physiologie est (suivant un vieux mot) le roman de la médecine. N'ayant pu la comprendre, ils n'y croyaient pas.

Un mois se passa dans le désœuvrement. Puis ils songèrent à leur jardin.

L'arbre mort, étalé dans le milieu, était gênant; ils l'équarrirent. Cet exercice les fatigua. Bouvard avait, très souvent, besoin de faire arranger ses outils chez le forgeron.

Un jour qu'il s'y rendait, il fut accosté par un

homme portant sur le dos un sac de toile, et qui
lui proposa des almanachs, des livres pieux, des
médailles bénites, enfin le *Manuel de la Santé,*
par François Raspail.

Cette brochure lui plut tellement, qu'il écrivit
à Barberou de lui envoyer le grand ouvrage. Barberou l'expédia, et indiquait, dans sa lettre, une
pharmacie pour les médicaments.

La clarté de la doctrine les séduisit. Toutes les
affections proviennent des vers. Ils gâtent les dents,
creusent les poumons, dilatent le foie, ravagent
les intestins, et y causent des bruits. Ce qu'il y a
de mieux pour s'en délivrer, c'est le camphre.
Bouvard et Pécuchet l'adoptèrent. Ils en prisaient,
ils en croquaient et distribuaient des cigarettes,
des flacons d'eau sédative et des pilules d'aloès.
Ils entreprirent même la cure d'un bossu.

C'était un enfant qu'ils avaient rencontré un jour
de foire. Sa mère, une mendiante, l'amenait chez
eux tous les matins. Ils frictionnaient sa bosse avec
de la graisse camphrée, y mettaient pendant vingt
minutes un cataplasme de moutarde, puis la re-
couvraient de diachylum, et pour être sûrs qu'il
reviendrait, lui donnaient à déjeuner.

Ayant l'esprit tendu vers les helminthes, Pécuchet observa sur la joue de Mme Bordin une tache
bizarre. Le docteur, depuis longtemps, la traitait
par les amers; ronde au début comme une pièce
de vingt sols, cette tache avait grandi, et formait un
cercle rose. Ils voulurent l'en guérir. Elle accepta,
mais exigeait que ce fût Bouvard qui lui fît les
onctions. Elle se posait devant la fenêtre, dégrafait
le haut de son corsage et restait la joue tendue, en le
regardant avec un œil qui aurait été dangereux

sans la présence de Pécuchet. Dans les doses permises et malgré l'effroi du mercure ils adminis-
trèrent du calomel. Un mois plus tard, Mme Bordin
était sauvée.

Elle leur fit de la propagande, et le percepteur
des contributions, le secrétaire de la mairie, le
maire lui-même, tout le monde dans Chavignolles
suçait des tuyaux de plume.

Cependant le bossu ne se redressait pas. Le percepteur lâcha la cigarette, elle redoublait ses étouffements. Foureau se plaignit des pilules d'aloès
qui lui occasionnaient des hémorroïdes; Bouvard
eut des maux d'estomac et Pécuchet d'atroces mi-
graines. Ils perdirent confiance dans Raspail, mais
eurent soin de n'en rien dire, craignant de dimi-
nuer leur considération.

Et ils montrèrent beaucoup de zèle pour la vaccine, apprirent à saigner sur des feuilles de chou,
firent même l'acquisition d'une paire de lancettes.

Ils accompagnaient le médecin chez les pauvres,
puis consultaient leurs livres.

Les symptômes notés par les auteurs n'étaient
pas ceux qu'ils venaient de voir. Quant aux noms
des maladies, du latin, du grec, du français, une
bigarrure de toutes les langues.

On les compte par milliers, et la classification
linnéenne est bien commode, avec ses genres et
ses espèces; mais comment établir les espèces?
Alors ils s'égarèrent dans la philosophie de la médecine.

Ils rêvaient sur l'archée de Van Helmont, le
vitalisme, le Brownisme, l'organicisme; demandaient au docteur d'où vient le germe de la scrofule,
vers quel endroit se porte le miasme contagieux,

et le moyen, dans tous les cas morbides, de distinguer la cause de ses effets.

— La cause et l'effet s'embrouillent, répondait Vaucorbeil.

Son manque de logique les dégoûta, et ils visitèrent les malades tout seuls, pénétrant dans les maisons, sous prétexte de philanthropie.

Au fond des chambres, sur de sales matelas, reposaient des gens dont la figure pendait d'un côté; d'autres l'avaient bouffie et d'un rouge écarlate, ou couleur de citron, ou bien violette, avec les narines pincées, la bouche tremblante, et des râles, des hoquets, des sueurs, des exhalaisons de cuir et de vieux fromage.

Ils lisaient les ordonnances de leurs médecins, et étaient fort surpris que les calmants soient parfois des excitants, les vomitifs des purgatifs, qu'un même remède convienne à des affections diverses, et qu'une maladie s'en aille sous des traitements opposés.

Néanmoins ils donnaient des conseils, remontaient le moral, avaient l'audace d'ausculter.

Leur imagination travaillait. Ils écrivirent au Roi, pour qu'on établît dans le Calvados un institut de garde-malades, dont ils seraient les professeurs.

Ils se transportèrent chez le pharmacien de Bayeux (celui de Falaise leur en voulait toujours à cause de son jujube), et ils l'engagèrent à fabriquer comme les Anciens des *pila purgatoria*, c'est-à-dire des boulettes de médicaments, qui, à force d'être maniées, s'absorbent dans l'individu.

D'après ce raisonnement qu'en diminuant la chaleur on entrave les phlegmasies, ils suspendirent dans son fauteuil, aux poutrelles du plafond,

une femme affectée de méningite, et ils la balançaient à tour de bras, quand le mari survenant les
flanqua dehors.

Enfin, au grand scandale de M. le curé, ils
avaient pris la mode nouvelle d'introduire des
thermomètres dans les derrières.

Une fièvre typhoïde se répandit aux environs :
Bouvard déclara qu'il ne s'en mêlerait pas. Mais
la femme de Gouy, leur fermier, vint gémir chez
eux. Son homme était malade depuis quinze jours,
et M. Vaucorbeil le négligeait.

Pécuchet se dévoua.

Taches lenticulaires sur la poitrine, douleurs
aux articulations, ventre ballonné, langue rouge,
c'étaient tous les symptômes de la dothiénentérie.
Se rappelant le mot de Raspail qu'en ôtant la diète
on supprime la fièvre, il ordonna des bouillons,
un peu de viande. Tout à coup le docteur parut.

Son malade était en train de manger, deux oreil-
lers derrière le dos, entre la fermière et Pécuchet
qui le renforçaient.

Il s'approcha du lit, et jeta l'assiette par la fenêtre, en s'écriant :

— C'est un véritable meurtre!

— Pourquoi?

— Vous perforez l'intestin, puisque la fièvre
typhoïde est une altération de sa membrane folli-
culaire.

— Pas toujours!

Et une dispute s'engagea sur la nature de fièvres.
Pécuchet croyait à leur essence. Vaucorbeil les
faisait dépendre des organes :

— Aussi j'éloigne tout ce qui peut surexciter!

— Mais la diète affaiblit le principe vital!

— Qu'est-ce que vous me chantez avec votre
principe vital? Comment est-il? qui l'a vu?

Pécuchet s'embrouilla.

— D'ailleurs, disait le médecin, Gouy ne veut
pas de nourriture.

Le malade fit un geste d'assentiment sous son
bonnet de coton.

— N'importe! il en a besoin!

— Jamais! son pouls donne quatre-vingt-dix-
huit pulsations.

— Qu'importent les pulsations?

Et Pécuchet nomma ses autorités.

— Laissons les systèmes! dit le docteur.

Pécuchet croisa les bras.

— Vous êtes un empirique, alors?

— Nullement! mais en observant...

— Et si on observe mal?

Vaucorbeil prit cette parole pour une allusion
à l'herpès de Mme Bordin, histoire clabaudée par
la veuve, et dont le souvenir l'agaçait.

— D'abord, il faut avoir fait de la pratique.

— Ceux qui ont révolutionné la science n'en
faisaient pas! Van Helmont, Boerhave, Broussais
lui-même.

Vaucorbeil, sans répondre, se pencha vers Gouy,
et haussant la voix :

— Lequel de nous deux choisissez-vous pour
médecin?

Le malade, somnolent, aperçut des visages en
colère, et se mit à pleurer.

Sa femme non plus ne savait que répondre;
car l'un était habile, mais l'autre avait peut-être
un secret?

— Très bien! dit Vaucorbeil, puisque vous

balancez entre un homme nanti d'un diplôme...

Pécuchet ricana :

— Pourquoi riez-vous?

— C'est qu'un diplôme n'est pas toujours un argument!

Le docteur était attaqué dans son gagne-pain, dans sa prérogative, dans son importance sociale. Sa colère éclata :

— Nous le verrons quand vous irez devant les tribunaux pour exercice illégal de la médecine!

Puis, se tournant vers la fermière :

— Faites-le tuer par monsieur tout à votre aise, et que je sois pendu si je reviens jamais dans votre maison!

Et il s'enfonça sous la hêtrée, en gesticulant avec sa canne.

Bouvard, quand Pécuchet rentra, était lui-même dans une grande agitation.

Il venait de recevoir Foureau, exaspéré par ses hémorroïdes. Vainement avait-il soutenu qu'elles préservent de toutes les maladies. Foureau, n'écoutant rien, l'avait menacé de dommages et intérêts. Il en perdait la tête.

Pécuchet lui conta l'autre histoire, qu'il jugeait plus sérieuse, et fut un peu choqué de son indifférence.

Gouy, le lendemain, eut une douleur dans l'abdomen. Cela pouvait tenir à l'ingestion de la nourriture. Peut-être que Vaucorbeil ne s'était pas trompé? Un médecin, après tout, doit s'y connaître! Et des remords assaillirent Pécuchet. Il avait peur d'être homicide.

Par prudence, ils congédièrent le bossu. Mais, à cause du déjeuner lui échappant, sa mère cria beaucoup. Ce n'était pas la peine de les avoir fait venir tous les jours de Barneval à Chavignolles!

Foureau se calma et Gouy reprenait des forces. A présent, la guérison était certaine : un tel succès enhardit Pécuchet.

— Si nous travaillions les accouchements, avec un de ces mannequins...

— Assez de mannequins!

— Ce sont des demi-corps en peau, inventés pour les élèves sages-femmes. Il me semble que je retournerais le fœtus!

Mais Bouvard était las de la médecine.

— Les ressorts de la vie nous sont cachés, les affections trop nombreuses, les remèdes problématiques, et on ne découvre dans les auteurs aucune définition raisonnable de la santé, de la maladie, de la diathèse, ni même du pus!

Cependant toutes ces lectures avaient ébranlé leur cervelle.

Bouvard, à l'occasion d'un rhume, se figura qu'il commençait une fluxion de poitrine. Des sangsues n'ayant pas affaibli le point de côté, il eut recours à un vésicatoire, dont l'action se porta sur les reins. Alors, il se crut attaqué de la pierre.

Pécuchet prit une courbature à l'élagage de la charmille, et vomit après son dîner, ce qui l'effraya beaucoup; puis, observant qu'il avait le teint un peu jaune, suspecta une maladie de foie, se demandait :

— Ai-je des douleurs?

Et finit par en avoir.

S'attristant mutuellement, ils regardaient leur langue, se tâtaient le pouls, changeaient d'eau minérale, se purgeaient et redoutaient le froid, la

chaleur, le vent, la pluie, les mouches, principalement les courants d'air.

Pécuchet imagina que l'usage de la prise était
funeste. D'ailleurs, un éternûment occasionne
parfois la rupture d'un anévrisme, et il abandonna
la tabatière. Par habitude, il y plongeait les doigts;
puis, tout à coup, se rappelait son imprudence.

Comme le café noir secoue les nerfs, Bouvard
voulut renoncer à la demi-tasse; mais il dormait
après ses repas et avait peur en se réveillant, car
le sommeil prolongé est une menace d'apoplexie.

Leur idéal était Cornaro, ce gentilhomme vénitien, qui, à force de régime, atteignit une extrême
vieillesse. Sans l'imiter absolument, on peut avoir
les mêmes précautions, et Pécuchet tira de sa bibliothèque un Manuel d'hygiène, par le docteur
Morin.

Comment avaient-ils fait pour vivre jusque-là?
Les plats qu'ils aimaient s'y trouvent défendus.
Germaine, embarrassée, ne savait plus que leur
servir.

Toutes les viandes ont des inconvénients. Le
boudin et la charcuterie, le hareng saur, le homard
et le gibier sont « réfractaires ». Plus un poisson
est gros, plus il contient de gélatine, et, par conséquent, est lourd. Les légumes causent des aigreurs,
le macaroni donne des rêves, les fromages « consi-
dérés généralement, sont d'une digestion difficile ».
Un verre d'eau le matin est « dangereux ». Chaque
boisson ou comestible étant suivi d'un avertissement pareil, ou bien de ces mots : « mauvais!
— gardez-vous de l'abus! — ne convient pas à tout
le monde! » Pourquoi mauvais? où est l'abus?
comment savoir si telle chose vous convient?

Quel problème que celui du déjeuner! Ils quit-
tèrent le café au lait, sur sa détestable réputation,
et ensuite le chocolat; — car c'est « un amas de
substances indigestes ». Restait donc le thé. Mais
« les personnes nerveuses doivent se l'interdire
complètement ». Cependant Decker, au XVIIᵉ siècle,
en prescrivait vingt décalitres par jour, afin de nettoyer les marais du pancréas.

Ce renseignement ébranla Morin dans leur
estime, d'autant plus qu'il condamne toutes les
coiffures, chapeaux, bonnets et casquettes, exigence qui révolta Pécuchet.

Alors ils achetèrent le traité de Becquerel, où ils
virent que le porc est en soi-même « un bon aliment », le tabac d'une innocence parfaite, et le café
« indispensable aux militaires ».

Jusqu'alors ils avaient cru à l'insalubrité des
endroits humides. Pas du tout! Casper les déclare
moins mortels que les autres. On ne se baigne pas
dans la mer sans avoir rafraîchi sa peau; Bégin veut
qu'on s'y jette en pleine transpiration. Le vin pur
après la soupe passe pour excellent à l'estomac;
Lévy l'accuse d'altérer les dents. Enfin, le gilet
de flanelle, cette sauvegarde, ce tuteur de la santé,
ce palladium chéri de Bouvard et inhérent à
Pécuchet, sans ambages ni crainte de l'opinion,
des auteurs le déconseillent aux hommes plétho-
riques et sanguins.

Qu'est-ce donc que l'hygiène?

— « Vérité en deçà des Pyrénées, erreur au
delà », affirme M. Lévy, et Becquerel ajoute qu'elle
n'est pas une science.

Alors ils se commandèrent pour leur dîner des
huîtres, un canard, du porc aux choux, de la

crème, un pont-l'évêque et une bouteille de bourgogne. Ce fut un affranchissement, presque une
revanche, et ils se moquaient de Cornaro! Fallait-
il être imbécile pour se tyranniser comme lui!
Quelle bassesse que de penser toujours au prolongement de son existence! La vie n'est bonne qu'à
la condition d'en jouir.

— Encore un morceau?

— Je veux bien.

— Moi de même!

— A ta santé!

— A la tienne!

— Et fichons-nous du reste!

Ils s'exaltaient.

Bouvard annonça qu'il voulait trois tasses de
café, bien qu'il ne fût pas un militaire. Pécuchet,
la casquette sur les oreilles, prisait coup sur coup,
éternuait sans peur; et, sentant le besoin d'un peu
de champagne, ils ordonnèrent à Germaine d'aller
de suite au cabaret leur en acheter une bouteille. Le village était trop loin. Elle refusa. Pécuchet fut indigné.

— Je vous somme, entendez-vous! je vous
somme d'y courir.

Elle obéit, mais en bougonnant, résolue à lâcher
bientôt ses maîtres, tant ils étaient incompréhen-
sibles et fantasques.

Puis, comme autrefois, ils allèrent prendre le
gloria sur le vigneau.

La moisson venait de finir, et des meules, au
milieu des champs, dressaient leurs masses noires
sur la couleur de la nuit bleuâtre et douce. Les
fermes étaient tranquilles. On n'entendait même
plus les grillons. Toute la campagne dormait. Ils

digéraient en humant la brise, qui rafraîchissait leurs pommettes.

Le ciel, très haut, était couvert d'étoiles; les unes brillent par groupes, d'autres à la file, ou bien seules à des intervalles éloignés. Une zone de poussière lumineuse, allant du septentrion au midi, se bifurquait au-dessus de leurs têtes. Il y avait entre ces clartés de grands espaces vides, et le firmament semblait une mer d'azur, avec des archipels et des îlots.

— Quelle quantité! s'écria Bouvard.

— Nous ne voyons pas tout! reprit Pécuchet. Derrière la voie lactée, ce sont les nébuleuses; au delà des nébuleuses, des étoiles encore : la plus voisine est séparée de nous par trois cents billions de myriamètres.

Il avait regardé souvent dans le télescope de la place Vendôme et se rappelait les chiffres.

— Le Soleil est un million de fois plus gros que la Terre, Sirius a douze fois la grandeur du Soleil, des comètes mesurent trente-quatre millions de lieues!

— C'est à rendre fou, dit Bouvard.

Il déplora son ignorance, et même regrettait de n'avoir pas été, dans sa jeunesse, à l'École polytechnique.

Alors Pécuchet, le tournant vers la Grande-Ourse, lui montra l'étoile polaire, puis Cassiopée, dont la constellation forme un Y, Véga de la Lyre, toute scintillante, et, au bas de l'horizon, le rouge Aldebaran.

Bouvard, la tête renversée, suivait péniblement les triangles, quadrilatères et pentagones qu'il faut imaginer pour se reconnaître dans le ciel.

Pécuchet continua :

— La vitesse de la lumière est de quatre-vingt mille lieues dans une seconde. Un rayon de la voie lactée met six siècles à nous parvenir. Si bien qu'une étoile, quand on l'observe, peut avoir disparu. Plusieurs sont intermittentes, d'autres ne reviennent jamais; et elles changent de position; tout s'agite, tout passe.

— Cependant le Soleil est immobile!

— On le croyait autrefois. Mais, les savants, aujourd'hui, annoncent qu'il se précipite vers la constellation d'Hercule!

Cela dérangeait les idées de Bouvard, et, après une minute de réflexion :

— La science est faite suivant les données fournies par un coin de l'étendue. Peut-être ne convient-elle pas à tout le reste qu'on ignore, qui est beaucoup plus grand, et qu'on ne peut découvrir.

Ils parlaient ainsi, debout sur le vigneau, à la lueur des astres, et leurs discours étaient coupés par de longs silences.

Enfin ils se demandèrent s'il y avait des hommes dans les étoiles. Pourquoi pas? Et comme la création est harmonique, les habitants de Sirius devaient être démesurés, ceux de Mars d'une taille moyenne, ceux de Vénus très petits. A moins que ce ne soit partout la même chose. Il existe là-haut des commerçants, des gendarmes; on y trafique, on s'y bat, on y détrône des rois.

Quelques étoiles filantes glissèrent tout à coup, décrivant sur le ciel comme la parabole d'une monstrueuse fusée.

— Tiens, dit Bouvard, voilà des mondes qui disparaissent.

Pécuchet reprit :

— Si le nôtre, à son tour, faisait la cabriole, les citoyens des étoiles ne seraient pas plus émus que nous ne le sommes maintenant. De pareilles idées vous renfoncent l'orgueil.

— Quel est le but de tout cela ?

— Peut-être qu'il n'y a pas de but.

— Cependant...

Et Pécuchet répéta deux ou trois fois « cependant » sans trouver rien de plus à dire.

— N'importe, je voudrais bien savoir comment l'univers s'est fait.

— Cela doit être dans Buffon, répondit Bouvard, dont les yeux se fermaient. Je n'en peux plus, je vais me coucher.

Les *Époques de la nature* leur apprirent qu'une comète, en heurtant le soleil, en avait détaché une portion, qui devint la terre. D'abord les pôles s'étaient refroidis. Toutes les eaux avaient enveloppé le globe ; elles s'étaient retirées dans les cavernes ; puis les continents se divisèrent, les animaux et l'homme parurent.

La majesté de la création leur causa un ébahissement infini comme elle.

Leur tête s'élargissait. Ils étaient fiers de réfléchir sur de si grands objets.

Les minéraux ne tardèrent pas à les fatiguer, et ils recoururent, comme distraction, aux *Harmonies* de Bernardin de Saint-Pierre.

Harmonies végétales et terrestres, aériennes, aquatiques, humaines, fraternelles et même conjugales, tout y passa, sans omettre les invocations à Vénus, aux Zéphirs et aux Amours. Ils s'étonnaient que les poissons eussent des nageoires, les

7

oiseaux des ailes, les semences une enveloppe;
pleins de cette philosophie qui découvre dans la
nature des intentions vertueuses et la considère
comme une espèce de saint Vincent de Paul toujours occupé à répandre des bienfaits!

Ils admirèrent ensuite ses prodiges, les trombes,
les volcans, les forêts vierges, et ils achetèrent
l'ouvrage de M. Depping sur les *Merveilles et beautés
de la nature en France.* Le Cantal en possède trois,
l'Hérault cinq, la Bourgogne deux, pas davantage, tandis que le Dauphiné compte à lui seul
jusqu'à quinze merveilles. Mais bientôt on n'en
trouvera plus. Les grottes à stalactites se bouchent,
les montagnes ardentes s'éteignent, les glacières
naturelles s'échauffent, et les vieux arbres dans
lesquels on disait la messe tombent sous la cognée
de niveleurs ou sont en train de mourir.

Puis leur curiosité se tourna vers les bêtes.

Ils rouvrirent leur Buffon et s'extasièrent devant
les goûts bizarres de certains animaux.

Mais tous les livres ne valant pas une observation personnelle, ils entraient dans les cours et
demandaient aux laboureurs s'ils avaient vu des
taureaux se joindre à des juments, les cochons
rechercher les vaches, et les mâles des perdrix
commettre entre eux des turpitudes.

— Jamais de la vie.

On trouvait même ces questions un peu drôles
pour des messieurs de leur âge.

Ils voulurent tenter des alliances anormales.

La moins difficile est celle du bouc et de la brebis. Leur fermier ne possédait pas de bouc, une
voisine prêta le sien, et l'époque du rut étant
venue, ils enfermèrent les deux bêtes dans le pres-

soir, en se cachant derrière les futailles, pour que l'événement pût s'accomplir en paix.

Chacune d'abord mangea son petit tas de foin, puis elles ruminèrent; la brebis se coucha, et elle bêlait sans discontinuer, pendant que le bouc, d'aplomb sur ses jambes torses, avec sa grande barbe et ses oreilles pendantes, fixait sur eux ses prunelles, qui luisaient dans l'ombre.

Enfin, le soir du troisième jour, ils jugèrent convenable de faciliter la nature; mais le bouc, se retournant contre Pécuchet, lui flanqua un coup de cornes au bas du ventre. La brebis, saisie de peur, se mit à tourner dans le pressoir comme dans un manège. Bouvard courut après, se jeta dessus pour la retenir, et tomba par terre avec des poignées de laine dans les deux mains.

Ils renouvelèrent leurs tentatives sur des poules et un canard, sur un dogue et une truie, avec l'espoir qu'il en sortirait des monstres, ne comprenant rien à la question de l'espèce.

Ce mot désigne un groupe d'individus dont les descendants se reproduisent; mais des animaux classés comme d'espèces différentes peuvent se reproduire, et d'autres, compris dans la même, en ont perdu la faculté.

Ils se flattèrent d'obtenir là-dessus des idées nettes en étudiant le développement des germes, et Pécuchet écrivit à Dumouchel pour avoir un microscope.

Tour à tour ils mirent sur la plaque de verre des cheveux, du tabac, des ongles, une patte de mouche; mais ils avaient oublié la goutte d'eau indispensable; c'était, d'autres fois, la petite lamelle, et ils se poussaient, dérangeaient l'instru-

7.

ment; puis, n'apercevant que du brouillard, accusaient l'opticien. Ils en arrivèrent à douter du microscope. Les découvertes qu'on lui attribue ne sont peut-être pas si positives?

Dumouchel, en leur adressant la facture, les pria de recueillir à son intention des ammonites et des oursins, curiosités dont il était toujours amateur, et fréquentes dans leur pays. Pour les exciter à la géologie, il leur envoyait les *Lettres* de Bertrand avec le *Discours de Cuvier* sur les révolutions du globe.

Après ces deux lectures, ils se figurèrent les choses suivantes :

D'abord une immense nappe d'eau, d'où émergeaient des promontoires tachetés par des lichens, et pas un être vivant, pas un cri. C'était un monde silencieux, immobile et nu ; puis de longues plantes se balançaient dans un brouillard qui ressemblait à la vapeur d'une étuve. Un soleil tout rouge surchauffait l'atmosphère humide. Alors des volcans éclatèrent, les roches ignées jaillissaient des montagnes, et la pâte des porphyres et des basaltes, qui coulait, se figea. Troisième tableau : dans des mers peu profondes, des îles de madrépores ont surgi ; un bouquet de palmiers, de place en place, les domine. Il y a des coquilles pareilles à des roues de chariot, des tortues qui ont trois mètres, des lézards de soixante pieds ; des amphibies allongent entre les roseaux leur col d'autruche à mâchoire de crocodile ; des serpents ailés s'envolent. Enfin, sur les grands continents, de grands mammifères parurent, les membres difformes comme des pièces de bois mal équarries, le cuir plus épais que des plaques de

bronze, ou bien velus, lippus, avec des crinières
et des défenses contournées. Des troupeaux de
mammouths broutaient les plaines où fut depuis
l'Atlantique; le paléothérium, moitié cheval, moitié tapir, bouleversait de son groin les fourmilières de Montmartre, et le cervus giganteus tremblait sous les châtaigniers à la voix de l'ours des
cavernes, qui faisant japper dans sa tanière le chien
de Beaugency, trois fois haut comme un loup.

Toutes ces époques avaient été séparées les
unes des autres par des cataclysmes, dont le dernier est notre déluge. C'était comme une féerie en
plusieurs actes, ayant l'homme pour apothéose.

Ils furent stupéfaits d'apprendre qu'il existait
sur des pierres des empreintes de libellules, de
pattes d'oiseaux; et, ayant feuilleté un des manuels Roret, ils cherchèrent des fossiles.

Un après-midi, comme ils retournaient des silex au milieu de la grande route, M. le curé passa,
et, les abordant d'une voix pateline :

— Ces messieurs s'occupent de géologie ? Fort
bien.

Car il estimait cette science. Elle confirme l'autorité des Écritures en prouvant le déluge.

Bouvard parla des coprolithes, lesquels sont des
excréments de bêtes, pétrifiés.

L'abbé Jeufroy parut surpris du fait; après
tout, s'il avait lieu, c'était une raison de plus
d'admirer la Providence.

Pécuchet avoua que leurs enquêtes jusqu'alors
n'avaient pas été fructueuses; et cependant les
environs de Falaise, comme tous les terrains juras-
siques, devaient abonder en débris d'animaux.

— J'ai entendu dire, répliqua l'abbé Jeufroy,

qu'autrefois on avait trouvé à Villers la mâchoire d'un éléphant.

Du reste, un de ses amis, M. Larsoneur, avocat, membre du barreau de Lisieux et archéologue, leur fournirait peut-être des renseignements! Il avait fait une histoire de Port-en-Bessin, où était notée la découverte d'un crocodile.

Bouvard et Pécuchet échangèrent un coup d'œil; le même espoir leur était venu; et malgré la chaleur, ils restèrent debout pendant longtemps, à interroger l'ecclésiastique, qui s'abritait sous un parapluie de coton bleu. Il avait le bas du visage un peu lourd, avec le nez pointu, souriait continuellement, ou penchait la tête en fermant les paupières.

La cloche de l'église tinta l'angelus.

— Bien le bonsoir, messieurs! Vous permettez, n'est-ce pas?

Recommandés par lui, ils attendirent durant trois semaines la réponse de Larsoneur. Enfin elle arriva.

L'homme de Villers qui avait déterré la dent de mastodonte s'appelait Louis Bloche; les détails manquaient. Quant à son histoire, elle occupait un des volumes de l'Académie Lexovienne, et il ne prêtait point son exemplaire, dans la peur de dépareiller sa collection. Pour ce qui était de l'alligator, on l'avait découvert au mois novembre 1825, sous la falaise des Hachettes, à Sainte-Honorine, près de Port-en-Bessin, arrondissement de Bayeux.

Suivaient des compliments.

L'obscurité enveloppant le mastodonte irrita le désir de Pécuchet. Il aurait voulu se rendre tout de suite à Villers.

Bouvard objecta que, pour s'épargner un déplacement peut-être inutile, et à coup sûr dispendieux, il convenait de prendre des informations, et ils écrivirent au maire de l'endroit une lettre, où ils lui demandaient ce qu'était devenu un certain Louis Bloche. Dans l'hypothèse de sa mort, ses descendants ou collatéraux pouvaient-ils les instruire sur sa précieuse découverte? Quand il la fit, à quelle place de la commune gisait ce document des âges primitifs? Avait-on des chances d'en trouver d'analogues? Quel était, par jour, le prix d'un homme et d'une charrette?

Et ils eurent beau s'adresser à l'adjoint, puis au premier conseiller municipal, ils ne reçurent de Villers aucune nouvelle. Sans doute les habitants étaient jaloux de leurs fossiles? A moins qu'ils ne les vendissent aux Anglais. Le voyage des Hachettes fut résolu.

Bouvard et Pécuchet prirent la diligence de Falaise pour Caen. Ensuite une carriole les transporta de Caen à Bayeux; de Bayeux ils allèrent à pied jusqu'à Port-en-Bessin.

On ne les avait pas trompés. La côte des Hachettes offrait des cailloux bizarres, et, sur les indications de l'aubergiste, ils atteignirent la grève.

La marée étant basse, elle découvrait tous ses galets, avec une prairie de goémons jusqu'aux bords des flots.

Des vallonnements herbeux découpaient la falaise, composée d'une terre molle et brune et qui, se durcissant, devenait, dans ses strates inférieures, une muraille de pierre grise. Des filets d'eau en tombaient sans discontinuer, pendant que la mer, au loin, grondait. Elle semblait parfois

suspendre son battement; et on n'entendait plus
que le petit bruit des sources.

Ils titubaient sur des herbes gluantes, ou bien
ils avaient à sauter des trous. Bouvard s'assit près
du rivage, et contempla les vagues, ne pensant à
rien, fasciné, inerte. Pécuchet le ramena vers la
côte pour lui faire voir un ammonite incrusté dans
la roche, comme un diamant dans sa gangue.
Leurs ongles s'y brisèrent, il aurait fallu des instruments, la nuit venait d'ailleurs. Le ciel était empourpré à l'occident et toute la plage couverte
d'une ombre. Au milieu des varechs presque
noirs, les flaques d'eau s'élargissaient. La mer
montait vers eux ; il était temps de rentrer.

Le lendemain dès l'aube, avec une pioche et un
pic, ils attaquèrent leur fossile dont l'enveloppe
éclata. C'était un « ammonites nodosus », rongé
par les bouts, mais pesant bien seize livres, et
Pécuchet, dans l'enthousiasme, s'écria :

— Nous ne pouvons faire moins que de l'offrir
à Dumouchel!

Puis ils rencontrèrent des éponges, des téré-
bratules, des orques, et pas de crocodile! A son
défaut, ils espéraient une vertèbre d'hippopotame
ou d'ichthyosaure, n'importe quel ossement con-
temporain du déluge, quand ils distinguèrent à
hauteur d'homme, contre la falaise, des contours
qui figuraient le galbe d'un poisson gigantesque.

Ils délibérèrent sur les moyens de l'obtenir.

Bouvard le dégagerait par le haut, tandis que
Pécuchet, en dessous, démolirait la roche pour le
faire descendre doucement, sans l'abîmer.

Comme ils reprenaient haleine, ils virent au-
dessus de leur tête, dans la campagne, un douanier

en manteau, qui gesticulait d'un air de commandement.

— Eh bien! quoi! fiche-nous la paix.

Et ils continuèrent leur besogne; Bouvard sur
la pointe des orteils, tapant avec sa pioche; Pécuchet, les reins pliés, creusant avec son pic.

Mais le douanier reparut plus bas, dans un
vallon, en multipliant les signaux; ils s'en moquaient bien! Un corps ovale se bombait sous la
terre amincie, et penchait, allait glisser.

Un autre individu, avec un sabre, se montra
tout à coup.

— Vos passeports?

C'était le garde champêtre en tournée, et au
même moment survint l'homme de la douane,
accouru par une ravine.

— Empoignez-les, père Morin! ou la falaise va
s'écrouler!

— C'est dans un but scientifique, répondit
Pécuchet.

Alors une masse tomba, en les frôlant de si
près, tous les quatre, qu'un peu plus ils étaient
morts.

Quand la poussière fut dissipée, ils reconnurent
un mât de navire, qui s'émietta sous la botte du
douanier.

Bouvard dit en soupirant :

— Nous ne faisions pas grand mal!

— On ne doit rien faire dans les limites du
Génie! reprit le garde champêtre. D'abord qui
êtes-vous pour que je vous dresse procès?

Pécuchet se rebiffa, criant à l'injustice.

— Pas de raisons! suivez-moi!

Dès qu'ils arrivèrent sur le port, une foule de

gamins les escorta. **Bouvard, rouge comme un**
coquelicot, affectait un air digne; Pécuchet, très
pâle, lançait des regards furieux; et ces deux
étrangers, portant des cailloux dans leurs mouchoirs, n'avaient pas bonne figure. Provisoirement, on les colloqua dans l'auberge, dont le
maître, sur le seuil, barrait l'entrée. Puis le maçon
réclama ses outils. Ils les payèrent, encore des
frais! et le garde champêtre ne revenait pas! pourquoi? Enfin un monsieur, qui avait la croix d'honneur, les délivra; et ils s'en allèrent, ayant donné
leurs noms, prénoms et domicile, avec l'engage-
ment d'être à l'avenir plus circonspects.

Outre un passeport, il leur manquait bien des
choses, et, avant d'entreprendre des explorations
nouvelles, ils consultèrent le *Guide du voyageur*
géologue, par Boné. Il faut avoir, premièrement,
un bon havresac de soldat, puis une chaîne d'arpenteur, une lime, des pinces, une boussole et
trois marteaux, passés dans une ceinture qui se
dissimule sous la redingote et «vous préserve ainsi
de cette apparence originale, que l'on doit éviter
en voyage». Comme bâton, Pécuchet adopta franchement le bâton de touriste, haut de six pieds, à
longue pointe de fer. Bouvard préférait une canne-
parapluie ou parapluie-polybranches, dont le
pommeau se retire pour agrafer la soie, contenue
à part dans un petit sac. Ils n'oublièrent pas de
forts souliers avec des guêtres, chacun «deux paires
de bretelles, à cause de la transpiration», et, bien
qu'on ne puisse «se présenter partout en casquette», ils reculèrent devant la dépense «d'un de
ces chapeaux qui se plient, et qui portent le nom
du chapelier Gibus, leur inventeur».

Le même ouvrage donne des préceptes de conduite : « Savoir la langue du pays que l'on visitera »; ils la savaient. « Garder une tenue modeste »; c'était leur usage. « Ne pas avoir trop d'argent sur soi »; rien de plus simple. Enfin, pour s'épargner toutes sortes d'embarras, il est bon de prendre « la qualité d'ingénieur ! ».

— Eh bien ! nous la prendrons !

Ainsi préparés, ils commencèrent leurs courses, étaient absents quelquefois pendant huit jours, passaient leur vie au grand air.

Tantôt, sur les bords de l'Orne, ils apercevaient, dans une déchirure, des pans de rocs dressant leurs lames obliques entre des peupliers et des bruyères, ou bien ils s'attristaient de ne rencontrer le long du chemin que des couches d'argile. Devant un paysage, ils n'admiraient ni la série des plans, ni la profondeur des lointains, ni les ondulations de la verdure, mais ce qu'on ne voyait pas, le dessous, la terre; et toutes les collines étaient pour eux encore une preuve du déluge. A la manie du déluge succéda celle des blocs erratiques. Les grosses pierres, seules dans les champs, devaient provenir de glaciers disparus, et ils cherchaient des moraines et des faluns.

Plusieurs fois on les prit pour des porte-balles, vu leur accoutrement; et quand ils avaient répondu qu'ils étaient « des ingénieurs », une crainte leur venait : l'usurpation d'un titre pareil pouvait leur attirer des désagréments.

A la fin du jour, ils haletaient sous le poids de leurs échantillons, mais intrépides, les rapportaient chez eux. Il y en avait le long des marches, dans l'escalier, dans la chambre, dans la salle, dans la cuisine, et Germaine se lamentait sur la quantité de poussière.

Ce n'était pas une mince besogne, avant de coller les étiquettes, que de savoir le nom des roches; la variété des couleurs et du grenu leur faisait confondre l'argile avec la marne, le granit et le gneiss, le quartz et le calcaire.

Et puis la nomenclature les irritait. Pourquoi dévonien, cambrien, jurassique, comme si les terres désignées par ces mots n'étaient pas ailleurs qu'en Devonshire, près de Cambridge, et dans le Jura? Impossible de s'y reconnaître; ce qui est système pour l'un est pour l'autre un étage, pour un troisième une simple assise. Les feuillets des couches s'entremêlent, s'embrouillent; mais Omalius d'Halloy vous prévient qu'il ne faut pas croire aux divisions géologiques.

Cette déclaration les soulagea, et quand ils eurent vu des calcaires à polypiers dans la plaine de Caen, des phyllades à Balleroy, du kaolin à Saint-Blaise, de l'oolithe partout, et cherché de la houille à Cartigny et du mercure à la Chapelle-en-Juger, près Saint-Lô, ils décidèrent une excursion plus lointaine, un voyage au Havre, pour étudier le quartz pyromaque et l'argile de Kimmeridge.

A peine descendus du paquebot, ils demandèrent le chemin qui conduit sous les phares; des éboulements l'obstruaient, il était dangereux de s'y hasarder.

Un loueur de voitures les accosta et leur offrit des promenades aux environs : Ingouville, Octeville, Fécamp, Lillebonne, «Rome s'il le fallait».

Ses prix étaient déraisonnables, mais le nom de

Fécamp les avait frappés; en se détournant un peu sur la route, on pouvait voir Étretat, et ils prirent la gondole de Fécamp pour se rendre au plus loin d'abord.

Dans la gondole, Bouvard et Pécuchet firent la conversation avec trois paysans, deux bonnes femmes, un séminariste, et n'hésitèrent pas à se qualifier d'ingénieurs.

On s'arrêta devant le bassin. Ils gagnèrent la falaise, et cinq minutes après la frôlèrent pour éviter une grande flaque d'eau avançant comme un golfe au milieu du rivage. Ensuite, ils virent une arcade qui s'ouvrait sur une grotte profonde; elle était sonore, très claire, pareille à une église, avec des colonnes de haut en bas et un tapis de varech tout le long de ses dalles.

Cet ouvrage de la nature les étonna, et, continuant leur chemin en ramassant des coquilles, ils s'élevèrent à des considérations sur l'origine du monde.

Bouvard penchait vers le neptunisme; Pécuchet, au contraire, était plutonien.

Le feu central avait brisé la croûte du globe, soulevé les terrains, fait des crevasses. C'est comme une mer intérieure ayant son flux et reflux, ses tempêtes; une mince pellicule nous en sépare. On ne dormirait pas si l'on songeait à tout ce qu'il y a sous nos talons. Cependant le feu central diminue et le soleil s'affaiblit, si bien que la terre un jour périra de refroidissement. Elle deviendra stérile; tout le bois et toute la houille se seront convertis en acide carbonique, et aucun être ne pourra subsister.

— Nous n'y sommes pas encore, dit Bouvard.

— Espérons-le, reprit Pécuchet.

N'importe, cette fin du monde, si lointaine qu'elle fût, les assombrit, et, côte à côte, ils marchaient silencieusement sur les galets.

La falaise, perpendiculaire, toute blanche et rayée en noir, çà et là, par des lignes de silex, s'en allait vers l'horizon, telle que la courbe d'un rempart ayant cinq lieues d'étendue. Un vent d'est, âpre et froid, soufflait. Le ciel était gris, la mer verdâtre et comme enflée. Du sommet des roches, des oiseaux s'envolaient, tournoyaient, rentraient vite dans leurs trous. Quelquefois une pierre, se détachant, rebondissait de place en place avant de descendre jusqu'à eux.

Pécuchet poursuivait à haute voix ses pensées :

— A moins que la terre ne soit anéantie par un cataclysme! On ignore la longueur de notre période. Le feu central n'a qu'à déborder.

— Pourtant il diminue.

— Cela n'empêche pas ses explosions d'avoir produit l'île Julia, le Monte-Nuovo, bien d'autres encore.

Bouvard se rappelait avoir lu ces détails dans Bertrand.

— Mais de pareils bouleversements n'arrivent pas en Europe.

— Mille excuses, témoin celui de Lisbonne. Quant à nos pays, les mines de houille et de pyrite martiale sont nombreuses et peuvent très bien, en se décomposant, former les bouches volcaniques. Les volcans, d'ailleurs, éclatent toujours près de la mer.

Bouvard promena sa vue sur les flots, et crut

distinguer au loin une fumée qui montait vers le
ciel.

— Puisque l'île Julia, reprit Pécuchet, a disparu, des terrains produits par la même cause auront peut-être le même sort. Un îlot de l'Archipel
est aussi important que la Normandie, et même
que l'Europe.

Bouvard se figura l'Europe engloutie dans un
abîme.

— Admets, dit Pécuchet, qu'un tremblement
de terre ait lieu sous la Manche; les eaux se ruent
dans l'Atlantique; les côtes de la France et de
l'Angleterre, en chancelant sur leur base, s'in-
clinent, se rejoignent, et v'lan! tout l'entre-deux
est écrasé.

Au lieu de répondre, Bouvard se mit à marcher tellement vite qu'il fut bientôt à cent pas
de Pécuchet. Étant seul, l'idée d'un cataclysme
le troubla. Il n'avait pas mangé depuis le matin :
ses tempes bourdonnaient. Tout à coup le sol lui
parut tressaillir et la falaise, au-dessus de sa tête,
pencher par le sommet. A ce moment, une pluie
de graviers déroula d'en haut.

Pécuchet l'aperçut qui détalait avec violence,
comprit sa terreur, cria de loin :

— Arrête! arrête! la période n'est pas accomplie.

Et pour le rattraper, il faisait des sauts énormes,
avec son bâton de touriste, tout en vociférant :

— La période n'est pas accomplie! la période
n'est pas accomplie!

Bouvard, en démence, courait toujours. Le parapluie polybranches tomba, les pans de sa redingote s'envolaient, le havresac ballottait à son dos.

C'était comme une tortue avec des ailes qui aurait galopé parmi les roches; une plus grosse le cacha.

Pécuchet y parvint hors d'haleine, ne vit personne, puis retourna en arrière pour gagner les champs par une « valleuse » que Bouvard avait prise, sans doute.

Ce raidillon étroit était taillé à grandes marches dans la falaise, de la largeur de deux hommes, et luisant comme de l'albâtre poli.

A cinquante pieds d'élévation, Pécuchet voulut descendre. La mer battant son plein, il se remit à grimper.

Au second tournant, quand il aperçut le vide, la peur le glaça. A mesure qu'il approchait du troisième, ses jambes devenaient molles. Les couches de l'air vibraient autour de lui, une crampe le pinçait à l'épigastre; il s'assit par terre, les yeux fermés, n'ayant plus conscience que des battements de son cœur qui l'étouffaient; puis il jeta son bâton de touriste, et avec les genoux et les mains reprit son ascension. Mais les trois marteaux tenus à la ceinture lui entraient dans le ventre; les cailloux dont ses poches étaient bourrées tapaient ses flancs; la visière de sa casquette l'aveuglait; le vent redoublait de force. Enfin il atteignit le plateau et y trouva Bouvard, qui était monté plus loin, par une valleuse moins difficile.

Une charrette les recueillit. Ils oublièrent Étretat.

Le lendemain soir, au Havre, en attendant le paquebot, ils virent au bas d'un journal, un feuilleton intitulé : *De l'enseignement de la géologie.*

Cet article, plein de faits, exposait la question comme elle était comprise à l'époque.

Jamais il n'y eut un cataclysme complet du globe, mais la même espèce n'a pas toujours la même durée, et s'éteint plus vite dans tel endroit que dans tel autre. Des terrains de même âge contiennent des fossiles différents, comme des dépôts très éloignés en renferment de pareils. Les fougères d'autrefois sont identiques aux fougères d'à présent. Beaucoup de zoophytes contemporains se retrouvent dans les couches les plus anciennes. En résumé, les modifications actuelles expliquent les bouleversements antérieurs. Les mêmes causes agissent toujours, la Nature ne fait pas de sauts, et les périodes, affirme Brongniart, ne sont après tout que des abstractions.

Cuvier, jusqu'à présent, leur avait apparu dans l'éclat d'une auréole, au sommet d'une science indiscutable. Elle était sapée. La Création n'avait plus la même discipline, et leur respect pour ce grand homme diminua.

Par des biographies et des extraits, ils apprirent quelque chose des doctrines de Lamarck et de Geoffroy Saint-Hilaire.

Tout cela contrariait les idées reçues, l'autorité de l'Église.

Bouvard en éprouva comme l'allégement d'un joug brisé.

— Je voudrais voir, maintenant, ce que le citoyen Jeufroy me répondrait sur le déluge!

Ils le trouvèrent dans son petit jardin, où il attendait les membres du conseil de fabrique, qui devaient se réunir tout à l'heure pour l'acquisition d'une chasuble.

— Ces messieurs souhaitent... ?

— Un éclaircissement, s'il vous plaît.

8

Et Bouvard commença :

— Que signifiaient, dans *la Genèse*, « l'abîme qui se rompit » et « les cataractes du ciel » ? Car un abîme ne se rompt pas, et le ciel n'a point de cataractes !

L'abbé ferma les paupières, puis répondit : qu'il fallait distinguer toujours entre le sens et la lettre. Des choses, qui d'abord vous choquent, deviennent légitimes en les approfondissant.

— Très bien ! mais comment expliquer la pluie qui dépassait les plus hautes montagnes, lesquelles mesurent deux lieues ! Y pensez-vous ? deux lieues ! une épaisseur d'eau ayant deux lieues !

Et le maire, survenant, ajouta :

— Saprelotte, quel bain !

— Convenez, dit Bouvard, que Moïse exagère diablement.

Le curé avait lu Bonald, et répliqua :

— J'ignore ses motifs ; c'était, sans doute, pour inspirer un effroi salutaire aux peuples qu'il dirigeait !

— Enfin cette masse d'eau, d'où venait-elle ?

— Que sais-je ! L'air s'était changé en pluie, comme il arrive tous les jours.

Par la porte du jardin, on vit entrer M. Girbal, directeur des contributions, avec le capitaine Heurteaux, propriétaire ; et Beljambe l'aubergiste donnait le bras à Langlois l'épicier, qui marchait péniblement à cause de son catarrhe.

Pécuchet, sans souci d'eux, prit la parole :

— Pardon, monsieur Jeufroy. Le poids de l'atmosphère, la science nous le démontre, est égal à celui d'une masse d'eau qui ferait autour du globe une enveloppe de dix mètres. Par conséquent, si tout l'air condensé tombait dessus à l'état liquide, il augmenterait bien peu la masse des eaux existantes.

Et les fabriciens ouvraient de grands yeux, écoutaient.

Le curé s'impatienta.

— Nierez-vous qu'on ait trouvé des coquilles sur les montagnes? Qui les y a mises, sinon le déluge? Elles n'ont pas coutume, je crois, de pousser toutes seules dans la terre comme des carottes!

Et ce mot ayant fait rire l'assemblée, il ajouta en pinçant les lèvres :

— A moins que ce ne soit encore une des découvertes de la science?

Bouvard voulut répondre par le soulèvement des montagnes, la théorie d'Élie de Beaumont.

— Connais pas, répondit l'abbé.

Foureau s'empressa de dire :

— Il est de Caen! Je l'ai vu une fois à la Préfecture!

— Mais si votre déluge, repartit Bouvard, avait charrié des coquilles, on les trouverait brisées à la surface, et non à des profondeurs de trois cents mètres quelquefois.

Le prêtre se rejeta sur la véracité des Écritures, la tradition du genre humain, et les animaux découverts dans la glace, en Sibérie.

Cela ne prouve pas que l'homme ait vécu en même temps qu'eux! La Terre, selon Pécuchet, était considérablement plus vieille.

— Le Delta du Mississipi remonte à des dizaines de milliers d'années. L'époque actuelle en

8.

a cent mille, pour le moins. Les listes de Manéthon...

Le comte de Faverges s'avança.

Tous firent silence à son approche.

— Continuez, je vous prie! Que disiez-vous?

— Ces messieurs me querellaient, répondit l'abbé.

— A propos de quoi?

— Sur la sainte Écriture, monsieur le comte!

Bouvard, de suite, allégua qu'ils avaient droit, comme géologues, à discuter religion.

— Prenez garde, dit le comte; vous savez le mot, cher monsieur : un peu de science en éloigne, beaucoup y ramène.

Et d'un ton à la fois hautain et paternel :

— Croyez-moi! vous y reviendrez! vous y reviendrez!

— Peut-être! mais que penser d'un livre où l'on prétend que la lumière a été créée avant le soleil, comme si le soleil n'était pas la seule cause de la lumière!

— Vous oubliez celle qu'on appelle boréale, dit l'ecclésiastique.

Bouvard, sans répondre à l'objection, nia fortement qu'elle ait pu être d'un côté et les ténèbres de l'autre; qu'il y ait eu un soir et un matin, quand les astres n'existaient pas, et que les animaux aient apparu tout à coup, au lieu de se former par cristallisation.

Comme les allées étaient trop petites, en gesticulant, on marchait dans les plates-bandes. Langlois fut pris d'une quinte de toux. Le capitaine criait :

— Vous êtes des révolutionnaires!

Girbal :

— La paix ! la paix !

Le prêtre :

— Quel matérialisme !

Foureau :

— Occupons-nous plutôt de notre chasuble !

— Non ! Laissez-moi parler !

Et Bouvard, s'échauffant, alla jusqu'à dire que l'homme descendait du singe !

Tous les fabriciens se regardèrent, fort ébahis et comme pour s'assurer qu'ils n'étaient pas des singes.

Bouvard reprit :

— En comparant le fœtus d'une femme, d'une chienne, d'un oiseau, d'une grenouille…

— Assez !

— Moi je vais plus loin ! s'écria Pécuchet ; l'homme descend des poissons !

Des rires éclatèrent. Mais sans se troubler :

— Le Telliamed ! un livre arabe !…

— Allons, messieurs, en séance !

Et on entra dans la sacristie.

Les deux compagnons n'avaient pas roulé l'abbé Jeufroy comme ils l'auraient cru ; aussi Pécuchet lui trouva-t-il « le cachet du jésuitisme ».

Sa lumière boréale les inquiétait cependant ; ils la cherchèrent dans le manuel de d'Orbigny.

C'est une hypothèse pour expliquer comment les végétaux fossiles de la baie de Baffin ressemblent aux plantes équatoriales. On suppose, à la place du soleil, un grand foyer lumineux, maintenant disparu, et dont les aurores boréales ne sont peut-être que les vestiges.

Puis un doute leur vint sur la provenance de

l'Homme, et, embarrassés, ils songèrent à Vaucorbeil.

Ses menaces n'avaient pas eu de suites. Comme
autrefois, il passait le matin devant leur grille, en
raclant avec sa canne tous les barreaux l'un après
l'autre.

Bouvard l'épia, et l'ayant arrêté, dit qu'il voulait lui soumettre un point curieux d'anthropo-
logie.

— Croyez-vous que le genre humain descende
des poissons?

— Quelle bêtise!

— Plutôt des singes, n'est-ce pas?

— Directement, c'est impossible!

A qui se fier? Car enfin, le docteur n'était pas
un catholique!

Ils continuèrent leurs études, mais sans passion,
étant las de l'éocène et du miocène, du Mont-
Jurillo, de l'île Julia, des mammouths de Sibérie
et des fossiles invariablement comparés, dans tous
les auteurs, à « des médailles qui sont des témoignages authentiques », si bien qu'un jour Bouvard
jeta son havresac par terre, en déclarant qu'il
n'irait pas plus loin.

La géologie est trop défectueuse! A peine
connaissons-nous quelques endroits de l'Europe.
Quant au reste, avec le fond des océans, on
l'ignorera toujours.

Enfin Pécuchet ayant prononcé le mot de règne
minéral :

— Je n'y crois pas au règne minéral! puisque
des matières organiques ont pris part à la formation du silex, de la craie, de l'or peut-être! Le
diamant n'a-t-il pas été du charbon? la houille un

assemblage de végétaux? En la chauffant à je ne sais plus combien de degrés, on obtient de la sciure de bois, tellement que tout passe, tout croule, tout se transforme. La création est faite d'une manière ondoyante et fugace; mieux vaudrait nous occuper d'autre chose!

Il se coucha sur le dos et se mit à sommeiller, pendant que Pécuchet, la tête basse et un genou dans les mains, se livrait à ses réflexions.

Une lisière de mousse bordait un chemin creux, ombragé par des frênes, dont les cimes légères tremblaient; des angéliques, des menthes, des lavandes exhalaient des senteurs chaudes, épicées; l'atmosphère était lourde; et Pécuchet, dans une sorte d'abrutissement, rêvait aux existences innombrables éparses autour de lui, aux insectes qui bourdonnaient, aux sources cachées sous le gazon, à la sève des plantes, aux oiseaux dans leurs nids, au vent, aux nuages, à toute la nature, sans chercher à découvrir ses mystères, séduit par sa force, perdu dans sa grandeur.

— J'ai soif! dit Bouvard en se réveillant.

— Moi de même! Je boirais volontiers quelque chose!

— C'est facile, reprit un homme qui passait en manches de chemise, avec une planche sur l'épaule.

Et ils reconnurent ce vagabond, à qui Bouvard autrefois avait donné un verre de vin. Il semblait de dix ans plus jeune, portait les cheveux en accroche-cœur, la moustache bien cirée, et dandinait sa taille d'une façon parisienne.

Après cent pas environ, il ouvrit la barrière d'une cour, jeta sa planche contre un mur, et les fit entrer dans une haute cuisine.

— Mélie! es-tu là, Mélie?

Une jeune fille parut; sur son commandement, alla « tirer de la boisson », et revint près de la table servir ces messieurs.

Ses bandeaux, de la couleur des blés, dépassaient un béguin de toile grise. Tous ses pauvres vêtements descendaient le long de son corps sans un pli et, le nez droit, les yeux bleus, elle avait quelque chose de délicat, de champêtre et d'ingénu.

— Elle est gentille, hein! dit le menuisier, pendant qu'elle apportait des verres. Si on ne jurerait pas une demoiselle costumée en paysanne! et rude à l'ouvrage, pourtant! Pauvre petit cœur, va! quand je serai riche, je t'épouserai!

— Vous dites toujours des bêtises, monsieur Gorju, répondit-elle d'une voix douce, sur un accent traînard.

Un valet d'écurie vint prendre de l'avoine dans un vieux coffre, et laissa retomber le couvercle si brutalement qu'un éclat de bois en jaillit.

Gorju s'emporta contre la lourdeur de tous « ces gars de la campagne », puis, à genoux devant le meuble, il cherchait la place du morceau. Pécuchet, en voulant l'aider, distingua sous la poussière des figures de personnages.

C'était un bahut de la Renaissance, avec une torsade en bas, des pampres dans les coins; et des colonnettes divisaient sa devanture en cinq compartiments. On voyait au milieu Vénus-Anadyomène debout sur une coquille, puis Hercule et Omphale, Samson et Dalila, Circé et ses pourceaux, les filles de Loth enivrant leur père; tout cela délabré, rongé de mites, et même le panneau de droite manquait. Gorju prit une chandelle pour mieux faire voir à Pécuchet celui de gauche, qui présentait, sous l'arbre du Paradis, Adam et Ève dans une posture fort indécente.

Bouvard également admira le bahut.

— Si vous y tenez, on vous le céderait à bon compte.

Ils hésitaient, vu les réparations.

Gorju pouvait les faire, étant de son métier ébéniste.

— Allons! Venez!

Et il entraîna Pécuchet vers la masure, où Mme Castillon, la maîtresse, étendait du linge.

Mélie, quand elle eut lavé ses mains, prit sur le bord de la fenêtre son métier à dentelles, s'assit en pleine lumière, et travailla.

Le linteau de la porte l'encadrait. Les fuseaux se débrouillaient sous ses doigts avec un claquement de castagnettes. Son profil restait penché.

Bouvard la questionna sur ses parents, sur son pays, les gages qu'on lui donnait.

Elle était de Ouistreham, n'avait plus de famille, gagnait une pistole par mois; enfin, elle lui plut tellement, qu'il désira la prendre à son service pour aider la vieille Germaine.

Pécuchet reparut avec la fermière, et pendant qu'ils continuaient leur marchandage, Bouvard demanda tout bas à Gorju si la petite bonne consentirait à devenir sa servante.

— Parbleu!

— Toutefois, dit Bouvard, il faut que je consulte mon ami.

— Eh bien, je ferai en sorte; mais n'en parlez pas! à cause de la bourgeoise.

Le marché venait de se conclure, moyennant
trente-cinq francs. Pour le raccommodage on s'en-
tendrait.

A peine dans la cour, Bouvard dit son intention
relativement à Mélie.

Pécuchet s'arrêta (afin de mieux réfléchir), ouvrit sa tabatière, huma une prise, et, s'étant mou-
ché :

— Au fait, c'est une idée! mon Dieu, oui!
pourquoi pas? D'ailleurs, tu es le maître!

Dix minutes après, Gorju se montra sur le haut-
bord d'un fossé, et les interpellant :

— Quand faut-il que je vous apporte le meuble?
— Demain!
— Et pour l'autre question, êtes-vous décidés?
— Convenu! répondit Pécuchet.

IV

Six mois plus tard, ils étaient devenus des archéologues; et leur maison ressemblait à un musée.

Une vieille poutre de bois se dressait dans le vestibule. Les spécimens de géologie encombraient l'escalier; et une chaîne énorme s'étendait par terre tout le long du corridor.

Ils avaient décroché la porte entre les deux chambres où ils ne couchaient pas et condamné l'entrée extérieure de la seconde, pour ne faire de ces deux pièces qu'un même appartement.

Quand on avait franchi le seuil, on se heurtait à une auge de pierre (un sarcophage gallo-romain), puis les yeux étaient frappés par de la quincaillerie.

Contre le mur en face, une bassinoire dominait deux chenets et une plaque de foyer qui représentait un moine caressant une bergère. Sur des planchettes tout autour, on voyait des flambeaux, des serrures, des boulons, des écrous. Le sol disparaissait sous des tessons de tuiles rouges. Une table au milieu exhibait les curiosités les plus

rares : la carcasse d'un bonnet de Cauchoise, deux
urnes d'argile, des médailles, une fiole de verre
opalin. Un fauteuil en tapisserie avait sur son dossier un triangle de guipure. Un morceau de cote
de mailles ornait la cloison à droite; et en dessous,
des pointes maintenaient horizontalement une hallebarde, pièce unique.

La seconde chambre, où l'on descendait par
deux marches, renfermait les anciens livres apportés de Paris, et ceux qu'en arrivant ils avaient
découverts dans une armoire. Les vantaux en
étaient retirés. Ils l'appelaient la bibliothèque.

L'arbre généalogique de la famille Croixmare
occupait seul tout le revers de la porte. Sur le
lambris en retour, la figure au pastel d'une dame
en costume Louis XV faisait pendant au portrait
du père Bouvard. Le chambranle de la glace avait
pour décoration un sombrero de feutre noir, et
une monstrueuse galoche, pleine de feuilles, les
restes d'un nid.

Deux noix de coco (appartenant à Pécuchet
depuis sa jeunesse) flanquaient sur la cheminée
un tonneau de faïence, que chevauchait un paysan.
Auprès, dans une corbeille de paille, il y avait
un décime rendu par un canard.

Devant la bibliothèque se carrait une commode
en coquillages, avec des ornements de peluche.
Son couvercle supportait un chat tenant une souris
dans sa gueule, pétrification de Saint-Allyre, une
boîte à ouvrage en coquilles mêmement, et sur
cette boîte, une carafe d'eau-de-vie contenait une
poire de bon-chrétien.

Mais le plus beau, c'était, dans l'embrasure de
la fenêtre, une statue de saint Pierre! Sa main

droite couverte d'un gant serrait la clef du Paradis, de couleur vert-pomme. Sa chasuble, que des fleurs de lis agrémentaient, était bleu-ciel, et sa tiare, très jaune, pointue comme une pagode. Il avait les joues fardées, de gros yeux ronds, la bouche béante, le nez de travers et en trompette. Au-dessus pendait un baldaquin fait d'un vieux tapis où l'on distinguait deux Amours dans un cercle de roses, et à ses pieds, comme une colonne, se levait un pot à beurre, portant ces mots en lettres blanches sur un fond chocolat : « Exécuté devant S. A. R. Monseigneur le duc d'Angoulême, à Noron, le 3 octobre 1817 ».

Pécuchet, de son lit, apercevait tout cela en enfilade, et parfois même il allait jusque dans la chambre de Bouvard, pour allonger la perspective.

Une place demeurait vide en face de la cotte de mailles, celle du bahut Renaissance.

Il n'était pas achevé, Gorju y travaillait encore, varlopant les panneaux dans le fournil, et les ajustant, les démontant.

A onze heures, il déjeunait, causait ensuite avec Mélie, et souvent ne reparaissait plus de toute la journée.

Pour avoir des morceaux dans le genre du meuble, Bouvard et Pécuchet s'étaient mis en campagne. Ce qu'ils rapportaient ne convenait pas. Mais ils avaient rencontré une foule de choses curieuses. Le goût des bibelots leur était venu, puis l'amour du moyen âge.

D'abord ils visitèrent les cathédrales; et les hautes nefs se mirant dans l'eau des bénitiers, les verreries éblouissantes comme des tentures de pierreries, les tombeaux au fond des chapelles, le

jour incertain des cryptes, tout, jusqu'à la fraîcheur des murailles, leur causa un frémissement
de plaisir, une émotion religieuse.

Bientôt ils furent capables de distinguer les
époques, et, dédaigneux des sacristains, ils disaient :

— Ah! une abside romane!... Cela est du
xiiᵉ siècle! voilà que nous retombons dans le flam-
boyant!

Ils tâchaient de comprendre les symboles
sculptés sur les chapiteaux, comme les deux grif-
fons de Marigny becquetant un arbre en fleurs.
Pécuchet vit une satire dans les chantres à mâchoire grotesque qui terminent les ceintures de
Feugerolles; et pour l'exubérance de l'homme
obscène couvrant un des meneaux d'Hérouville,
cela prouvait, suivant Bouvard, que nos aïeux
avaient chéri la gaudriole.

Ils arrivèrent à ne plus tolérer la moindre
marque de décadence. Tout était de la décadence
et ils déploraient le vandalisme, tonnaient contre
le badigeon.

Mais le style d'un monument ne s'accorde pas
toujours avec la date qu'on lui suppose. Le plein
cintre, au xiiiᵉ siècle, domine encore dans la Pro-
vence. L'ogive est peut-être fort ancienne! et des
auteurs contestent l'antériorité du roman sur le
gothique. Ce défaut de certitude les contrariait.

Après les églises ils étudièrent les châteaux
forts, ceux de Domfront et de Falaise. Ils admiraient sous la porte les rainures de la herse, et parvenus au sommet, ils voyaient d'abord toute la
campagne, puis les toits de la ville, les rues s'entre-
croisant, des charrettes sur la place, des femmes

au lavoir. Le mur dévalait à pic jusqu'aux broussailles des douves et ils pâlissaient en songeant que des hommes avaient monté là, suspendus à des échelles. Ils se seraient risqués dans les souterrains ; mais Bouvard avait pour obstacle son ventre, et Pécuchet la crainte des vipères.

Ils voulurent connaître les vieux manoirs, Curcy, Bully, Fontenay, Lemarmion, Argouge. Parfois à l'angle des bâtiments, derrière le fumier se dresse une tour carlovingienne. La cuisine garnie de bancs en pierre, fait songer à des ripailles féodales. D'autres ont un aspect exclusivement farouche, avec leurs trois enceintes encore visibles, des meurtrières sous l'escalier, de longues tourelles à pans aigus. Puis on arrive dans un appartement, où une fenêtre du temps des Valois, ciselée comme un ivoire, laisse entrer le soleil qui chauffe sur le parquet des grains de colza répandus. Des abbayes servent de granges. Les inscriptions des pierres tombales sont effacées. Au milieu des champs, un pignon reste debout, et du haut en bas est revêtu d'un lierre que le vent fait trembler.

Quantité de choses excitaient leurs convoitises, un pot d'étain, une boucle de strass, des indiennes à grands ramages. Le manque d'argent les retenait.

Par un hasard providentiel, ils déterrèrent à Balleroy, chez un étameur, un vitrail gothique et il fut assez grand pour couvrir, près du fauteuil, la partie droite de la croisée jusqu'au deuxième carreau. Le clocher de Chavignolles se montrait dans le lointain, produisant un effet splendide.

Avec un bas d'armoire, Gorju fabriqua un prie-

Dieu pour mettre sous le vitrail, car il flattait leur manie. Elle était si forte qu'ils regrettaient des monuments sur lesquels on ne sait rien du tout, comme la maison de plaisance des évêques de Séez.

Bayeux, dit M. de Caumont, devait avoir un théâtre. Ils en cherchèrent la place inutilement.

Le village de Montrecy contient un pré célèbre par des trouvailles de médailles qu'on y a découvertes autrefois. Ils comptaient y faire une belle récolte. Le gardien leur en refusa l'entrée.

Ils ne furent pas plus heureux sur la communication qui existait entre une citerne de Falaise et le faubourg de Caen. Des canards qu'on y avait introduits, reparurent à Vaucelles, en grognant : « Can, can, can », d'où est venu le nom de la ville.

Aucune démarche ne leur coûtait, aucun sacrifice.

A l'auberge de Mesnil-Villement, en 1816, M. Galeron eut un déjeuner pour la somme de quatre sols. Ils y firent le même repas, et constatèrent avec surprise que les choses ne se passaient plus comme ça!

Quel est le fondateur de l'abbaye de Sainte-Anne? Existe-t-il une parenté entre Marin Onfroy, qui importa, au xiie siècle, une nouvelle sorte de pomme de terre, et Onfroy, gouverneur d'Hastings, à l'époque de la conquête? Comment se procurer l'*Astucieuse Pythonisse,* comédie en vers d'un certain Dutrezor, faite à Bayeux, et actuellement des plus rares? Sous Louis XIV, Hérambert Dupaty, ou Dupastis Hérambert composa un ouvrage, qui n'a jamais paru, plein d'anecdotes sur Argentan : il s'agissait de retrouver ces anecdotes.

Que sont devenus les mémoires autographes de Mme Dubois de la Pierre, consultés pour l'histoire inédite de Laigle, par Louis Dasprès, desservant de Saint-Martin? Autant de problèmes, de points curieux à éclaircir.

Mais souvent un faible indice met sur la voie d'une découverte inappréciable.

Donc, ils revêtirent leurs blouses, afin de ne pas donner l'éveil, et, sous l'apparence de colporteurs, ils se présentaient dans les maisons, demandant à acheter de vieux papiers. On leur en vendit des tas. C'étaient des cahiers d'école, des factures, d'anciens journaux, rien d'utile.

Enfin, Bouvard et Pécuchet s'adressèrent à Larsoneur.

Il était perdu dans le celticisme, et, répondant sommairement à leurs questions, en fit d'autres.

Avaient-ils observé autour d'eux des traces de la religion du chien, comme on en voit à Montargis? et des détails spéciaux, sur les feux de la Saint-Jean, les mariages, les dictons populaires, etc.? Il les priait même de recueillir pour lui quelques-unes de ces haches en silex, appelées alors des *celtae* et que les druides employaient dans « leurs criminels holocaustes ».

Par Gorju, ils s'en procurèrent une douzaine, lui expédièrent la moins grande, les autres enrichirent le muséum.

Ils s'y promenaient avec amour, le balayaient eux-mêmes, en avaient parlé à toutes leurs connaissances.

Un après-midi, Mme Bordin et M. Marescot se présentèrent pour le voir.

Bouvard les reçut, et commença la démonstration par le vestibule.

La poutre n'était rien moins que l'ancien gibet de Falaise, d'après le menuisier qui l'avait vendue, lequel tenait ce renseignement de son grand-père.

La grosse chaîne, dans le corridor, provenait des oubliettes du donjon de Torteval. Elle ressemblait, suivant le notaire, aux chaînes des bornes devant les cours d'honneur. Bouvard était convaincu qu'elle servait autrefois à lier les captifs, et il ouvrit la porte de la première chambre.

— Pourquoi toutes ces tuiles ? s'écria Mme Bordin.

— Pour chauffer les étuves; mais un peu d'ordre, s'il vous plaît. Ceci est un tombeau découvert dans une auberge où on l'employait comme abreuvoir.

Ensuite Bouvard prit les deux urnes pleines d'une terre qui était de la cendre humaine, et il approcha de ses yeux la fiole, afin de montrer par quelle méthode les Romains y versaient des pleurs.

— Mais on ne voit chez vous que des choses lugubres !

Effectivement c'était un peu sérieux pour une dame, et alors il tira d'un carton plusieurs monnaies de cuivre, avec un denier d'argent.

Mme Bordin demanda au notaire quelle somme aujourd'hui cela pourrait valoir.

La cotte de maille qu'il examinait lui échappa des doigts, des anneaux se rompirent. Bouvard dissimula son mécontentement.

Il eut même l'obligeance de décrocher la halle-barde, et, se courbant, levant les bras, battant du talon, il faisait mine de faucher les jarrets d'un cheval, de pointer comme à la baïonnette, d'assommer un ennemi. La veuve, intérieurement, le trouvait un rude gaillard.

Elle fut enthousiasmée par la commode en coquillages. Le chat de Saint-Allyre l'étonna beaucoup, la poire dans la carafe un peu moins; puis, arrivant à la cheminée :

— Ah! voilà un chapeau qui aurait besoin de raccommodage.

Trois trous, des marques de balles, en perçaient les bords.

C'était celui d'un chef de voleurs sous le Directoire, David de La Bazoque, pris en trahison et tué immédiatement.

— Tant mieux, on a bien fait, dit Mme Bordin.

Marescot souriait devant les objets d'une façon dédaigneuse. Il ne comprenait pas cette galoche qui avait été l'enseigne d'un marchand de chaussures, ni pourquoi le tonneau de faïence, un vulgaire pichet de cidre, et le Saint-Pierre, franchement, était lamentable avec sa physionomie d'ivrogne.

Mme Bordin fit cette remarque :

— Il a dû vous coûter bon, tout de même.

— Oh! pas trop, pas trop.

Un couvreur d'ardoises l'avait donné pour quinze francs.

Ensuite elle blâma, vu l'inconvenance, le décolletage de la dame en perruque poudrée.

— Où est le mal? reprit Bouvard, quand on possède quelque chose de beau.

Et il ajouta plus bas :

— Comme vous, je suis sûr.

9.

Le notaire leur tournait le dos, étudiant les branches de la famille Croixmare. Elle ne répondit rien, mais se mit à jouer avec sa longue chaîne de montre. Ses seins bombaient le taffetas noir de son corsage, et, les cils un peu rapprochés, elle baissait le menton, comme une tourterelle qui se rengorge; puis, d'un air ingénu :

— Comment s'appelait cette dame?

On l'ignore; c'est une maîtresse du Régent, vous savez, celui qui a fait tant de farces.

— Je crois bien; les mémoires du temps...

Et le notaire, sans finir sa phrase, déplora cet exemple d'un prince entraîné par ses passions.

— Mais vous êtes tous comme ça!

Les deux hommes se récrièrent, et un dialogue s'ensuivit sur les femmes, sur l'amour. Marescot affirma qu'il existe beaucoup d'unions heureuses; parfois même, sans qu'on s'en doute, on a près de soi ce qu'il faudrait pour son bonheur. L'allusion était directe. Les joues de la veuve s'empourprèrent; mais, se remettant presque aussitôt :

— Nous n'avons plus l'âge des folies, n'est-ce pas, monsieur Bouvard?

— Eh! eh! moi, je ne dis pas ça.

Et il offrit son bras pour revenir dans l'autre chambre.

— Faites attention aux marches. Très bien. Maintenant, observez le vitrail.

On y distinguait un manteau d'écarlate et les deux ailes d'un ange. Tout le reste se perdait sous les plombs qui tenaient en équilibre les nombreuses cassures du verre. Le jour diminuait, des ombres s'allongeaient, Mme Bordin était devenue sérieuse.

Bouvard s'éloigna et reparut affublé d'une couverture de laine, puis s'agenouilla devant le prie-Dieu, les coudes en dehors, la face dans les mains, la lueur du soleil tombant sur sa calvitie; et il avait conscience de cet effet, car il dit :

— Est-ce que je n'ai pas l'air d'un moine du moyen âge?

Ensuite il leva le front obliquement, les yeux noyés; faisant prendre à sa figure une expression mystique. On entendit dans le corridor la voix grave de Pécuchet :

— N'aie pas peur, c'est moi.

Et il entra la tête recouverte d'un casque : un pot de fer à oreillons pointus.

Bouvard ne quitta pas le prie-Dieu. Les deux autres restaient debout. Une minute se passa dans l'ébahissement.

Mme Bordin parut un peu froide à Pécuchet. Cependant il voulut savoir si on lui avait tous montré.

— Il me semble.

Et désignant la muraille :

— Ah! pardon, nous aurons ici un objet que l'on restaure en ce moment.

La veuve et Marescot se retirèrent.

Les deux amis avaient imaginé de feindre une concurrence. Ils allaient en courses l'un sans l'autre, le second faisant des offres supérieures à celles du premier. Pécuchet venait d'obtenir le casque.

Bouvard l'en félicita et reçut des éloges à propos de la couverture.

Mélie, avec des cordons, l'arrangea en manière

de froc. Ils le mettaient à tour de rôle pour recevoir les visites.

Ils eurent celles de Girbal, de Foureau, du capitaine Heurteaux, puis de personnes inférieures : Langlois, Beljambe, leurs fermiers, jusqu'aux servantes des voisins; et chaque fois ils recommençaient leurs explications, montraient la place où serait le bahut, affectaient de la modestie, réclamaient de l'indulgence pour l'encombrement.

Pécuchet, ces jours-là, portait le bonnet de zouave qu'il avait autrefois à Paris, l'estimant plus en rapport avec le milieu artistique. A un certain moment, il se coiffait du casque et le penchait sur la nuque, afin de dégager son visage. Bouvard n'oubliait pas la manœuvre de la hallebarde; enfin, d'un coup d'œil, ils se demandaient si le visiteur méritait que l'on fît « le moine du moyen âge ».

Quelle émotion quand s'arrêta devant leur grille la voiture de M. de Faverges! Il n'avait qu'un mot à dire. Voici la chose :

Hurel, son homme d'affaires, lui avait appris que, cherchant partout des documents, ils avaient acheté de vieux papiers à la ferme de la Aubrye.

Rien de plus vrai.

N'y avaient-ils pas découvert des lettres du baron de Gonneval, ancien aide de camp du duc d'Angoulême, et qui avait séjourné à la Aubrye? On désirait cette correspondance pour des intérêts de famille.

Elle n'était pas chez eux, mais ils détenaient une chose qui l'intéressait, s'il daignait les suivre jusqu'à leur bibliothèque.

Jamais pareilles bottes vernies n'avaient craqué

dans le corridor. Elles se heurtèrent contre le sarcophage. Il faillit même écraser plusieurs tuiles, tourna le fauteuil, descendit deux marches, — et parvenus dans la seconde chambre, ils lui firent voir sous le baldaquin, devant le saint Pierre, le pot à beurre exécuté à Noron.

Bouvard et Pécuchet avaient cru que la date, quelquefois, pouvait servir.

Le gentilhomme, par politesse, inspecta leur musée. Il répétait : «Charmant! très bien!» tout en se donnant sur la bouche de petits coups avec le pommeau de sa badine, et, pour sa part, il les remerciait d'avoir sauvé ces débris du moyen âge, époque de foi religieuse et de dévouements chevalcresques. Il aimait le progrès, et se fût livré, comme eux, à ces études intéressantes; mais la politique, le conseil général, l'agriculture, un véritable tourbillon l'en détournait.

— Après vous, toutefois, on n'aurait que des glanes, car bientôt vous aurez pris toutes les curiosités du département.

— Sans amour-propre, nous le pensons, dit Pécuchet.

Cependant on pouvait en découvrir encore à Chavignolles, par exemple; il y avait contre le mur du cimetière, dans la ruelle, un bénitier enfoui sous les herbes depuis un temps immémorial.

Ils furent heureux du renseignement, puis échangèrent un regard signifiant « est-ce la peine? » mais déjà le comte ouvrait la porte.

Mélie, qui se trouvait derrière, s'enfuit brusquement.

Comme il passait dans la cour, il remarqua Gorju en train de fumer sa pipe, les bras croisés.

— Vous employez ce garçon ? Hum! un jour d'émeute je ne m'y fierais pas.

Et M. de Faverges remonta dans son tilbury.

Pourquoi leur bonne semblait-elle en avoir peur ?

Ils la questionnèrent, et elle conta qu'elle avait servi dans sa ferme. C'était cette petite fille qui versait à boire aux moissonneurs quand ils étaient venus, deux ans plus tôt. On l'avait prise comme aide au château et renvoyée « par suite de faux rapports ».

Pour Gorju, que lui reprocher ? Il était fort habile et leur marquait infiniment de considération.

Le lendemain, dès l'aube, ils se rendirent au cimetière.

Bouvard, avec sa canne, tâta à la place indiquée. Un corps dur sonna. Ils arrachèrent quelques orties et découvrirent une cuvette en grès, un font baptismal où des plantes poussaient.

On n'a pas coutume cependant d'enfouir les fonts baptismaux hors des églises.

Pécuchet en fit un dessin, Bouvard la description, et ils envoyèrent le tout à Larsoneur.

Sa réponse fut immédiate.

— Victoire, mes chers confrères! Incontestablement c'est une cuve druidique.

Toutefois qu'ils y prissent garde! La hache était douteuse, et autant pour lui que pour eux-mêmes il leur indiquait une série d'ouvrages à consulter.

Larsoneur confessait en post-scriptum son envie de connaître cette cuve, ce qui aurait lieu, à

quelques jours, quand il ferait le voyage de la
Bretagne.

Alors Bouvard et Pécuchet se plongèrent dans
l'archéologie celtique.

D'après cette science, les anciens Gaulois, nos
aïeux, adoraient Kirk et Kron, Taranis Esus,
Nétalemnia, le Ciel et la Terre, le Vent, les
Eaux, et par-dessus tout, le grand Teutatès, qui
est le Saturne des païens. Car Saturne, quand il
régnait en Phénicie, épousa une nymphe nommée
Anobret, dont il eut un enfant appelé Jeüd,
et Anobret a les traits de Sara, Jeüd fut sacrifié
(ou près de l'être) comme Isaac; donc Saturne est
Abraham, d'où il faut conclure que la religion
des Gaulois avait les mêmes principes que celle
des Juifs.

Leur société était fort bien organisée. La première classe de personnes comprenait le peuple,
la noblesse et le roi; la deuxième les juriscon-
sultes, et dans la troisième, la plus haute, se rangeaient, suivant Taillepied, « les diverses manières
de philosophes », c'est-à-dire les Druides ou Saro-
nides, eux-mêmes divisés en Eubages, Bardes et
Vates.

Les uns prophétisaient, les autres chantaient,
d'autres enseignaient la Botanique, la Médecine,
l'Histoire et la Littérature, bref « tous les arts de
leur époque ». Pythagore et Platon furent leurs
élèves. Ils apprirent la métaphysique aux Grecs,
la sorcellerie aux Persans, l'aruspicine aux Étrusques, et, aux Romains, l'étamage du cuivre et le
commerce des jambons.

Mais de ce peuple, qui dominait l'ancien
monde, il ne reste que des pierres, soit toutes

seules, ou par groupes de trois, ou disposées en
galeries, ou formant des enceintes.

Bouvard et Pécuchet, pleins d'ardeur, étudièrent successivement la pierre du Post à Ussy,
la Pierre-Couplée au Guest, la Pierre du Darier,
près de Laigle, d'autres encore!

Tous ces blocs, d'une égale insignifiance, les
ennuyèrent promptement; et un jour qu'ils venaient de voir le menhir du Passais, ils allaient
s'en retourner, quand leur guide les mena dans
un bois de hêtres, encombré par des masses de
granit pareilles à des piédestaux ou à de monstrueuses tortues.

La plus considérable est creusée comme un
bassin. Un des bords se relève, et du fond partent
deux entailles qui descendent jusqu'à terre; c'était
pour l'écoulement du sang, impossible d'en douter! Le hasard ne fait pas de ces choses.

Les racines des arbres s'entremêlaient à ces
socles abrupts. Un peu de pluie tombait; au
loin, les flocons de brume montaient, comme
de grands fantômes. Il était facile d'imaginer sous
les feuillages les prêtres en tiare d'or et en robe
blanche, avec leurs victimes humaines, les bras
attachés dans le dos, et, sur le bord de la cuve,
la druidesse observant le ruisseau rouge, pendant
qu'autour d'elle la foule hurlait, au tapage des
cymbales et des buccins faits d'une corne d'auroch.

Tout de suite, leur plan fut arrêté.

Et une nuit, par un clair de lune, ils prirent le
chemin du cimetière, marchant comme des voleurs, dans l'ombre des maisons. Les persiennes
étaient closes et les masures tranquilles; pas un
chien n'aboya.

Gorju les accompagnait; ils se mirent à l'ouvrage. On n'entendait que le bruit des cailloux heurtés par la bêche qui creusait le gazon.

Le voisinage des morts leur était désagréable; l'horloge de l'église poussait un râle continu, et la rosace de son tympan avait l'air d'un œil épiant les sacrilèges. Enfin, ils emportèrent la cuve.

Le lendemain, ils revinrent au cimetière pour voir les traces de l'opération.

L'abbé, qui prenait le frais sur sa porte, les pria de lui faire l'honneur d'une visite; et les ayant introduits dans sa petite salle, il les regarda singulièrement.

Au milieu du dressoir, entre les assiettes, il y avait une soupière décorée de bouquets jaunes.

Pécuchet la vanta, ne sachant que dire.

— C'est un vieux Rouen, reprit le curé, un meuble de famille.

Les amateurs le considèrent, M. Marescot surtout.

Pour lui, grâce à Dieu, il n'avait pas l'amour des curiosités; et comme ils semblaient ne pas comprendre, il déclara les avoir aperçus lui-même dérobant le font baptismal.

Les deux archéologues furent très penauds, balbutièrent. L'objet en question n'était plus d'usage.

N'importe! ils devaient le rendre.

Sans doute! Mais, au moins, qu'on leur permît de faire venir un peintre pour le dessiner.

— Soit, messieurs.

— Entre nous, n'est-ce pas? dit Bouvard, sous le sceau de la confession!

L'ecclésiastique, en souriant, les rassura d'un geste.

Ce n'était pas lui qu'ils craignaient, mais plutôt Larsoneur. Quand il passerait par Chavignolles, il aurait envie de la cuve, et ses bavardages iraient jusqu'aux oreilles du gouvernement. Par prudence, ils la cachèrent dans le fournil, puis dans la tonnelle, dans la cahute, dans une armoire. Gorju était las de la trimbaler.

La possession d'un tel morceau les attachait au celticisme de la Normandie.

Ses origines sont égyptiennes. Séez, dans le département de l'Orne, s'écrit parfois Saïs, comme la ville du Delta. Les Gaulois juraient par le taureau, importation du bœuf Apis. Le nom latin de Bellocastes, qui était celui des gens de Bayeux, vient de Beli Casa, demeure, sanctuaire de Bélus. Bélus et Osiris, même divinité. « Rien ne s'oppose », dit Mangou de la Londe, « à ce qu'il y ait eu, près de Bayeux, des monuments druidiques. » « Ce pays, ajoute M. Roussel, ressemble au pays où les Égyptiens bâtirent le temple de Jupiter-Ammon. » Donc, il y avait un temple, et qui enfermait des richesses. Tous les monuments celtiques en renferment.

En 1715, relate dom Martin, un sieur Héribel exhuma, aux environs de Bayeux, plusieurs vases d'argile pleins d'ossements, et conclut (d'après la tradition et les autorités évanouies) que cet endroit, une nécropole, était le mont Faunus, où l'on a enterré le Veau d'or.

Cependant le Veau d'or fut brûlé et avalé, à moins que la Bible ne se trompe!

Premièrement, où est le mont Faunus? Les

auteurs ne l'indiquent pas. Les indigènes n'en savent rien. Il aurait fallu se livrer à des fouilles, et, dans ce but, ils envoyèrent à M. le Préfet une pétition qui n'eut pas de réponse.

Peut-être que le mont Faunus a disparu, et que ce n'était pas une colline, mais un tumulus? Que signifiaient les tumulus?

Plusieurs contiennent des squelettes ayant la position du fœtus dans le sein de sa mère. Cela veut dire que le tombeau était pour eux comme une seconde gestation les préparant à une autre vie. Donc le tumulus symbolise l'organe femelle, comme la pierre levée est l'organe mâle.

En effet, où il y a des menhirs, un culte obscène a persisté. Témoin ce qui se faisait à Guérande, à Chichebouche, au Croisic, à Livarot. Anciennement, les tours, les pyramides, les cierges, les bornes des routes, et même les arbres avaient la signification de phallus, et pour Bouvard et Pécuchet, tout devint phallus. Ils recueillirent des palonniers de voiture, des jambes de fauteuil, des verrous de cave, des pilons de pharmacien. Quand on venait les voir, ils demandaient :

— A qui trouvez-vous que cela ressemble ?

Puis confiaient le mystère, et, si l'on se récriait, ils levaient de pitié les épaules.

Un soir qu'ils rêvaient aux dogmes des druides, l'abbé se présenta, discrètement.

Tout de suite ils montrèrent le musée, en commençant par le vitrail; mais il leur tardait d'arriver à un compartiment nouveau, celui des phallus. L'ecclésiastique les arrêta, jugeant l'exhibition indécente. Il venait réclamer ses fonts baptismaux.

Bouvard et Pécuchet implorèrent quinze jours encore, le temps d'en prendre un moulage.

— Le plus tôt sera le mieux, dit l'abbé.

Puis il causa de choses indifférentes.

Pécuchet, qui s'était absenté une minute, lui glissa dans la main un napoléon.

Le prêtre fit un mouvement en arrière.

— Ah! pour vos pauvres!

Et M. Jeufroy, en rougissant, fourra la pièce d'or dans sa soutane.

Rendre la cuve, la cuve aux sacrifices! jamais de la vie! Ils voulaient même apprendre l'hébreu, qui est la langue mère du celtique, à moins qu'elle n'en dérive! et ils allaient faire le voyage de la Bretagne, en commençant par Rennes, où ils avaient un rendez-vous avec Larsoneur, pour étudier cette urne mentionnée dans les mémoires de l'Académie celtique et qui paraît avoir contenu les cendres de la reine Artémise, quand le maire entra, le chapeau sur la tête, sans façon, en homme grossier qu'il était.

— Ce n'est pas tout ça, mes petits pères! Il faut le rendre!

— Quoi donc!

— Farceurs! je sais bien que vous *le* cachez!

On les avait trahis.

Ils répliquèrent qu'ils le détenaient avec la permission de monsieur le curé.

— Nous allons voir.

Et Foureau s'éloigna.

Il revint, une heure après.

— Le curé dit que non! Venez vous expliquer.

Ils s'obstinèrent.

D'abord, on n'avait pas besoin de ce bénitier,

qui n'était pas un bénitier. Ils le prouveraient par
une foule de raisons scientifiques. Puis, ils offrirent
de reconnaître, dans leur testament, qu'il appartenait à la commune.

Ils proposèrent même de l'acheter.

— Et d'ailleurs, c'est mon bien! répétait Pécuchet.

Les vingt francs, acceptés par M. Jeufroy,
étaient une preuve de contrat; et s'il fallait comparaître devant le juge de paix, tant pis, il ferait
un faux serment!

Pendant ces débats, il avait revu la soupière,
plusieurs fois; et dans son âme s'était développé
le désir, la soif de posséder cette faïence. Si on
voulait la lui donner, il remettrait la cuve. Autrement, non.

Par fatigue ou peur du scandale, M. Jeufroy la
céda.

Elle fut mise dans leur collection, près du bonnet de Cauchoise. La cuve décora le porche de
l'église; et ils se consolèrent de ne plus l'avoir par
cette idée que les gens de Chavignolles en ignoraient la valeur.

Mais la soupière leur inspira le goût des
faïences : nouveau sujet d'études et d'explorations dans la campagne.

C'était l'époque où les gens distingués recher-
chaient les vieux plats de Rouen. Le notaire en
possédait quelques-uns, et tirait de là comme une
réputation d'artiste, préjudiciable à son métier,
mais qu'il rachetait par des côtés sérieux.

Quand il sut que Bouvard et Pécuchet avaient
acquis la soupière, il vint leur proposer un
échange.

Pécuchet s'y refusa.

— N'en parlons plus!

Et Marescot examina leur céramique.

Toutes les pièces accrochées le long des murs étaient bleues sur un fond d'une blancheur malpropre, et quelques-unes étalaient leur corne d'abondance aux tons verts et rougeâtres, plats à barbe, assiettes et soucoupes, objets longtemps poursuivis et rapportés sur le cœur, dans le sinus de la redingote.

Marescot en fit l'éloge, parla des autres faïences, de l'hispano-arabe, de la hollandaise, de l'anglaise, de l'italienne; et les ayant éblouis par son érudition :

— Si je revoyais votre soupière?

Il la fit sonner d'un coup de doigt, puis contempla les deux S peints sur le couvercle.

— La marque de Rouen! dit Pécuchet.

— Oh! oh! Rouen, à proprement parler, n'avait pas de marque. Quand on ignorait Moutiers, toutes les faïences françaises étaient de Nevers. De même pour Rouen, aujourd'hui! D'ailleurs on l'imite dans la perfection à Elbeuf.

— Pas possible!

— On imite bien les majoliques! Votre pièce n'a aucune valeur, et j'allais faire, moi, une belle sottise!

Quand le notaire eut disparu, Pécuchet s'affaissa dans le fauteuil, prostré!

— Il ne fallait pas rendre la cuve, dit Bouvard, mais tu t'exaltes! tu t'emportes toujours.

— Oui! je m'emporte.

Et Pécuchet empoignant la soupière, la jeta loin de lui, contre le sarcophage.

Bouvard, plus calme, ramassa les morceaux, un à un; et, quelque temps après, eut cette idée :

— Marescot, par jalousie, pourrait bien s'être moqué de nous!

— Comment?

— Rien ne m'assure que la soupière ne soit pas authentique! tandis que les autres pièces, qu'il a fait semblant d'admirer, sont fausses peut-être?

Et la fin du jour se passa dans les incertitudes, les regrets.

Ce n'était pas une raison pour abandonner le voyage de la Bretagne. Ils comptaient même emmener Gorju, qui les aiderait dans leurs fouilles.

Depuis quelque temps, il couchait à la maison, afin de terminer plus vite le raccommodage du meuble. La perspective d'un déplacement le contraria, et comme ils parlaient des menhirs et des tumulus qu'ils comptaient voir :

— Je connais mieux, leur dit-il; en Algérie, dans le Sud, près des sources de Bou-Mursoug, on en rencontre des quantités.

Il fit même la description d'un tombeau, ouvert devant lui, par hasard, et qui contenait un squelette, accroupi comme un singe, les deux bras autour des jambes.

Larsoneur, qu'ils instruisirent du fait, n'en voulut rien croire.

Bouvard approfondit la matière, et le relança.

Comment se fait-il que les monuments des Gaulois soient informes, tandis que ces mêmes Gaulois étaient civilisés au temps de Jules César? Sans doute ils proviennent d'un peuple plus ancien.

Une telle hypothèse, selon Larsoneur, manquait de patriotisme.

N'importe! rien ne dit que ces monuments soient l'œuvre des Gaulois. « Montrez-nous un texte! »

L'académicien se fâcha, ne répondit plus; et ils en furent bien aises, tant les Druides les ennuyaient.

S'ils ne savaient à quoi s'en tenir sur la céramique et sur le celticisme, c'est qu'ils ignoraient l'histoire, particulièrement l'histoire de France.

L'ouvrage d'Anquetil se trouvait dans leur bibliothèque; mais la suite des rois fainéants les amusa fort peu. La scélératesse des maires du palais ne les indigna point; et ils lâchèrent Anquetil, rebutés par l'ineptie de ses réflexions.

Alors ils demandèrent à Dumouchel « quelle est la meilleure Histoire de France ».

Dumouchel prit, en leur nom, un abonnement à un cabinet de lecture et leur expédia les lettres d'Augustin Thierry, avec deux volumes de M. de Genoude.

D'après cet écrivain, la royauté, la religion et les assemblées nationales, voilà « les principes » de la nation française, lesquels remontent aux Mérovingiens. Les Carlovingiens y ont dérogé. Les Capétiens, d'accord avec le peuple, s'efforcèrent de les maintenir. Sous Louis XIII, le pouvoir absolu fut établi, pour vaincre le protestantisme, dernier effort de la féodalité, et 89 est un retour vers la constitution de nos aïeux.

Pécuchet admira ses idées.

Elles faisaient pitié à Bouvard, qui avait lu Augustin Thierry, d'abord :

— Qu'est-ce que tu me chantes, avec ta nation française! puisqu'il n'existait pas de France, ni d'assemblées nationales! et les Carlovingiens n'ont rien usurpé du tout! et les rois n'ont pas affranchi les communes! Lis toi-même.

Pécuchet se soumit à l'évidence, et bientôt le dépassa en rigueur scientifique! Il se serait cru déshonoré s'il avait dit Charlemagne et non Karl le Grand, Clovis au lieu de Clodowig.

Néanmoins il était séduit par Genoude, trouvant habile de faire se rejoindre les deux bouts de l'histoire de France, si bien que le milieu est du remplissage; et pour en avoir le cœur net, ils prirent la collection de Buchez et Roux.

Mais le pathos des préfaces, cet amalgame de socialisme et de catholicisme les écœura; les détails trop nombreux empêchaient de voir l'ensemble.

Ils recoururent à M. Thiers.

C'était pendant l'été de 1845, dans le jardin, sous la tonnelle. Pécuchet, un petit banc sous les pieds, lisait tout haut de sa voix caverneuse, sans fatigue, ne s'arrêtant que pour plonger les doigts dans sa tabatière. Bouvard l'écoutait la pipe à la bouche, les jambes ouvertes, le haut du pantalon déboutonné.

Des vieillards leur avaient parlé de 93; et des souvenirs presque personnels animaient les plates descriptions de l'auteur. Dans ce temps-là, les grandes routes étaient couvertes de soldats qui chantaient la *Marseillaise*. Sur le seuil des portes, des femmes assises cousaient de la toile pour

faire des tentes. Quelquefois arrivait un flot
d'hommes en bonnet rouge, inclinant au bout
d'une pique une tête décolorée, dont les cheveux
pendaient. La haute tribune de la Convention
dominait un nuage de poussière, où des visages
furieux hurlaient des cris de mort. Quand on
passait au milieu du jour, près du bassin des Tuileries, on entendait le heurt de la guillotine, pareil à des coups de mouton.

Et la brise remuait les pampres de la tonnelle,
les orges mûrs se balançaient par intervalles, un
merle sifflait. En portant des regards autour d'eux,
ils savouraient cette tranquillité.

Quel dommage que dès le commencement, on
n'ait pu s'entendre! Car si les royalistes avaient
pensé comme les patriotes, si la Cour y avait mis
plus de franchise, et les adversaires moins de
violence, bien des malheurs ne seraient pas arrivés!

A force de bavarder là-dessus, ils se passion-
nèrent. Bouvard, esprit libéral et cœur sensible,
fut constitutionnel, girondin, thermidorien. Pécuchet, bilieux et de tendances autoritaires, se déclara sans-culotte et même robespierriste.

Il approuvait la condamnation du roi, les dé-
crets les plus violents, le culte de l'Être Suprême.
Bouvard préférait celui de la Nature. Il aurait
salué avec plaisir l'image d'une grosse femme,
versant de ses mamelles à ses adorateurs, non pas
de l'eau, mais du chambertin.

Pour avoir plus de faits à l'appui de leurs arguments, ils se procurèrent d'autres ouvrages. Mont-
gaillard, Prudhomme, Gallois, Lacretelle, etc.; et
les contradictions de ces livres ne les embarras-

saient nullement. Chacun y prenait ce qui pouvait défendre sa cause.

Ainsi Bouvard ne doutait pas que Danton eût accepté cent mille écus pour faire des motions qui perdraient la République, et selon Pécuchet, Vergniaud aurait demandé six mille francs par mois.

— Jamais de la vie! Explique-moi plutôt pourquoi la sœur de Robespierre avait une pension de Louis XVIII?

— Pas du tout! c'était de Bonaparte, et puisque tu le prends comme ça, quel est le personnage qui, peu de temps avant la mort d'Egalité, eut avec lui une conférence secrète? Je veux qu'on réimprime, dans les mémoires de la Campan, les paragraphes supprimés! Le décès du dauphin me paraît louche. La poudrière de Grenelle en sautant tua deux mille personnes! Cause inconnue, dit-on, quelle bêtise!

Car Pécuchet n'était pas loin de la connaître, et rejetait tous les crimes sur les manœuvres des aristocrates, l'or de l'étranger.

Dans l'esprit de Bouvard, « Montez au ciel, fils de saint Louis », les vierges de Verdun et les culottes en peau humaine étaient indiscutables. Il acceptait les listes de Prudhomme, un million de victimes tout juste.

Mais la Loire, rouge de sang depuis Saumur jusqu'à Nantes, dans une longueur de dix-huit lieues, le fit songer. Pécuchet également conçut des doutes, et ils prirent en méfiance les historiens.

La révolution est, pour les uns, un événement satanique. D'autres la proclament une exception

sublime. Les vaincus de chaque côté, naturellement, sont des martyrs.

Thierry démontre, à propos des Barbares, combien il est sot de rechercher si tel prince fut bon
ou fut mauvais. Pourquoi ne pas suivre cette méthode dans l'examen des époques plus récentes?
Mais l'histoire doit venger la morale; on est recon-
naissant à Tacite d'avoir déchiré Tibère. Après
tout, que la reine ait eu des amants; que Dumou-
riez, dès Valmy, se proposât de trahir; en prairial
que ce soit la Montagne ou la Gironde qui ait
commencé, et en thermidor les Jacobins ou la
Plaine, qu'importe au développement de la Révolution, dont les origines sont profondes et les
résultats incalculables?

Donc, elle devait s'accomplir, être ce qu'elle
fut, mais supposez la fuite du Roi sans entrave,
Robespierre s'échappant ou Bonaparte assassiné,
hasards qui dépendaient d'un aubergiste moins
scrupuleux, d'une porte ouverte, d'une senti-
nelle endormie, et le train du monde changeait.

Ils n'avaient plus sur les hommes et les faits de
cette époque, une seule idée d'aplomb.

Pour la juger impartialement, il faudrait avoir
lu toutes les histoires, tous les mémoires, tous les
journaux et toutes les pièces manuscrites, car de la
moindre omission, une erreur peut dépendre qui
en amènera d'autres à l'infini. Ils y renoncèrent.

Mais le goût de l'histoire leur était venu, le
besoin de la vérité pour elle-même.

Peut-être est-elle plus facile à découvrir dans
es époques anciennes? les auteurs, étant loin des
choses, doivent en parler sans passion. Et ils commencèrent le bon Rollin.

— Quel tas de balivernes! s'écria Bouvard, dès le premier chapitre.

— Attends un peu, dit Pécuchet, en fouillant dans le bas de leur bibliothèque, où s'entassaient les livres du dernier propriétaire, un vieux jurisconsulte, maniaque et bel esprit.

Et ayant déplacé beaucoup de romans et de pièces de théâtre, avec un Montesquieu et des traductions d'Horace, il atteignit ce qu'il cherchait : l'ouvrage de Beaufort sur l'Histoire romaine.

Tite-Live attribue la fondation de Rome à Romulus. Salluste en fait honneur aux Troyens d'Énée. Coriolan mourut en exil selon Fabius Pictor, par les stratagèmes d'Attius Tullus si l'on en croit Denys; Sénèque affirme qu'Horatius Coclès s'en retourna victorieux, et Dion qu'il fut blessé à la jambe. Et La Mothe le Vayer émet des doutes pareils, relativement aux autres peuples.

On n'est pas d'accord sur l'antiquité des Chaldéens, le siècle d'Homère, l'existence de Zoroastre, les deux empires d'Assyrie. Quinte-Curce a fait des contes. Plutarque dément Hérodote. Nous aurions de César une autre idée, si le Vercingétorix avait écrit ses commentaires.

L'Histoire ancienne est obscure par le défaut de documents, ils abondent dans la moderne; et Bouvard et Pécuchet revinrent à la France, entamèrent Sismondi.

La succession de tant d'hommes leur donnait envie de les connaître plus profondément, de s'y mêler. Ils voulaient parcourir les originaux, Grégoire de Tours, Monstrelet, Commines, tous ceux dont les noms étaient bizarres ou agréables.

Mais les événements s'embrouillèrent, faute de savoir les dates.

Heureusement qu'ils possédaient la mnémotechnie de Dumouchel, un in-12 cartonné, avec cette épigraphe : « Instruire en amusant ».

Elle combinait les trois systèmes d'Allevy, de Pâris et de Fenaigle.

Allevy transforme les chiffres en figures, le nombre 1 s'exprimant par une tour, 2 par un oiseau, 3 par un chameau, ainsi du reste. Pâris frappe l'imagination au moyen de rébus; un fauteuil garni de clous à vis donnera : Clou, vis — Clovis; et comme le bruit de la friture fait « ric, ric », des merlans dans une poêle rappelleront Chilpéric. Fenaigle divise l'univers en maisons, qui contiennent des chambres, ayant chacune quatre parois à neuf panneaux, chaque panneau portant un emblème. Donc, le premier roi de la première dynastie occupera dans la première chambre le premier panneau. Un phare sur un mont dira comment il s'appelait « Phar a mond », système Pâris, et d'après le conseil d'Allevy, en plaçant au-dessus un miroir qui signifie 4, un oiseau 2, et un cerceau 0, on obtiendra 420, date de l'avènement de ce prince.

Pour plus de clarté, ils prirent comme base mnémotechnique leur propre maison, leur domicile, attachant à chacune de ses parties un fait distinct, et la cour, le jardin, les environs, tout le pays, n'avaient plus d'autre sens que de faciliter la mémoire. Les bornages dans la campagne limitaient certaines époques, les pommiers étaient des arbres généalogiques, les buissons des batailles, le monde devenait symbole. Ils cherchaient sur les murs, des quantités de choses absentes, finissaient par les voir, mais ne savaient plus les dates qu'elles représentaient.

D'ailleurs, les dates ne sont pas toujours authentiques. Ils apprirent dans un manuel pour les collèges, que la naissance de Jésus doit être reportée cinq ans plus tôt qu'on ne la met ordinairement; qu'il y avait chez les Grecs trois manières de compter les Olympiades, et huit chez les Latins de faire commencer l'année. Autant d'occasions pour les méprises, outre celles qui résultent des zodiaques, des ères et des calendriers différents.

Et de l'insouciance des dates, ils passèrent au dédain des faits.

Ce qu'il y a d'important, c'est la philosophie de l'histoire!

Bouvard ne put achever le célèbre discours de Bossuet.

— L'aigle de Meaux est un farceur! Il oublie la Chine, les Indes et l'Amérique! mais il a soin de nous apprendre que Théodose était « la joie de l'univers », qu'Abraham « traitait d'égal avec les rois », et que la philosophie des Grecs descend des Hébreux. Sa préoccupation des Hébreux m'agace.

Pécuchet partagea cette opinion, et voulut lui faire lire Vico.

— Comment admettre, objectait Bouvard, que des fables soient plus vraies que les vérités des historiens?

Pécuchet tâcha d'expliquer les mythes, se perdant dans *la Scienza Nuova*.

— Nieras-tu le plan de la Providence?

— Je ne le connais pas! dit Bouvard.

Et ils décidèrent de s'en rapporter à Dumouchel.

Le professeur avoua qu'il était maintenant dérouté en fait d'histoire.

— Elle change tous les jours. On conteste les rois de Rome et les voyages de Pythagore. On attaque Bélisaire, Guillaume Tell et jusqu'au Cid, devenu, grâce aux dernières découvertes, un simple bandit. C'est à souhaiter qu'on ne fasse plus de découvertes, et même l'Institut devrait établir une sorte de canon prescrivant ce qu'il faut croire!

Il envoyait en post-scriptum des règles de critique prises dans le cours de Daunou :

« Citer comme preuve le témoignage des foules, mauvaises preuves; elles ne sont pas là pour répondre.

« Rejeter les choses impossibles. On fit voir à Pausanias la pierre avalée par Saturne.

« L'architecture peut mentir, exemple : l'arc du Forum, où Titus est appelé le premier vainqueur de Jérusalem, conquise avant lui par Pompée.

« Les médailles trompent quelquefois. Sous Charles IX, on battit des monnaies avec le coin de Henri II.

« Tenez en compte l'adresse des faussaires, l'intérêt des apologistes et des calomniateurs. »

Peu d'historiens ont travaillé d'après ces règles, mais tous en vue d'une cause spéciale, d'une religion, d'une nation, d'un parti, d'un système, ou pour gourmander les rois, conseiller le peuple, offrir des exemples moraux.

Les autres, qui prétendaient narrer seulement,

ne valent pas mieux; car on ne peut tout dire, il faut un choix. Mais dans le choix des documents, un certain esprit dominera, et comme il varie, suivant les conditions de l'écrivain, jamais l'histoire ne sera fixée.

« C'est triste, » pensaient-ils.

Cependant, on pourrait prendre un sujet, épuiser les sources, en faire bien l'analyse, puis le condenser dans une narration, qui serait comme un raccourci des choses, reflétant la vérité tout entière. Une telle œuvre semblait exécutable à Pécuchet.

— Veux-tu que nous essayions de composer une histoire?

— Je ne demande pas mieux! Mais laquelle?

— Effectivement, laquelle?

Bouvard s'était assis, Pécuchet marchait de long en large dans le musée. Quand le pot à beurre frappa ses yeux, et s'arrêtant tout à coup :

— Si nous écrivions la vie du duc d'Angoulême?

— Mais c'était un imbécile! répliqua Bouvard.

— Qu'importe! les personnages du second plan ont parfois une influence énorme, et celui-là peut-être tenait le rouage des affaires.

Les livres leur donneraient des renseignements, et M. de Faverges en possédait sans doute par lui-même ou par de vieux gentilshommes de ses amis.

Ils méditèrent ce projet, le débattirent, et résolurent enfin de passer quinze jours à la bibliothèque municipale de Caen pour y faire des recherches.

Le bibliothécaire mit à leur disposition des his-

toires générales et des brochures, avec une litho-
graphie coloriée représentant de trois quarts
Mᵍʳ le duc d'Angoulême.

Le drap bleu de son habit d'uniforme disparaissait sous les épaulettes, les crachats et le grand
cordon rouge de la Légion d'honneur. Un collet
extrêmement haut enfermait son long cou. Sa
tête piriforme était encadrée par les frisons de sa
chevelure et de ses minces favoris, et de lourdes
paupières, un nez très fort et de grosses lèvres
donnaient à sa figure une expression de bonté
insignifiante.

Quand ils eurent pris des notes, ils rédigèrent
un programme :

Naissance et enfance peu curieuses. Un de ses
gouverneurs est l'abbé Guénée, l'ennemi de Voltaire. A Turin, on lui fait fondre un canon, et il
étudie les campagnes de Charles VIII. Aussi est-il
nommé, malgré sa jeunesse, colonel d'un régi-
ment de gardes-nobles.

1797. Son mariage.

1814. Les Anglais s'emparent de Bordeaux. Il
accourt derrière eux et montre sa personne aux
habitants. Description de la personne du prince.

1815. Bonaparte le surprend. Tout de suite il
appelle le roi d'Espagne, et Toulon, sans Masséna,
était livré à l'Angleterre.

Opérations dans le Midi. — Il est battu, mais
relâché sous la promesse de rendre les diamants
de la couronne, emportés au grand galop par le
roi, son oncle.

Après les Cent-Jours, il revient avec ses parents et vit tranquille. Plusieurs années s'écoulent.

Guerre d'Espagne. — Dès qu'il a franchi les

Pyrénées, la Victoire suit partout le petit-fils de Henri IV. Il enlève le Trocadéro, atteint les colonnes d'Hercule, écrase les factions, embrasse Ferdinand et s'en retourne.

Arcs de triomphe, fleurs que présentent les jeunes filles, dîners dans les préfectures, *Te Deum* dans les cathédrales. Les Parisiens sont au comble de l'ivresse. La ville lui offre un banquet. On chante sur les théâtres des allusions au héros.

L'enthousiasme diminue. Car en 1827, à Cherbourg, un bal organisé par souscription rate.

Comme il est grand-amiral de France, il inspecte la flotte qui va partir pour Alger.

Juillet 1830. Marmont lui apprend l'état des affaires. Alors il entre dans une telle fureur qu'il se blesse la main à l'épée du général.

Le roi lui confie le commandement de toutes les forces.

Il rencontre au bois de Boulogne des détachements de la ligne et ne trouve pas un seul mot à leur dire.

De Saint-Cloud, il vole au pont de Sèvres. Froideur des troupes. Ça ne l'ébranle pas. La famille royale quitte Trianon. Il s'asseoit au pied d'un chêne, déploie une carte, médite, remonte à cheval, passe devant Saint-Cyr et envoie aux élèves des paroles d'espérance.

A Rambouillet, les gardes du corps font leurs adieux.

Il s'embarque, et pendant toute la traversée est malade. Fin de sa carrière.

On doit y relever l'importance qu'eurent les ponts. D'abord, il s'expose inutilement sur le pont de l'Inn; il enlève le pont Saint-Esprit et le

pont de Lauriol; à Lyon, les deux ponts lui sont
funestes, et sa fortune expire devant le pont de
Sèvres.

Tableau de ses vertus. Inutile de vanter son
courage, auquel il joignait une grande politique.
Car il offrit à chaque soldat soixante francs pour
abandonner l'empereur, et en Espagne il tâcha de
corrompre à prix d'argent les constitutionnels.

Sa réserve était si profonde qu'il consentit au
mariage projeté entre son père et la reine d'Étru-
rie; à la formation d'un cabinet nouveau après les
ordonnances; à l'abdication en faveur de Chambord, à tout ce que l'on voulait.

La fermeté pourtant ne lui manquait pas. A
Angers, il cassa l'infanterie de la garde nationale,
qui, jalouse de la cavalerie et au moyen d'une
manœuvre, était parvenue à lui faire escorte, tellement que Son Altesse se trouva prise dans les
fantassins à en avoir les genoux comprimés. Mais
il blâma la cavalerie, cause du désordre, et par-
donna à l'infanterie; véritable jugement de Salomon.

Sa piété se signala par de nombreuses dévo-
tions, et sa clémence en obtenant la grâce du général Debelle, qui avait porté les armes contre lui.

Détails intimes, traits du prince :

Au château de Beauregard, dans son enfance,
il prit plaisir, avec son frère, à creuser une pièce
d'eau que l'on voit encore. Une fois, il visita la
caserne des chasseurs, demanda un verre de vin
et le but à la santé du roi.

Tout en se promenant pour marquer le pas, il
se répétait à lui-même : « Une, deux, une, deux,
une, deux! »

On a conservé quelques-uns de ses mots :

A une députation de Bordelais : « Ce qui me console de n'être pas à Bordeaux, c'est de me trouver au milieu de vous! »

Aux protestants de Nismes : « Je suis bon catholique, mais je n'oublierai jamais que le plus illustre de mes ancêtres fut protestant. »

Aux élèves de Saint-Cyr, quand tout est perdu : « Bien, mes amis! Les nouvelles sont bonnes! Ça va bien! très bien! »

Après l'abdication de Charles X : « Puisqu'ils ne veulent pas de moi, qu'ils s'arrangent! »

Et en 1814, à tout propos, dans le moindre village : « Plus de guerre, plus de conscription, plus de droits réunis. »

Son style valait sa parole. Ses proclamations dépassent tout.

La première du comte d'Artois débutait ainsi : « Français, le frère de votre roi est arrivé! »

Celle du prince : « J'arrive. Je suis le fils de vos rois! Vous êtes Français. »

Ordre du jour daté de Bayonne : « Soldats, j'arrive!

Une autre, en pleine défection : « Continuez à soutenir, avec la vigueur qui convient au soldat français, la lutte que vous avez commencée. La France l'attend de vous! »

Dernière à Rambouillet : « Le roi est entré en arrangement avec le gouvernement établi à Paris, et tout porte à croire que cet arrangement est sur le point d'être conclu. »

« Tout porte à croire » était sublime.

— Une chose me chiffonne, dit Bouvard, c'est qu'on ne mentionne pas ses affaires de cœur?

Et ils notèrent en marge : « Chercher les amours du prince ! »

Au moment de partir, le bibliothécaire se ravisant, leur fit voir un autre portrait du duc d'Angoulême.

Sur celui-là, il était en colonel de cuirassiers, de profil, l'œil encore plus petit, la bouche ouverte, avec des cheveux plats, voltigeant.

Comment concilier les deux portraits ? Avait-il les cheveux plats, ou bien crépus, à moins qu'il ne poussât la coquetterie jusqu'à se faire friser ?

Question grave, suivant Pécuchet, car la chevelure donne le tempérament, le tempérament l'individu.

Bouvard pensait qu'on ne sait rien d'un homme tant qu'on ignore ses passions ; et pour éclaircir ces deux points, ils se présentèrent au château de Faverges. Le comte n'y était pas, cela retardait leur ouvrage. Ils rentrèrent chez eux, vexés.

La porte de la maison était grande ouverte, personne dans la cuisine. Ils montèrent l'escalier ; et que virent-ils au milieu de la chambre de Bouvard ? Mme Bordin qui regardait de droite et de gauche.

— Excusez-moi, dit-elle, en s'efforçant de rire. Depuis une heure je cherche votre cuisinière, dont j'aurais besoin, pour mes confitures.

Ils la trouvèrent dans le bûcher, sur une chaise, et dormant profondément. On la secoua. Elle ouvrit les yeux.

— Qu'est-ce encore ? Vous êtes toujours à me diguer avec vos questions !

Il était clair qu'en leur absence Mme Bordin lui en faisait.

Germaine sortit de sa torpeur et déclara une indigestion.

— Je reste pour vous soigner, dit la veuve.

Alors ils aperçurent dans la cour un grand bonnet, dont les barbes s'agitaient. C'était Mme Castillon, la fermière. Elle cria :

— Gorju! Gorju!

Et du grenier, la voix de leur petite bonne répondit hautement :

— Il n'est pas là!

Elle descendit au bout de cinq minutes, les pommettes rouges, en émoi. Bouvard et Pécuchet lui reprochèrent sa lenteur. Elle déboucla leurs guêtres sans murmurer.

Ensuite, ils allèrent voir le bahut.

Ses morceaux épars jonchaient le fournil; les sculptures étaient endommagées, les battants rompus.

A ce spectacle, devant cette déception nouvelle, Bouvard retint ses pleurs et Pécuchet en avait un tremblement.

Gorju, se montrant presque aussitôt, exposa le fait : il venait de mettre le bahut dehors pour le vernir, quand une vache errante l'avait jeté par terre.

— A qui la vache? dit Pécuchet.

— Je ne sais pas.

— Eh! vous aviez laissé la porte ouverte comme tout à l'heure! C'est de votre faute!

Ils y renonçaient, du reste : depuis trop longtemps il les lanternait, et ne voulaient plus de sa personne ni de son travail.

Ces messieurs avaient tort. Le dommage n'était pas si grand. Avant trois semaines tout serait fini, et Gorju les accompagna jusque dans la cuisine, où Germaine arrivait, en se traînant, pour faire le dîner.

Ils remarquèrent sur la table une bouteille de Calvados, aux trois quarts vidée.

— Sans doute par vous ! dit Pécuchet à Gorju.

— Moi ! jamais.

Bouvard objecta :

— Vous étiez le seul homme dans la maison.

— Eh bien, et les femmes ? reprit l'ouvrier, avec un clin d'œil oblique.

Germaine le surprit :

— Dites plutôt que c'est moi !

— Certainement c'est vous !

— Et c'est moi peut-être qui ai démoli l'armoire !

Gorju fit une pirouette.

— Vous ne voyez donc pas qu'elle est soûle !

Alors ils se chamaillèrent violemment, lui pâle, gouailleur, elle empourprée, et arrachant ses touffes de cheveux gris sous son bonnet de coton. Mme Bordin parlait pour Germaine, Mélie pour Gorju.

La vieille éclata.

— Si ce n'est pas une abomination ! que vous passiez des journées ensemble dans le bosquet, sans compter la nuit ! espèce de Parisien, mangeur de bourgeoises ! qui vient chez nos maîtres pour leur faire accroire des farces !

Les prunelles de Bouvard s'écarquillèrent.

— Quelles farces !

— Je dis qu'on se fiche de vous !

— On ne se fiche pas de moi ! s'écria Pécuchet.

Et, indigné de son insolence, exaspéré par les

déboires, il la chassa; qu'elle eût à déguerpir. Bouvard ne s'opposa point à cette décision et ils se retirèrent, laissant Germaine pousser des sanglots sur son malheur, tandis que Mme Bordin tâchait de la consoler.

Le soir, quand ils furent calmes, ils reprirent ces événements, se demandèrent qui avait bu le Calvados, comment le meuble s'était brisé, que réclamait Mme Castillon en appelant Gorju, et s'il avait déshonoré Mélie?

— Nous ne savons pas, dit Bouvard, ce qui se passe dans notre ménage, et nous prétendons découvrir quels étaient les cheveux et les amours du duc d'Angoulême!

Pécuchet ajouta :

— Combien de questions autrement considérables, et encore plus difficiles!

D'où ils conclurent que les faits extérieurs ne sont pas tout. Il faut les compléter par la psychologie. Sans l'imagination, l'histoire est défectueuse.

— Faisons venir quelques romans historiques!

V

Ils lurent d'abord Walter Scott.

Ce fut comme la surprise d'un monde nouveau.

Les hommes du passé, qui n'étaient pour eux que des fantômes ou des noms, devinrent des êtres vivants, rois, princes, sorciers, valets, garde-chasses, moines, bohémiens, marchands et soldats, qui délibèrent, combattent, voyagent, trafiquent, mangent et boivent, chantent et prient, dans la salle d'armes des châteaux, sur le banc noir des auberges, par les rues tortueuses des villes, sous l'auvent des échoppes, dans le cloître des monastères. Des paysages artistement composés entourent les scènes comme un décor de théâtre. On suit des yeux un cavalier qui galope le long des grèves. On aspire au milieu des genêts la fraîcheur du vent, la lune éclaire des lacs où glisse un bateau, le soleil fait reluire les cuirasses, la pluie tombe sur les huttes de feuillages. Sans connaître les modèles, ils trouvaient ces peintures ressemblantes, et l'illusion était complète. L'hiver s'y passa.

Leur déjeuner fini, ils s'installaient dans la petite salle, aux deux bouts de la cheminée; et en face l'un de l'autre, avec un livre à la main, ils lisaient silencieusement. Quand le jour baissait, ils allaient se promener sur la grande route, dînaient en hâte et continuaient leur lecture dans la nuit. Pour se garantir de la lampe, Bouvard avait des conserves bleues; Pécuchet portait la visière de sa casquette inclinée sur le front.

Germaine n'était pas partie, et Gorju, de temps à autre, venait fouir au jardin, car ils avaient cédé, par indifférence, oubli des choses matérielles.

Après Walter Scott, Alexandre Dumas les divertit à la manière d'une lanterne magique. Ses personnages, alertes comme des singes, forts comme des bœufs, gais comme des pinsons, entrent et parlent brusquement, sautent des toits sur le pavé, reçoivent d'affreuses blessures dont ils guérissent, sont crus morts et reparaissent. Il y a des trappes sous les planchers, des antidotes, des déguisements et tout se mêle, court et se débrouille, sans une minute pour la réflexion. L'amour conserve de la décence, le fanatisme est gai, les massacres font sourire.

Rendus difficiles par ces deux maîtres, ils ne purent tolérer le fatras de Bélisaire, la niaiserie de Numa Pompilius, de Marchangy, du vicomte d'Arlincourt.

La couleur de Frédéric Soulié (comme celle du bibliophile Jacob) leur parut insuffisante, et M. Villemain les scandalisa en montrant, page 85 de son *Lascaris,* une Espagnole qui fume une pipe, «une longue pipe arabe», au milieu du xv⁰ siècle.

Pécuchet consultait la Biographie universelle et entreprit de reviser Dumas au point de vue de la science.

L'auteur, dans les *Deux Diane,* se trompe de dates. Le mariage du Dauphin François eut lieu le 15 octobre 1548, et non le 20 mars 1549. Comment sait-il (voir le *Page du duc de Savoie*) que Catherine de Médicis, après la mort de son époux, voulait recommencer la guerre? Il est peu probable qu'on ait couronné le duc d'Anjou, la nuit, dans une église, épisode qui agrémente la *Dame de Montsoreau,* La *Reine Margot,* principalement, fourmille d'erreurs. Le duc de Nevers n'était pas absent. Il opina au conseil avant la Saint-Barthélemy, et Henri de Navarre ne suivit pas la procession quatre jours après. Henri III ne revint pas de Pologne aussi vite. D'ailleurs, combien de rengaines! Le miracle de l'aubépine, le balcon de Charles IX, les gants empoisonnés de Jeanne d'Albret; Pécuchet n'eut plus confiance en Dumas.

Il perdit même tout respect pour Walter Scott, à cause des bévues de son *Quentin Durward.* Le meurtre de l'évêque de Liège est avancé de quinze ans. La femme de Robert de Lamarck était Jeanne d'Arschel et non Hameline de Croy. Loin d'être tué par un soldat, il fut mis à mort par Maximilien, et la figure du Téméraire, quand on trouva son cadavre, n'exprimait aucune menace, puisque les loups l'avaient à demi dévorée.

Bouvard n'en continua pas moins Walter Scott, mais finit par s'ennuyer de la répétition des mêmes effets. L'héroïne, ordinairement, vit à la campagne avec son père, et l'amoureux, un enfant volé, est rétabli dans ses droits et triomphe de ses rivaux. Il y a toujours un mendiant philosophe, un châtelain bourru, des jeunes filles pures, des valets facétieux et d'interminables dialogues, une pruderie bête, manque complet de profondeur.

En haine du bric-à-brac, Bouvard prit George Sand.

Il s'enthousiasma pour les belles adultères et les nobles amants, aurait voulu être Jacques, Simon, Bénédict, Lélio, et habiter Venise! Il poussait des soupirs, ne savait pas ce qu'il avait, se trouvait lui-même changé.

Pécuchet, travaillant la littérature historique, étudiait les pièces de théâtre.

Il avala deux Pharamond, trois Clovis, quatre Charlemagne, plusieurs Philippe Auguste, une foule de Jeanne d'Arc, et bien des marquises de Pompadour, et des conspirations de Cellamare.

Presque toutes lui parurent encore plus bêtes que les romans. Car il existe pour le théâtre une histoire convenue, que rien ne peut détruire. Louis XI ne manquera pas de s'agenouiller devant les figurines de son chapeau; Henri IV sera constamment jovial; Marie Stuart pleureuse, Richelieu cruel; enfin, tous les caractères se montrent d'un seul bloc, par amour des idées simples et respect de l'ignorance, si bien que le dramaturge, loin d'élever, abaisse; au lieu d'instruire, abrutit.

Comme Bouvard lui avait vanté George Sand, Pécuchet se mit à lire *Consuelo, Horace, Mauprat,* fut séduit par la défense des opprimés, le côté social et républicain, les thèses.

Suivant Bouvard, elles gâtaient la fiction et il

demanda au cabinet de lecture des romans
d'amour.

A haute voix et l'un après l'autre, ils parcoururent la *Nouvelle Héloïse, Delphine, Adolphe, Ou-
riba*. Mais les bâillements de celui qui écoutait
gagnaient son compagnon, dont les mains bientôt
laissaient tomber le livre par terre.

Ils reprochaient à tous ceux-là de ne rien dire
sur le milieu, l'époque, le costume des personnages. Le cœur seul est traité; toujours du sentiment! Comme si le monde ne contenait pas autre
chose!

Ensuite ils tâtèrent des romans humoristiques,
tels que le *Voyage autour de ma chambre,* par Xavier
de Maistre; *Sous les Tilleuls,* d'Alphonse Karr. Dans
ce genre de livres, on doit interrompre la narration
pour parler de son chien, de ses pantoufles ou de
sa maîtresse. Un tel sans-gêne d'abord les charma,
puis leur parut stupide, car l'auteur efface son
œuvre en y étalant sa personne.

Par besoin de dramatique, ils se plongèrent
dans les romans d'aventures; l'intrigue les intéressait d'autant plus qu'elle était enchevêtrée,
extraordinaire et impossible. Ils s'évertuaient à
prévoir les dénouements, devinrent là-dessus très
forts, et se lassèrent d'une amusette, indigne
d'esprits sérieux.

L'œuvre de Balzac les émerveilla, tout à la fois
comme une Babylone et comme des grains de
poussière sous le microscope. Dans les choses les
plus banales, des aspects nouveaux surgirent. Ils
n'avaient pas soupçonné la vie moderne aussi profonde.

— Quel observateur! s'écriait Bouvard.

— Moi je le trouve chimérique, finit par dire Pécuchet. Il croit aux sciences occultes, à la monarchie, à la noblesse, est ébloui par les coquins, vous remue les millions comme des centimes, et ses bourgeois ne sont pas des bourgeois, mais des colosses. Pourquoi gonfler ce qui est plat, et décrire tant de sottises! Il a fait un roman sur la chimie, un autre sur la Banque, un autre sur les machines à imprimer, comme un certain Ricard avait fait « le cocher de fiacre », « le porteur d'eau », « le marchand de coco ». Nous en aurions sur tous les métiers et sur toutes les provinces, puis sur toutes les villes et les étages de chaque maison et chaque individu, ce qui ne sera plus de la littérature, mais de la statistique ou de l'ethnographie.

Peu importait à Bouvard le procédé. Il voulait s'instruire, descendre plus avant dans la connaissance des mœurs. Il relut Paul de Kock, feuilleta de vieux ermites de la Chaussée d'Antin.

— Comment perdre son temps à des inepties pareilles! disait Pécuchet.

— Mais par la suite ce sera fort curieux, comme documents.

— Va te promener avec tes documents! Je demande quelque chose qui m'exalte, qui m'enlève aux misères de ce monde!

Et Pécuchet, porté à l'idéal, tourna Bouvard, insensiblement, vers la tragédie.

Le lointain où elle se passe, les intérêts qu'on y débat et la condition de ses personnages leur imposaient comme un sentiment de grandeur.

Un jour, Bouvard prit *Athalie,* et débita le songe tellement bien que Pécuchet voulut à son tour l'essayer. Dès la première phrase, sa voix se

perdit dans une espèce de bourdonnement. Elle
était monotone et, bien que forte, indistincte.

Bouvard, plein d'expérience, lui conseilla,
pour l'assouplir, de la déployer depuis le ton le
plus bas jusqu'au plus haut, et de la replier, en
émettant deux gammes, l'une montante, l'autre
descendante; et lui-même se livrait à cet exercice,
le matin, dans son lit, couché sur le dos, selon le
précepte des Grecs. Pécuchet, pendant ce temps-
là, travaillait de la même façon : leur porte était
close et ils braillaient séparément.

Ce qui leur plaisait de la tragédie, c'était l'em-
phase, les discours sur la politique, les maximes
de perversité.

Ils apprirent par cœur les dialogues les plus
fameux de Racine et de Voltaire, et ils les décla-
maient dans le corridor. Bouvard, comme au
Théâtre-Français, marchait la main sur l'épaule
de Pécuchet en s'arrêtant par intervalles, et,
roulant ses yeux, ouvrait les bras, accusait les
destins. Il avait de beaux cris de douleur dans le
Philoctète de La Harpe, un joli hoquet dans *Ga-
brielle de Vergy,* et quand il faisait Denys, tyran
de Syracuse, une manière de considérer son fils
en l'appelant «Monstre, digne de moi!» qui était
vraiment terrible. Pécuchet en oubliait son rôle.
Les moyens lui manquaient, non la bonne volonté.

Une fois, dans la *Cléopâtre* de Marmontel, il
imagina de reproduire le sifflement de l'aspic, tel
qu'avait dû le faire l'automate inventé exprès par
Vaucanson. Cet effet manqué les fit rire jusqu'au
soir. La tragédie tomba dans leur estime.

Bouvard en fut las le premier et, y mettant de
la franchise, démontra combien elle est artificielle

et podagre, la niaiserie de ses moyens, l'absurdité des confidents.

Ils abordèrent la comédie, qui est l'école des nuances. Il faut disloquer la phrase, souligner les mots, peser les syllabes. Pécuchet n'en put venir à bout et échoua complètement dans Célimène.

Du reste, il trouvait les amoureux bien froids, les raisonneurs assommants, les valets intolérables, Clitandre et Sganarelle aussi faux qu'Egisthe et qu'Agamemnon.

Restait la comédie sérieuse, ou tragédie bourgeoise, celle où l'on voit des pères de famille désolés, des domestiques sauvant leurs maîtres, des richards offrant leur fortune, des couturières innocentes et d'infâmes suborneurs, genre qui se prolonge de Diderot jusqu'à Pixérécourt. Toutes ces pièces prêchant la vertu les choquèrent comme triviales.

Le drame de 1830 les enchanta par son mouvement, sa couleur, sa jeunesse.

Ils ne faisaient guère de différence entre Victor Hugo, Dumas ou Bouchardy, et la diction ne devait plus être pompeuse ou fine, mais lyrique, désordonnée.

Un jour que Bouvard tâchait de faire comprendre à Pécuchet le jeu de Frédérick Lemaître, Mme Bordin se montra tout à coup avec son châle vert et un volume de Pigault-Lebrun qu'elle rapportait, ces messieurs ayant l'obligeance de lui prêter des romans quelquefois.

— Mais continuez!

Car elle était là depuis une minute, et avait plaisir à les entendre.

Ils s'excusèrent. Elle insistait.

— Mon Dieu! dit Bouvard, rien ne nous empêche!...

Pécuchet allégua, par fausse honte, qu'ils ne pouvaient jouer à l'improviste, sans costume.

— Effectivement! nous aurions besoin de nous déguiser!

Et Bouvard chercha un objet quelconque, ne trouva que le bonnet grec et le prit.

Comme le corridor manquait de largeur, ils descendirent dans le salon.

Des araignées couraient le long des murs et les spécimens géologiques encombrant le sol avaient blanchi de leur poussière le velours des fauteuils. On étala sur le moins malpropre un torchon pour que Mᵐᵉ Bordin pût s'asseoir.

Il fallait lui servir quelque chose de bien. Bouvard était partisan de la *Tour de Nesle.* Mais Pécuchet avait peur des rôles qui demandent trop d'action.

— Elle aimera mieux du classique! *Phèdre,* par exemple?

— Soit.

Bouvard conta le sujet.

— C'est une reine, dont le mari a, d'une autre femme, un fils. Elle est devenue folle du jeune homme, y sommes-nous? En route!

> Oui, prince, je languis, je brûle pour Thésée,
> Je l'aime!

Et parlant au profil de Pécuchet, il admirait son port, son visage, « cette tête charmante », se désolait de ne pas l'avoir rencontré sur la flotte des Grecs, aurait voulu se perdre avec lui dans le labyrinthe.

La mèche du bonnet rouge s'inclinait amou-
reusement, et sa voix tremblante, et sa figure
bonne conjuraient le cruel de prendre en pitié sa
flamme. Pécuchet, en se détournant, haletait pour
marquer de l'émotion.

Mme Bordin, immobile, écarquillait les yeux,
comme devant les faiseurs de tours; Mélie écoutait
derrière la porte. Gorju, en manches de chemises,
les regardait par la fenêtre.

Bouvard entama la seconde tirade. Son jeu
exprimait le délire des sens, le remords, le désespoir, et il se précipita sur le glaive idéal de
Pécuchet avec tant de violence que, trébuchant
dans les cailloux, il faillit tomber par terre.

— Ne faites pas attention! Puis, Thésée arrive,
et elle s'empoisonne!

— Pauvre femme! dit Mme Bordin.

Ensuite ils la prièrent de leur désigner un morceau.

Le choix l'embarrassait. Elle n'avait vu que trois
pièces : *Robert le Diable* dans la capitale, le *Jeune
Mari* à Rouen, et une autre à Falaise qui était bien
amusante et qu'on appelait la *Brouette du Vinai-
grier*.

Enfin Bouvard lui proposa la grande scène de
Tartufe, au troisième acte.

Pécuchet crut une explication nécessaire :

— Il faut savoir que Tartufe...

Mme Bordin l'interrompit :

— On sait ce que c'est qu'un Tartufe!

Bouvard eût désiré, pour un certain passage,
une robe.

— Je ne vois que la robe de moine, dit Pécuchet.

— N'importe! mets-la!

Il reparut avec elle et un Molière.

Le commencement fut médiocre. Mais Tartufe venant à caresser les genoux d'Elmire, Pécuchet prit un ton de gendarme.

— *Que fait là votre main ?*

Bouvard, bien vite, répliqua d'une voix sucrée :

— *Je tâte votre babit, l'étoffe en est moelleuse.*

Et il dardait ses prunelles, tendait la bouche, reniflait, avait un air extrêmement lubrique, finit même par s'adresser à Mme Bordin.

Les regards de cet homme la gênaient, et quand il s'arrêta, humble et palpitant, elle cherchait presque une réponse.

Pécuchet eut recours au livre :

— *La déclaration est tout à fait galante.*

— Ah! oui, s'écria-t-elle, c'est un fier enjôleur.

— N'est-ce pas ? reprit fièrement Bouvard. Mais en voilà une autre, d'un chic plus moderne.

Et, ayant défait sa redingote, il s'accroupit sur un moellon, et déclama, la tête renversée :

Des flammes de tes yeux inonde ma paupière.
Chante-moi quelque chant, comme parfois, le soir,
Tu m'en chantais, avec des pleurs dans ton œil noir.

« Ça me ressemble », pensa-t-elle.

Soyons heureux ! buvons ! car la coupe est remplie,
Car cette heure est à nous et le reste est folie !

— Comme vous êtes drôle !

Et elle riait d'un petit rire, qui lui remontait la gorge et découvrait ses dents.

N'est-ce pas qu'il est doux
D'aimer, et de savoir qu'on vous aime à genoux ?

Il s'agenouilla.

— Finissez donc !

> Oh ! laisse-moi dormir et rêver sur ton sein,
> Dona Sol, ma beauté, mon amour !

— Ici on entend les cloches, un montagnard les dérange.

— Heureusement ! car sans cela… !

Et Mme Bordin sourit, au lieu de terminer sa phrase. Le jour baissait. Elle se leva.

Il avait plu tout à l'heure, et le chemin par la hêtrée n'étant pas facile, mieux valait s'en retourner par les champs. Bouvard l'accompagna dans le jardin, pour lui ouvrir la porte.

D'abord ils marchèrent le long des quenouilles, sans parler. Il était encore ému de sa déclamation, et elle éprouvait au fond de l'âme comme une surprise, un charme qui venait de la littérature. L'art, en de certaines occasions, ébranle les esprits médiocres, et des mondes peuvent être révélés par ses interprètes les plus lourds.

Le soleil avait reparu, faisait luire les feuilles, jetait des taches lumineuses dans les fourrés, çà et là. Trois moineaux avec de petits cris sautillaient sur le tronc d'un vieux tilleul abattu. Une épine en fleurs étalait sa gerbe rose, des lilas alourdis se penchaient.

— Ah ! cela fait bien ! dit Bouvard, en humant l'air à pleins poumons.

— Aussi, vous vous donnez un mal !

— Ce n'est pas que j'aie du talent, mais pour du feu, j'en possède.

— On voit…, reprit-elle et mettant un espace

entre les mots, que vous avez... aimé... autrefois.

— Autrefois, seulement, vous croyez!
Elle s'arrêta.

— Je n'en sais rien!
« Que veut-elle dire ? »
Et Bouvard sentait battre son cœur.

Une flaque au milieu du sable, obligeant à un
détour, les fit monter sous la charmille.

Alors ils causèrent de la représentation.

Comment s'appelle votre dernier morceau ?

— C'est tiré de *Hernani*, un drame.

— Ah!

Puis lentement, et se parlant à elle-même :

— Ce doit être bien agréable, un monsieur qui
vous dit des choses pareilles, pour tout de bon.

— Je suis à vos ordres, répondit Bouvard.

— Vous?

— Oui! moi!

— Quelle plaisanterie!

— Pas le moins du monde!

Et ayant jeté un regard autour d'eux, il la prit
à la ceinture, par derrière, et la baisa sur la nuque,
fortement.

Elle devint très pâle comme si elle allait s'évanouir, et s'appuya d'une main contre un arbre;
puis, ouvrit les paupières, et secoua la tête.

— C'est passé.

Il la regardait, avec ébahissement.

La grille ouverte, elle monta sur le seuil de la
petite porte. Une rigole coulait de l'autre côté.
Elle ramassa tous les plis de sa jupe, et se tenait
au bord, indécise :

— Voulez-vous mon aide ?

— Inutile.

— Pourquoi pas?

— Ah! vous êtes trop dangereux!

Et, dans le saut qu'elle fit, son bas blanc parut.

Bouvard se blâma d'avoir raté l'occasion. Bah! elle se retrouverait, et puis les femmes ne sont pas toutes les mêmes. Il faut brusquer les unes, l'audace vous perd avec les autres. En somme, il était content de lui, et s'il ne confia pas son espoir à Pécuchet, ce fut dans la peur des observations, et nullement par délicatesse.

A partir de ce jour-là, ils déclamèrent devant Mélie et Gorju, tout en regrettant de n'avoir pas un théâtre de société.

La petite bonne s'amusait sans y rien comprendre, ébahie du langage, fascinée par le ronron des vers. Gorju applaudissait les tirades philosophiques des tragédies et tout ce qui était pour le peuple dans les mélodrames; si bien que, charmés de son goût, ils pensèrent à lui donner des leçons, pour en faire plus tard un acteur. Cette perspective éblouissait l'ouvrier.

Le bruit de leurs travaux s'était répandu. Vaucorbeil leur en parla d'une façon narquoise. Généralement on les méprisait.

Ils s'en estimaient davantage. Ils se sacrèrent artistes. Pécuchet porta des moustaches, et Bouvard ne trouva rien de mieux, avec sa mine ronde et sa calvitie, que de se faire « une tête à la Béranger! »

Enfin, ils résolurent de composer une pièce.

Le difficile c'était le sujet.

Ils le cherchaient en déjeunant, et buvaient du café, liqueur indispensable au cerveau, puis deux ou trois petits verres. Ils allaient dormir sur leur lit; après quoi, ils descendaient dans le verger, s'y promenaient, enfin sortaient pour trouver dehors l'inspiration, cheminaient côte à côte, et rentraient exténués.

Ou bien, ils s'enfermaient à double tour. Bouvard nettoyait la table, mettait du papier devant lui, trempait sa plume et restait les yeux au plafond, pendant que Pécuchet, dans le fauteuil, méditait, les jambes droites et la tête basse.

Parfois ils sentaient un frisson et comme le vent d'une idée; au moment de la saisir, elle avait disparu.

Mais il existe des méthodes pour découvrir des sujets. On prend un titre au hasard et un fait en découle; on développe un proverbe, on combine des aventures en une seule. Pas un de ces moyens n'aboutit. Ils feuilletèrent vainement des recueils d'anecdotes, plusieurs volumes des causes célèbres, un tas d'histoires.

Et ils rêvaient d'être joués à l'Odéon, pensaient aux spectacles, regrettaient Paris.

— J'étais fait pour être auteur, et ne pas m'enterrer à la campagne ! disait Bouvard.

— Moi de même, répondait Pécuchet.

Une illumination lui vint : s'ils avaient tant de mal, c'est qu'ils ne savaient pas les règles.

Ils les étudièrent, dans *la Pratique du Théâtre* par d'Aubignac, et dans quelques ouvrages moins démodés.

On y débat des questions importantes : Si la comédie peut s'écrire en vers; si la tragédie n'excède point les bornes, en tirant sa fable de l'histoire moderne; si les héros doivent être vertueux; quel genre de scélérats elle comporte ; jusqu'à quel point les horreurs y sont permises ; que les détails concourent à un seul but, que l'intérêt grandisse, que la fin réponde au commencement, sans doute !

> Inventez des ressorts qui puissent m'attacher,

dit Boileau.

Par quel moyen inventer des ressorts ?

> Que dans tous vos discours la passion émue
> Aille chercher le cœur, l'échauffe et le remue.

Comment échauffer le cœur ?

Donc les règles ne suffisent pas ; il faut, de plus, le génie.

Et le génie ne suffit pas. Corneille, suivant l'Académie française, n'entend rien au théâtre. Geoffroy dénigra Voltaire. Racine fut bafoué par Subligny. La Harpe rugissait au nom de Shakespeare.

La vieille critique les dégoûtant, ils voulurent connaître la nouvelle, et firent venir les comptes rendus de pièces dans les journaux.

Quel aplomb ! Quel entêtement ! Quelle improbité ! Des outrages à des chefs-d'œuvre, des révérences faites à des platitudes ; et les âneries de ceux qui passent pour savants, et la bêtise des autres que l'on proclame spirituels !

C'est peut-être au public qu'il faut s'en rapporter.

Mais des œuvres applaudies parfois leur déplaisaient, et, dans les sifflées, quelque chose leur agréait.

Ainsi, l'opinion des gens de goût est trompeuse et le jugement de la foule inconcevable.

12.

Bouvard posa le dilemme à Barberou; Pécuchet, de son côté, écrivit à Dumouchel.

L'ancien commis voyageur s'étonna du ramollissement causé par la province, son vieux Bouvard tournait à la bedolle, bref « n'y était plus du tout ».

Le théâtre est un objet de consommation comme un autre. Cela entre dans l'article Paris. On va au spectacle pour se divertir. Ce qui est bien, c'est ce qui amuse.

— Mais, imbécile, s'écria Pécuchet, ce qui t'amuse n'est pas ce qui m'amuse, et les autres et toi-même s'en fatigueront plus tard. Si les pièces sont absolument écrites pour être jouées, comment se fait-il que les meilleures soient toujours lues ? Et il attendit la réponse de Dumouchel.

Suivant le professeur, le sort immédiat d'une pièce ne prouvait rien. Le *Misanthrope* et *Athalie* tombèrent. *Zaïre* n'est plus comprise. Qui parle aujourd'hui de Ducange et de Picard ? Et il rappelait tous les grands succès contemporains, depuis *Fanchon la Vielleuse* jusqu'à *Gaspardo le Pêcheur*, déplorait la décadence de notre scène. Elle a pour cause le mépris de la littérature, ou plutôt du style.

Alors ils se demandèrent en quoi consiste précisément le style ? et, grâce à des auteurs indiqués par Dumouchel, ils apprirent le secret de tous ses genres.

Comment on obtient le majestueux, le tempéré, le naïf, les tournures qui sont nobles, les mots qui sont bas. *Chiens* se relève par *dévorants*. *Vomir* ne s'emploie qu'au figuré. *Fièvre* s'applique aux passions. *Vaillance* est beau en vers.

— Si nous faisions des vers? dit Pécuchet.

— Plus tard! Occupons-nous de la prose d'abord.

On recommande formellement de choisir un classique pour se mouler sur lui, mais tous ont leurs dangers, et non seulement ils ont péché par le style, mais encore par la langue.

Une telle assertion déconcerta Bouvard et Pécuchet et ils se mirent à étudier la grammaire.

Avons-nous dans notre idiome des articles définis et indéfinis comme en latin? Les uns pensent que oui, les autres que non. Ils n'osèrent se décider.

Le sujet s'accorde toujours avec le verbe, sauf les occasions où le sujet ne s'accorde pas.

Nulle distinction, autrefois, entre l'adjectif verbal et le participe présent; mais l'Académie en pose une peu commode à saisir.

Ils furent bien aises d'apprendre que *leur*, pronom, s'emploie pour les personnes, mais aussi pour les choses, tandis que *où* et *en* s'emploient pour les choses et quelquefois pour les personnes.

Doit-on dire « Cette femme a l'air bon » ou « l'air bonne »? « une bûche de bois sec » ou « de bois sèche »? « ne pas laisser *de* » ou « *que de* »? « une troupe de voleurs survint », ou « survinrent »?

Autres difficultés : « Autour et à l'entour » dont Racine et Boileau ne voyaient pas la différence; « imposer » ou « en imposer », synonymes chez Massillon et chez Voltaire; « croasser » et « coasser », confondus par Lafontaine, qui pourtant savait reconnaître un corbeau d'une grenouille.

Les grammairiens, il est vrai, sont en désaccord.

Ceux-ci voient une beauté où ceux-là découvrent une faute. Ils admettent des principes dont ils repoussent les conséquences, proclament les conséquences dont ils refusent les principes, s'appuient sur la tradition, rejettent les maîtres, et ont des raffinements bizarres. Ménage, au lieu de *lentilles* et *cassonade*, préconise *nentilles* et *castonade*. Bouhours, *jérarchie* et non pas *biérarchie*, et M. Chapsal les *œils de la soupe*.

Pécuchet surtout fut ébahi par Jénin. Comment? des *z'bannetons* vaudrait mieux que des *bannetons*? des *z'aricots* que des *baricots*? et, sous Louis XIV, on prononçait *Roume* et Monsieur de *Lioune* pour *Rome* et Monsieur de *Lionne!*

Littré leur porta le coup de grâce en affirmant que jamais il n'y eut d'orthographe positive, et qu'il ne saurait y en avoir.

Ils en conclurent que la syntaxe est une fantaisie et la grammaire une illusion.

En ce temps-là d'ailleurs, une rhétorique nouvelle annonçait qu'il faut écrire comme on parle et que tout sera bien, pourvu qu'on ait senti, observé.

Comme ils avaient senti et croyaient avoir observé, ils se jugèrent capables d'écrire : une pièce est gênante par l'étroitesse du cadre, mais le roman a plus de libertés. Pour en faire un, ils cherchèrent dans leurs souvenirs.

Pécuchet se rappela un de ses chefs de bureau, un très vilain monsieur, et il ambitionnait de s'en venger par un livre.

Bouvard avait connu, à l'estaminet, un vieux maître d'écriture ivrogne et misérable. Rien ne serait drôle comme ce personnage.

Au bout de la semaine, ils imaginèrent de fondre ces deux sujets en un seul, en demeurèrent là, passèrent aux suivants : Une femme qui cause le malheur d'une famille; une femme, son mari et son amant; une femme qui serait vertueuse par défaut de conformation; un ambitieux, un mauvais prêtre.

Ils tâchaient de relier à ces conceptions incertaines des choses fournies par leur mémoire, retranchaient, ajoutaient.

Pécuchet était pour le sentiment et l'idée, Bouvard pour l'image et la couleur; et ils commençaient à ne plus s'entendre, chacun s'étonnant que l'autre fût si borné.

La science qu'on nomme esthétique trancherait peut-être leurs différends. Un ami de Dumouchel, professeur de philosophie, leur envoya une liste d'ouvrages sur la matière. Ils travaillaient à part, et se communiquaient leurs réflexions.

D'abord qu'est-ce que le beau?

Pour Schelling, c'est l'infini s'exprimant par le fini; pour Reid, une qualité occulte; pour Jouffroy, un fait indécomposable; pour De Maistre, ce qui plaît à la vertu; pour le P. André, ce qui convient à la raison.

Et il existe plusieurs sortes de Beau : un beau dans les sciences, la géométrie est belle; un beau dans les mœurs, on ne peut nier que la mort de Socrate ne soit belle. Un beau dans le règne animal : la beauté du chien consiste dans son odorat. Un cochon ne saurait être beau, vu ses habitudes immondes; un serpent non plus, car il éveille en nous des idées de bassesse.

Les fleurs, les papillons, les oiseaux peuvent

être beaux. Enfin la condition première du Beau,
c'est l'unité dans la variété, voilà le principe.

— Cependant, dit Bouvard, deux yeux louches
sont plus variés que deux yeux droits et produisent moins bon effet, ordinairement.

Ils abordèrent la question du sublime.

Certains objets sont d'eux-mêmes sublimes, le
fracas d'un torrent, des ténèbres profondes, un
arbre abattu par la tempête. Un caractère est beau
quand il triomphe, et sublime quand il lutte.

— Je comprends, dit Bouvard, le Beau est le
Beau, et le Sublime le très Beau. Comment les
distinguer?

— Au moyen du tact, répondit Pécuchet.

— Et le tact, d'où vient-il?

— Du goût!

— Qu'est-ce que le goût?

On le définit : un discernement spécial, un
jugement rapide, l'avantage de distinguer certains
rapports.

— Enfin le goût c'est le goût, et tout cela ne
dit pas la manière d'en avoir.

Il faut observer les bienséances, mais les bienséances varient; et si parfaite que soit une œuvre,
elle ne sera pas toujours irréprochable. Il y a
pourtant un Beau indestructible, et dont nous
ignorons les lois, car sa genèse est mystérieuse.

Puisqu'une idée ne peut se traduire par toutes
les formes, nous devons reconnaître des limites
entre les arts, et, dans chacun des arts, plusieurs
genres; mais des combinaisons surgissent où le
style de l'un entrera dans l'autre, sous peine de
dévier du but, de ne pas être vrai.

L'application trop exacte du Vrai nuit à la

Beauté, et la préoccupation de la Beauté empêche
le Vrai ; cependant sans idéal pas de Vrai ; c'est
pourquoi les types sont d'une réalité plus continue
que les portraits. L'art d'ailleurs ne traite que la
vraisemblance, mais la vraisemblance dépend de
qui l'observe, est une chose relative, passagère.

Ils se perdaient ainsi dans les raisonnements.
Bouvard, de moins en moins, croyait à l'esthétique.

— Si elle n'est pas une blague, sa rigueur se
démontrera par des exemples. Or écoute !

Et il lut une note qui lui avait demandé bien
des recherches.

« Bouhours accuse Tacite de n'avoir pas la
simplicité que réclame l'Histoire.

« M. Droz, un professeur, blâme Shakespeare
pour son mélange du sérieux et du bouffon. Ni-
sard, autre professeur, trouve qu'André Chénier
est, comme poète, au-dessous du xviie siècle.
Blair, Anglais, déplore dans Virgile le tableau
des Harpies. Marmontel gémit sur les licences
d'Homère. Lamotte n'admet point l'immortalité
de ses héros. Vida s'indigne de ses comparaisons.
Enfin, tous les faiseurs de rhétoriques, de poé-
tiques et d'esthétiques me paraissent des imbéciles ! »

— Tu exagères ! dit Pécuchet.

Des doutes l'agitaient, car si les esprits médiocres (comme observe Longin) sont incapables
de fautes, les fautes appartiennent aux maîtres,
et on devra les admirer ? C'est trop fort ! Cependant les maîtres sont les maîtres ! Il aurait voulu
faire s'accorder les doctrines avec les œuvres, les
critiques et les poètes, saisir l'essence du Beau ; et

ces questions le travaillèrent tellement que sa bile
en fut remuée. Il y gagna une jaunisse.

Elle était à son plus haut période, quand
Marianne, la cuisinière de Mme Bordin, vint demander à Bouvard un rendez-vous pour sa
maîtresse.

La veuve n'avait pas reparu depuis la séance
dramatique. Était-ce une avance? Mais pourquoi
l'intermédiaire de Marianne? Et pendant toute la
nuit, l'imagination de Bouvard s'égara.

Le lendemain, vers deux heures, il se promenait dans le corridor et regardait de temps à autre
par la fenêtre; un coup de sonnette retentit.
C'était le notaire.

Il traversa la cour, monta l'escalier, se mit dans
le fauteuil, et les premières politesses échangées,
dit que, las d'attendre Mme Bordin, il avait pris les
devants. Elle désirait lui acheter les Écalles.

Bouvard sentit comme un refroidissement et
passa dans la chambre de Pécuchet.

Pécuchet ne sut que répondre. Il était soucieux,
M. Vaucorbeil devant venir tout à l'heure.

Enfin elle arriva. Son retard s'expliquait par
l'importance de sa toilette : un cachemire, un chapeau, des gants glacés, la tenue qui sied aux
occasions sérieuses.

Après beaucoup d'ambages, elle demanda si
mille écus ne seraient pas suffisants.

— Un acre! Mille écus? jamais!

Elle cligna ses paupières :

— Ah! pour moi!

Et tous les trois restaient silencieux. M. de Faverges entra.

Il tenait sous le bras, comme un avoué, une

serviette de maroquin, et en la posant sur la table :

— Ce sont des brochures! Elles ont trait à la Réforme, question brûlante; mais voici une chose qui vous appartient sans doute!

Et il tendit à Bouvard le second volume des *Mémoires du Diable.*

Mélie, tout à l'heure, le lisait dans la cuisine; et comme on doit surveiller les mœurs de ces gens-là, il avait cru bien faire en confisquant le livre.

Bouvard l'avait prêté à sa servante. On causa de romans.

Mme Bordin les aimait quand ils n'étaient pas lugubres.

— Les écrivains, dit M. de Faverges, nous peignent la vie sous des couleurs flatteuses!

— Il faut peindre! objecta Bouvard.

— Alors, on n'a plus qu'à suivre l'exemple!...

— Il ne s'agit pas d'exemple!

— Au moins, conviendrez-vous qu'ils peuvent tomber entre les mains d'une jeune fille. Moi j'en ai une.

— Charmante! dit le notaire, en prenant la figure qu'il avait les jours de contrat de mariage.

— Eh bien! à cause d'elle, ou plutôt des personnes qui l'entourent, je les prohibe dans ma maison, car le Peuple, cher monsieur!...

— Qu'a-t-il fait le Peuple? dit Vaucorbeil, paraissant tout à coup sur le seuil.

Pécuchet, qui avait reconnu sa voix, vint se mêler à la compagnie.

— Je soutiens, reprit le comte, qu'il faut écarter de lui certaines lectures.

Vaucorbeil répliqua :

— Vous n'êtes donc pas pour l'instruction ?

— Si fait ! Permettez !

— Quand tous les jours, dit Marescot, on attaque le gouvernement !

— Où est le mal ?

Et le gentilhomme et le médecin se mirent à dénigrer Louis-Philippe, rappelant l'affaire Pritchard, les lois de septembre contre la liberté de la presse.

— Et celle du théâtre ! ajouta Pécuchet.

Marescot n'y tenait plus.

— Il va trop loin, votre théâtre !

— Pour cela je vous l'accorde ! dit le comte, des pièces qui exaltent le suicide !

— Le suicide est beau ! témoin Caton, objecta Pécuchet.

Sans répondre à l'argument, M. de Faverges stigmatisa ces œuvres où l'on bafoue les choses les plus saintes, la famille, la propriété, le mariage !

— Eh bien, et Molière ? dit Bouvard.

Marescot, homme de goût, riposta que Molière ne passerait plus, et d'ailleurs était un peu surfait.

— Enfin, dit le comte, Victor Hugo a été sans pitié, oui sans pitié, pour Marie-Antoinette, en traînant sur la claie le type de la reine dans le personnage de Marie Tudor !

— Comment ! s'écria Bouvard, moi, auteur, je n'ai pas le droit...

— Non, monsieur, vous n'avez pas le droit de nous montrer le crime sans mettre à côté un correctif, sans nous offrir une leçon.

Vaucorbeil trouvait aussi que l'art devait avoir un but : viser à l'amélioration des masses !

— Chantez-nous la science, nos découvertes, le patriotisme.

Et il admirait Casimir Delavigne.

Mme Bordin vanta le marquis de Foudras. Le notaire reprit :

— Mais la langue, y pensez-vous ?

— La langue ? comment ?

— On vous parle du style ! cria Pécuchet. Trouvez-vous ses ouvrages bien écrits ?

— Sans doute, fort intéressants !

Il leva les épaules, et elle rougit sous l'impertinence.

Plusieurs fois, Mme Bordin avait tâché de revenir à son affaire. Il était trop tard pour la conclure. Elle sortit au bras de Marescot.

Le comte distribua ses pamphlets, en recommandant de les propager.

Vaucorbeil allait partir, quand Pécuchet l'arrêta.

— Vous m'oubliez, docteur.

Sa mine jaune était lamentable, avec ses moustaches et ses cheveux noirs qui pendaient sous un foulard mal attaché.

— Purgez-vous, dit le médecin.

Et lui donnant deux petites claques comme à un enfant :

— Trop de nerfs, trop artiste !

Cette familiarité lui fit plaisir. Elle le rassurait, et dès qu'ils furent seuls :

— Tu crois que ce n'est pas sérieux ?

— Non ! bien sûr !

Ils résumèrent ce qu'ils venaient d'entendre. La moralité de l'art se renferme, pour chacun, dans le côté qui flatte ses intérêts. On n'aime pas la littérature.

Ensuite ils feuilletèrent les imprimés du comte. Tous réclamaient le suffrage universel.

— Il me semble, dit Pécuchet, que nous aurons bientôt du grabuge ?

Car il voyait tout en noir, peut-être à cause de sa jaunisse.

VI

Dans la matinée du 25 février 1848, on apprit à Chavignolles, par un individu venant de Falaise, que Paris était couvert de barricades, et, le lendemain, la proclamation de la République fut affichée sur la mairie.

Ce grand événement stupéfia les bourgeois.

Mais quand on sut que la Cour de cassation, la Cour d'appel, la Cour des comptes, le Tribunal de commerce, la Chambre des notaires, l'Ordre des avocats, le Conseil d'État, l'Université, les généraux et M. de la Rochejacquelein lui-même donnaient leur adhésion au gouvernement provisoire, les poitrines se desserrèrent; et, comme à Paris on plantait des arbres de la liberté, le conseil municipal décida qu'il en fallait à Chavignolles.

Bouvard en offrit un, réjoui dans son patriotisme par le triomphe du peuple; quant à Pécuchet, la chute de la royauté confirmait trop ses prévisions pour qu'il ne fût pas content.

Gorju, leur obéissant avec zèle, déplanta un des peupliers qui bordaient la prairie au-dessus de la

Butte, et le transporta jusqu'au « Pas de la Vaque »,
à l'entrée du bourg, endroit désigné.

Avant l'heure de la cérémonie, tous les trois
attendaient le cortège.

Un tambour retentit, une croix d'argent se
montra; ensuite, parurent deux flambeaux que
tenaient des chantres, et M. le curé avec l'étole,
le surplis, la chape et la barrette. Quatre enfants
de chœur l'escortaient, un cinquième portait le
seau pour l'eau bénite, et le sacristain le suivait.

Il monta sur le rebord de la fosse où se dressait
le peuplier, garni de bandelettes tricolores. On
voyait, en face, le maire et ses deux adjoints,
Beljambe et Marescot, puis les notables, M. de
Faverges, Vaucorbeil, Coulon, le juge de paix,
bonhomme à figure somnolente; Heurtaux s'était
coiffé d'un bonnet de police, et Alexandre Petit,
le nouvel instituteur, avait mis sa redingote, une
pauvre redingote verte, celle des dimanches. Les
pompiers, que commandait Girbal, sabre au
poing, formaient un seul rang; de l'autre côté
brillaient les plaques blanches de quelques vieux
shakos du temps de Lafayette, cinq ou six, pas
plus, la garde nationale étant tombée en désuétude
à Chavignolles. Des paysans et leurs femmes, des
ouvriers des fabriques voisines, des gamins se
tassaient par derrière; et Placquevent, le garde
champêtre, haut de cinq pieds huit pouces, les
contenait du regard, en se promenant les bras
croisés.

L'allocution du curé fut comme celle des autres
prêtres dans la même circonstance.

Après avoir tonné contre les rois, il glorifia
la République. Ne dit-on pas la république des

lettres, la république chrétienne? Quoi de plus innocent que l'une, de plus beau que l'autre? Jésus-Christ formula notre sublime devise; l'arbre du peuple c'était l'arbre de la croix. Pour que la religion donne ses fruits, elle a besoin de la charité et, au nom de la charité, l'ecclésiastique conjura ses frères de ne commettre aucun désordre, de rentrer chez eux paisiblement.

Puis il aspergea l'arbuste, en implorant la bénédiction de Dieu.

— Qu'il se développe et qu'il nous rappelle l'affranchissement de toute servitude, et cette fraternité plus bienfaisante que l'ombrage de ses rameaux! *Amen!*

Des voix répétèrent *Amen!* et, après un battement de tambour, le clergé, poussant un *Te Deum*, reprit le chemin de l'église.

Son intervention avait produit un excellent effet. Les simples y voyaient une promesse de bonheur, les patriotes une déférence, un hommage rendu à leurs principes.

Bouvard et Pécuchet trouvaient qu'on aurait dû les remercier pour leur cadeau, y faire une allusion, tout au moins; et ils s'en ouvrirent à Faverges et au docteur.

Qu'importaient de pareilles misères! Vaucorbeil était charmé de la Révolution, le comte aussi. Il exécrait les d'Orléans. On ne les reverrait plus; bon voyage! Tout pour le peuple, désormais! et, suivi de Hurel, son factotum, il alla rejoindre M. le curé.

Foureau marchait la tête basse, entre le notaire et l'aubergiste, vexé par la cérémonie, ayant peur d'une émeute; et instinctivement il se retournait vers le garde champêtre, qui déplorait avec le capitaine l'insuffisance de Girbal et la mauvaise tenue de ses hommes.

Des ouvriers passèrent sur la route, en chantant la *Marseillaise*. Gorju, au milieu d'eux, brandissait une canne; Petit les escortait, l'œil animé.

— Je n'aime pas cela! dit Marescot, on vocifère, on s'exalte!

— Eh! bon Dieu, reprit Coulon, il faut que jeunesse s'amuse!

Foureau soupira :

— Drôle d'amusement! et puis la guillotine au bout.

Il avait des visions d'échafaud, s'attendait à des horreurs.

Chavignolles reçut le contre-coup des agitations de Paris. Les bourgeois s'abonnèrent à des journaux. Le matin, on s'encombrait au bureau de la poste, et la directrice ne s'en fût pas tirée sans le capitaine, qui l'aidait quelquefois. Ensuite, on restait sur la place, à causer.

La première discussion violente eut pour objet la Pologne.

Heurtaux et Bouvard demandaient qu'on la délivrât.

M. de Faverges pensait autrement :

— De quel droit irions-nous là-bas? C'était déchaîner l'Europe contre nous! Pas d'imprudence!

Et tout le monde l'approuvant, les deux Polonais se turent.

Une autre fois, Vaucorbeil défendit les circulaires de Ledru-Rollin.

Foureau riposta par les 45 centimes.

— Mais le gouvernement, dit Pécuchet, avait supprimé l'esclavage.

— Qu'est-ce que ça me fait, l'esclavage.

— Eh bien, et l'abolition de la peine de mort, en matière politique?

— Parbleu! reprit Foureau, on voudrait tout abolir. Cependant, qui sait? Les locataires déjà se montrent d'une exigence!

— Tant mieux! les propriétaires, selon Pécuchet, étaient favorisés. Celui qui possède un immeuble...

Foureau et Marescot l'interrompirent, criant qu'il était un communiste.

— Moi! communiste!

Et tous parlaient à la fois. Quand Pécuchet proposa de fonder un club, Foureau eut la hardiesse de répondre que jamais on n'en verrait à Chavignolles.

Ensuite Gorju réclama des fusils pour la garde nationale, l'opinion l'ayant désigné comme instructeur.

Les seuls fusils qu'il y eût étaient ceux des pompiers. Girbal y tenait. Foureau ne se souciait pas d'en délivrer.

Gorju le regarda :

— On trouve pourtant que je sais m'en servir.

Car il joignait à toutes ses industries celle du braconnage et souvent M. le maire et l'aubergiste lui achetaient un lièvre ou un lapin.

— Ma foi! prenez-les, dit Foureau.

Le soir même, on commença les exercices.

C'était sur la pelouse, devant l'église. Gorju, en bourgeron bleu, une cravate autour des reins, exécutait les mouvements d'une façon automatique. Sa voix, quand il commandait, était brutale.

— Rentrez les ventres!

Et tout de suite, Bouvard, s'empêchant de respirer, creusait son abdomen, tendait la croupe.

— On ne vous dit pas de faire un arc, nom de Dieu!

Pécuchet confondait les files et les rangs, demi-tour à droite, demi-tour à gauche; mais le plus lamentable était l'instituteur : débile et de taille exiguë, avec un collier de barbe blonde, il chancelait sous le poids de son fusil, dont la baïonnette incommodait ses voisins.

On portait des pantalons de toutes les couleurs, des baudriers crasseux, de vieux habits d'uniforme trop courts, laissant voir la chemise sur les flancs; et chacun prétendait « n'avoir pas le moyen de faire autrement ». Une souscription fut ouverte pour habiller les plus pauvres. Foureau lésina, tandis que des femmes se signalèrent. Mme Bordin offrit 5 francs, malgré sa haine de la République. M. de Faverges équipa douze hommes et ne manquait pas à la manœuvre. Puis il s'installait chez l'épicier et payait des petits verres au premier venu.

Les puissants alors flagornaient la basse classe. Tout passait après les ouvriers. On briguait l'avantage de leur appartenir. Ils devenaient des nobles.

Ceux du canton, pour la plupart, étaient tisserands; d'autres travaillaient dans les manufactures d'indiennes ou à une fabrique de papiers, nouvellement établie.

Gorju les fascinait par son bagout, leur apprenait la savate, menait boire les intimes chez Mme Castillon.

Mais les paysans étaient plus nombreux et, les jours de marché, M. de Faverges, se promenant sur la place, s'informait de leurs besoins, tâchait de les convertir à ses idées. Ils écoutaient sans répondre, comme le père Gouy, prêt à accepter tout gouvernement pourvu qu'on diminuât les impôts.

A force de bavarder, Gorju se fit un nom. Peut-être qu'on le porterait à l'Assemblée.

M. de Faverges y pensait comme lui, tout en cherchant à ne pas se compromettre. Les conservateurs balançaient entre Foureau et Marescot. Mais le notaire tenant à son étude, Foureau fut choisi; un rustre, un crétin. Le docteur s'en indigna.

Fruit sec des concours, il regrettait Paris, et c'était la conscience de sa vie manquée qui lui donnait un air morose. Une carrière plus vaste allait se développer; quelle revanche! Il rédigea une profession de foi et vint la lire à MM. Bouvard et Pécuchet.

Ils l'en félicitèrent; leurs doctrines étaient les mêmes. Cependant, ils écrivaient mieux, connaissaient l'histoire, pouvaient aussi bien que lui figurer à la Chambre. Pourquoi pas? Mais lequel devait se présenter? Et une lutte de délicatesse s'engagea.

Pécuchet préférait à lui-même son ami.

— Non, ça te revient! tu as plus de prestance!

— Peut-être, répondait Bouvard, mais toi plus de toupet!

Et, sans résoudre la difficulté, ils dressèrent des plans de conduite.

Ce vertige de la députation en avait gagné d'autres. Le capitaine y rêvait sous son bonnet de police, tout en fumant sa bouffarde, et l'instituteur aussi, dans son école, et le curé aussi, entre deux prières, tellement que parfois il se surprenait les yeux au ciel, en train de dire :

— Faites, ô mon Dieu! que je sois député!

Le docteur, ayant reçu des encouragements, se rendit chez Heurtaux, et lui exposa les chances qu'il avait.

Le capitaine n'y mit pas de façons. Vaucorbeil était connu sans doute, mais peu chéri de ses confrères et spécialement des pharmaciens. Tous clabauderaient contre lui; le peuple ne voulait pas d'un Monsieur; ses meilleurs malades le quitteraient; et, ayant pesé ces arguments, le médecin regretta sa faiblesse.

Dès qu'il fut parti, Heurtaux alla voir Placquevent. Entre vieux militaires, on s'oblige. Mais le garde champêtre, tout dévoué à Foureau, refusa net de le servir.

Le curé démontra à M. de Faverges que l'heure n'était pas venue. Il fallait donner à la République le temps de s'user.

Bouvard et Pécuchet représentèrent à Gorju qu'il ne serait jamais assez fort pour vaincre la coalition des paysans et des bourgeois, l'emplirent d'incertitudes, lui ôtèrent toute confiance.

Petit, par orgueil, avait laissé voir son désir. Beljambe le prévint que, s'il échouait, sa destitution était certaine.

Enfin Monseigneur ordonna au curé de se tenir tranquille.

Donc il ne restait que Foureau.

Bouvard et Pécuchet le combattirent, rappelant sa mauvaise volonté pour les fusils, son opposition au club, ses idées rétrogrades, son avarice, et même persuadèrent à Gouy qu'il voulait rétablir l'ancien régime.

Si vague que fût cette chose-là pour le paysan, il l'exécrait d'une haine accumulée dans l'âme de ses aïeux pendant dix siècles, et il tourna contre Foureau tous ses parents et ceux de sa femme, beaux-frères, cousins, arrière-neveux, une horde.

Gorju, Vaucorbeil et Petit continuaient la démolition de M. le maire; et, le terrain ainsi déblayé, Bouvard et Pécuchet, sans que personne s'en doutât, pouvaient réussir.

Ils tirèrent au sort pour savoir qui se présenterait. Le sort ne trancha rien, et ils allèrent consulter là-dessus le docteur.

Il leur apprit une nouvelle : Flacardoux, rédacteur du *Calvados,* avait déclaré sa candidature. La déception des deux amis fut grande : chacun, outre la sienne, ressentait celle de l'autre. Mais la politique les échauffait. Le jour des élections, ils surveillèrent les urnes. Flacardoux l'emporta.

M. le comte s'était rejeté sur la garde nationale, sans obtenir l'épaulette de commandant. Les Chavignollais imaginèrent de nommer Beljambe.

Cette faveur du public, bizarre et imprévue, consterna Heurtaux. Il avait négligé ses devoirs, se bornant à inspecter parfois les manœuvres, et émettre des observations. N'importe! il trouvait monstrueux qu'on préférât un aubergiste à un an-

cien capitaine de l'Empire, et il dit, après l'enva-
hissement de la Chambre au 15 mai :

— Si les grades militaires se donnent comme ça
dans la capitale, je ne m'étonne plus de ce qui
arrive !

La réaction commençait.

On croyait aux purées d'ananas de Louis Blanc,
au lit d'or de Flocon, aux orgies royales de Ledru-
Rollin, et comme la province prétend connaître
tout ce qui se passe à Paris, les bourgeois de Chavignolles ne doutaient pas de ses intentions, et
admettaient les rumeurs les plus absurdes.

M. de Faverges, un soir, vint trouver le curé
pour lui apprendre l'arrivée en Normandie du
comte de Chambord.

Joinville, d'après Foureau, se disposait, avec
ses marins, à vous réduire les socialistes. Heurtaux
affirmait que prochainement Louis Bonaparte
serait consul.

Les fabriques chômaient. Des pauvres, par
bandes nombreuses, erraient dans la campagne.

Un dimanche (c'était dans les premiers jours
de juin), un gendarme, tout à coup, partit vers
Falaise. Les ouvriers d'Acqueville, Liffard, Pierre-
Pont et Saint-Rémy marchaient sur Chavignolles.

Les auvents se fermèrent, le conseil municipal
s'assembla, et résolut, pour prévenir des malheurs,
qu'on ne ferait aucune résistance. La gendarmerie
fut même consignée, avec l'injonction de ne pas
se montrer.

Bientôt on entendit comme un grondement
d'orage. Puis le chant des Girondins ébranla les
carreaux ; et des hommes, bras dessus, bras dessous, débouchèrent par la route de Caen, pou-

dreux, en sueur, dépenaillés. Ils emplissaient la place. Un grand brouhaha s'élevait.

Gorju et deux de ses compagnons entrèrent dans la salle. L'un était maigre et à figure chafouine, avec un gilet de tricot, dont les rosettes pendaient. L'autre, noir de charbon, un mécanicien sans doute, avait les cheveux en brosse, de gros sourcils, et des savates de lisière. Gorju, comme un hussard, portait sa veste sur l'épaule.

Tous les trois restaient debout, et les conseillers, siégeant autour de la table couverte d'un tapis bleu, les regardaient blêmes d'angoisse.

— Citoyens! dit Gorju, il nous faut de l'ouvrage!

Le maire tremblait; la voix lui manqua.

Marescot répondit à sa place que le conseil aviserait immédiatement; et, les compagnons étant sortis, on discuta plusieurs idées.

La première fut de tirer du caillou.

Pour utiliser les cailloux, Girbal proposa un chemin d'Angleville à Tournebu.

Celui de Bayeux rendait absolument le même service.

On pouvait curer la mare! ce n'était pas un travail suffisant; ou bien creuser une seconde mare! mais à quelle place?

Langlois était d'avis de faire un remblai le long des Mortins, en cas d'inondation; mieux valait, selon Beljambe, défricher les bruyères. Impossible de rien conclure!... Pour calmer la foule, Coulon descendit sur le péristyle, et annonça qu'ils préparaient des ateliers de charité.

— La charité? Merci! s'écria Gorju. A bas les aristos! Nous voulons le droit au travail!

C'était la question de l'époque, il s'en faisait un moyen de gloire, on applaudit.

En se retournant, il coudoya Bouvard, que Pécuchet avait entraîné jusque-là, et ils engagèrent une conversation. Rien ne pressait ; la mairie était cernée ; le conseil n'échapperait pas.

— Où trouver de l'argent ? disait Bouvard.

— Chez les riches ! D'ailleurs, le gouvernement ordonnera des travaux.

— Et si on n'a pas besoin de travaux ?

— On en fera par avance !

— Mais les salaires baisseront ! riposta Pécuchet. Quand l'ouvrage vient à manquer, c'est qu'il y a trop de produits ! et vous réclamez qu'on les augmente !

Gorju se mordait la moustache.

— Cependant.., avec l'organisation du travail...

— Alors le gouvernement sera le maître !

Quelques-uns, autour d'eux, murmurèrent :

— Non ! non ! plus de maîtres !

Gorju s'irrita.

— N'importe ! on doit fournir aux travailleurs un capital, ou bien instituer le crédit !

— De quelle manière ?

— Ah ! je ne sais pas ! mais on doit instituer le crédit !

— En voilà assez, dit le mécanicien, ils nous embêtent, ces farceurs-là.

Et il gravit le perron, déclarant qu'il enfoncerait la porte.

Placquevent l'y reçut, le jarret droit fléchi, les poings serrés :

— Avance un peu !

Le mécanicien recula.

Une huée de la foule parvint dans la salle; tous se levèrent, ayant envie de s'enfuir. Le secours de Falaise n'arrivait pas! On déplorait l'absence de M. le comte. Marescot tortillait une plume, le père Coulon gémissait. Heurtaux s'emporta pour qu'on fît donner les gendarmes.

— Commandez-les! dit Foureau.

— Je n'ai pas d'ordres!

Le bruit redoublait, cependant. La place était couverte de monde; et tous observaient le premier étage de la mairie, quand, à la croisée du milieu, sous l'horloge, on vit paraître Pécuchet.

Il avait pris adroitement l'escalier de service, et, voulant faire comme Lamartine, il se mit à haranguer le peuple :

— Citoyens!

Mais sa casquette, son nez, sa redingote, tout son individu manquait de prestige.

L'homme au tricot l'interpella :

— Est-ce que vous êtes ouvrier?

— Non.

— Patron, alors?

— Pas davantage.

— Eh bien, retirez-vous!

— Pourquoi? reprit fièrement Pécuchet.

Et aussitôt, il disparut dans l'embrasure, empoigné par le mécanicien. Gorju vint à son aide.

— Laisse-le! c'est un brave!

Ils se colletaient.

La porte s'ouvrit, et Marescot, sur le seuil, proclama la décision municipale. Hurel l'avait suggérée.

Le chemin de Tournebu aurait un embranchement sur Angleville, et qui mènerait au château de Faverges.

C'est un sacrifice que s'imposait la commune dans l'intérêt des travailleurs.

Ils se dispersèrent.

En rentrant chez eux, Bouvard et Pécuchet eurent les oreilles frappées par des voix de femmes. Les servantes et Mme Bordin poussaient des exclamations, la veuve criait plus fort, et à leur aspect :

— Ah! c'est bien heureux! depuis trois heures que je vous attends! Mon pauvre jardin, plus une seule tulipe! des cochonneries partout sur le gazon! Pas moyen de le faire démarrer!

— Qui cela?

— Le père Gouy!

Il était venu avec une charrette de fumier, et l'avait jetée tout à vrac au milieu de l'herbe. Il laboure maintenant! Dépêchez-vous pour qu'il finisse!

— Je vous accompagne! dit Bouvard.

Au bas des marches, en dehors, un cheval, dans les brancards d'un tombereau, mordait une touffe de lauriers-roses. Les roues, en frôlant les plates-bandes, avaient pilé les buis, cassé un rhododendron, abattu les dahlias, et des mottes de fumier noir, comme des taupinières, bosselaient le gazon. Gouy le bêchait avec ardeur.

Un jour, Mme Bordin avait dit négligemment qu'elle voulait le retourner. Il s'était mis à la besogne, et malgré sa défense continuait. C'est de cette manière qu'il entendait le droit au travail, les discours de Gorju lui ayant tourné la cervelle.

Il ne partit que sur les menaces violentes de Bouvard.

Mme Bordin, comme dédommagement, ne paya pas sa main-d'œuvre et garda le fumier. Elle était judicieuse : l'épouse du médecin, et même celle du notaire, bien que d'un rang supérieur, la considéraient.

Les ateliers de charité durèrent une semaine. Aucun trouble n'advint. Gorju avait quitté le pays.

Cependant, la garde nationale était toujours sur pied : le dimanche, une revue, promenades militaires quelquefois et, chaque nuit, des rondes. Elles inquiétaient le village.

On tirait les sonnettes des maisons, par facétie; on pénétrait dans les chambres où des époux ronflaient sur le même traversin; alors on disait des gaudrioles, et le mari, se levant, allait vous chercher des petits verres. Puis on revenait au corps de garde jouer un cent de dominos, on y buvait du cidre, on y mangeait du fromage, et le factionnaire qui s'ennuyait à la porte l'entre-bâillait à chaque minute. L'indiscipline régnait, grâce à la mollesse de Beljambe.

Quand éclatèrent les journées de Juin, tout le monde fut d'accord pour « voler au secours de Paris »; mais Foureau ne pouvait quitter la mairie, Marescot son étude, le docteur sa clientèle, Girbal ses pompiers, M. de Faverges était à Cherbourg. Beljambe s'alita. Le capitaine grommelait :

— On n'a pas voulu de moi, tant pis!

Et Bouvard eut la sagesse de retenir Pécuchet.

Les rondes dans la campagne furent étendues plus loin.

Des paniques survenaient, causées par l'ombre d'une meule. ou les formes des branches : une fois, tous les gardes nationaux s'enfuirent. Sous le

clair de la lune, ils avaient aperçu, dans un pom-
mier, un homme avec un fusil, et qui les tenait
en joue.

Une autre fois, par une nuit obscure, la pa-
trouille, faisant halte sous la hêtrée, entendit
quelqu'un devant elle.

— Qui vive?

Pas de réponse!

On laissa l'individu continuer sa route, en le
suivant à distance, car il pouvait avoir un pistolet
ou un casse-tête; mais quand on fut dans le village,
à portée des secours, les douze hommes du pelo-
ton, tous à la fois, se précipitèrent sur lui, en
criant :

— Vos papiers!

Ils le houspillaient, l'accablaient d'injures. Ceux
du corps de garde étaient sortis. On l'y traîna,
et, à la lueur de la chandelle brûlant sur le poêle,
on reconnut enfin Gorju.

Un méchant paletot de lasting craquait à ses
épaules. Ses orteils se montraient par les trous
de ses bottes. Des éraflures et des contusions
faisaient saigner son visage. Il était amaigri prodi-
gieusement, et roulait des yeux, comme un loup.

Foureau, accouru bien vite, lui demanda comment il se trouvait sous la hêtrée, ce qu'il revenait
faire à Chavignolles, l'emploi de son temps depuis
six semaines.

Ça ne les regardait pas. Il était libre.

Placquevent le fouilla pour découvrir des car-
touches. On allait provisoirement le coffrer.

Bouvard s'interposa.

— Inutile! reprit le maire. On connaît vos opinions.

— Cependant?

— Ah! prenez garde, je vous en avertis! Prenez garde.

Bouvard n'insista plus.

Gorju alors se tourna vers Pécuchet :

— Et vous, patron, vous ne dites rien ?

Pécuchet baissa la tête, comme s'il eût douté de son innocence.

Le pauvre diable eut un sourire d'amertume.

— Je vous ai défendu pourtant!

Au petit jour, deux gendarmes l'emmenèrent à Falaise.

Il ne fut pas traduit devant un conseil de guerre, mais condamné par la correctionnelle à trois mois de prison, pour délit de paroles tendant au bouleversement de la société.

De Falaise, il écrivit à ses anciens maîtres de lui envoyer prochainement un certificat de bonne vie et mœurs et, leur signature devant être légalisée par le maire ou par l'adjoint, ils préférèrent demander ce petit service à Marescot.

On les introduisit dans une salle à manger, que décoraient des plats de vieille faïence, une horloge de Boule occupait le panneau le plus étroit. Sur la table d'acajou, sans nappe, il y avait deux serviettes, une théière, des bols. Mme Marescot traversa l'appartement dans un peignoir de cachemire bleu. C'était une Parisienne qui s'ennuyait à la campagne. Puis le notaire entra, une toque à la main, un journal de l'autre; et tout de suite, d'un air aimable, il apposa son cachet, bien que leur protégé fût un homme dangereux.

— Vraiment, dit Bouvard, pour quelques paroles!...

— Quand la parole amène des crimes, cher
monsieur, permettez !

— Cependant, reprit Pécuchet, quelle démar-
cation établir entre les phrases innocentes et les
coupables ? Telle chose défendue maintenant sera,
par la suite, applaudie.

Et il blâma la manière féroce dont on traitait
les insurgés.

Marescot allégua naturellement la défense de la
société, le salut public, loi suprême.

— Pardon, dit Pécuchet, le droit d'un seul est
aussi respectable que celui de tous et vous n'avez
rien à lui objecter que la force, s'il retourne contre
vous l'axiome.

Marescot, au lieu de répondre, leva les sourcils
dédaigneusement. Pourvu qu'il continuât à faire
des actes, et à vivre au milieu de ses assiettes,
dans son petit intérieur confortable, toutes les in-
justices pouvaient se présenter sans l'émouvoir.
Les affaires le réclamaient. Il s'excusa.

Sa doctrine du salut public les avait indignés.
Les conservateurs parlaient maintenant comme
Robespierre.

Autre sujet d'étonnement : Cavaignac baissait.
La garde mobile devint suspecte. Ledru-Rollin
s'était perdu, même dans l'esprit de Vaucorbeil.
Les débats sur la constitution n'intéressèrent personne et, au 10 décembre, tous les Chavignollais
votèrent pour Bonaparte.

Les six millions de voix refroidirent Pécuchet à
l'encontre du Peuple, et Bouvard et lui étudièrent
la question du suffrage universel.

Appartenant à tout le monde, il ne peut avoir
d'intelligence. Un ambitieux le mènera toujours,

les autres obéiront comme un troupeau, les électeurs n'étant pas même contraints de savoir lire : c'est pourquoi, suivant Pécuchet, il y avait eu tant de fraudes dans l'élection présidentielle.

— Aucune, reprit Bouvard; je crois plutôt à la sottise du Peuple. Pense à tous ceux qui achètent la Revalescière, la pommade Dupuytren, l'eau des châtelaines, etc. Ces nigauds forment la masse électorale, et nous subissons leur volonté. Pourquoi ne peut-on se faire, avec des lapins, trois mille livres de rente? C'est qu'une agglomération trop nombreuse est une cause de mort. De même, par le fait seul de la foule, les germes de bêtise qu'elle contient se développent et il en résulte des effets incalculables.

— Ton scepticisme m'épouvante! dit Pécuchet.

Plus tard, au printemps, ils rencontrèrent M. de Faverges, qui leur apprit l'expédition de Rome. On n'attaquerait pas les Italiens, mais il nous fallait des garanties. Autrement notre influence était ruinée. Rien de plus légitime que cette intervention.

Bouvard écarquilla les yeux.

— A propos de la Pologne, vous souteniez le contraire?

— Ce n'est plus la même chose!

Maintenant, il s'agissait du pape.

Et M. de Faverges, en disant : « Nous voulons, nous ferons, nous comptons bien », représentait un groupe.

Bouvard et Pécuchet furent dégoûtés du petit nombre comme du grand. La plèbe, en somme, valait l'aristocratie.

Le droit d'intervention leur semblait louche. Ils

14

en cherchèrent les principes dans Calvo, Martens, Vatel; et Bouvard conclut :

— On intervient pour remettre un prince sur le trône, pour affranchir un peuple, ou, par précaution, en vue d'un danger. Dans les deux cas, c'est un attentat au droit d'autrui, un abus de la force, une violence hypocrite!

— Cependant, dit Pécuchet, les peuples, comme les hommes, sont solidaires.

— Peut-être!

Et Bouvard se mit à rêver.

Bientôt commença l'expédition de Rome.

A l'intérieur, en haine des idées subversives, l'élite des bourgeois parisiens saccagea deux imprimeries. Le grand parti de l'ordre se formait.

Il avait pour chefs dans l'arrondissement, M. le comte, Foureau, Marescot, le curé. Tous les jours, vers 4 heures, ils se promenaient d'un bout à l'autre de la place, et causaient des événements. L'affaire principale était la distribution des brochures. Les titres ne manquaient pas de saveur : *Dieu le voudra; le Partageux; Sortons du gâchis; Où allons-nous ?* Ce qu'il y avait de plus beau, c'étaient les dialogues en style villageois, avec des jurons et des fautes de français, pour élever le moral des paysans. Par une loi nouvelle, le colportage se trouvait aux mains des préfets, et on venait de fourrer Proudhon à Sainte-Pélagie : immense victoire.

Les arbres de la liberté furent abattus généralement. Chavignolles obéit à la consigne. Bouvard vit de ses yeux les morceaux de son peuplier sur une brouette. Ils servirent à chauffer les gendarmes, et on offrit la souche à M. le curé, qui l'avait béni pourtant! quelle dérision!

L'instituteur ne cacha pas sa manière de penser.

Bouvard et Pécuchet l'en félicitèrent un jour qu'ils passaient devant sa porte.

Le lendemain, il se présenta chez eux. A la fin de la semaine, ils lui rendirent sa visite.

Le jour tombait, les gamins venaient de partir, et le maître d'école, en bouts de manche, balayait la cour. Sa femme, coiffée d'un madras, allaitait un enfant. Une petite fille se cacha derrière sa jupe, un mioche hideux jouait par terre, à ses pieds; l'eau du savonnage qu'elle faisait dans la cuisine coulait au bas de la maison.

— Vous voyez, dit l'instituteur, comme le gouvernement nous traite.

Et tout de suite, il s'en prit à l'infâme capital. Il fallait le démocratiser, affranchir la matière!

— Je ne demande pas mieux! dit Pécuchet.

Au moins, on aurait dû reconnaître le droit à l'assistance.

— Encore un droit! dit Bouvard.

N'importe! le provisoire avait été mollasse, en n'ordonnant pas la fraternité.

— Tâchez donc de l'établir!

Comme il ne faisait plus clair, Petit commanda brutalement à sa femme de monter un flambeau dans son cabinet.

Des épingles fixaient aux murs de plâtre les portraits lithographiés des orateurs de la Gauche. Un casier avec des livres dominait un bureau de sapin. On avait, pour s'asseoir, une chaise, un tabouret et une vieille caisse à savon; il affectait d'en rire. Mais la misère plaquait ses joues, et ses

tempes étroites dénotaient un entêtement de bé-
lier, un intraitable orgueil. Jamais il ne calerait.

— Voilà, d'ailleurs, ce qui me soutient!

C'était un amas de journaux, sur une planche,
et il exposa, en paroles fiévreuses, les articles de sa
foi : désarmement des troupes, abolition de la magistrature, égalité des salaires, niveau moyen par
lequel on obtiendrait l'âge d'or, sous la forme de
la République, avec un dictateur à la tête, un
gaillard pour vous mener ça, rondement!

Puis il atteignit une bouteille d'anisette et trois
verres, afin de porter un toast au héros, à l'immortelle victime, au grand Maximilien!

Sur le seuil, la robe noire du curé parut.

Ayant salué vivement la compagnie, il aborda
l'instituteur et lui dit presque à voix basse :

— Notre affaire de Saint-Joseph, où en est-
elle?

— Ils n'ont rien donné, reprit le maître d'école.

— C'est de votre faute!

— J'ai fait ce que j'ai pu!

— Ah! vraiment?

Bouvard et Pécuchet se levèrent par discrétion.
Petit les fit se rasseoir, et s'adressant au curé :

— Est-ce tout?

L'abbé Jeufroy hésita; puis, avec un sourire
qui tempérait sa réprimande :

— On trouve que vous négligez un peu l'histoire sainte.

— Oh! l'histoire sainte! reprit Bouvard.

— Que lui reprochez-vous, monsieur?

— Moi, rien. Seulement il y a peut-être des
choses plus utiles que l'anecdote de Jonas et les
rois d'Israël!

— Libre à vous! répliqua sèchement le prêtre.

Et, sans souci des étrangers, ou à cause d'eux :

— L'heure du catéchisme est trop courte!

Petit leva les épaules.

— Faites attention. Vous perdrez vos pensionnaires!

Les 10 francs par mois de ces élèves étaient le meilleur de sa place. Mais la soutane l'exaspérait :

— Tant pis, vengez-vous!

— Un homme de mon caractère ne se venge pas, dit le prêtre, sans s'émouvoir. Seulement, je vous rappelle que la loi du 15 mars nous attribue la surveillance de l'instruction primaire.

— Eh! je le sais bien, s'écria l'instituteur. Elle appartient même aux colonels de gendarmerie! Pourquoi pas au garde champêtre! ce serait complet!

Et il s'affaissa sur l'escabeau, mordant son poing, retenant sa colère, suffoqué par le sentiment de son impuissance.

L'ecclésiastique le toucha légèrement sur l'épaule.

— Je n'ai pas voulu vous affliger, mon ami! Calmez-vous! Un peu de raison!... Voilà Pâques bientôt : j'espère que vous donnerez l'exemple en communiant avec les autres.

— Ah! c'est trop fort! moi! moi! me soumettre à de pareilles bêtises!

Devant ce blasphème, le curé pâlit. Ses prunelles fulguraient. Sa mâchoire tremblait :

— Taisez-vous, malheureux! taisez-vous!... Et c'est sa femme qui soigne les linges de l'église!

— Eh bien! quoi? Qu'a-t-elle fait?

— Elle manque toujours la messe! Comme vous, d'ailleurs!

— Eh! on ne renvoie pas un maître d'école pour ça!

— On peut le déplacer!

Le prêtre ne parla plus. Il était au fond de la pièce, dans l'ombre. Petit, la tête sur la poitrine, songeait.

Ils arriveraient à l'autre bout de la France, leur dernier sou mangé par le voyage, et ils retrouveraient là-bas, sous des noms différents, le même curé, le même recteur, le même préfet; tous jusqu'au ministre, étaient comme les anneaux de sa chaîne accablante! Il avait reçu déjà un avertissement, d'autres viendraient. Ensuite? et dans une sorte d'hallucination, il se vit marchant sur une grande route, un sac au dos, ceux qu'il aimait près de lui, la main tendue vers une chaise de poste!

A ce moment-là, sa femme dans la cuisine fut prise d'une quinte de toux; le nouveau-né se mit à vagir et le marmot pleurait.

— Pauvres enfants! dit le prêtre d'une voix douce.

Le père alors éclata en sanglots :

— Oui! oui! tout ce que l'on voudra!

— J'y compte, reprit le curé.

Et, ayant fait la révérence :

— Messieurs, bien le bonsoir!

Le maître d'école restait la figure dans les mains. Il repoussa Bouvard.

— Non! laissez-moi! j'ai envie de crever! je suis un misérable!

Les deux amis regagnèrent leur domicile, en se

félicitant de leur indépendance. Le pouvoir du clergé les effrayait.

On l'appliquait maintenant à raffermir l'ordre social. La République allait bientôt disparaître.

Trois millions d'électeurs se trouvèrent exclus du suffrage universel. Le cautionnement des journaux fut élevé, la censure rétablie. On en voulait aux romans-feuilletons. La philosophie classique était réputée dangereuse. Les bourgeois prêchaient le dogme des intérêts matériels et le peuple semblait content.

Celui des campagnes revenait à ses anciens maîtres.

M. de Faverges, qui avait des propriétés dans l'Eure, fut porté à la Législative, et sa réélection au conseil général du Calvados était d'avance certaine.

Il jugea bon d'offrir un déjeuner aux notables du pays.

Le vestibule où trois domestiques les attendaient pour prendre leurs paletots, le billard et les deux salons en enfilade, les plantes dans des vases de la Chine, les bronzes sur les cheminées, les baguettes d'or aux lambris, les rideaux épais, les larges fauteuils, ce luxe immédiatement les frappa comme une politesse qu'on leur faisait; et en entrant dans la salle à manger, au spectacle de la table couverte de viandes sur des plats d'argent, avec la rangée des verres devant chaque assiette, les hors-d'œuvre çà et là, et un saumon au milieu, tous les visages s'épanouirent.

Ils étaient dix-sept, y compris deux forts cultivateurs, le sous-préfet de Bayeux et un individu de Cherbourg. M. de Faverges pria ses hôtes d'ex-

cuser la comtesse, empêchée par une migraine ; et,
après des compliments sur les poires et les raisins
qui emplissaient quatre corbeilles aux angles, il
fut question de la grande nouvelle : le projet
d'une descente en Angleterre par Changarnier.

Heurteaux la désirait comme soldat, le curé en
haine des protestants, Foureau dans l'intérêt du
commerce.

— Vous exprimez, dit Pécuchet, des senti-
ments du moyen âge !

— Le moyen âge avait du bon ! reprit Marescot.
Ainsi nos cathédrales !...

— Cependant, monsieur, les abus !...

— N'importe, la Révolution ne serait pas arrivée !...

— Ah ! la Révolution, voilà le malheur ! dit
l'ecclésiastique, en soupirant.

— Mais tout le monde y a contribué ! et (excusez-moi, monsieur le comte) les nobles eux-
mêmes par leur alliance avec les philosophes !

— Que voulez-vous ! Louis XVIII a légalisé la
spoliation ! Depuis ce temps-là, le régime parlementaire vous sape les bases !...

Un roastbeef parut, et durant quelques minutes
on n'entendit que le bruit des fourchettes et des
mâchoires, avec le pas des servants sur le parquet
et ces deux mots répétés : « Madère ! Sauterne ! »

La conversation fut reprise par le monsieur de
Cherbourg. Comment s'arrêter sur le penchant
de l'abîme ?

— Chez les Athéniens, dit Marescot, chez les
Athéniens, avec lesquels nous avons des rapports,
Solon mata les démocrates, en élevant le cens élec-
toral.

— Mieux vaudrait, dit Hurel, supprimer la Chambre; tout le désordre vient de Paris.

— Décentralisons! dit le notaire.

— Largement! reprit le comte.

D'après Foureau, la commune devait être maîtresse absolue, jusqu'à interdire ses routes aux voyageurs, si elle le juge convenable.

Et pendant que les plats se succédaient, poule au jus, écrevisses, champignons, légume en salade, rôtis d'alouettes, bien des sujets furent traités : le meilleur système d'impôts, les avantages de la grande culture, l'abolition de la peine de mort; le sous-préfet n'oublia pas de citer ce mot charmant d'un homme d'esprit : « Que messieurs les assassins commencent! »

Bouvard était surpris par le contraste des choses qui l'entouraient avec celles que l'on disait, car il semble toujours que les paroles doivent correspondre aux milieux, et que les hauts plafonds soient faits pour les grandes pensées. Néanmoins, il était rouge au dessert, et entrevoyait les compotiers dans un brouillard.

On avait pris des vins de Bordeaux, de Bourgogne et de Malaga... M. de Faverges, qui connaissait son monde, fit déboucher du champagne. Les convives, en trinquant, burent au succès de l'élection, et il était plus de 3 heures quand ils passèrent dans le fumoir, pour prendre le café.

Une caricature du *Charivari* traînait sur une console, entre des numéros de l'*Univers;* cela représentait un citoyen, dont les basques de la redingote laissaient voir une queue, se terminant par un œil. Marescot en donna l'explication. On rit beaucoup.

Ils absorbaient des liqueurs, et la cendre des cigares tombait dans les capitons des meubles. L'abbé, voulant convaincre Girbal, attaqua Voltaire. Coulon s'endormit. M. de Faverges déclara son dévouement pour Chambord.

— Les abeilles prouvent la monarchie.

— Mais les fourmilières, la République!

Du reste, le médecin n'y tenait plus.

— Vous avez raison! dit le sous-préfet. La forme du gouvernement importe peu!

— Avec la liberté! objecta Pécuchet.

— Un honnête homme n'en a pas besoin, répliqua Foureau. Je ne fais pas de discours, moi! Je ne suis pas journaliste! et je vous soutiens que la France veut être gouvernée par un bras de fer!

Tous réclamaient un sauveur.

Et en sortant, Bouvard et Pécuchet entendirent M. de Faverges qui disait à l'abbé Jeufroy:

— Il faut rétablir l'obéissance. L'autorité se meurt si on la discute! Le droit divin, il n'y a que ça!

— Parfaitement, Monsieur le comte!

Les pâles rayons d'un soleil d'octobre s'allongeaient derrière les bois, un vent humide soufflait; et en marchant sur les feuilles mortes, ils respiraient comme délivrés.

Tout ce qu'ils n'avaient pu dire s'échappa en exclamations!

— Quels idiots! quelle bassesse! Comment imaginer tant d'entêtement! D'abord que signifie le droit divin?

L'ami de Dumouchel, ce professeur qui les avait éclairés sur l'esthétique, répondit à leur question dans une lettre savante.

La théorie du droit divin a été formulée sous Charles II par l'anglais Filmer.

La voici :

« Le Créateur donna au premier homme la souveraineté du monde. Elle fut transmise à ses descendants, et la puissance du roi émane de Dieu : « Il est son image », écrit Bossuet. L'empire paternel accoutume à la domination d'un seul. On a fait les rois d'après le modèle des pères.

« Locke réfuta cette doctrine. Le pouvoir paternel se distingue du monarchique, tout sujet ayant le même droit sur ses enfants que le monarque sur les siens. La royauté n'existe que par le choix populaire, et même l'élection était rappelée dans la cérémonie du sacre, où deux évêques, en montrant le roi, demandaient aux nobles et aux manants s'ils l'acceptaient pour tel.

« Donc le pouvoir vient du peuple. Il a le droit « de faire tout ce qu'il veut », dit Helvétius, « de changer sa constitution », dit Vatel, de se révolter contre l'injustice, prétendent Glafey, Hotman, Mably, etc.! et saint Thomas d'Aquin l'autorise à se délivrer d'un tyran. Il est même, dit Jurieu, dispensé d'avoir raison. »

Étonnés de l'axiome, ils prirent le *Contrat social* de Rousseau.

Pécuchet alla jusqu'au bout; puis, fermant les yeux et se renversant la tête, il en fit l'analyse :

On suppose une convention par laquelle l'individu aliéna sa liberté.

Le Peuple, en même temps, s'engageait à le défendre contre les inégalités de la Nature, et le rendait propriétaire des choses qu'il détient.

Où est la preuve du contrat?

Nulle part! et la communauté n'offre pas de garantie. Les citoyens s'occuperont exclusivement de politique. Mais comme il faut des métiers, Rousseau conseille l'esclavage. Les sciences ont perdu le genre humain. Le théâtre est corrupteur, l'argent funeste, et l'État doit imposer une religion, sous peine de mort.

« Comment! se dirent-ils, voilà le pontife de la démocratie! »

Tous les réformateurs l'ont copié; et ils se procurèrent l'*Examen du socialisme,* par Morant.

Le chapitre premier expose la doctrine saint-simonienne.

Au sommet le *Père,* à la fois pape et empereur. Abolition des héritages, tous les biens, meubles et immeubles composant un fonds social, qui sera exploité hiérarchiquement. Les industriels gouverneront la fortune publique. Mais rien à craindre; on aura pour chef « celui qui aime le plus ».

Il manque une chose, la femme. De l'arrivée de la femme dépend le salut du monde.

— Je ne comprends pas.

— Ni moi!

Et ils abordèrent le fouriérisme.

Tous les malheurs viennent de la contrainte. Que l'attraction soit libre, et l'harmonie s'établira.

Notre âme enferme douze passions principales : cinq égoïstes, quatre animiques, trois distributives. Elles tendent, les premières à l'individu, les suivantes aux groupes, les dernières aux groupes de groupes, ou séries, dont l'ensemble est la phalange, société de dix-huit cents personnes, habitant un palais. Chaque matin, des voitures emmènent les travailleurs dans la campagne, et les ramènent le soir. On porte des étendards, on se donne des fêtes, on mange des gâteaux. Toute femme, si elle y tient, possède trois hommes : le mari, l'amant et le géniteur. Pour les célibataires, le bayadérisme est institué.

— Ça me va! dit Bouvard.

Et il se perdit dans les rêves du monde harmonien.

Par la restauration des climatures, la terre deviendra plus belle; par le croisement des races, la vie humaine plus longue. On dirigera les nuages comme on fait maintenant de la foudre, il pleuvra la nuit sur les villes pour les nettoyer. Des navires traverseront les mers polaires, dégelées sous les aurores boréales. Car tout se produit par la conjonction des deux fluides mâle et femelle, jaillissant des pôles, et les aurores boréales sont un symptôme du rut de la planète, une émission prolifique.

— Cela me passe, dit Pécuchet.

Après Saint-Simon et Fourier, le problème se réduit à des questions de salaire.

Louis Blanc, dans l'intérêt des ouvriers, veut qu'on abolisse le commerce extérieur; Lafarelle qu'on impose les machines; un autre, qu'on dégrève les boissons, ou qu'on refasse les jurandes, ou qu'on distribue des soupes. Proudhon imagine un tarif uniforme, et réclame pour l'État le monopole du sucre.

— Ces socialistes, disait Bouvard, demandent toujours la tyrannie.

— Mais non!

— Si fait!

— Tu es absurde!

— Toi, tu me révoltes!

Ils firent venir les ouvrages dont ils ne connaissaient que les résumés. Bouvard nota plusieurs endroits, et les montrant :

— Lis toi-même! Ils nous proposent comme exemple les Esséniens, les Frères Moraves, les jésuites du Paraguay, et jusqu'au régime des prisons. Chez les Icariens, le déjeuner se fait en vingt minutes, les femmes accouchent à l'hôpital; quant aux livres, défense d'en imprimer sans l'autorisation de la République.

— Mais Cabet est un idiot.

— Maintenant, voilà du Saint-Simon : les publicistes soumettront leurs travaux à un comité d'industriels; et du Pierre Leroux : la loi forcera les citoyens à entendre un orateur; et de l'Auguste Comte : les prêtres éduqueront la jeunesse, dirigeront toutes les œuvres de l'esprit, et engageront le pouvoir à régler la procréation.

Ces documents affligèrent Pécuchet. Le soir, au dîner, il répliqua.

— Qu'il y ait, chez les utopistes, des choses ridicules, j'en conviens; cependant ils méritent notre amour. La hideur du monde les désolait, et, pour le rendre plus beau, ils ont tout souffert. Rappelle-toi Morus décapité, Campanella mis sept fois à la torture, Buonarotti avec une chaîne autour du cou, Saint-Simon crevant de misère, bien d'autres. Ils auraient pu vivre tranquilles; mais non! ils ont marché dans leur voie, la tête au ciel, comme des héros.

— Crois-tu que le monde, reprit Bouvard, changera, grâce aux théories d'un monsieur?

— Qu'importe! dit Pécuchet, il est temps de

ne plus croupir dans l'égoïsme! Cherchons le meilleur système!

— Alors, tu comptes le trouver?

— Certainement!

— Toi?

Et, dans le rire dont Bouvard fut pris, ses épaules et son ventre sautaient d'accord. Plus rouge que les confitures, avec sa serviette sous l'aisselle, il répétait :

— Ah! ah! ah! d'une façon irritante.

Pécuchet sortit de l'appartement, en faisant claquer la porte.

Germaine le héla par toute la maison, et on le découvrit au fond de sa chambre, dans une bergère, sans feu ni chandelle et la casquette sur les sourcils. Il n'était pas malade, mais se livrait à ses réflexions.

La brouille étant passée, ils reconnurent qu'une base manquait à leurs études : l'économie politique.

Ils s'enquirent de l'offre et de la demande, du capital et du loyer, de l'importation, de la prohibition.

Une nuit, Pécuchet fut réveillé par le craquement d'une botte dans le corridor. La veille, comme d'habitude, il avait tiré lui-même tous les verrous, et il appela Bouvard qui dormait profondément.

Ils restèrent immobiles sous leurs couvertures. Le bruit ne recommença pas.

Les servantes, interrogées, n'avaient rien entendu.

Mais en se promenant dans leur jardin, ils remarquèrent au milieu d'une plate-bande, près de la claire-voie, l'empreinte d'une semelle, et deux bâtons du treillage étaient rompus. On l'avait escaladé, évidemment.

Il fallait prévenir le garde champêtre.

Comme il n'était pas à la mairie, Pécuchet se rendit chez l'épicier.

Que vit-il dans l'arrière-boutique, à côté de Placquevent, parmi les buveurs? Gorju! Gorju nippé comme un bourgeois, et régalant la compagnie.

Cette rencontre était insignifiante.

Bientôt ils arrivèrent à la question du Progrès.

Bouvard n'en doutait pas dans le domaine scientifique. Mais, en littérature, il est moins clair; et si le bien-être augmente, la splendeur de la vie a disparu.

Pécuchet, pour le convaincre, prit un morceau de papier :

— Je trace obliquement une ligne ondulée. Ceux qui pourraient la parcourir, toutes les fois qu'elle s'abaisse, ne verraient plus l'horizon. Elle se relève pourtant, et malgré ses détours, ils atteindront le sommet. Telle est l'image du Progrès.

Mme Bordin entra.

C'était le 3 décembre 1851. Elle apportait le journal.

Ils lurent bien vite, et côte à côte, l'appel au peuple, la dissolution de la Chambre, l'emprisonnement des députés.

Pécuchet devint blême. Bouvard considérait la veuve.

— Comment? vous ne dites rien!

— Que voulez-vous que j'y fasse?

Ils oubliaient de lui offrir un siège.

— Moi qui suis venue, croyant vous faire plaisir! Ah! vous n'êtes guère aimables aujourd'hui!

Et elle sortit, choquée de leur impolitesse.

La surprise les avait rendus muets. Puis ils allèrent dans le village épandre leur indignation.

Marescot, qui les reçut au milieu des contrats, pensait différemment. Le bavardage de la Chambre était fini, grâce au ciel. On aurait désormais une politique d'affaires.

Beljambe ignorait les événements, et s'en moquait d'ailleurs.

Sous les halles, ils arrêtèrent Vaucorbeil.

Le médecin était revenu de tout ça.

— Vous avez bien tort de vous tourmenter!

Foureau passa près d'eux, en disant d'un air narquois :

— Enfoncés les démocrates!

Et le capitaine, au bras de Girbal, cria de loin :

— Vive l'empereur!

Mais Petit devait les comprendre, et, Bouvard ayant frappé au carreau, le maître d'école quitta sa classe.

Il trouvait extrêmement drôle que Thiers fût en prison. Cela vengeait le peuple.

— Ah! ah! messieurs les députés, à votre tour!

La fusillade, sur les boulevards, eut l'approbation de Chavignolles. Pas de grâce aux vaincus, pas de pitié pour les victimes! Dès qu'on se révolte, on est un scélérat.

— Remercions la Providence! disait le curé, et après elle Louis Bonaparte. Il s'entoure des

hommes les plus distingués! Le comte de Faverges deviendra sénateur.

Le lendemain, ils eurent la visite de Placquevent.

Ces messieurs avaient beaucoup parlé. Il les
engageait à se taire.

— Veux-tu savoir mon opinion? dit Pécuchet.
Puisque les bourgeois sont féroces, les ouvriers
jaloux, les prêtres serviles, et que le Peuple
enfin accepte tous les tyrans, pourvu qu'on lui
laisse le museau dans sa gamelle, Napoléon a bien
fait! qu'il le bâillonne, le foule et l'extermine! ce
ne sera jamais trop pour sa haine du droit, sa lâcheté, son ineptie, son aveuglement!

Bouvard songeait :

— Hein, le Progrès, quelle blague!

Il ajouta :

— Et la Politique, une belle saleté!

— Ce n'est pas une science, reprit Pécuchet.
L'art militaire vaut mieux, on prévoit ce qui arrive, nous devrions nous y mettre?

— Ah! merci! répliqua Bouvard. Tout me dé-
goûte. Vendons plutôt notre baraque et allons
«au tonnerre de Dieu, chez les sauvages!»

— Comme tu voudras!

Mélie, dans la cour, tirait de l'eau.

La pompe en bois avait un long levier. Pour le
faire descendre, elle courbait les reins, et on
voyait alors ses bas bleus jusqu'à la hauteur de
son mollet. Puis, d'un geste rapide, elle levait son
bras droit, tandis qu'elle tournait un peu la tête,
et Pécuchet, en la regardant, sentait quelque chose
de tout nouveau, un charme, un plaisir infini.

VII

ES jours tristes commencèrent.

Ils n'étudiaient plus dans la peur des déceptions; les habitants de Chavignolles s'écartaient d'eux, les journaux tolérés n'apprenaient rien, et leur solitude était profonde, leur désœuvrement complet.

Quelquefois ils ouvraient un livre, et le refermaient; à quoi bon? En d'autres jours, ils avaient l'idée de nettoyer le jardin, au bout d'un quart d'heure une fatigue les prenait; ou de voir leur ferme, ils en revenaient écœurés; ou de s'occuper de leur ménage, Germaine poussait des lamentations; ils y renoncèrent.

Bouvard voulut dresser le catalogue du muséum, et déclara ces bibelots stupides.

Pécuchet emprunta la canardière de Langlois pour tirer des alouettes; l'arme, éclatant du premier coup, faillit le tuer.

Donc ils vivaient dans cet ennui de la campagne, si lourd quand le ciel blanc caresse de sa monotonie un cœur sans espoir. On écoute le pas d'un homme en sabots qui longe le mur, ou les

gouttes de la pluie tomber du toit par terre. De
temps à autre, une feuille morte vient frôler la
vitre, puis tournoie et s'en va. Des glas indistincts
sont apportés par le vent. Au fond de l'étable,
une vache mugit.

Ils bâillaient l'un devant l'autre, consultaient le
calendrier, regardaient la pendule, attendaient les
repas; et l'horizon était toujours le même : des
champs en face, à droite l'église, à gauche un rideau de peupliers; leurs cimes se balançaient dans
la brume, perpétuellement, d'un air lamentable.

Des habitudes, qu'ils avaient tolérées, les faisaient souffrir. Pécuchet devenait incommode avec
sa manie de poser sur la nappe son mouchoir,
Bouvard ne quittait plus la pipe, et causait en se
dandinant. Des contestations s'élevaient, à propos
des plats ou de la qualité du beurre. Dans leur
tête-à-tête ils pensaient à des choses différentes.

Un événement avait bouleversé Pécuchet.

Deux jours après l'émeute de Chavignolles,
comme il promenait son déboire politique, il arriva
dans un chemin, couvert par des ormes touffus,
et il entendit derrière son dos une voix crier :

— Arrête!

C'était Mᵐᵉ Castillon. Elle courait de l'autre
côté, sans l'apercevoir. Un homme qui marchait
devant elle se retourna. C'était Gorju; et ils
s'abordèrent à une toise de Pécuchet, la rangée
des arbres les séparant de lui.

— Est-ce vrai? dit-elle, tu vas te battre?

Pécuchet se coula dans le fossé, pour entendre :

— Eh bien! oui, répliqua Gorju, je vais me
battre! Qu'est-ce que ça te fait?

— Il le demande! s'écria-t-elle en se tordant les bras. Mais si tu es tué, mon amour! Oh reste!

Et ses yeux bleus, plus encore que ses paroles, le suppliaient.

— Laisse-moi tranquille! je dois partir!

Elle eut un ricanement de colère.

— L'autre l'a permis, hein?

— N'en parle pas!

Il leva son poing fermé.

— Non! mon ami, non! je me tais, je ne dis rien.

Et de grosses larmes descendaient le long de ses joues dans les ruches de sa collerette.

Il était midi. Le soleil brillait sur la campagne, couverte de blés jaunes. Tout au loin, la bâche d'une voiture glissait lentement. Une torpeur s'étalait dans l'air; pas un cri d'oiseau, pas un bourdonnement d'insecte. Gorju s'était coupé une badine, et en raclait l'écorce. Mme Castillon ne relevait pas la tête.

Elle songeait, la pauvre femme, à la vanité de ses sacrifices, les dettes qu'elle avait soldées, ses engagements d'avenir, sa réputation perdue. Au lieu de se plaindre, elle lui rappela les premiers temps de leur amour, quand elle allait, toutes les nuits, le rejoindre dans la grange; si bien qu'une fois son mari, croyant à un voleur, avait lâché, par la fenêtre, un coup de pistolet. La balle était encore dans le mur.

— Du moment que je t'ai connu, tu m'as semblé beau comme un prince. J'aime tes yeux, ta voix, ta démarche, ton odeur!

Elle ajouta plus bas :

— Je suis en folie de ta personne!

Il souriait, flatté dans son orgueil.

Elle le prit à deux mains par les flancs, et la tête renversée, comme en adoration.

— Mon cher cœur! mon cher amour! mon âme! ma vie! Voyons, parle, que veux-tu? Est-ce de l'argent? On en trouvera. J'ai eu tort! je t'ennuyais! pardon! et commande-toi des habits chez le tailleur, bois du champagne, fais la noce, je te permets tout, tout.

Elle murmura dans un effort suprême :

— Jusqu'à elle!... pourvu que tu reviennes à moi.

Il se pencha sur sa bouche, un bras autour de ses reins, pour l'empêcher de tomber, et elle balbutiait :

— Cher cœur! cher amour! comme tu es beau! mon Dieu, que tu es beau!

Pécuchet, immobile, et la terre du fossé à la hauteur de son menton, les regardait, en haletant.

— Pas de faiblesse! dit Gorju, je n'aurais qu'à manquer la diligence! on prépare un fameux coup de chien; j'en suis! Donne-moi dix sous, pour que je paye un gloria au conducteur.

Elle tira cinq francs de sa bourse.

— Tu me les rendras bientôt. Aie un peu de patience! Depuis le temps qu'il est paralysé! songe donc! Et si tu voulais, nous irions à la chapelle de la Croix-Janval, et là, mon amour, je jurerais, devant la sainte Vierge, de t'épouser, dès qu'il sera mort!

— Eh! il ne meurt jamais, ton mari!

Gorju avait tourné les talons. Elle le rattrapa; et se cramponnant à ses épaules :

— Laisse-moi partir avec toi! je serai ta domestique! Tu as besoin de quelqu'un. Mais ne t'en va pas! ne me quitte pas! La mort plutôt! Tue-moi!

Elle se traînait à ses genoux, tâchant de saisir ses mains pour les baiser; son bonnet tomba, son peigne ensuite, et ses cheveux courts s'éparpillèrent. Ils étaient blancs sous les oreilles, et comme elle le regardait de bas en haut, toute sanglotante, avec ses paupières rouges et ses lèvres tuméfiées, une exaspération le prit, il la repoussa.

— Arrière, la vieille! Bonsoir!

Quand elle se fut relevée, elle arracha la croix d'or qui pendait à son cou, et la jetant vers lui:

— Tiens! canaille!

Gorju s'éloignait, en tapant avec sa badine les feuilles des arbres.

Mme Castillon ne pleurait pas. La mâchoire ouverte et les prunelles éteintes, elle resta sans faire un mouvement, pétrifiée dans son désespoir; n'étant plus un être, mais une chose en ruines.

Ce qu'il venait de surprendre fut, pour Pécuchet, comme la découverte d'un monde, tout un monde! qui avait des lueurs éblouissantes, des floraisons désordonnées, des océans, des tempêtes, des trésors, et des abîmes d'une profondeur infinie; un effroi s'en dégageait, qu'importe! Il rêva l'amour, ambitionnait de le sentir comme elle, de l'inspirer comme lui.

Pourtant il exécrait Gorju, et, au corps de garde, avait eu peine à ne pas le trahir.

L'amant de Mme Castillon l'humiliait par sa taille mince, ses accroche-cœurs égaux, sa barbe floconneuse, un air de conquérant; tandis que sa

chevelure, à lui..., se collait sur son crâne
comme une perruque mouillée; son torse, dans
sa houppelande, ressemblait à un traversin, deux
canines manquaient et sa physionomie était sévère. Il trouvait le ciel injuste, se sentait comme
déshérité, et son ami ne l'aimait plus.

Bouvard l'abandonnait tous les soirs. Après la
mort de sa femme, rien ne l'eût empêché d'en
prendre une autre, et qui maintenant le dorlote-
rait, soignerait sa maison. Il était trop vieux pour
y songer.

Mais Bouvard se considéra dans la glace. Ses
pommettes gardaient leurs couleurs, ses cheveux
frisaient comme autrefois, pas une dent n'avait
bougé, et, à l'idée qu'il pouvait plaire, il eut un
retour de jeunesse. Mme Bordin surgit dans sa mémoire. Elle lui avait fait des avances : la première
fois, lors de l'incendie des meules; la seconde, à
leur dîner; puis dans le muséum, pendant la déclamation, et dernièrement elle était venue sans
rancune, trois dimanches de suite. Il alla donc
chez elle, et y retourna, se promettant de la séduire.

Depuis le jour où Pécuchet avait observé la
petite bonne tirant de l'eau, il lui parlait plus
souvent; et soit qu'elle balayât le corridor, ou
qu'elle étendît le linge, ou qu'elle tournât les casseroles, il ne pouvait se rassasier du bonheur de
la voir, surpris lui-même de ses émotions, comme
dans l'adolescence. Il en avait les fièvres et les
langueurs, et était persécuté par le souvenir de
Mme Castillon étreignant Gorju.

Il questionna Bouvard sur la manière dont les
libertins s'y prennent pour avoir des femmes.

— On leur fait des cadeaux, on les régale au restaurant.

— Très bien! Mais ensuite?

— Il y en a qui feignent de s'évanouir, pour qu'on les porte sur un canapé; d'autres laissent tomber par terre leur mouchoir. Les meilleures vous donnent un rendez-vous, franchement.

Et Bouvard se répandit en descriptions, qui incendièrent l'imagination de Pécuchet comme des gravures obscènes.

— La première règle, c'est de ne pas croire à ce qu'elles disent. J'en ai connu qui, sous l'apparence de saintes, étaient de véritables Messalines! Avant tout, il faut être hardi!

Mais la hardiesse ne se commande pas. Pécuchet, quotidiennement, ajournait sa décision, était d'ailleurs intimidé par la présence de Germaine.

Espérant qu'elle demanderait son compte, il en exigea un surcroît de besogne, notait les fois qu'elle était grise, remarquait tout haut sa malpropreté, sa paresse, et fit si bien qu'on la renvoya.

Alors Pécuchet fut libre!

Avec quelle impatience il attendait la sortie de Bouvard! Quel battement de cœur, dès que la porte était refermée!

Mélie travaillait sur un guéridon, près de la fenêtre, à la clarté d'une chandelle; de temps à autre, elle cassait son fil avec ses dents, puis clignait les yeux, pour l'ajuster dans la fente de l'aiguille.

D'abord, il voulut savoir quels hommes lui plaisaient. Était-ce, par exemple, ceux du genre de

Bouvard? Pas du tout; elle préférait les maigres.
Il osa lui demander si elle avait eu des amoureux?

— Jamais!

Puis, se rapprochant, il contemplait son nez
fin, sa bouche étroite, le tour de sa figure. Il lui
adressa des compliments et l'exhortait à la sagesse.

En se penchant sur elle, il apercevait dans son
corsage des formes blanches, d'où émanait une
tiède senteur, qui lui chauffait la joue. Un soir, il
toucha des lèvres les cheveux follets de sa nuque,
et il en ressentit un ébranlement jusqu'à la moelle
des os. Une autre fois, il la baisa sur le menton,
en se retenant de ne pas mordre sa chair, tant elle
était savoureuse. Elle lui rendit son baiser. L'appartement tourna. Il n'y voyait plus.

Il lui fit cadeau d'une paire de bottines, et la
régalait souvent d'un verre d'anisette...

Pour lui éviter du mal, il se levait de bonne
heure, cassait le bois, allumait le feu, poussait
l'attention jusqu'à nettoyer les chaussures de Bouvard.

Mélie ne s'évanouit pas, ne laissa pas tomber
son mouchoir, et Pécuchet ne savait à quoi se résoudre, son désir augmentant par la peur de le
satisfaire.

Bouvard faisait assidûment la cour à Mme Bordin.

Elle le recevait, un peu sanglée dans sa robe de
soie gorge-de-pigeon, qui craquait comme le har-
nais d'un cheval, tout en maniant par contenance
sa longue chaîne d'or.

Leurs dialogues roulaient sur les gens de Chavignolles ou « défunt son mari », autrefois huissier
à Livarot.

Puis elle s'informa du passé de Bouvard, curieuse de connaître « ses farces de jeune homme », sa fortune incidemment, par quels intérêts il était lié à Pécuchet.

Il admirait la tenue de sa maison, et, quand il dînait chez elle, la netteté du service, l'excellence de la table. Une suite de plats d'une saveur profonde, que coupait par intervalles égaux un vieux pomard, les menait jusqu'au dessert, où ils étaient fort longtemps à prendre le café; et Mᵐᵉ Bordin, en dilatant les narines, trempait dans la soucoupe sa lèvre charnue, ombrée légèrement d'un duvet noir.

Un jour, elle apparut décolletée. Ses épaules fascinèrent Bouvard. Comme il était sur une petite chaise devant elle, il se mit à lui passer les deux mains le long des bras. La veuve se fâcha. Il ne recommença plus, mais il se figurait des rondeurs d'une amplitude et d'une consistance merveilleuse.

Un soir que la cuisine de Mélie l'avait dégoûté, il eut une joie en entrant dans le salon de Mᵐᵉ Bordin. C'est là qu'il aurait fallu vivre!

Le globe de la lampe, couvert d'un papier rose, épandait une lumière tranquille. Elle était assise auprès du feu; et son pied passait le bord de sa robe. Dès les premiers mots, l'entretien tomba.

Cependant elle le regardait, les cils à demi fermés, d'une manière langoureuse, avec obstination.

Bouvard n'y tint plus! et s'agenouillant sur le parquet, il bredouilla :

— Je vous aime! Marions-nous!

Mme Bordin respira fortement, puis, d'un air
ingénu, dit qu'il plaisantait; sans doute, on allait
se moquer, ce n'était pas raisonnable. Cette déclaration l'étourdissait.

Bouvard objecta qu'ils n'avaient besoin du consentement de personne.

— Qui vous arrête ? est-ce le trousseau ? Notre
linge a une marque pareille, un *B !* nous unirons
nos majuscules.

L'argument lui plut. Mais une affaire majeure
l'empêchait de se décider avant la fin du mois. Et
Bouvard gémit.

Elle eut la délicatesse de le reconduire, escor-
tée de Marianne, qui portait un falot.

Les deux amis s'étaient caché leur passion.

Pécuchet comptait voiler toujours son intrigue
avec la bonne. Si Bouvard s'y opposait, il l'emmènerait vers d'autres lieux, fût-ce en Algérie, où
l'existence n'est pas chère ! Mais rarement il formait de ces hypothèses, plein de son amour, sans
penser aux conséquences.

Bouvard projetait de faire du muséum la
chambre conjugale, à moins que Pécuchet ne s'y
refusât; alors il habiterait le domicile de son
épouse.

Un après-midi de la semaine suivante, c'était
chez elle, dans son jardin, les bourgeons commençaient à s'ouvrir, et il y avait, entre les
nuées, de grands espaces bleus; elle se baissa
pour cueillir des violettes, et dit, en les présentant :

— Saluez Mme Bouvard !

— Comment ! Est-ce vrai ?

— Parfaitement vrai.

Il voulut la saisir dans ses bras, elle le repoussa.

— Quel homme!

Puis, devenue sérieuse, l'avertit que bientôt elle lui demanderait une faveur.

— Je vous l'accorde!

Ils fixèrent la signature de leur contrat à jeudi prochain.

Personne, jusqu'au dernier moment, n'en devait rien savoir.

— Convenu!

Et il sortit les yeux au ciel, léger comme un chevreuil.

Pécuchet, le matin du même jour, s'était promis de mourir s'il n'obtenait pas les faveurs de sa bonne, et il l'avait accompagnée dans la cave, espérant que les ténèbres lui donneraient de l'audace.

Plusieurs fois, elle avait voulu s'en aller; mais il la retenait pour compter les bouteilles; choisir des lattes, ou voir le fond des tonneaux, cela durait depuis longtemps.

Elle se trouvait, en face de lui, sous la lumière du soupirail, droite, les paupières basses, le coin de la bouche un peu relevé.

— M'aimes-tu? dit brusquement Pécuchet.

— Oui! je vous aime.

— Eh bien, alors, prouve-le-moi!

Et l'enveloppant du bras gauche, il commença de l'autre main à dégrafer son corset.

— Vous allez me faire du mal?

— Non! mon petit ange! N'aie pas peur!

— Si M. Bouvard...

— Je ne lui dirai rien! Sois tranquille!

Un tas de fagots se trouvait derrière. Elle s'y laissa tomber, les seins hors de la chemise, la tête renversée; puis se cacha la figure sous un bras; et un autre eût compris qu'elle ne manquait pas d'expérience.

Bouvard, bientôt, arriva pour dîner.

Le repas se fit en silence, chacun ayant peur de se trahir; Mélie les servait, impassible comme d'habitude; Pécuchet tournait les yeux, pour éviter les siens, tandis que Bouvard, considérant les murs, songeait à des améliorations.

Huit jours après, le jeudi, il rentra furieux.

— La sacrée garce!

— Qui donc?

— Mme Bordin.

Et il conta qu'il avait poussé la démence jusqu'à vouloir en faire sa femme; mais tout était fini, depuis un quart d'heure chez Marescot.

Elle avait prétendu recevoir en dot les *Écalles,* dont il ne pouvait disposer, l'ayant comme la ferme, soldée en partie avec l'argent d'un autre.

— Effectivement! dit Pécuchet.

— Et moi! qui ai eu la bêtise de lui promettre une faveur à son choix! C'était celle-là! j'y ai mis de l'entêtement; car si elle m'aimait, elle m'eût cédé!

La veuve, au contraire, s'était emportée en injures, avait dénigré son physique, sa bedaine.

— Ma bedaine! je te demande un peu!

Pécuchet cependant était sorti plusieurs fois, marchait les jambes écartées.

— Tu souffres? dit Bouvard.

— Oh! oui! je souffre!

Et ayant fermé la porte, Pécuchet, après beau-

coup d'hésitations, confessa qu'il venait de se découvrir une maladie secrète.

— Toi?

— Moi-même!

— Ah! mon pauvre garçon! qui te l'a donnée!

Il devint encore plus rouge, et dit d'une voix
encore plus basse :

— Ce ne peut être que Mélie!

Bouvard en demeura stupéfait.

La première chose était de renvoyer la jeune
personne.

Elle protesta d'un air candide.

Le cas de Pécuchet était grave, pourtant; mais,
honteux de sa turpitude, il n'osait voir le médecin.

Bouvard imagina de recourir à Barberou.

Ils lui adressèrent le détail de la maladie, pour
le montrer à un docteur qui la soignerait par correspondance. Barberou y mit du zèle, persuadé
qu'elle concernait Bouvard, et l'appela vieux
roquentin, tout en le félicitant.

— A mon âge! disait Pécuchet, n'est-ce pas
lugubre! Mais pourquoi m'a-t-elle fait ça?

— Tu lui plaisais.

— Elle aurait dû me prévenir.

— Est-ce que la passion raisonne!

Et Bouvard se plaignait de Mme Bordin.

Souvent, il l'avait surprise arrêtée devant les
Écalles, dans la compagnie de Marescot, en conférence avec Germaine, tant de manœuvres pour
un peu de terre!

— Elle est avare! Voilà l'explication!

Ils ruminaient ainsi leurs mécomptes, dans la
petite salle, au coin du feu.

Pécuchet, tout en avalant ses remèdes, Bouvard, en fumant des pipes, et ils dissertaient sur les femmes.

— Étrange besoin, est-ce un besoin? Elles poussent au crime, à l'héroïsme et à l'abrutissement. L'enfer sous un jupon, le paradis dans un baiser; ramage de tourterelle, ondulations de serpent, griffe de chat; perfidie de la mer, variété de la lune.

Ils dirent tous les lieux communs qu'elles ont fait répandre.

C'était le désir d'en avoir qui avait suspendu leur amitié. Un remords les prit.

— Plus de femmes, n'est-ce pas? Vivons sans elles!

Et ils s'embrassèrent avec attendrissement.

Il fallait réagir; et Bouvard, après la guérison de Pécuchet, estima que l'hydrothérapie leur serait avantageuse.

Germaine, revenue dès le départ de l'autre, charriait, tous les matins, la baignoire dans le corridor.

Les deux bonshommes, nus comme des sauvages, se lançaient de grands seaux d'eau, puis ils couraient pour rejoindre leurs chambres. On les vit par la claire-voie; et des personnes furent scandalisées.

VIII

SATISFAITS de leur régime, ils voulurent s'améliorer le tempérament par la gymnastique.
Et ayant pris le manuel d'Amoros, ils en parcoururent l'atlas.

Tous ces jeunes garçons, accroupis, renversés, debout, pliant les jambes, écartant les bras, montrant le poing, soulevant des fardeaux, chevauchant des poutres, grimpant à des échelles, cabriolant sur des trapèzes, un tel déploiement de force et d'agilité excita leur envie.

Cependant ils étaient contristés par les splendeurs du gymnase, décrites dans la préface. Car jamais ils ne pourraient se procurer un vestibule pour les équipages, un hippodrome pour les courses, un bassin pour la natation, ni une « montagne de gloire », colline artificielle, ayant trente-deux mètres de hauteur.

Un cheval de voltige en bois avec le rembourrage eût été dispendieux, ils y renoncèrent; le tilleul abattu dans le jardin leur servit de mât horizontal; et quand ils furent habiles à le parcourir d'un bout à l'autre, pour en avoir un vertical,

16

ils replantèrent une poutrelle des contre-espaliers,
Pécuchet gravit jusqu'au haut. Bouvard glissait,
retombait toujours, finalement, y renonça.

Les « bâtons orthosométiques » lui plurent davantage, c'est-à-dire deux manches à balai reliés
par deux cordes, dont la première se passe sous
les aisselles, la seconde sur les poignets; et pendant des heures, il gardait cet appareil, le menton levé, la poitrine en avant, les coudes le long
du corps.

A défaut d'haltères, le charron tourna quatre
morceaux de frêne, qui ressemblaient à des pains
de sucre se terminant en goulot de bouteille. On
doit porter ces massues à droite, à gauche, par
devant, par derrière : mais trop lourdes, elles
échappaient de leurs doigts, au risque de leur
broyer les jambes. N'importe, ils s'acharnèrent
aux « mils persans » et même craignant qu'elles
n'éclatassent, tous les soirs ils les frottaient avec
de la cire et un morceau de drap.

Ensuite, ils recherchèrent des fossés. Quand
ils en avaient trouvé un à leur convenance, ils
appuyaient au milieu une longue perche, s'élan-
çaient du pied gauche, atteignaient l'autre bord,
puis recommençaient. La campagne étant plate,
on les apercevait au loin; et les villageois se demandaient quelles étaient ces deux choses extraordinaires, bondissant à l'horizon.

L'automne venu, ils se mirent à la gymnastique
de chambre; elle les ennuya. Que n'avaient-ils le
trémoussoir ou fauteuil de poste, imaginé sous
Louis XIV par l'abbé de Saint-Pierre. Comment
était-ce construit, où se renseigner? Dumouchel
ne daigna pas même leur répondre.

Alors, ils établirent dans le fournil une bascule brachiale. Sur deux poulies vissées au plafond, passait une corde, tenant une traverse à chaque bout. Sitôt qu'ils l'avaient prise, l'un poussait la terre de ses orteils, l'autre baissait les bras jusqu'au niveau du sol; le premier, par sa pesanteur, attirait le second qui, lâchant un peu la cordelette, montait à son tour; en moins de cinq minutes, leurs membres dégouttelaient de sueur.

Pour suivre les prescriptions du manuel, ils tâchèrent de devenir ambidextres, jusqu'à se priver de la main droite, temporairement. Ils firent plus : Amoros indique les pièces de vers qu'il faut chanter dans les manœuvres, et Bouvard et Pécuchet, en marchant, répétaient l'hymne nᵒ 9 :

Un roi, un roi juste est un bien sur la terre.

Quand ils se battaient les pectoraux :

Amis, la couronne et la gloire, etc.

Au pas de course :

A nous l'animal timide!
Atteignons le cerf rapide!
Oui! nous vaincrons!
Courons! courons! courons!

Et plus haletants que des chiens, ils s'animaient au bruit de leurs voix.

Un côté de la gymnastique les exaltait : son emploi comme moyen de sauvetage.

Mais il aurait fallu des enfants, pour apprendre à les porter dans des sacs, et ils prièrent le maître d'école de leur en fournir quelques-uns. Petit objecta que les familles se fâcheraient. Ils se rabat-

tirent sur les secours aux blessés. L'un feignait
d'être évanoui, et l'autre le charriait dans une
brouette, avec toutes sortes de précautions.

Quant aux escalades militaires, l'auteur préconise l'échelle de Bois-Rosé, ainsi nommée du
capitaine qui surprit Fécamp autrefois, en montant par la falaise.

D'après la gravure du livre, ils garnirent de
bâtonnets un câble, et l'attachèrent sous le hangar.

Dès qu'on a enfourché le premier bâton, et
saisi le troisième, on jette ses jambes en dehors,
pour que le deuxième, qui était tout à l'heure
contre la poitrine, se trouve juste sous les cuisses.
On se redresse, on empoigne le quatrième et l'on
continue. Malgré de prodigieux déhanchements,
il leur fut impossible d'atteindre le deuxième
échelon.

Peut-être a-t-on moins de mal en s'accrochant
aux pierres avec les mains, comme firent les soldats de Bonaparte à l'attaque du Fort-Chambray?
et pour vous rendre capable d'une telle action,
Amoros possède une tour dans son établissement.

Le mur en ruines pouvait la remplacer. Ils en
tentèrent l'assaut.

Mais Bouvard, ayant retiré trop vite son pied
d'un trou, eut peur et fut pris d'étourdissement.

Pécuchet en accusa leur méthode : ils avaient
négligé ce qui concerne les phalanges, si bien
qu'ils devaient se remettre aux principes.

Ses exhortations furent vaines; et, dans son
orgueil et sa présomption, il aborda les échasses.

La nature semblait l'y avoir destiné, car il employa tout de suite le grand modèle, ayant des
palettes à quatre pieds du sol, et, en équilibre là-

dessus, il arpentait le jardin, pareil à une gigantesque cigogne qui se fût promenée.

Bouvard, à la fenêtre, le vit tituber, puis s'a-
battre d'un bloc sur les haricots, dont les rames,
en se fracassant, amortirent sa chute. On le ramassa couvert de terreau, les narines saignantes,
livide, et il croyait s'être donné un effort.

Décidément la gymnastique ne convenait pas
à des hommes de leur âge; ils l'abandonnèrent,
n'osaient plus se mouvoir par crainte des accidents, et ils restaient tout le long du jour assis
dans le muséum, à rêver d'autres occupations.

Ce changement d'habitudes influa sur la santé
de Bouvard. Il devint très lourd, soufflait après
ses repas comme un cachalot, voulut se faire maigrir, mangea moins, et s'affaiblit.

Pécuchet, également, se sentait « miné », avait
des démangeaisons à la peau et des plaques dans
la gorge.

— Ça ne va pas, disait-il, ça ne va pas.

Bouvard imagina d'aller choisir à l'auberge
quelques bouteilles de vin d'Espagne, afin de se
remonter la machine.

Comme il en sortait, le clerc de Marescot et
trois hommes apportaient à Beljambe une grande
table de noyer; « Monsieur » l'en remerciait beaucoup. Elle s'était parfaitement conduite.

Bouvard connut ainsi la mode nouvelle des
tables tournantes. Il en plaisanta le clerc.

Cependant, par toute l'Europe, en Amérique,
en Australie et dans les Indes, des millions de
mortels passaient leur vie à faire tourner des
tables, et on découvrait la manière de rendre les
serins prophètes, de donner des concerts sans in-

struments, de correspondre au moyen des escar-
gots. La Presse offrant avec sérieux ces bourdes
au public, le renforçait dans sa crédulité.

Les esprits frappeurs avaient débarqué au château de Faverges, de là s'étaient répandus dans le
village, et le notaire principalement les question-
nait.

Choqué du scepticisme de Bouvard, il convia
les deux amis à une soirée de tables tournantes.

Était-ce un piège? Mme Bordin se trouverait là.
Pécuchet, seul, s'y rendit.

Il y avait comme assistants, le maire, le percepteur, le capitaine, d'autres bourgeois et leurs
épouses, Mme Vaucorbeil, Mme Bordin effectivement; de plus, une ancienne sous-maîtresse de
Mme Marescot, Mlle Laverrière, personne un peu
louche, avec des cheveux gris tombant en spirales
sur les épaules, à la façon de 1830. Dans un fauteuil se tenait un cousin de Paris, costumé d'un
habit bleu et l'air impertinent.

Les deux lampes de bronze, l'étagère de curiosités, des romances à vignette sur le piano, et des
aquarelles minuscules dans des cadres exorbitants
faisaient toujours l'étonnement de Chavignolles.
Mais ce soir-là les yeux se portaient vers la table
d'acajou. On l'éprouverait tout à l'heure, et elle
avait l'importance des choses qui contiennent un
mystère.

Douze invités prirent place autour d'elle, les
mains étendues, les petits doigts se touchant. On
n'entendait que le battement de la pendule. Les
visages dénotaient une attention profonde.

Au bout de dix minutes, plusieurs se plai-

gnirent de fourmillements dans les bras. Pécuchet
était incommodé.

— Vous poussez! dit le capitaine à Foureau.

— Pas du tout!

— Si fait!

— Ah! Monsieur!

Le notaire les calma.

A force de tendre l'oreille, on crut distinguer
des craquements de bois. Illusion! Rien ne bou-
geait.

L'autre jour, quand les familles Aubert et Lor-
meau étaient venues de Lisieux et qu'on avait em-
prunté exprès la table de Beljambe, tout avait si
bien marché! Mais celle-là aujourd'hui montrait
un entêtement... Pourquoi?

Le tapis sans doute la contrariait, et on passa
dans la salle à manger.

Le meuble choisi fut un large guéridon où
s'installèrent Pécuchet, Girbal, Mme Marescot, et
son cousin M. Alfred.

Le guéridon, qui avait des roulettes, glissa vers
la droite; les opérateurs, sans déranger leurs
doigts, suivirent son mouvement, et de lui-même
il fit encore deux tours. On fut stupéfait.

Alors M. Alfred articula d'une voix haute :

— Esprit, comment trouves-tu ma cousine?

Le guéridon, en oscillant avec lenteur, frappa
neuf coups.

D'après une pancarte, où le nombre des coups
se traduisait par des lettres, cela signifiait « charmante ». Des bravos éclatèrent.

Puis Marescot, taquinant Mme Bordin, somma
l'esprit de déclarer l'âge exact qu'elle avait.

Le pied du guéridon retomba cinq fois.

— Comment? cinq ans! s'écria Girbal.

— Les dizaines ne comptent pas, reprit Foureau.

La veuve sourit, intérieurement vexée.

Les réponses aux autres questions manquèrent, tant l'alphabet était compliqué. Mieux valait la planchette, moyen expéditif et dont Mlle Laverrière s'était même servie pour noter sur un album les communications directes de Louis XII, Clémence Isaure, Franklin, Jean-Jacques Rousseau, etc. Ces mécaniques se vendaient rue d'Aumale; M. Alfred en promit une, puis s'adressant à la sous-maîtresse :

— Mais pour le quart d'heure, un peu de piano, n'est-ce pas? Une mazurke!

Deux accords plaqués vibrèrent. Il prit sa cousine à la taille, disparut avec elle, revint. On était rafraîchi par le vent de la robe qui frôlait les portes en passant. Elle se renversait la tête, il arrondissait son bras. On admirait la grâce de l'une, l'air fringant de l'autre; et, sans attendre les petits fours, Pécuchet se retira, ébahi de la soirée.

Il eut beau répéter :

— Mais j'ai vu! j'ai vu!

Bouvard niait les faits et néanmoins consentit à expérimenter lui-même.

Pendant quinze jours, ils passèrent leurs après-midi en face l'un de l'autre les mains sur une table, puis sur un chapeau, sur une corbeille, sur des assiettes. Tous ces objets demeurèrent immobiles.

Le phénomène des tables tournantes n'en est pas moins certain. Le vulgaire l'attribue à des

esprits, Faraday au prolongement de l'action ner-
veuse, Chevreul à l'inconscience des efforts, ou
peut-être, comme admet Ségouin, se dégage-t-il
de l'assemblage des personnes une impulsion, un
courant magnétique?

Cette hypothèse fit rêver Pécuchet. Il prit dans
sa bibliothèque le *Guide du magnétiseur* par Montacabère, le relut attentivement, et initia Bouvard à
la théorie.

Tous les corps animés reçoivent et communiquent l'influence des astres. Propriété analogue
à la vertu de l'aimant. En dirigeant cette force
on peut guérir les malades, voilà le principe. La
science, depuis Mesmer, s'est développée, mais il
importe toujours de verser le fluide et de faire des
passes qui, premièrement, doivent endormir.

— Eh bien, endors-moi! dit Bouvard.

— Impossible, répliqua Pécuchet, pour subir
l'action magnétique et pour la transmettre, la foi
est indispensable.

Puis considérant Bouvard :

— Ah! quel dommage.

— Comment?

— Oui, si tu voulais, avec un peu de pratique,
il n'y aurait pas de magnétiseur comme toi!

Car il possédait tout ce qu'il faut : l'abord pré-
venant, une constitution robuste et un moral solide.

Cette faculté qu'on venait de lui découvrir
flatta Bouvard. Il se plongea sournoisement dans
Montacabère.

Puis, comme Germaine avait des bourdonnements d'oreilles qui l'assourdissaient, il dit un soir
d'un ton négligé :

— Si on essayait du magnétisme?

Elle ne s'y refusa pas. Il s'assit devant elle, lui prit les deux pouces dans ses mains et la regarda fixement, comme s'il n'eût fait autre chose de toute sa vie.

La bonne femme, une chaufferette sous les talons, commença par fléchir le cou; ses yeux se fermèrent et, tout doucement, elle se mit à ronfler. Au bout d'une heure qu'ils la contemplaient, Pécuchet dit à voix basse :

— Que sentez-vous?

Elle se réveilla.

Plus tard sans doute la lucidité viendrait.

Ce succès les enhardit, et, reprenant avec aplomb l'exercice de la médecine, ils soignèrent Chamberlan, le bedeau, pour ses douleurs intercostales; Migraine, le maçon, affecté d'une névrose de l'estomac; la mère Varin, dont l'encéphaloïde sous la clavicule exigeait, pour se nourrir, des emplâtres de viande; un goutteux, le père Lemoine, qui se traînait au bord des cabarets; un phtisique, un hémiplégique, bien d'autres. Ils traitèrent aussi des coryzas et des engelures.

Après l'exploration de la maladie, ils s'interrogeaient du regard pour savoir quelles passes employer, si elles devaient être à grands ou à petits courants, ascendantes ou descendantes, longitudinales, transversales, biditiges, triditiges ou même quinditiges. Quand l'un en avait trop, l'autre le remplaçait. Puis, revenus chez eux, ils notaient les observations sur le journal du traitement.

Leurs manières onctueuses captèrent le monde. Cependant on préférait Bouvard, et sa réputation parvint jusqu'à Falaise, quand il eut guéri la Bar-

bée, la fille du père Barbey, un ancien capitaine
au long cours.

Elle sentait comme un clou à l'occiput, parlait
d'une voix rauque, restait souvent plusieurs jours
sans manger, puis dévorait du plâtre ou du charbon. Ses crises nerveuses, débutant par des sanglots, se terminaient dans un flux de larmes; et on
avait pratiqué tous les remèdes, depuis les tisanes
jusqu'aux moxas, si bien que, par lassitude, elle
accepta les offres de Bouvard.

Quand il eut congédié la servante et poussé les
verrous, il se mit à frictionner son abdomen en
appuyant sur la place des ovaires. Un bien-être se
manifesta par des soupirs et des bâillements. Il lui
posa un doigt entre les sourcils au haut du nez;
tout à coup elle devint inerte. Si on levait ses bras,
ils retombaient; sa tête garda les attitudes qu'il
voulut, et les paupières à demi closes, en vibrant
d'un mouvement spasmodique, laissaient apercevoir les globes des yeux, qui roulaient avec lenteur; ils se fixèrent dans les angles, convulsés.

Bouvard lui demanda si elle souffrait, elle répondit que non; ce qu'elle éprouvait maintenant,
elle distinguait l'intérieur de son corps.

— Qu'y voyez-vous?
— Un ver.
— Que faut-il pour le tuer?
Son front se plissa :
— Je cherche...; je ne peux pas, je ne peux
pas.

A la deuxième séance, elle se prescrivit un
bouillon d'orties; à la troisième, de l'herbe au
chat. Les crises s'atténuèrent, disparurent. C'était
vraiment comme un miracle.

L'addigitation nasale ne réussit point avec les autres, et pour amener le somnambulisme, ils projetèrent de construire un baquet mesmérien. Déjà même Pécuchet avait recueilli de la limaille et nettoyé une vingtaine de bouteilles, quand un scrupule l'arrêta. Parmi les malades, il viendrait des personnes du sexe.

— Et que ferons-nous s'il leur prend des accès d'érotisme furieux?

Cela n'eût pas arrêté Bouvard; mais à cause des potins et du chantage peut-être, mieux valait s'abstenir. Ils se contentèrent d'un harmonica et le portaient avec eux dans les maisons, ce qui réjouissait les enfants.

Un jour que Migraine était plus mal, ils y recoururent. Les sons cristallins l'exaspérèrent; mais Deleuze ordonne de ne pas s'effrayer des plaintes; la musique continua.

— Assez! assez! criait-il.

Un peu de patience, répétait Bouvard.

Pécuchet tapotait plus vite sur les lames de verre, et l'instrument vibrait, et le pauvre homme hurlait, quand le médecin parut attiré par le vacarme :

— Comment, encore vous? s'écria-t-il, furieux de les retrouver toujours chez ses clients.

Ils expliquèrent leur moyen magnétique. Alors il tonna contre le magnétisme, un tas de jongleries, et dont les effets proviennent de l'imagination.

Cependant on magnétise des animaux, Montacabère l'affirme, et M. Fontaine est parvenu à magnétiser une lionne. Ils n'avaient pas de lionne, mais le hasard leur offrit une autre bête.

Car le lendemain à six heures un valet de charrue vint leur dire qu'on les réclamait à la ferme, pour une vache désespérée.

Ils y coururent.

Les pommiers étaient en fleurs et l'herbe, dans la cour, fumait sous le soleil levant. Au bord de la mare, à demi couverte d'un drap, une vache beuglait, grelottante des seaux d'eau qu'on lui jetait sur le corps, et, démesurément gonflée, elle ressemblait à un hippopotame.

Sans doute, elle avait pris du « venin » en pâturant dans les trèfles. Le père et la mère Gouy se désolaient, car le vétérinaire ne pouvait venir, et un charron qui savait des mots contre l'enflure ne voulait pas se déranger; mais ces messieurs dont la bibliothèque était célèbre, devaient connaître un secret.

Ayant retroussé leurs manches, ils se placèrent l'un devant les cornes, l'autre à la croupe, et, avec de grands efforts intérieurs et une gesticulation frénétique, ils écartaient les doigts pour épandre sur l'animal des ruisseaux de fluide, tandis que le fermier, son épouse, leur garçon et des voisins, les regardaient presque effrayés.

Les gargouillements que l'on entendait dans le ventre de la vache provoquèrent des borborygmes au fond de ses entrailles. Elle émit un vent. Pécuchet dit alors :

— C'est une porte ouverte à l'espérance, un débouché, peut-être.

Le débouché s'opéra, l'espérance jaillit dans un paquet de matières jaunes éclatant avec la force d'un obus. Les cuirs se desserrèrent, la vache dégonfla; une heure après il n'y paraissait plus.

Ce n'était pas l'effet de l'imagination, certainement. Donc le fluide contient une vertu particulière. Elle se laisse enfermer dans des objets où on ira la prendre sans qu'elle se trouve affaiblie. Un tel moyen épargne des déplacements. Ils l'adoptèrent, et ils envoyaient à leurs pratiques des jetons magnétisés, des mouchoirs magnétisés, de l'eau magnétisée, du pain magnétisé.

Puis, continuant leurs études, ils abandonnèrent les passes pour le système de Puységur, qui remplace le magnétiseur par un vieil arbre, au tronc duquel une corde s'enroule.

Un poirier dans leur masure semblait fait tout exprès. Ils le préparèrent en l'embrassant fortement à plusieurs reprises. Un banc fut établi en dessous. Leurs habitués s'y rangeaient et ils obtinrent des résultats si merveilleux que, pour enfoncer Vaucorbeil, ils le convièrent à une séance, avec les notables du pays.

Pas un n'y manqua.

Germaine les reçut dans la petite salle, en priant « de faire excuse », ses maîtres allaient venir.

De temps à autre, on entendait un coup de sonnette. C'étaient des malades qu'elle introduisait ailleurs. Les invités se montraient du coude les fenêtres poussiéreuses, les taches sur le lambris, la peinture s'éraillant; et le jardin était lamentable. Du bois mort partout! Deux bâtons, devant la brèche du mur, barraient le verger.

Pécuchet se présenta.

— A vos ordres, messieurs!

Et l'on vit au fond, sous le poirier d'Édouïn, plusieurs personnes assises.

Chamberlan, sans barbe, comme un prêtre, et

en soutanelle de lasting avec une calotte de cuir, s'abandonnait à des frissons occasionnés par sa douleur intercostale ; Migraine, souffrant toujours de l'estomac, grimaçait près de lui ; la mère Varin, pour cacher sa tumeur, portait un châle à plusieurs tours ; le père Lemoine, pieds nus dans des savates, avait ses béquilles sous les jarrets, et la Barbée, en costume des dimanches, était pâle extraordinairement.

De l'autre côté de l'arbre, on trouva d'autres personnes : une femme à figure d'albinos épongeait les glandes suppurantes de son cou ; le visage d'une petite fille disparaissait à moitié sous des lunettes bleues ; un vieillard, dont une contracture déformait l'échine, heurtait de ses mouvements involontaires Marcel, une espèce d'idiot, couvert d'une blouse en loques et d'un pantalon rapiécé. Son bec-de-lièvre, mal recousu, laissait voir ses incisives, et des linges embobelinaient sa joue, tuméfiée par une énorme fluxion.

Tous tenaient à la main une ficelle descendant de l'arbre, et des oiseaux chantaient ; l'odeur du gazon attiédi se roulait dans l'air. Le soleil passait entre les branches. On marchait sur de la mousse.

Cependant les sujets, au lieu de dormir, écarquillaient leurs paupières.

— Jusqu'à présent, ce n'est pas drôle, dit Foureau. Commencez, je m'éloigne une minute.

Et il revint, en fumant dans un Abd-el-Kader, reste dernier de la porte aux pipes.

Pécuchet se rappela un excellent moyen de magnétisation. Il mit dans sa bouche tous les nez des malades et aspira leur haleine pour tirer à lui l'électricité, et en même temps Bouvard étreignait l'arbre, dans le but d'accroître le fluide.

Le maçon interrompit ses hoquets, le bedeau fut moins agité, l'homme à la contracture ne bougea plus. On pouvait maintenant s'approcher d'eux, leur faire subir toutes les épreuves.

Le médecin, avec sa lancette, piqua sous l'oreille Chamberlan, qui tressaillit un peu. La sensibilité chez les autres fut évidente; le goutteux poussa un cri. Quant à la Barbée, elle souriait comme dans un rêve, et un filet de sang lui coulait sous la mâchoire. Foureau, pour l'éprouver lui-même, voulut saisir la lancette, et le docteur l'ayant refusée, il pinça la malade fortement. Le capitaine lui chatouilla les narines avec une plume, le percepteur allait lui enfoncer une épingle sous la peau.

— Laissez-la donc, dit Vaucorbeil, rien d'étonnant, après tout! une hystérique! le diable y perdrait son latin!

— Celle-là, dit Pécuchet, en désignant Victoire, la femme scrofuleuse, est un médecin! elle reconnaît les affections et indique les remèdes.

Langlois brûlait de la consulter sur son catarrhe; il n'osa; mais Coulon, plus brave, demanda quelque chose pour ses rhumatismes.

Pécuchet lui mit la main droite dans la main gauche de Victoire, et, les cils toujours clos, les pommettes un peu rouges, les lèvres frémissantes, la somnambule, après avoir divagué, ordonna du *valum bécum.*

Elle avait servi à Bayeux chez un apothicaire. Vaucorbeil en inféra qu'elle voulait dire de l'*album græcum*, mot entrevu, peut-être, dans la pharmacie.

Puis il aborda le père Lemoine qui, selon Bouvard, percevait les objets à travers les corps opaques.

C'était un ancien maître d'école tombé dans la crapule. Des cheveux blancs s'éparpillaient autour de sa figure, et, adossé contre l'arbre, les paumes ouvertes, il dormait en plein soleil d'une façon majestueuse.

Le médecin attacha sur ses paupières une double cravate, et Bouvard, lui présentant un journal, dit impérieusement :

— Lisez !

Il baissa le front, remua les muscles de sa face, puis se renversa la tête et finit par épeler :

— Cons-ti-tu-tion-nel.

— Mais avec de l'adresse on fait glisser tous les bandeaux !

Ces dénégations du médecin révoltaient Pécuchet. Il s'aventura jusqu'à prétendre que la Barbée pouvait décrire ce qui se passait actuellement dans sa propre maison.

— Soit, répondit le docteur.

Et ayant tiré sa montre :

— A quoi ma femme s'occupe-t-elle ?

La Barbée hésita longtemps ; puis, d'un air maussade :

— Hein ! quoi ? Ah ! j'y suis ! Elle coud des rubans à un chapeau de paille.

Vaucorbeil arracha une feuille de son calepin et écrivit un billet, que le clerc de Marescot s'empressa de porter.

La séance était finie. Les malades s'en allèrent.

Bouvard et Pécuchet, en somme, n'avaient pas réussi. Cela tenait-il à la température ou à l'odeur

du tabac, ou au parapluie de l'abbé Jeufroy, qui
avait une garniture de cuivre, métal contraire à
l'émission fluidique?

Vaucorbeil haussa les épaules.

Cependant il ne pouvait contester la bonne foi
de MM. Deleuze, Bertrand, Morin, Jules Clo-
quet. Or, ces maîtres affirment que des somnambules ont prédit des événements, subi, sans douleur, des opérations cruelles.

L'abbé rapporta des histoires plus étonnantes.
Un missionnaire a vu des brahmanes parcourir
une route la tête en bas; le Grand-Lama au Thibet
se fend les boyaux, pour rendre des oracles.

— Plaisantez-vous? dit le médecin.

— Nullement!

— Allons donc! Quelle farce!

Et la question se détournant, chacun produisit
des anecdotes.

— Moi, dit l'épicier, j'ai eu un chien qui était
toujours malade quand le mois commençait par
un vendredi.

— Nous étions quatorze enfants, reprit le juge
de paix. Je suis né un 14, mon mariage eut lieu
un 14 et le jour de ma fête tombe un 14! Expliquez-
moi ça.

Beljambe avait rêvé, bien des fois, le nombre
des voyageurs qu'il aurait le lendemain dans son
auberge, et Petit conta le souper de Cazotte.

Le curé alors fit cette réflexion:

— Pourquoi ne pas voir là dedans, tout simplement...

— Les démons, n'est-ce pas? dit Vaucorbeil.

L'abbé, au lieu de répondre, eut un signe de
tête.

Marescot parla de la Pythie de Delphes.

— Sans aucun doute, des miasmes.

— Ah! les miasmes, maintenant.

— Moi, j'admets un fluide, reprit Bouvard.

— Nervoso-sidéral, ajouta Pécuchet.

— Mais prouvez-le! montrez-le! votre fluide!
D'ailleurs les fluides sont démodés, écoutez-moi.

Vaucorbeil alla plus loin se mettre à l'ombre.
Les bourgeois le suivirent.

— Si vous dites à un enfant : « Je suis un loup,
je vais te manger, » il se figure que vous êtes un
loup et il a peur; c'est donc un rêve commandé
par des paroles. De même le somnambule accepte
les fantaisies que l'on voudra. Il se souvient et
n'imagine pas, obéit toujours, n'a que des sensations quand il croit penser. De cette manière, des
crimes sont suggérés et des gens vertueux pour-
ront se voir bêtes féroces et devenir anthropo-
phages involontairement.

On regarda Bouvard et Pécuchet. Leur science
avait des périls pour la société.

Le clerc de Marescot reparut dans le jardin, en
brandissant une lettre de Mme Vaucorbeil.

Le docteur la décacheta, pâlit et enfin lut ces
mots :

« Je couds des rubans à un chapeau de paille. »

La stupéfaction empêcha de rire.

— Une coïncidence, parbleu! Ça ne prouve
rien.

Et comme les deux magnétiseurs avaient un air
de triomphe, il se retourna sous la porte pour leur
dire :

— Ne continuez plus! ce sont des amusements
dangereux!

Le curé, en emmenant son bedeau, le tança
vertement.

— Êtes-vous fou! sans ma permission! Des
manœuvres défendues par l'Église!

Tout le monde venait de partir; Bouvard et
Pécuchet causaient sur le vigneau avec l'instituteur, quand Marcel débusqua du verger, la
mentonnière défaite, et il bredouillait :

— Guéri! guéri! Bons messieurs!

— Bien! assez! laisse-nous tranquilles!

— Ah! bon messieurs, je vous aime! serviteur!

Petit, homme de progrès, avait trouvé l'explication du médecin terre à terre, bourgeoise. La
science est un monopole aux mains des riches.
Elle exclut le peuple : à la vieille analyse du
moyen âge, il est temps que succède une synthèse large et primesautière. La vérité doit s'obtenir par le cœur, et, se déclarant spiritiste, il indiqua plusieurs ouvrages, défectueux sans doute,
mais qui étaient le signe d'une aurore.

Ils se les firent envoyer.

Le spiritisme pose en dogme l'amélioration fatale de notre espèce. La terre un jour deviendra
le ciel, et c'est pourquoi cette doctrine charmait
l'instituteur. Sans être catholique, elle se réclame
de saint Augustin et de saint Louis. Allan-Kardec
publie même des fragments dictés par eux et qui
sont au niveau des opinions contemporaines. Elle
est pratique, bienfaisante et nous révèle, comme
le télescope, les mondes supérieurs.

Les esprits, après la mort et dans l'extase, y sont
transportés. Mais quelquefois ils descendent sur
notre globe, où ils font craquer les meubles, se

mêlent à nos divertissements, goûtent les beautés de la nature et les plaisirs des arts.

Cependant plusieurs d'entre nous possèdent une trompe aromale, c'est-à-dire derrière le crâne un long tuyau qui monte depuis les cheveux jusqu'aux planètes et nous permet de converser avec les esprits de Saturne; les choses intangibles n'en sont pas moins réelles, et de la terre aux astres, des astres à la terre, c'est un va-et-vient, une transmission, un échange continu.

Alors le cœur de Pécuchet se gonfla d'aspirations désordonnées, et, quand la nuit était venue, Bouvard le surprenait à sa fenêtre contemplant ces espaces lumineux qui sont peuplés d'esprits.

Swedenborg y a fait de grands voyages. Car, en moins d'un an, il a exploré Vénus, Mars, Saturne et vingt-trois fois Jupiter. De plus, il a vu à Londres Jésus-Christ, il a vu saint Paul, il a vu saint Jean, il a vu Moïse, et, en 1736, il a même vu le jugement dernier.

Aussi nous donne-t-il des descriptions du ciel.

On y trouve des fleurs, des palais, des marchés et des églises, absolument comme chez nous.

Les anges, hommes autrefois, couchent leurs pensées sur des feuillets, devisent des choses du ménage ou bien de matières spirituelles, et les emplois ecclésiastiques appartiennent à ceux qui, dans leur vie terrestre, ont cultivé l'Écriture sainte.

Quant à l'enfer, il est plein d'une odeur nauséabonde, avec des cahutes, des tas d'immondices, des fondrières, des personnes mal habillées.

Et Pécuchet s'abîmait l'intellect pour comprendre ce qu'il y a de beau dans ces révélations.

Elles parurent à Bouvard le délire d'un imbécile. Tout cela dépasse les bornes de la nature! Qui les connaît cependant? Et ils se livrèrent aux réflexions suivantes :

Des bateleurs peuvent illusionner une foule; un homme ayant des passions violentes en remuera d'autres; mais comment la seule volonté agirait-elle sur de la matière inerte? Un Bavarois, dit-on, mûrit les raisins; M. Gervais a ranimé un héliotrope; un plus fort, à Toulouse, écarte les nuages.

Faut-il admettre une substance intermédiaire entre le monde et nous? L'od, un nouvel impondérable, une sorte d'électricité, n'est pas autre chose, peut-être? Ses émissions expliquent la lueur que les magnétisés croient voir, les feux errants des cimetières, la forme des fantômes.

Ces images ne seraient donc pas une illusion, et les dons extraordinaires des possédés, pareils à ceux des somnambules, auraient une cause physique?

Quelle qu'en soit l'origine, il y a une essence, un agent secret et universel. Si nous pouvions le tenir, on n'aurait pas besoin de la force, de la durée. Ce qui demande des siècles se développerait en une minute; tout miracle serait praticable et l'univers à notre disposition.

La magie provenait de cette convoitise éternelle de l'esprit humain. On a, sans doute, exagéré sa valeur, mais elle n'est pas un mensonge. Des Orientaux qui la connaissent exécutent des prodiges. Tous les voyageurs le déclarent, et, au Palais-Royal, M. Dupotet trouble avec son doigt l'aiguille aimantée.

Comment devenir magicien? Cette idée leur parut folle d'abord, mais elle revint, les tourmenta, et ils y cédèrent, tout en affectant d'en rire.

Un régime préparatoire est indispensable.

Afin de mieux s'exalter, ils vivaient la nuit, jeûnaient, et, voulant faire de Germaine un médium plus délicat, rationnèrent sa nourriture. Elle se dédommageait sur la boisson, et but tant d'eau-de-vie qu'elle acheva promptement de s'alcooliser. Leurs promenades dans le corridor la réveillaient. Elle confondait le bruit de leurs pas avec ses bourdonnements d'oreilles et les voix imaginaires qu'elle entendait sortir des murs. Un jour qu'elle avait mis, le matin, un carrelet dans la cave, elle eut peur en le voyant tout couvert de feu, se trouva désormais plus mal et finit par croire qu'ils lui avaient jeté un sort.

Espérant gagner des visions, ils se comprimèrent la nuque réciproquement, ils se firent des sachets de belladone, enfin ils adoptèrent la boîte magique : une petite boîte d'où s'élève un champignon hérissé de clous et que l'on garde sur le cœur par le moyen d'un ruban attaché à la poitrine. Tout rata ; mais ils pouvaient employer le cercle de Dupotet.

Pécuchet, avec du charbon, barbouilla sur le sol une rondelle noire afin d'y enclore les esprits animaux que devaient aider les esprits ambiants, et, heureux de dominer Bouvard, il lui dit d'un air pontifical :

— Je te défie de le franchir !

Bouvard considéra cette place ronde. Bientôt son cœur battit, ses yeux se troublaient.

— Ah! finissons!

Et il sauta par-dessus pour fuir un malaise inexprimable.

Pécuchet, dont l'exaltation allait croissant, voulut faire apparaître un mort.

Sous le Directoire, un homme, rue de l'Échiquier, montrait les victimes de la Terreur. Les exemples de revenants sont innombrables. Que ce soit une apparence, qu'importe! il s'agit de la produire.

Plus le défunt nous touche de près, mieux il accourt à notre appel; mais il n'avait aucune relique de sa famille, ni bague, ni miniature, pas un cheveu, tandis que Bouvard était dans les conditions à évoquer son père; et comme il témoignait de la répugnance, Pécuchet lui demanda :

— Que crains-tu?

— Moi? Oh! rien du tout! Fais ce que tu voudras!

Ils soudoyèrent Chamberlan, qui leur fournit en cachette une vieille tête de mort. Un couturier leur tailla deux houppelandes noires, avec un capuchon comme à la robe de moine. La voiture de Falaise leur apporta un long rouleau dans une enveloppe. Puis ils se mirent à l'œuvre, l'un curieux de l'exécuter, l'autre ayant peur d'y croire.

Le muséum était tendu comme un catafalque. Trois flambeaux brûlaient au bord de la table poussée contre le mur, sous le portrait du père Bouvard que dominait la tête de mort. Ils avaient même fourré une chandelle dans l'intérieur du crâne, et des rayons se projetaient par les deux orbites.

Au milieu, sur une chaufferette, de l'encens

fumait. Bouvard se tenait derrière ; et Pécuchet, lui tournant le dos, jetait dans l'âtre des poignées de soufre.

Avant d'appeler un mort, il faut le consentement des démons. Or, ce jour-là était un vendredi, jour qui appartient à Béchet : on devait s'occuper de Béchet premièrement. Bouvard ayant salué de droite et de gauche, fléchi le menton et levé les bras, commença :

— Par Éthaniel, Anazin, Ischyros...

Il avait oublié le reste.

Pécuchet, bien vite, souffla les mots, notés sur un carton :

— Ischyros, Athanatos, Adonaï, Sadaï, Éloy, Messiasos (la kyrielle était longue), je te conjure, je t'observe, je t'ordonne, ô Béchet !

Puis baissant la voix :

— Où es-tu, Béchet ? Béchet ! Béchet ! Béchet !

Bouvard s'affaissa dans le fauteuil, et il était bien aise de ne pas voir Béchet, un instinct lui reprochant sa tentative comme un sacrilège. Où était l'âme de son père ? Pouvait-elle l'entendre ? Si tout à coup elle allait venir ?

Les rideaux se remuaient avec lenteur, sous le vent qui entrait par un carreau fêlé, et les cierges balançaient des ombres sur le crâne de mort et sur la figure peinte. Une couleur terreuse les brunissait également. De la moisissure dévorait les pommettes, les yeux n'avaient plus de lumière, mais une flamme brillait au-dessus, dans les trous de la tête vide. Elle semblait quelquefois prendre la place de l'autre, poser sur le collet de la redingote, avoir ses favoris ; et la toile, à demi déclouée, oscillait, palpitait.

Peu à peu, ils sentirent comme l'effleurement d'une haleine, l'approche d'un être impalpable. Des gouttes de sueur mouillaient le front de Pécuchet, et voilà que Bouvard se mit à claquer des dents, une crampe lui serrait l'épigastre ; le plancher, comme une onde, fuyait sous ses talons ; le soufre qui brûlait dans la cheminée se rabattit à grosses volutes ; des chauves-souris en même temps tournoyaient ; un cri s'éleva ; qui était-ce ?

Et ils avaient sous leurs capuchons des figures tellement décomposées que leur effroi en redoublait, n'osant faire un geste ni même parler ; quand derrière la porte ils entendirent des gémissements comme ceux d'une âme en peine.

Enfin ils se hasardèrent.

C'était leur vieille bonne qui, les espionnant par une fente de la cloison, avait cru voir le diable, et, à genoux dans le corridor, elle multipliait les signes de croix.

Tout raisonnement fut inutile. Elle les quitta le soir même, ne voulant plus servir des gens pareils.

Germaine bavarda. Chamberlan perdit sa place, et il se forma contre eux une sourde coalition entretenue par l'abbé Jeufroy, Mme Bordin et Foureau.

Leur manière de vivre, qui n'était pas celle des autres, déplaisait. Ils devinrent suspects et même inspiraient une vague terreur.

Ce qui les ruina surtout dans l'opinion, ce fut le choix de leur domestique. A défaut d'un autre, ils avaient pris Marcel.

Son bec-de-lièvre, sa hideur et son baragouin écartaient de sa personne. Enfant abandonné, il avait grandi au hasard dans les champs et conser-

vait de sa longue misère une faim irrassasiable.
Les bêtes mortes de maladie, du lard en pour-
riture, un chien écrasé, tout lui convenait, pourvu
que le morceau fût gros; et il était doux comme
un mouton, mais entièrement stupide.

La reconnaissance l'avait poussé à s'offrir comme
serviteur chez MM. Bouvard et Pécuchet; et puis,
les croyant sorciers, il espérait des gains extraordinaires.

Dès les premiers jours, il leur confia un secret.
Sur la bruyère de Poligny, autrefois, un homme
avait trouvé un lingot d'or. L'anecdote est rap-
portée dans les historiens de Falaise; ils ignoraient
la suite : douze frères, avant de partir pour un
voyage, avaient caché douze lingots pareils, tout
le long de la route, depuis Chavignolles jusqu'à
Bretteville, et Marcel supplia ses maîtres de recommencer les recherches. Ces lingots, se dirent-
ils, avaient peut-être été enfouis au moment de
l'émigration.

C'était le cas d'employer la baguette divinatoire.
Les vertus en sont douteuses. Ils étudièrent la
question cependant, et apprirent qu'un certain
Pierre Garnier donne, pour les défendre, des raisons scientifiques : les sources et les métaux pro-
jetteraient des corpuscules en affinité avec le bois.

Cela n'est guère probable. Qui sait pourtant?
Essayons!

Ils se taillèrent une fourchette de coudrier, et
un matin partirent à la découverte du trésor.

— Il faudra le rendre, dit Bouvard.

— Ah! non! par exemple!

Après trois heures de marche, une réflexion les
arrêta : La route de Chavignolles à Bretteville!

était-ce l'ancienne, ou la nouvelle? Ce devait être l'ancienne!

Ils rebroussèrent chemin, et parcoururent les alentours, au hasard, le tracé de la vieille route n'étant pas facile à reconnaître.

Marcel courait de droite et de gauche, comme un épagneul en chasse. Toutes les cinq minutes, Bouvard était contraint de le rappeler; Pécuchet avançait pas à pas, tenant la baguette par les deux branches, la pointe en haut. Souvent il lui semblait qu'une force, et comme un crampon, la tirait vers le sol, et Marcel bien vite faisait une entaille aux arbres voisins pour retrouver la place plus tard.

Pécuchet cependant se ralentissait. Sa bouche s'ouvrit, ses prunelles se convulsèrent. Bouvard l'interpella, le secoua par les épaules; il ne remua pas et demeurait inerte, absolument comme la Barbée.

Puis il conta qu'il avait senti autour du cœur une sorte de déchirement, état bizarre, provenant de la baguette, sans doute; et il ne voulait plus y toucher.

Le lendemain, ils revinrent devant les marques faites aux arbres. Marcel avec une bêche creusait des trous; jamais la fouille n'amenait rien, et ils étaient chaque fois extrêmement penauds. Pécuchet s'assit au bord d'un fossé; et comme il rêvait, la tête levée, s'efforçant d'entendre la voix des esprits par sa trompe aromale, se demandant même s'il en avait une, il fixa ses regards sur la visière de sa casquette; l'extase de la veille le reprit. Elle dura longtemps, devenait effrayante.

Au-dessus des avoines, dans un sentier, un

chapeau de feutre parut : c'était M. Vaucorbeil trottinant sur sa jument. Bouvard et Marcel le hélèrent.

La crise allait finir quand arriva le médecin. Pour mieux examiner Pécuchet, il lui souleva sa casquette, et apercevant un front couvert de plaques cuivrées :

— Ah! ah! *fructus belli!* ce sont des syphilides mon bonhomme! soignez-vous! diable! ne badinons pas avec l'amour.

Pécuchet, honteux, remit sa casquette, une sorte de béret bouffant sur une visière en forme de demi-lune, et dont il avait pris le modèle dans l'atlas d'Amoros.

Les paroles du docteur le stupéfièrent. Il y songeait, les yeux en l'air, et tout à coup fut ressaisi.

Vaucorbeil l'observait, puis d'une chiquenaude il fit tomber sa casquette.

Pécuchet recouvra ses facultés.

— Je m'en doutais, dit le médecin, la visière vernie vous hypnotise comme un miroir, et ce phénomène n'est pas rare chez les personnes qui considèrent un corps brillant avec trop d'attention.

Il indiqua comment pratiquer l'expérience sur des poules, enfourcha son bidet et disparut lentement.

Une demi-lieue plus loin, ils remarquèrent un objet pyramidal dressé à l'horizon, dans une cour de ferme. On aurait dit une grappe de raisin noir monstrueuse, piquée de points rouges çà et là. C'était, suivant l'usage normand, un long mât garni de traverses, où juchaient les dindes se rengorgeant au soleil.

— Entrons.

Et Pécuchet aborda le fermier, qui consentit à leur demande.

Avec du blanc d'Espagne, ils tracèrent une ligne au milieu du pressoir, lièrent les pattes d'un dindon, puis l'étendirent à plat ventre, le bec posé sur la raie. La bête ferma les yeux, et bientôt sembla morte. Il en fut de même des autres. Bouvard les repassait vivement à Pécuchet, qui les rangeait de côté dès qu'elles étaient engourdies. Les gens de la ferme témoignèrent des inquiétudes. La maîtresse cria, une petite fille pleurait.

Bouvard détacha toutes les volailles. Elles se ranimaient, progressivement, mais on ne savait pas les conséquences. A une objection un peu rêche de Pécuchet, le fermier empoigna sa fourche.

— Filez, nom de Dieu! ou je vous crève la paillasse!

Ils détalèrent.

N'importe! le problème était résolu; l'extase dépend d'une cause matérielle.

Qu'est donc la matière? Qu'est-ce que l'esprit? D'où vient l'influence de l'une sur l'autre, et réciproquement?

Pour s'en rendre compte, ils firent des recherches dans Voltaire, dans Bossuet, dans Fénelon, et même ils reprirent un abonnement à un cabinet de lecture.

Les maîtres anciens étaient inaccessibles par la longueur des œuvres ou la difficulté de l'idiome, mais Jouffroy et Damiron les initièrent à la philosophie moderne, et ils avaient des auteurs touchant celle du siècle passé.

Bouvard tirait ses arguments de Lamettrie, de Locke, d'Helvétius; Pécuchet de M. Cousin, Thomas Reid et Gérando. Le premier s'attachait à l'expérience, l'idéal était tout pour le second. Il y avait de l'Aristote dans celui-ci, du Platon dans celui-là, et ils discutaient.

— L'âme est immatérielle! disait l'un.

— Nullement! disait l'autre, la folie, le chloroforme, une saignée la bouleversent et puisqu'elle ne pense pas toujours, et elle n'est point une substance ne faisant que penser.

— Cependant, objecta Pécuchet, j'ai en moi-même quelque chose de supérieur à mon corps, et qui parfois le contredit.

— Un être dans l'être? l'*homo duplex!* allons donc! des tendances différentes révèlent des motifs opposés. Voilà tout.

— Mais ce quelque chose, cette âme, demeure identique sous les changements du dehors! Donc elle est simple, indivisible et partant spirituelle!

— Si l'âme était simple, répliqua Bouvard, le nouveau-né se rappellerait, imaginerait comme l'adulte. La pensée, au contraire, suit le développement du cerveau. Quant à être indivisible, le parfum d'une rose ou l'appétit d'un loup, pas plus qu'une volition ou une affirmation ne se coupent en deux.

— Ça n'y fait rien! dit Pécuchet, l'âme est exempte des qualités de la matière!

— Admets-tu la pesanteur? reprit Bouvard. Or, si la matière peut tomber, elle peut de même penser. Ayant eu un commencement, notre âme doit finir et, dépendante des organes, disparaître avec eux.

— Moi, je la prétends immortelle! Dieu ne peut vouloir...

— Mais si Dieu n'existe pas?

— Comment?

Et Pécuchet débita les trois preuves cartésiennes :

— Primo, Dieu est compris dans l'idée que nous en avons; secundo, l'existence lui est possible; tertio, être fini, comment aurais-je une idée de l'infini? et puisque nous avons cette idée, elle nous vient de Dieu, donc Dieu existe!

Il passa au témoignage de la conscience, à la tradition des peuples, au besoin d'un créateur.

— Quand je vois une horloge...

— Oui! oui! connu! mais où est le père de l'horloger?

— Il faut une cause pourtant!

Bouvard doutait des causes.

— De ce qu'un phénomène succède à un phénomène on conclut qu'il en dérive. Prouvez-le.

— Mais le spectacle de l'univers dénote une intention, un plan!

— Pourquoi? Le mal est organisé aussi parfaitement que le bien. Le ver qui pousse dans la tête du mouton et le fait mourir équivaut, comme anatomie, au mouton lui-même. Les monstruosités surpassent les fonctions normales. Le corps humain pouvait être mieux bâti. Les trois quarts du globe sont stériles. La Lune, ce lampadaire, ne se montre pas toujours! Crois-tu l'Océan destiné aux navires, et le bois des arbres au chauffage de nos maisons?

Pécuchet répondit :

— Cependant l'estomac est fait pour digérer,

la jambe pour marcher, l'œil pour voir, bien
qu'on ait des dyspepsies, des fractures et des cataractes. Pas d'arrangements sans but! Les effets
surviennent actuellement, ou plus tard. Tout dépend des lois. Donc il y a des causes finales.

Bouvard imagina que Spinoza peut-être lui
fournirait des arguments, et il écrivit à Dumouchel
pour avoir la traduction de Saisset.

Dumouchel lui envoya un exemplaire, appartenant à son ami le professeur Varelot, exilé au
2 Décembre.

L'éthique les effraya avec ses axiomes, ses corol-
laires. Ils lurent seulement les endroits marqués
d'un coup de crayon, et comprirent ceci :

« La substance est ce qui est de soi, par soi,
sans cause, sans origine. Cette substance est Dieu.

« Il est seul l'étendue, et l'étendue n'a pas de
bornes. Avec quoi la borner ?

« Mais, bien qu'elle soit infinie, elle n'est pas
l'infini absolu, car elle ne contient qu'un genre
de perfection, et l'absolu les contient tous. »

Souvent ils s'arrêtaient, pour mieux réfléchir.
Pécuchet absorbait des prises de tabac et Bouvard
était rouge d'attention.

— Est-ce que cela t'amuse ?

— Oui! sans doute! va toujours!

« Dieu se développe en une infinité d'attributs,
qui expriment, chacun à sa manière, l'infinité de
son être. Nous n'en connaissons que deux : l'étendue et la pensée.

« De la pensée et de l'étendue découlent des
modes innombrables, lesquels en contiennent
d'autres.

« Celui qui embrasserait, à la fois, toute l'éten-

18

due et toute la pensée n'y verrait aucune contin-
gence, rien d'accidentel, mais une suite géomé-
trique de termes, liés entre eux par des lois
nécessaires. »

— Ah! ce serait beau! dit Pécuchet.

« Donc il n'y a pas de liberté chez l'homme, ni
chez Dieu. »

— Tu l'entends! s'écria Bouvard.

« Si Dieu avait une volonté, un but, s'il agissait
pour une cause, c'est qu'il aurait un besoin, c'est
qu'il manquerait d'une perfection. Il ne serait pas
Dieu.

« Ainsi notre monde n'est qu'un point dans
l'ensemble des choses, et l'univers, impénétrable
à notre connaissance, une portion d'une infinité
d'univers émettant près du nôtre des modifications
infinies. L'étendue enveloppe notre univers, mais
est enveloppée par Dieu, qui contient dans sa
pensée tous les univers possibles, et sa pensée
elle-même est enveloppée dans sa substance. »

Il leur semblait être en ballon, la nuit, par un
froid glacial, emportés d'une course sans fin, vers
un abîme sans fond, et sans rien autour d'eux que
l'insaisissable, l'immobile, l'éternel. C'était trop
fort. Ils y renoncèrent.

Et désirant quelque chose de moins rude, ils
achetèrent le Cours de philosophie à l'usage des
classes, par M. Guesnier.

L'auteur se demande quelle sera la bonne méthode, l'ontologique ou la psychologique?

La première convenait à l'enfance des sociétés,
quand l'homme portait son attention vers le monde
extérieur. Mais à présent qu'il la replie sur lui-
même, « nous croyons la seconde plus scienti-

fique », et Bouvard et Pécuchet se décidèrent pour elle.

Le but de la psychologie est d'étudier les faits qui se passent « au sein du moi »; on les découvre en observant.

— Observons!

Et pendant quinze jours, après le déjeuner, habituellement, ils cherchaient dans leur conscience, au hasard, espérant y faire de grandes découvertes, et n'en firent aucune, ce qui les étonna beaucoup.

Un phénomène occupe le *moi*, à savoir l'idée. De quelle nature est-elle? On a supposé que les objets se mirent dans le cerveau et le cerveau envoie ces images à notre esprit, qui nous en donne la connaissance.

Mais si l'idée est spirituelle, comment représenter la matière? De là, scepticisme quant aux perceptions externes. Si elle est matérielle, les objets spirituels ne seraient pas représentés? De là, scepticisme en fait de notions internes.

D'ailleurs qu'on y prenne garde! cette hypothèse nous mènerait à l'athéisme.

Car une image étant une chose finie, il lui est impossible de représenter l'infini.

— Cependant, objecta Bouvard, quand je songe à une forêt, à une personne, à un chien, je vois cette forêt, cette personne, ce chien. Donc les idées les représentent.

Et ils abordèrent l'origine des idées.

D'après Locke, il y en a deux, la sensation, la réflexion, et Condillac réduit tout à la sensation.

Mais alors, la réflexion manquera de base. Elle

18.

a besoin d'un sujet, d'un être sentant, et elle est impuissante à nous fournir les grandes vérités fondamentales : Dieu, le mérite et le démérite, le juste, le beau, etc., notions qu'on nomme *innées,* c'est-à-dire antérieures aux faits, à l'expérience, et universelles.

— Si elles étaient universelles, nous les aurions dès notre naissance.

— On veut dire, par ce mot, des dispositions à les avoir, et Descartes...

— Ton Descartes patauge! car il soutient que le fœtus les possède, et il avoue dans un autre endroit que c'est d'une façon implicite.

Pécuchet fut étonné.

— Où cela se trouve-t-il?

— Dans Gérando!

Et Bouvard lui frappa légèrement sur le ventre.

— Finis donc! dit Pécuchet.

Puis venant à Condillac :

— Nos pensées ne sont pas des métamorphoses de la sensation! Elle les occasionne, les met en jeu. Pour les mettre en jeu, il faut un moteur. Car la matière, de soi-même, ne peut produire le mouvement... Et j'ai trouvé cela dans ton Voltaire, ajouta Pécuchet, en lui faisant une salutation profonde.

Ils rabâchaient ainsi les mêmes arguments, chacun méprisant l'opinion de l'autre, sans le convaincre de la sienne.

Mais la philosophie les grandissait dans leur estime. Ils se rappelaient avec pitié leurs préoccupations d'agriculture, de politique.

A présent le muséum les dégoûtait. Ils n'auraient pas mieux demandé que d'en vendre les

bibelots, et ils passèrent au chapitre deuxième :
des facultés de l'âme.

On en compte trois, pas davantage! celle de
sentir, celle de connaître, celle de vouloir.

Dans la faculté de sentir, distinguons la sensibilité physique de la sensibilité morale.

Les sensations physiques se classent naturellement en cinq espèces, étant amenées par les organes des sens.

Les faits de la sensibilité morale, au contraire,
ne doivent rien au corps. « Qu'y a-t-il de commun
entre le plaisir d'Archimède trouvant les lois de la
pesanteur et la volupté immonde d'Apicius dévorant une hure de sanglier! »

Cette sensibilité morale a quatre genres, et son
deuxième genre, « désirs moraux », se divise en
cinq espèces, et les phénomènes de quatrième
genre, « affection », se subdivisent en deux autres
espèces, parmi lesquelles l'amour de soi, « penchant légitime, sans doute, mais qui, devenu
exagéré, prend le nom d'égoïsme ».

Dans la faculté de connaître, se trouve la per-
ception rationnelle, où l'on trouve deux mouvements principaux et quatre degrés.

L'abstraction peut offrir des écueils aux intelligences bizarres.

La mémoire fait correspondre avec le passé
comme la prévoyance avec l'avenir.

L'imagination est plutôt une faculté particulière
sui generis.

Tant d'embarras pour démontrer les platitudes,
le ton pédantesque de l'auteur, la monotonie des
tournures. « Nous sommes prêts à le reconnaître,
— Loin de nous la pensée, — Interrogeons notre

conscience», l'éloge sempiternel de Dugald-Ste-
wart, enfin tout ce verbiage, les écœura tellement
que, sautant par-dessus la faculté de vouloir, ils
entrèrent dans la logique.

Elle leur apprit ce qu'est l'analyse, la synthèse,
l'induction, la déduction et les causes principales
de nos erreurs.

Presque toutes viennent du mauvais emploi des
mots.

« Le soleil se couche, — le temps se rembrunit,
— l'hiver approche», locutions vicieuses et qui
feraient croire à des entités personnelles, quand il
ne s'agit que d'événements bien simples! «Je me
souviens de tel objet, de tel axiome, de telle
vérité», illusion! ce sont les idées, et pas du tout
les choses, qui restent dans le moi, et la rigueur
du langage exige «Je me souviens de tel acte de
mon esprit par lequel j'ai perçu cet objet, par
lequel j'ai déduit cet axiome, par lequel j'ai admis
cette vérité».

Comme le terme qui désigne un accident ne
l'embrasse pas dans tous ses modes, ils tâchèrent
de n'employer que des mots abstraits, si bien
qu'au lieu de dire : «Faisons un tour, — il est
temps de dîner, — j'ai la colique», ils émettaient
ces phrases : «Une promenade serait salutaire, —
voici l'heure d'absorber des aliments, — j'éprouve
un besoin d'exonération».

Une fois maîtres de la logique, ils passèrent en
revue les différents critériums, d'abord celui du
sens commun.

Si l'individu ne peut rien savoir, pourquoi tous
les individus en sauraient-ils davantage? Une
erreur, fût-elle vieille de cent mille ans, par cela

même qu'elle est vieille, ne constitue pas la vérité!
La foule invariablement suit la routine. C'est, au
contraire, le petit nombre qui mène le progrès.

Vaut-il mieux se fier au témoignage des sens?
Ils trompent parfois, et ne renseignent jamais que
sur l'apparence. Le fond leur échappe.

La raison offre plus de garanties, étant immuable et impersonnelle; mais pour se manifester,
il lui faut s'incarner. Alors la raison devient ma
raison, une règle importe peu si elle est fausse.
Rien ne prouve que celle-là soit juste.

On recommande de la contrôler avec les sens;
mais ils peuvent épaissir les ténèbres. D'une sensation confuse, une loi défectueuse sera induite,
et qui, plus tard, empêchera la vue nette des
choses.

Reste la morale. C'est faire descendre Dieu au
niveau de l'utile, comme si nos besoins étaient la
mesure de l'absolu!

Quant à l'évidence, niée par l'un, affirmée par
l'autre, elle est à elle-même son critérium. M. Cousin l'a démontré.

— Je ne vois plus que la révélation, dit Bouvard. Mais, pour y croire, il faut admettre deux
connaissances préalables : celle du corps qui a
senti, celle de l'intelligence qui a perçu; admettre
le sens et la raison, témoignages humains et par
conséquent suspects.

Pécuchet réfléchit, se croisa les bras.

— Mais nous allons tomber dans l'abîme effrayant du scepticisme.

Il n'effrayait, selon Bouvard, que les pauvres
cervelles.

— Merci du compliment, répliqua Pécuchet.

Cependant il y a des faits indiscutables. On peut atteindre la vérité dans une certaine limite.

— Laquelle? Deux et deux font-ils quatre toujours? Le contenu est-il, en quelque sorte, moindre que le contenant? Que veut dire un à peu près du vrai, une fraction de Dieu, la partie d'une chose indivisible?

— Ah! tu n'es qu'un sophiste!

Et Pécuchet, vexé, bouda pendant trois jours.

Ils les employèrent à parcourir les tables de plusieurs volumes. Bouvard souriait de temps à autre, et renouant la conversation :

— C'est qu'il est difficile de ne pas douter. Ainsi, pour Dieu, les preuves de Descartes, de Kant et de Leibnitz ne sont pas les mêmes, et mutuellement se ruinent. La création du monde par les atomes, ou par un esprit, demeure inconcevable.

Je me sens à la fois matière et pensée, tout en ignorant ce qu'est l'une et l'autre.

L'impénétrabilité, la solidité, la pesanteur me paraissent des mystères aussi bien que mon âme, à plus forte raison l'union de l'âme et du corps.

Pour en rendre compte, Leibnitz a imaginé son harmonie, Malebranche la prémotion, Cudworth un médiateur, et Bossuet y voit un miracle perpétuel, ce qui est une bêtise : un miracle perpétuel ne serait plus un miracle.

— Effectivement! dit Pécuchet.

Et tous deux s'avouèrent qu'ils étaient las des philosophes. Tant de systèmes vous embrouillent. La métaphysique ne sert à rien. On peut vivre sans elle.

D'ailleurs leur gêne pécuniaire augmentait. Ils

devaient trois barriques de vin à Beljambe, douze kilogrammes de sucre à Langlois, cent vingt francs au tailleur, soixante au cordonnier. La dépense allait toujours et maître Gouy ne payait pas.

Ils se rendirent chez Marescot, pour qu'il leur trouvât de l'argent, soit par la vente des Écalles, ou par une hypothèque sur leur ferme, ou en aliénant leur maison, qui serait payée en rentes viagères et dont ils garderaient l'usufruit. Moyen impraticable, dit Marescot, mais une affaire meilleur se combinait et ils seraient prévenus.

Ensuite, ils pensèrent à leur pauvre jardin. Bouvard entreprit l'émondage de la charmille, Pécuchet la taille de l'espalier. Marcel devait fouir les plates-bandes.

Au bout d'un quart d'heure, ils s'arrêtaient, l'un fermait sa serpette, l'autre déposait ses ciseaux, et ils commençaient doucement à se promener : Bouvard, à l'ombre des tilleuls, sans gilet, la poitrine en avant, les bras nus; Pécuchet, tout le long du mur, la tête basse, les mains dans le dos, la visière de sa casquette tournée sur le cou par précaution; et ils marchaient ainsi parallèlement, sans même voir Marcel, qui, se reposant au bord de la cahute, mangeait une chiffe de pain.

Dans cette méditation, des pensées avaient surgi; ils s'abordaient, craignant de les perdre; et la métaphysique revenait.

Elle revenait à propos de la pluie et du soleil, d'un gravier dans leur soulier, d'une fleur sur le gazon, à propos de tout.

En regardant brûler la chandelle, ils se demandaient si la lumière est dans l'objet ou dans notre œil. Puisque des étoiles peuvent avoir disparu quand leur éclat nous arrive, nous admirons, peut-être, des choses qui n'existent pas.

Ayant retrouvé au fond d'un gilet une cigarette Raspail, ils l'émiettèrent sur de l'eau et le camphre tourna.

Voilà donc le mouvement dans la matière! un degré supérieur du mouvement amènerait la vie.

Mais si la matière en mouvement suffisait à créer des êtres, ils ne seraient pas si variés. Car il n'existait, à l'origine, ni terres, ni eaux, ni hommes, ni plantes. Qu'est donc cette matière primordiale, qu'on n'a jamais vue, qui n'est rien des choses du monde, et qui les a toutes produites?

Quelquefois ils avaient besoin d'un livre. Dumouchel, fatigué de les servir, ne leur répondait plus, et ils s'acharnaient à la question, principalement Pécuchet.

Son besoin de vérité devenait une soif ardente.

Ému des discours de Bouvard, il lâchait le spiritualisme, le reprenait bientôt pour le quitter, et s'écriait, la tête dans les mains :

— Oh! le doute! le doute! j'aimerais mieux le néant!

Bouvard apercevait l'insuffisance du matérialisme et tâchait de s'y retenir, déclarant, du reste, qu'il en perdait la boule.

Ils commençaient des raisonnements sur une base solide; elle croulait; et tout à coup plus d'idée; comme une mouche s'envole, dès qu'on veut la saisir.

Pendant les soirs d'hiver, ils causaient dans le muséum, au coin du feu, en regardant les charbons. Le vent qui sifflait dans le corridor faisait trembler les carreaux, les masses noires des arbres se balançaient, et la tristesse de la nuit augmentait le sérieux de leurs pensées.

Bouvard, de temps à autre, allait jusqu'au bout de l'appartement, puis revenait. Les flambeaux et les bassines contre les murs posaient sur le sol des ombres obliques; et le saint Pierre, vu de profil, étalait, au plafond, la silhouette de son nez, pareille à un monstrueux cor de chasse.

On avait peine à circuler entre les objets, et souvent Bouvard, n'y prenant garde, se cognait à la statue. Avec ses gros yeux, sa lippe tombante, et son air d'ivrogne, elle gênait aussi Pécuchet. Depuis longtemps, ils voulaient s'en défaire, mais, par négligence, remettaient cela de jour en jour.

Un soir, au milieu d'une dispute sur la monade, Bouvard se frappa l'orteil au pouce de saint Pierre, et tournant contre lui son irritation.

— Il m'embête, ce coco-là : flanquons-le dehors!

C'était difficile par l'escalier. Ils ouvrirent la fenêtre, et l'inclinèrent sur le bord, doucement. Pécuchet à genoux tâcha de soulever ses talons, pendant que Bouvard pesait sur ses épaules. Le bonhomme de pierre ne branlait pas; ils durent recourir à la hallebarde, comme levier, et arrivèrent enfin à l'étendre tout droit. Alors, ayant basculé, il piqua dans le vide, la tiare en avant, un bruit mat retentit, et, le lendemain, ils le trouvèrent, cassé en douze morceaux, dans l'ancien trou aux composts.

Une heure après, le notaire entra, leur apportant une bonne nouvelle. Une personne de la localité avancerait mille écus, moyennant une

hypothèque sur leur ferme; et comme ils se ré-
jouissaient :

— Pardon! elle y met une clause; c'est que
vous lui vendrez les Écalles pour 1,500 francs. Le
prêt sera soldé aujourd'hui même. L'argent est
chez moi dans mon étude.

Ils avaient envie de céder l'un et l'autre. Bouvard finit par répondre :

— Mon Dieu... soit!

— Convenu! dit Marescot.

Et il leur apprit le nom de la personne, qui
était Mᵐᵉ Bordin.

— Je m'en doutais! s'écria Pécuchet.

Bouvard, humilié, se tut.

Elle ou un autre, qu'importait! le principal
étant de sortir d'embarras.

L'argent touché (celui des Écalles le serait plus
tard), ils payèrent immédiatement toutes les notes,
et regagnaient leur domicile quand, au détour des
halles, le père Gouy les arrêta.

Il allait chez eux, pour leur faire part d'un
malheur. Le vent, la nuit dernière, avait jeté bas
vingt pommiers dans les cours, abattu la bouillerie, enlevé le toit de la grange. Ils passèrent le
reste de l'après-midi à constater les dégâts, et le
lendemain, avec le charpentier, le maçon et le couvreur. Les réparations monteraient à 1,800 francs,
pour le moins.

Puis le soir, Gouy se présenta. Marianne,
elle-même, lui avait conté tout à l'heure la vente
des Écalles. Une pièce d'un rendement magnifique, à sa convenance, qui n'avait presque pas
besoin de culture, le meilleur morceau de toute
la ferme! et il demandait une diminution.

Ces messieurs la refusèrent. On soumit le cas au juge de paix, et il conclut pour le fermier. La perte des Écalles, l'acre estimé 2,000 francs, lui faisait un tort annuel de 70, et devant les tribunaux il gagnerait certainement.

Leur fortune se trouvait diminuée. Que faire? Et bientôt comment vivre?

Ils se mirent tous les deux à table, pleins de découragement. Marcel n'entendait rien à la cuisine; son dîner, cette fois, dépassa les autres. La soupe ressemblait à de l'eau de vaisselle, le lapin sentait mauvais, les haricots étaient incuits, les assiettes crasseuses et, au dessert, Bouvard éclata, menaçant de lui casser tout sur la tête.

— Soyons philosophes, dit Pécuchet, un peu moins d'argent, les intrigues d'une femme, la maladresse d'un domestique, qu'est-ce que tout cela? Tu es trop plongé dans la matière!

— Mais quand elle me gêne, dit Bouvard.

— Moi, je ne l'admets pas! repartit Pécuchet.

Il avait lu dernièrement une analyse de Berkeley, et ajouta :

— Je nie l'étendue, le temps, l'espace, voire la substance! car la vraie substance, c'est l'esprit percevant les qualités.

— Parfait, dit Bouvard; mais le monde supprimé, les preuves manqueront pour l'existence de Dieu.

Pécuchet se récria, et longuement, bien qu'il eût un rhume de cerveau, causé par l'iodure de potassium, et une fièvre permanente contribuait à son exaltation. Bouvard, s'en inquiétant, fit venir le médecin.

Vaucorbeil ordonna du sirop d'orange avec l'iodure, et pour plus tard des bains de cinabre.

— A quoi bon? reprit Pécuchet. Un jour ou l'autre la forme s'en ira. L'essence ne périt pas!

— Sans doute, dit le médecin, la matière est indestructible! Cependant...

— Mais non! mais non! L'indestructible, c'est l'être. Ce corps qui est là devant moi, le vôtre, docteur, m'empêche de connaître votre personne, n'est pour ainsi dire qu'un vêtement, ou plutôt un masque.

Vaucorbeil le crut fou :

— Bonsoir! Soignez votre masque!

Pécuchet n'enraya pas. Il se procura une introduction à la philosophie hégélienne, et voulut l'expliquer à Bouvard.

— Tout ce qui est rationnel est réel. Il n'y a même de réel que l'idée. Les lois de l'esprit sont les lois de l'univers, la raison de l'homme est identique à celle de Dieu.

Bouvard feignait de comprendre.

— Donc, l'absolu, c'est à la fois le sujet et l'objet, l'unité où viennent se rejoindre toutes les différences. Ainsi les contradictoires sont résolus. L'ombre permet la lumière, le froid mêlé au chaud produit la température, l'organisme ne se maintient que par la destruction de l'organisme, partout un principe qui divise, un principe qui enchaîne.

Ils étaient sur le vigneau et le curé passa le long de la claire-voie, son bréviaire à la main.

Pécuchet le pria d'entrer, pour finir devant lui l'exposition d'Hégel et voir un peu ce qu'il en dirait.

L'homme à la soutane s'assit près d'eux, et Pécuchet aborda le christianisme.

— Aucune religion n'a établi aussi bien cette vérité : « La nature n'est qu'un moment de l'idée ! »

— Un moment de l'idée ! murmura le prêtre, stupéfait.

— Mais oui ! Dieu, en prenant une enveloppe visible, a montré son union consubstantielle avec elle.

— Avec la nature ? oh ! oh !

— Par son décès, il a rendu témoignage à l'essence de la mort ; donc, la mort était en lui, faisait, fait partie de Dieu.

L'ecclésiastique se renfrogna.

— Pas de blasphèmes ! c'était pour le salut du genre humain qu'il a enduré les souffrances.

— Erreur ! On considère la mort dans l'individu, où elle est un mal sans doute, mais relativement aux choses, c'est différent. Ne séparez pas l'esprit de la matière !

— Cependant, monsieur, avant la création...

— Il n'y a pas eu de création. Elle a toujours existé. Autrement ce serait un être nouveau s'ajoutant à la pensée divine, ce qui est absurde.

Le prêtre se leva, des affaires l'appelaient ailleurs.

— Je me flatte de l'avoir crossé ! dit Pécuchet. Encore un mot ! Puisque l'existence du monde n'est qu'un passage continuel de la vie à la mort, et de la mort à la vie, loin que tout soit, rien n'est. Mais tout devient, comprends-tu ?

— Oui ! je comprends, ou plutôt non !

L'idéalisme, à la fin, exaspérait Bouvard.

— Je n'en veux plus ; le fameux *cogito* m'embête. On prend les idées des choses pour les choses elles-mêmes. On explique ce qu'on entend fort peu au moyen de mots qu'on n'entend pas du tout ! Substance, étendue, force, matière et âme. Autant d'abstractions, d'imaginations. Quant à Dieu, impossible de savoir comment il est, si même il est ! Autrefois, il causait le vent, la foudre, les révolutions. A présent, il diminue. D'ailleurs, je n'en vois pas l'utilité.

— Et la morale, dans tout cela !

— Ah ! tant pis !

— Elle manque de base, « effectivement », se dit Pécuchet.

Et il demeura silencieux, acculé dans une impasse, conséquence des prémisses qu'il avait lui-même posées. Ce fut une surprise, un écrasement.

Bouvard ne croyait même plus à la matière.

La certitude que rien n'existe (si déplorable qu'elle soit) n'en est pas moins une certitude. Peu de gens sont capables de l'avoir. Cette transcendance leur inspira de l'orgueil, et ils auraient voulu l'étaler ; une occasion s'offrit.

Un matin, en allant acheter du tabac, ils virent un attroupement devant la porte de Langlois. On entourait la gondole de Falaise, et il était question de Touache, un galérien qui vagabondait dans le pays. Le conducteur l'avait rencontré à la Croix-Verte entre deux gendarmes et les Chavignollais exhalèrent un soupir de délivrance.

Girbal et le capitaine restèrent sur la place ; puis arriva le juge de paix, curieux d'avoir des renseignements, et M. Marescot en toque de velours et pantoufles de basane.

Langlois les invita à honorer sa boutique de leur présence. Ils seraient plus à leur aise, et, malgré les chalands et le bruit de la sonnette, ces messieurs continuèrent à discuter les forfaits de Touache.

— Mon Dieu! dit Bouvard, il avait de mauvais instincts, voilà tout!

— On en triomphe par la vertu, répliqua le notaire.

— Mais si on n'a pas de vertu?

Et Bouvard nia positivement le libre arbitre.

— Cependant, dit le capitaine, je peux faire ce que je veux! je suis libre, par exemple, de remuer la jambe.

— Non, monsieur, car vous avez un motif pour la remuer!

Le capitaine chercha une réponse, n'en trouva pas. Mais Girbal décocha ce trait :

— Un républicain qui parle contre la liberté! c'est drôle!

— Histoire de rire! dit Langlois.

Bouvard l'interpella :

— D'où vient que vous ne donnez pas votre fortune aux pauvres?

L'épicier, d'un regard inquiet, parcourut toute sa boutique.

— Tiens! pas si bête! je la garde pour moi!

— Si vous étiez saint Vincent de Paul, vous agiriez différemment, puisque vous auriez son caractère. Vous obéissez au vôtre. Donc vous n'êtes pas libre!

— C'est une chicane, répondit en chœur l'assemblée.

Bouvard ne broncha pas, et désignant la balance sur le comptoir :

— Elle se tiendra inerte, tant qu'un des plateaux sera vide. De même, la volonté ; et l'oscillation de la balance entre deux poids qui semblent égaux figure le travail de notre esprit, quand il délibère sur les motifs, jusqu'au moment où le plus fort l'emporte, le détermine.

— Tout cela, dit Girbal, ne fait rien pour Touache et ne l'empêche pas d'être un gaillard joliment vicieux.

Pécuchet prit la parole :

— Les vices sont des propriétés de la nature, comme les inondations, les tempêtes.

Le notaire l'arrêta, et se haussant à chaque mot sur la pointe des orteils :

— Je trouve votre système d'une immoralité complète. Il donne carrière à tous les débordements, excuse les crimes, innocente les coupables.

— Parfaitement, dit Bouvard. Le malheureux qui suit ses appétits est dans son droit, comme l'honnête homme qui écoute la raison.

— Ne défendez pas les monstres !

— Pourquoi monstres ? Quand il naît un aveugle, un idiot, un homicide, cela nous paraît du désordre, comme si l'ordre nous était connu, comme si la nature agissait pour une fin !

— Alors vous contestez la Providence ?

— Oui, je la conteste !

— Voyez plutôt l'histoire, s'écria Pécuchet. Rappelez-vous les assassinats de rois, les massacres de peuples, les dissensions dans les familles, le chagrin des particuliers.

— Et en même temps, ajouta Bouvard, car ils

s'excitaient l'un l'autre, cette Providence soigne les petits oiseaux et fait repousser les pattes des écrevisses. Ah! si vous entendez par Providence une loi qui règle tout, je veux bien, et encore!

— Cependant, monsieur, dit le notaire, il y a des principes!

— Qu'est-ce que vous me chantez! Une science, d'après Condillac, est d'autant meilleure qu'elle n'en a pas besoin! Ils ne font que résumer des connaissances acquises et nous reportent vers ces notions, qui, précisément, sont discutables.

— Avez-vous comme nous, poursuivit Pécuchet, scruté, fouillé les arcanes de la métaphysique?

— Il est vrai, messieurs, il est vrai!

Et la société se dispersa.

Mais Coulon, les tirant à l'écart, leur dit d'un ton paterne qu'il n'était pas dévot, certainement, et même il détestait les jésuites. Cependant il n'allait pas si loin qu'eux! Oh non! bien sûr; et, au coin de la place, ils passèrent devant le capitaine, qui rallumait sa pipe en grommelant:

— Je fais pourtant ce que je veux, nom de Dieu!

Bouvard et Pécuchet proférèrent en d'autres occasions leurs abominables paradoxes. Ils mettaient en doute la probité des hommes, la chasteté des femmes, l'intelligence du gouvernement, le bon sens du peuple, enfin sapaient les bases.

Foureau s'en émut et les menaça de la prison, s'ils continuaient de tels discours.

L'évidence de leur supériorité blessait. Comme ils soutenaient des thèses immorales, ils devaient être immoraux; des calomnies furent inventées.

Alors une faculté pitoyable se développa dans leur esprit, celle de voir la bêtise et de ne plus la tolérer.

Des choses insignifiantes les attristaient : les réclames des journaux, le profil d'un bourgeois, une sotte réflexion entendue par hasard.

En songeant à ce qu'on disait dans leur village, et qu'il y avait jusqu'aux antipodes d'autres Coulon, d'autres Marescot, d'autres Foureau, ils sentaient peser sur eux comme la lourdeur de toute la Terre.

Ils ne sortaient plus, ne recevaient personne.

Un après-midi, un dialogue s'éleva dans la cour, entre Marcel et un monsieur ayant un chapeau à larges bords avec des conserves noires. C'était l'académicien Larsoneur. Il ne fut pas sans observer un rideau entr'ouvert, des portes qu'on fermait. Sa démarche était une tentative de raccommodement, et il s'en alla furieux, chargeant le domestique de dire à ses maîtres qu'il les regardait comme des goujats.

Bouvard et Pécuchet ne s'en soucièrent. Le monde diminuait d'importance; ils l'apercevaient comme dans un nuage, descendu de leurs cerveaux sur leurs prunelles.

N'est-ce pas, d'ailleurs, une illusion, un mauvais rêve? Peut-être qu'en somme les prospérités et les malheurs s'équilibrent! Mais le bien de l'espèce ne console pas l'individu.

— Et que m'importent les autres! disait Pécuchet.

Son désespoir affligeait Bouvard. C'était lui qui l'avait poussé jusque-là, et le délabrement de leur domicile avivait leur chagrin par des irritations quotidiennes.

Pour se remonter, ils se faisaient des raisonnements, se prescrivaient des travaux, et retombaient vite dans une paresse plus forte, dans un découragement profond.

A la fin des repas, ils restaient les coudes sur la table, à gémir d'un air lugubre. Marcel en écarquillait les yeux, puis retournait dans sa cuisine, où il s'empiffrait solitairement.

Au milieu de l'été, ils reçurent un billet de faire part annonçant le mariage de Dumouchel avec Mme veuve Olympe-Zulma Poulet.

— Que Dieu le bénisse !

Et ils se rappelèrent le temps où ils étaient heureux.

Pourquoi ne suivaient-ils plus les moissonneurs ? Où étaient les jours qu'ils entraient dans les fermes, cherchant partout des antiquités ? Rien, maintenant, n'occasionnerait ces heures si douces que remplissaient la distillerie ou la littérature. Un abîme les en séparait. Quelque chose d'irrévocable était venu.

Ils voulurent faire, comme autrefois, une promenade dans les champs, allèrent très loin, se perdirent. De petits nuages moutonnaient dans le ciel, le vent balançait les clochettes des avoines, le long d'un pré un ruisseau murmurait, quand tout à coup une odeur infecte les arrêta, et ils virent sur des cailloux, entre des ronces, la charogne d'un chien.

Les quatre membres étaient desséchés. Le rictus de la gueule découvrait sous des babines bleuâtres des crocs d'ivoire ; à la place du ventre, c'était un amas de couleur terreuse, et qui semblait palpiter, tant grouillait dessus la vermine. Elle s'agitait, frappée par le soleil, sous le bourdonnement des mouches, dans cette intolérable odeur, odeur féroce et comme dévorante.

Cependant Bouvard plissait le front et des larmes mouillèrent ses yeux.

Pécuchet dit stoïquement :

— Nous serons un jour comme ça !

L'idée de la mort les avait saisis. Ils en causèrent, en revenant.

Après tout, elle n'existe pas. On s'en va dans la rosée, dans la brise, dans les étoiles. On devient quelque chose de la sève des arbres, de l'éclat des pierres fines, du plumage des oiseaux. On redonne à la Nature ce qu'elle vous a prêté et le Néant qui est devant nous n'a rien de plus affreux que le Néant qui se trouve derrière.

Ils tâchaient de l'imaginer sous la forme d'une nuit intense, d'un trou sans fond, d'un évanouissement continu; n'importe quoi valait mieux que cette existence monotone, absurde et sans espoir.

Ils récapitulèrent leurs besoins inassouvis. Bouvard avait toujours désiré des chevaux, des équipages, les grands crus de Bourgogne, et de belles femmes complaisantes dans une habitation splendide. L'ambition de Pécuchet était le savoir philosophique. Or le plus vaste des problèmes, celui qui contient les autres, peut se résoudre en une minute. Quand donc arriverait-elle ?

— Autant tout de suite en finir.

— Comme tu voudras, dit Bouvard.

Et ils examinèrent la question du suicide.

Où est le mal de rejeter un fardeau qui vous

écrase? et de commettre une action ne nuisant à personne? Si elle offensait Dieu, aurions-nous ce pouvoir? Ce n'est point une lâcheté, bien qu'on dise, et l'insolence est belle de bafouer, même à son détriment, ce que les hommes estiment le plus.

Ils délibérèrent sur le genre de mort.

Le poison fait souffrir. Pour s'égorger, il faut trop de courage. Avec l'asphyxie, on se rate souvent.

Enfin, Pécuchet monta dans le grenier deux câbles de la gymnastique. Puis, les ayant liés à la même traverse du toit, laissa pendre un nœud coulant et avança dessous deux chaises pour atteindre aux cordes.

Ce moyen fut résolu.

Ils se demandaient quelle impression cela causerait dans l'arrondissement, où iraient ensuite leur bibliothèque, leurs paperasses, leurs collections. La pensée de la mort les faisait s'attendrir sur eux-mêmes. Cependant ils ne lâchaient point leur projet, et, à force d'en parler, s'y accoutumèrent.

Le soir du 24 décembre, entre dix et onze heures, ils réfléchissaient dans le muséum, habillés différemment. Bouvard portait une blouse sur son gilet de tricot; et Pécuchet, depuis trois mois, ne quittait plus la robe de moine, par économie.

Comme ils avaient grand'faim (car Marcel, sorti dès l'aube, n'avait pas reparu), Bouvard crut hygiénique de boire un carafon d'eau-de-vie, et Pécuchet de prendre du thé.

En soulevant la bouilloire, il répandit de l'eau sur le parquet.

— Maladroit! s'écria Bouvard.

Puis, trouvant l'infusion médiocre, il voulut la renforcer par deux cuillerées de plus.

— Ce sera exécrable, dit Pécuchet.

— Pas du tout!

Et chacun tirant à soi la boîte, le plateau tomba; une des tasses fut brisée, la dernière du beau service en porcelaine.

Bouvard pâlit.

— Continue! saccage! ne te gêne pas!

— Grand malheur, vraiment!

— Oui! un malheur! Je la tenais de mon père!

— Naturel, ajouta Pécuchet en ricanant.

— Ah! tu m'insultes!

— Non, mais je te fatigue! je le vois bien! avoue-le!

Et Pécuchet fut pris de colère, ou plutôt de démence. Bouvard aussi. Ils criaient à la fois tous les deux, l'un irrité par la faim, l'autre par l'alcool. La gorge de Pécuchet n'émettait plus qu'un râle.

— C'est infernal, une vie pareille; j'aime mieux la mort. Adieu!

Il prit le flambeau, tourna les talons, claqua la porte.

Bouvard, au milieu des ténèbres, eut peine à l'ouvrir, courut derrière lui, arriva dans le grenier.

La chandelle était par terre, et Pécuchet debout sur une des chaises, avec le câble dans sa main.

L'esprit d'imitation emporta Bouvard :

— Attends-moi!

Et il montait sur l'autre chaise, quand, s'arrêtant tout à coup :

— Mais... nous n'avons pas fait notre testament.

— Tiens ! c'est juste.

Des sanglots gonflaient leur poitrine. Ils se
mirent à la lucarne pour respirer.

L'air était froid, et des astres nombreux brillaient dans le ciel noir comme de l'encre.

La blancheur de la neige qui couvrait la terre
se perdait dans les brumes de l'horizon.

Ils aperçurent de petites lumières à ras du sol,
et, grandissant, se rapprochant, toutes allaient du
côté de l'église.

Une curiosité les y poussa.

C'était la messe de minuit. Ces lumières prove-
naient des lanternes des bergers. Quelques-uns,
sous le porche, secouaient leurs manteaux.

Le serpent ronflait, l'encens fumait. Des verres,
suspendus dans la longueur de la nef, dessinaient
trois couronnes de feux multicolores, et, au bout
de la perspective, des deux côtés du tabernacle,
des cierges géants dressaient des flammes rouges.
Par-dessus les têtes de la foule et les capelines des
femmes, au delà des chantres, on distinguait le
prêtre, dans sa chasuble d'or; à sa voix aiguë
répondaient les voix fortes des hommes emplis-
sant le jubé, et la voûte de bois tremblait sur ses
arceaux de pierre. Des images, représentant le
chemin de la croix, décoraient les murs. Au milieu du chœur, devant l'autel, un agneau était
couché, les pattes sous le ventre, les oreilles toutes
droites.

La tiède température leur procura un singulier

bien-être, et leurs pensées, orageuses tout à l'heure, se faisaient douces, comme des vagues qui s'apaisent.

Ils écoutèrent l'Évangile et le *Credo*, observaient les mouvements du prêtre. Cependant les vieux, les jeunes, les pauvresses en guenilles, les fermières en haut bonnet, les robustes gars à blonds favoris, tous priaient, absorbés dans la même joie profonde, et voyaient sur la paille d'une étable rayonner comme un soleil le corps de l'Enfant-Dieu. Cette foi des autres touchait Bouvard en dépit de sa raison, et Pécuchet malgré la dureté de son cœur.

Il y eut un silence ; tous les dos se courbèrent, et, au tintement d'une clochette, le petit agneau béla.

L'hostie fut montrée par le prêtre, au bout de ses deux bras, le plus haut possible. Alors éclata un chant d'allégresse qui conviait le monde aux pieds du Roi des Anges. Bouvard et Pécuchet, involontairement, s'y mêlèrent, et ils sentaient comme une aurore se lever dans leur âme.

IX

MARCEL reparut le lendemain à trois heures, la face verte, les yeux rouges, une bigne au front, le pantalon déchiré, empestant l'eau-de-vie, immonde.

Il avait été, selon sa coutume annuelle, à six lieues de là, près d'Iqueville, faire le réveillon chez un ami ; et bégayant plus que jamais, pleurant, voulant se battre, il implorait sa grâce, comme s'il eût commis un crime. Ses maîtres l'octroyèrent. Un calme singulier les portait à l'indulgence.

La neige avait fondu tout à coup, et ils se promenaient dans leur jardin, humant l'air tiède, heureux de vivre.

Était-ce le hasard seulement qui les avait détournés de la mort ? Bouvard se sentait attendri. Pécuchet se rappela sa première communion ; et, pleins de reconnaissance pour la Force, la Cause dont ils dépendaient, l'idée leur vint de faire des lectures pieuses.

L'Évangile dilata leur âme, les éblouit comme un soleil. Ils apercevaient Jésus, debout sur la montagne, un bras levé, la foule en dessous

l'écoutant; ou bien au bord du lac, parmi les
Apôtres qui tirent des filets; puis sur l'ânesse, dans
la clameur des *alleluia,* la chevelure éventée par
les palmes frémissantes; enfin, au haut de la croix,
inclinant sa tête, d'où tombe éternellement une
rosée sur le monde. Ce qui les gagna, ce qui les
délectait, c'est la tendresse pour les humbles, la
défense des pauvres, l'exaltation des opprimés. Et
dans ce livre où le ciel se déploie, rien de théo-
logal au milieu de tant de préceptes; pas un
dogme, nulle exigence que la pureté du cœur.

Quant aux miracles, leur raison n'en fut pas
surprise; dès l'enfance, ils les connaissaient. La
hauteur de saint Jean ravit Pécuchet et le disposa
à mieux comprendre l'Imitation.

Ici plus de paraboles, de fleurs, d'oiseaux;
mais des plaintes, un resserrement de l'âme sur
elle-même. Bouvard s'attrista en feuilletant ces
pages, qui semblent écrites par un temps de
brume, au fond d'un cloître, entre un clocher
et un tombeau. Notre vie mortelle y apparaît si
lamentable qu'il faut, l'oubliant, se retourner vers
Dieu; et les deux bonshommes, après toutes
leurs déceptions, éprouvaient le besoin d'être
simples, d'aimer quelque chose, de se reposer
l'esprit.

Ils abordèrent *l'Ecclésiaste, Isaïe, Jérémie.*

Mais la Bible les effrayait avec ses prophètes à
voix de lion, le fracas du tonnerre dans les nues,
tous les sanglots de la Gehenne, et son Dieu
dispersant les empires, comme le vent fait des
nuages.

Ils lisaient cela le dimanche, à l'heure des
vêpres, pendant que la cloche tintait.

Un jour, ils se rendirent à la messe, puis y
retournèrent. C'était une distraction au bout de la
semaine. Le comte et la comtesse de Faverges les
saluèrent de loin, ce qui fut remarqué. Le juge de
paix leur dit, en clignant de l'œil :

— Parfait! je vous approuve.

Toutes les bourgeoises, maintenant, leur envoyaient le pain bénit.

L'abbé Jeufroy leur fit une visite; ils la rendirent, on se fréquenta; et le prêtre ne parlait pas
de religion.

Ils furent étonnés de cette réserve, si bien que
Pécuchet, d'un air indifférent, lui demanda comment s'y prendre pour obtenir la foi.

— Pratiquez d'abord.

Ils se mirent à pratiquer, l'un avec espoir,
l'autre par défi, Bouvard étant convaincu qu'il ne
serait jamais un dévot. Un mois durant, il suivit
régulièrement tous les offices; mais, à l'encontre
de Pécuchet, ne voulut pas s'astreindre au maigre.

Était-ce une mesure d'hygiène? On sait ce que
vaut l'hygiène! Une affaire de convenances? A bas
les convenances! Une marque de soumission envers l'Église? Il s'en fichait également! bref, déclarait cette règle absurde, pharisaïque, et contraire
à l'esprit de l'Évangile.

Le vendredi saint des autres années, ils mangeaient ce que Germaine leur servait.

Mais Bouvard, cette fois, s'était commandé un
beafsteck. Il s'assit, coupa la viande; et Marcel le
regardait scandalisé, tandis que Pécuchet dépiau-
tait gravement sa tranche de morue.

Bouvard restait la fourchette d'une main, le
couteau de l'autre. Enfin, se décidant, il monta

une bouchée à ses lèvres. Tout à coup ses mains tremblèrent, sa grosse mine pâlit, sa tête se renversait.

— Tu te trouves mal ?

— Non! Mais!

Et il fit un aveu. Par suite de son éducation (c'était plus fort que lui), il ne pouvait manger du gras ce jour-là, dans la crainte de mourir.

Pécuchet, sans abuser de sa victoire, en profita pour vivre à sa guise.

Un soir, il rentra la figure empreinte d'une joie sérieuse, et, lâchant le mot, dit qu'il venait de se confesser.

Alors ils discutèrent l'importance de la confession.

Bouvard admettait celle des premiers chrétiens qui se faisait en public : la moderne est trop facile. Cependant il ne niait pas que cette enquête sur nous-mêmes ne fût un élément de progrès, un levain de moralité.

Pécuchet, désireux de la perfection, chercha ses vices; les bouffées d'orgueil depuis longtemps étaient parties. Son goût du travail l'exemptait de la paresse; quant à la gourmandise, personne de plus sobre. Quelquefois des colères l'emportaient.

Il se jura de n'en plus avoir.

Ensuite, il faudrait acquérir les vertus, premièrement l'humilité; c'est-à-dire se croire incapable de tout mérite, indigne de la moindre récompense, immoler son esprit, et se mettre tellement bas que l'on vous foule aux pieds comme la boue des chemins. Il était loin encore de ces dispositions.

Une autre vertu lui manquait : la chasteté. Car, intérieurement, il regrettait Mélie, et le pastel de la dame en robe Louis XV le gênait avec son décolletage.

Il l'enferma dans une armoire, redoubla de pudeur jusques à craindre de porter ses regards sur lui-même, et couchait avec un caleçon.

Tant de soins autour de la luxure la développèrent. Le matin principalement il avait à subir de grands combats, comme en eurent saint Paul, saint Benoist et saint Jérôme, dans un âge fort avancé; de suite, ils recouraient à des pénitences furieuses. La douleur est une expiation, un remède et un moyen, un hommage à Jésus-Christ. Tout amour veut des sacrifices, et quel plus pénible que celui de notre corps!

Afin de se mortifier, Pécuchet supprima le petit verre après les repas, se réduisit à quatre prises dans la journée, par les froids extrêmes ne mettait plus de casquette.

Un jour, Bouvard, qui rattachait la vigne, posa une échelle contre le mur de la terrasse près de la maison et, sans le vouloir, se trouva plonger dans la chambre de Pécuchet.

Son ami, nu jusqu'au ventre, avec le martinet aux habits, se frappait les épaules doucement; puis s'animant, retira sa culotte, cingla ses fesses et tomba sur une chaise, hors d'haleine.

Bouvard fut troublé comme à la découverte d'un mystère, qu'on ne doit pas surprendre.

Depuis quelque temps, il remarquait plus de netteté sur les carreaux, moins de trous aux serviettes, une nourriture meilleure; changements qui étaient dus à l'intervention de Reine, la servante de M. le curé.

Mêlant les choses de l'église à celles de sa cui-

sine, forte comme un valet de charrue et dévouée
bien qu'irrespectueuse, elle s'introduisait dans
les ménages, donnait des conseils, y devenait
maîtresse. Pécuchet se fiait absolument à son
expérience.

Une fois, elle lui amena un individu replet,
ayant de petits yeux à la chinoise, un nez en bec
de vautour. C'était M. Gouttman, négociant en
articles de piété ; il en déballa quelques-uns, enfer-
més dans des boîtes, sous le hangar : croix,
médailles et chapelets de toutes les dimensions,
candélabres pour oratoires, autels portatifs, bouquets de clinquant, et des sacrés-cœurs en carton
bleu, des saint Joseph à barbe rouge, des calvaires
de porcelaine. Pécuchet les convoita. Le prix seul
l'arrêtait.

Gouttman ne demandait pas d'argent. Il préférait les échanges, et, monté dans le muséum,
il offrit, contre des vieux fers et tous les plombs,
un stock de ses marchandises.

Elles parurent hideuses à Bouvard. Mais l'œil
de Pécuchet, les instances de Reine et le bagout du
brocanteur finirent par le convaincre. Quand il le
vit si coulant, Gouttman voulut, en outre, la hallebarde ; Bouvard, las d'en avoir démontré la
manœuvre, l'abandonna. L'estimation totale étant
faite, ces messieurs devaient encore cent francs.
On s'arrangea, moyennant quatre billets à trois
mois d'échéance, et ils s'applaudirent du bon
marché.

Leurs acquisitions furent distribuées dans tous
les appartements. Une crèche remplie de foin et
une cathédrale de liège décorèrent le muséum.

Il y eut sur la cheminée de Pécuchet un saint

Jean-Baptiste en cire; le long du corridor, les portraits des gloires épiscopales, et, au bas de l'escalier, sous une lampe à chaînettes, une sainte Vierge en manteau d'azur et couronnée d'étoiles. Marcel nettoyait ces splendeurs, n'imaginant au paradis rien de plus beau.

Quel dommage que le saint Pierre fût brisé, et comme il aurait fait bien dans le vestibule! Pécuchet s'arrêtait parfois devant l'ancienne fosse aux composts, où l'on reconnaissait la tiare, une sandale, un bout d'oreille; lâchait des soupirs, puis continuait à jardiner, car maintenant il joignait les travaux manuels aux exercices religieux et bêchait la terre, vêtu de la robe de moine, en se comparant à saint Bruno. Ce déguisement pouvait être un sacrilège; il y renonça.

Mais il prenait le genre ecclésiastique, sans doute par la fréquentation du curé. Il en avait le sourire, la voix, et, d'un air frileux, glissait comme lui dans ses manches ses deux mains jusqu'aux poignets. Un jour vint où le chant du coq l'importuna, les roses l'écœuraient; il ne sortait plus ou jetait sur la campagne des regards farouches.

Bouvard se laissa conduire au mois de Marie. Les enfants qui chantaient des hymnes, les gerbes de lilas, les festons de verdure lui avaient donné comme le sentiment d'une jeunesse impérissable. Dieu se manifestait à son cœur par la forme des nids, la clarté des sources, la bienfaisance du soleil, et la dévotion de son ami lui semblait extravagante, fastidieuse.

— Pourquoi gémis-tu pendant le repas?

— Nous devons manger en gémissant, répondit Pécuchet, car l'homme, par cette voie, a perdu son innocence, phrase qu'il avait lue dans le *Manuel du séminariste*, deux volumes in-12 empruntés à M. Jeufroy, et il buvait de l'eau de la Salette, se livrait, portes closes, à des oraisons jaculatoires, espérait entrer dans la confrérie de Saint-François.

Pour obtenir le don de persévérance, il résolut de faire un pèlerinage à la sainte Vierge.

Le choix des localités l'embarrassa. Serait-ce à Notre-Dame de Fourvières, de Chartres, d'Embrun, de Marseille ou d'Auray? Celle de la Délivrande, plus proche, convenait aussi bien.

— Tu m'accompagneras!

— J'aurais l'air d'un cornichon! dit Bouvard.

Après tout, il pouvait en revenir croyant, ne refusait pas de l'être, et céda par complaisance.

Les pèlerinages doivent s'accomplir à pied. Mais quarante-trois kilomètres seraient durs; et les gondoles n'étant pas congruentes à la méditation, ils louèrent un vieux cabriolet, qui, après douze heures de route, les déposa devant l'auberge.

Ils eurent une pièce à deux lits, avec deux commodes supportant deux pots à l'eau dans des petites cuvettes ovales, et l'hôtelier leur apprit que c'était « la chambre des capucins » sous la Terreur. On y avait caché la dame de la Délivrande avec tant de précaution que les bons Pères y disaient la messe clandestinement.

Cela fit plaisir à Pécuchet, et il lut tout haut une notice sur la chapelle, prise en bas dans la cuisine.

Elle a été fondée au commencement du II° siècle

par saint Régnobert, premier évêque de Lisieux,
ou par saint Ragnebert, qui vivait au VIIe, ou par
Robert le Magnifique, au milieu du XIe.

Les Danois, les Normands et surtout les protestants l'ont incendiée et ravagée à différentes
époques.

Vers 1112, la statue primitive fut découverte
par un mouton, qui, en frappant du pied, dans
un herbage, indiqua l'endroit où elle était, et
sur cette place le comte Baudoin érigea un sanctuaire.

Ses miracles sont innombrables. Un marchand
de Bayeux, captif chez les Sarrasins, l'invoqua :
ses fers tombent et il s'échappe. Un avare découvre dans son grenier un troupeau de rats,
l'appelle à son secours et les rats s'éloignent. Le
contact d'une médaille ayant effleuré son effigie
fit se repentir au lit de mort un vieux matérialiste
de Versailles. Elle rendit la parole au sieur Ade-
line, qui l'avait perdue pour avoir blasphémé;
et, par sa protection, M. et Mme de Becqueville
eurent assez de force pour vivre chastement en
état de mariage.

On cite, parmi ceux qu'elle a guéris d'affections
irrémédiables, Mlle de Palfresne, Anne Lirieux,
Marie Duchemin, François Dufai, et Mme de Ju-
millac, née d'Osseville.

Des personnages considérables l'ont visitée :
Louis XI, Louis XIII, deux filles de Gaston d'Orléans, le cardinal Wiseman, Samirrhi, patriarche
d'Antioche; Mgr Véroles, vicaire apostolique de la
Mantchourie; et l'archevêque de Quélen vint lui
rendre grâce pour la conversion du prince de
Talleyrand.

— Elle pourra, dit Pécuchet, te convertir
aussi !

Bouvard, déjà couché, eut une sorte de gro-
gnement et s'endormit tout à fait.

Le lendemain, à six heures, ils entraient dans
la chapelle.

On en construisait une autre; des toiles et des
planches embarrassaient la nef, et le monument,
de style rococo, déplut à Bouvard, surtout l'autel
de marbre rouge, avec ses pilastres corinthiens.

La statue miraculeuse, dans une niche à gauche
du chœur, est enveloppée d'une robe à paillettes;
le bedeau survint, ayant pour chacun d'eux un
cierge. Il le planta sur une manière de herse do-
minant la balustrade, demanda trois francs, fit
une révérence et disparut.

Ensuite, ils regardèrent les ex-voto.

Des inscriptions sur plaques témoignent de la
reconnaissance des fidèles. On admire deux épées
en sautoir offertes par un ancien élève de l'École
polytechnique, des bouquets de mariée, des médailles militaires, des cœurs d'argent, et, dans
l'angle, au niveau du sol, une forêt de béquilles.

De la sacristie déboucha un prêtre portant le
saint-ciboire.

Quand il fut resté quelques minutes au bas de
l'autel, il monta les trois marches, dit l'*Oremus*,
l'*Introït* et le *Kyrie,* que l'enfant de chœur, à
genoux, récita tout d'une haleine.

Les assistants étaient rares, douze ou quinze
vieilles femmes. On entendait le froissement de
leurs chapelets et le bruit d'un marteau cognant
des pierres. Pécuchet, incliné sur son prie-Dieu,
répondait aux *Amen*. Pendant l'élévation, il sup-

plia Notre-Dame de lui envoyer une foi constante et indestructible.

Bouvard, dans un fauteuil à ses côtés, lui prit son Eucologe et s'arrêta aux litanies de la Vierge.

« Très pure, très chaste, vénérable, aimable, puissante, clémente, tour d'ivoire, maison d'or, porte du matin. »

Ces mots d'adoration, ces hyperboles l'emportèrent vers celle qui est célébrée par tant d'hommages.

Il la rêva comme on la figure dans les tableaux d'église, sur un amoncellement de nuages, des chérubins à ses pieds, l'Enfant-Dieu à sa poitrine; mère des tendresses que réclament toutes les afflictions de la terre; idéal de la femme transportée dans le ciel; car, sorti de ses entrailles, l'homme exalte son amour et n'aspire qu'à reposer sur son cœur.

La messe étant finie, ils longèrent les boutiques qui s'adossent contre le mur du côté de la place. On y voit des images, des bénitiers, des urnes à filets d'or, des Jésus-Christ en noix de coco, des chapelets d'ivoire; et le soleil, frappant les verres des cadres, éblouissait les yeux, faisait ressortir la brutalité des peintures, la hideur des dessins. Bouvard, qui, chez lui, trouvait ces choses abominables, fut indulgent pour elles. Il acheta une petite Vierge en pâte bleue. Pécuchet, comme souvenir, se contenta d'un rosaire.

Les marchands criaient :

— Allons! allons! pour cinq francs, pour trois francs, pour soixante centimes, pour deux sols, ne refusez pas Notre-Dame!

Les deux pèlerins flânaient sans rien choisir.
Des remarques désobligeantes s'élevèrent.

— Qu'est-ce qu'ils veulent, ces oiseaux-là?

— Ils sont peut-être des Turcs!

— Des protestants plutôt!

Une grande fille tira Pécuchet par la redingote;
un vieux en lunettes lui posa la main sur l'épaule;
tous braillaient à la fois; puis, quittant leurs ba-
raques, ils vinrent les entourer, redoublaient de
sollicitations et d'injures.

Bouvard n'y tint plus.

— Laissez-nous tranquilles, nom de Dieu!

La tourbe s'écarta.

Mais une grosse femme les suivit quelque
temps sur la place et cria qu'ils s'en repenti-
raient.

En rentrant à l'auberge, ils trouvèrent, dans le
café, Gouttman. Son négoce l'appelait en ces pa-
rages, et il causait avec un individu examinant des
bordereaux sur la table devant eux.

Cet individu avait une casquette de cuir, un
pantalon très large, le teint rouge et la taille fine
malgré ses cheveux blancs, l'air à la fois d'un officier en retraite et d'un vieux cabotin.

De temps à autre, il lâchait un juron, puis, sur
un mot de Gouttman dit plus bas, se calmait de
suite, et passait à un autre papier.

Bouvard qui l'observait, au bout d'un quart
d'heure, s'approcha de lui.

— Barberou, je crois?

— Bouvard! s'écria l'homme à la casquette.

Et ils s'embrassèrent.

Barberou, depuis vingt ans, avait enduré toutes
sortes de fortunes.

Gérant d'un journal, commis d'assurances, directeur d'un parc aux huîtres.

— Je vous conterai cela.

Enfin, revenu à son premier métier, il voyageait pour une maison de Bordeaux, et Gouttman, qui « faisait le diocèse », lui plaçait des vins chez les ecclésiastiques.

— Mais permettez; dans une minute, je suis à vous!

Il avait repris ses comptes, quand, bondissant sur la banquette :

— Comment, deux mille?

— Sans doute!

— Ah! elle est forte, celle-là!

— Vous dites?

— Je dis que j'ai vu Hérambert, moi-même, répliqua Barberou furieux. La facture porte quatre mille; pas de blagues!

Le brocanteur ne perdit point contenance.

— Eh bien; elle vous libère! après?

Barberou se leva, et, à sa figure blême d'abord, puis violette, Bouvard et Pécuchet croyaient qu'il allait étrangler Gouttman.

Il se rassit, croisa les bras.

— Vous êtes une rude canaille, convenez-en!

— Pas d'injures, monsieur Barberou, il y a des témoins; prenez garde!

— Je vous flanquerai un procès!

— Ta! ta! ta!

Puis ayant bouclé son portefeuille, Gouttman souleva le bord de son chapeau :

— A l'avantage!

Et il sortit.

Barberou exposa les faits : Pour une créance

de mille francs doublée par suite de manœuvres
usuraires, il avait livré à Gouttman trois mille
francs de vins, ce qui payerait sa dette avec
mille francs de bénéfices; mais, au contraire, il en
devait trois mille. Ses patrons le renverraient, on
le poursuivrait!

— Crapule! brigand! sale juif! Et ça dîne dans
les presbytères! D'ailleurs, tout ce qui touche à
la calotte…!

Il déblatéra contre les prêtres, et tapait sur la
table avec tant de violence que la statuette faillit
tomber.

— Doucement! dit Bouvard.

— Tiens! Qu'est-ce que ça?

Et Barberou ayant défait l'enveloppe de la
petite Vierge :

— Un bibelot du pèlerinage! A vous?

Bouvard, au lieu de répondre, sourit d'une
manière ambiguë.

— C'est à moi! dit Pécuchet.

— Vous m'affligez, reprit Barberou, mais je
vous éduquerai là-dessus, n'ayez pas peur!

Et comme on doit être philosophe, et que la
tristesse ne sert à rien, il leur offrit à déjeuner.

Tous les trois s'attablèrent.

Barberou fut aimable, rappela le vieux temps,
prit la taille de la bonne, voulut toiser le ventre
de Bouvard. Il irait chez eux bientôt, et leur
apporterait un livre farce.

L'idée de sa visite les réjouissait médiocrement.
Ils en causèrent dans la voiture pendant une heure,
au trot du cheval. Ensuite Pécuchet ferma les paupières. Bouvard se taisait aussi. Intérieurement,
il penchait vers la religion.

M. Marescot s'était présenté la veille pour leur faire une communication importante. Marcel n'en savait pas davantage.

Le notaire ne put les recevoir que trois jours après, et de suite exposa la chose. Pour une rente de sept mille cinq cents francs, Mme Bordin proposait à M. Bouvard de lui acheter leur ferme.

Elle la reluquait depuis sa jeunesse, en connaissait les tenants et aboutissants, défauts et avantages; et ce désir était comme un cancer qui la minait. Car la bonne dame, en vraie Normande, chérissait, par-dessus tout, *le bien,* moins pour la sécurité du capital que pour le bonheur de fouler le sol vous appartenant. Dans l'espoir de celui-là, elle avait pratiqué des enquêtes, une surveillance journalière, de longues économies, et elle attendait, avec impatience, la réponse de Bouvard.

Il fut embarrassé, ne voulant pas que Pécuchet, un jour, se trouvât sans fortune; mais il fallait saisir l'occasion, qui était l'effet du pèlerinage : la Providence, pour la seconde fois, se manifestait en leur faveur.

Ils offrirent les conditions suivantes : La rente, non pas de sept mille cinq cents francs, mais de six mille, serait dévolue au dernier survivant. Marescot fit valoir que l'un était faible de santé. Le tempérament de l'autre le disposait à l'apoplexie, et Mme Bordin signa le contrat, emportée par la passion.

Bouvard en resta mélancolique. Quelqu'un désirait sa mort, et cette réflexion lui inspira des pensées graves, des idées de Dieu et d'éternité.

Trois jours après, M. Jeufroy les invita au

repas de cérémonie qu'il donnait une fois par an à
des collègues.

Le dîner commença vers deux heures de l'après-
midi, pour finir à onze heures du soir.

On y but du poiré, on y débita des calembours.
L'abbé Pruneau composa, séance tenante, un
acrostiche, M. Bougon fit des tours de carte, et
Cerpet, jeune vicaire, chanta une petite romance
qui frisait la galanterie. Un pareil milieu divertit
Bouvard. Il fut moins sombre le lendemain.

Le curé vint le voir fréquemment. Il présentait
la Religion sous des couleurs gracieuses. Que
risque-t-on, du reste? et Bouvard consentit bientôt à s'approcher de la sainte table. Pécuchet, en
même temps que lui, participerait au sacrement.

Le grand jour arriva.

L'église, à cause des premières communions,
était pleine de monde. Les bourgeois et les bourgeoises encombraient leurs bancs, et le menu
peuple se tenait debout par derrière, ou dans le
jubé, au-dessus de la porte.

Ce qui allait se passer tout à l'heure était inexplicable, songeait Bouvard, mais la raison ne suffit
pas à comprendre certaines choses. De très grands
hommes ont admis celle-là. Autant faire comme
eux, et, dans une sorte d'engourdissement, il contemplait l'autel, l'encensoir, les flambeaux, la tête
un peu vide, car il n'avait rien mangé, et éprouvait une singulière faiblesse.

Pécuchet, en méditant la Passion de Jésus-
Christ, s'excitait à des élans d'amour. Il aurait
voulu lui offrir son âme, celle des autres, et les
ravissements, les transports, les illuminations des
saints, tous les êtres, l'univers entier. Bien qu'il

priât avec ferveur, les différentes parties de la messe lui semblèrent un peu longues.

Enfin, les petits garçons s'agenouillèrent sur la première marche de l'autel, formant avec leurs habits une bande noire, que surmontaient inégalement des chevelures blondes ou brunes. Les petites filles les remplacèrent, ayant, sous leurs couronnes, des voiles qui tombaient; de loin, on aurait dit un alignement de nuées blanches au fond du chœur.

Puis ce fut le tour des grandes personnes.

La première du côté de l'évangile était Pécuchet, mais trop ému, sans doute, il oscillait la tête de droite et de gauche. Le curé eut peine à lui mettre l'hostie dans la bouche, et il la reçut en tournant les prunelles.

Bouvard, au contraire, ouvrit si largement les mâchoires, que sa langue lui pendait sur la lèvre comme un drapeau. En se relevant, il coudoya Mme Bordin. Leurs yeux se rencontrèrent. Elle souriait; sans savoir pourquoi, il rougit.

Après Mme Bordin communièrent ensemble Mlle de Faverges, la comtesse, leur dame de compagnie, et un monsieur que l'on ne connaissait pas à Chavignolles.

Les deux derniers furent Placquevent et Petit, l'instituteur, quand, tout à coup, on vit paraître Gorju.

Il n'avait plus de barbiche; et il regagna sa place, les bras en croix sur la poitrine, d'une manière fort édifiante.

Le curé harangua les petits garçons. Qu'ils aient soin plus tard de ne point faire comme Judas qui trahit son Dieu, et de conserver toujours leur robe

d'innocence. Pécuchet regretta la sienne. Mais on
remuait des chaises, les mères avaient hâte d'embrasser leurs enfants.

Les paroissiens, à la sortie, échangèrent des
félicitations. Quelques-uns pleuraient. Mme de Faverges, en attendant sa voiture, se tourna vers
Bouvard et Pécuchet et présenta son futur gendre :

— M. le baron de Mahurot, ingénieur!

Le comte se plaignait de ne pas les voir. Il serait
revenu la semaine prochaine.

— Notez-le! je vous prie.

La calèche étant arrivée, les dames du château
partirent, et la foule se dispersa.

Ils trouvèrent dans leur cour un paquet au
milieu de l'herbe. Le facteur, comme la maison
était close, l'avait jeté par-dessus le mur. C'était
l'ouvrage que Barberou avait promis : *Examen du
Christianisme,* par Louis Hervieu, ancien élève de
l'École normale. Pécuchet le repoussa. Bouvard
ne désirait pas le connaître.

On lui avait répété que le sacrement le trans-
formerait : durant plusieurs jours, il guetta des
floraisons dans sa conscience. Il était toujours le
même, et un étonnement douloureux le saisit.

Comment! la chair de Dieu se mêle à notre
chair et elle n'y cause rien! La pensée qui gouverne les mondes n'éclaire pas notre esprit! Le
suprême pouvoir nous abandonne à l'impuissance!

M. Jeufroy, en le rassurant, lui ordonna le
Catéchisme de l'abbé Gaume.

Au contraire, la dévotion de Pécuchet s'était
développée. Il aurait voulu communier sous les
deux espèces, chantait des psaumes en se promenant dans le corridor, arrêtait les Chavignollais

pour discuter et les convertir. Vaucorbeil lui rit
au nez, Girbal haussa les épaules et le capitaine
l'appela Tartufe. On trouvait maintenant qu'ils
allaient trop loin.

Une excellente habitude, c'est d'envisager les
choses comme autant de symboles. Si le tonnerre
gronde, figurez-vous le jugement dernier; devant
un ciel sans nuages, pensez au séjour des bienheureux; dites-vous dans vos promenades que chaque
pas vous rapproche de la mort. Pécuchet observa
cette méthode. Quand il prenait ses habits, il songeait à l'enveloppe charnelle dont la seconde
personne de la Trinité s'est revêtue, le tic tac de
l'horloge lui rappelait les battements de son cœur,
une piqûre d'épingle les clous de la croix; mais il
eut beau se tenir à genoux, pendant des heures,
et multiplier les jeûnes, et se pressurer l'imagination, le détachement de soi-même ne se faisait pas;
impossible d'atteindre à la contemplation parfaite.

Il recourut à des auteurs mystiques : sainte
Thérèse, Jean de la Croix, Louis de Grenade,
Simpoli, et de plus modernes, Mgr Chaillot. Au
lieu des sublimités qu'il attendait, il ne rencontra
que des platitudes, un style très lâche, de froides
images et force comparaisons tirées de la boutique
des lapidaires.

Il apprit cependant qu'il y a une purgation
active et une purgation passive, une vision interne
et une vision externe, quatre espèces d'oraisons,
neuf excellences dans l'amour, six degrés dans
l'humilité, et que la blessure de l'âme ne diffère
pas beaucoup du vol spirituel.

Des points l'embarrassaient:

Puisque la chair est maudite, comment se

fait-il que l'on doive remercier Dieu pour le bienfait de l'existence? Quelle mesure garder entre la crainte indispensable au salut, et l'espérance qui ne l'est pas moins? Où est le signe de la grâce? etc.

Les réponses de M. Jeufroy étaient simples :

— Ne vous tourmentez pas. A vouloir tout approfondir, on court sur une pente dangereuse.

Le *Catéchisme de persévérance*, par Gaume, avait tellement dégoûté Bouvard qu'il prit le volume de Louis Hervieu. C'était un sommaire de l'exégèse moderne défendu par le gouvernement. Barberou, comme républicain, l'avait acheté.

Il éveilla des doutes dans l'esprit de Bouvard, et d'abord sur le péché originel.

— Si Dieu a créé l'homme peccable, il ne devait pas le punir, et le mal est antérieur à la chute puisqu'il y avait déjà des volcans, des bêtes féroces. Enfin ce dogme bouleverse mes notions de justice.

— Que voulez-vous? disait le curé, c'est une de ces vérités dont tout le monde est d'accord, sans qu'on puisse en fournir de preuves; et nous-mêmes, nous faisons rejaillir sur les enfants les crimes de leurs pères. Ainsi les mœurs et les lois justifient ce décret de la Providence, que l'on retrouve dans la nature.

Bouvard hocha la tête. Il doutait aussi de l'enfer.

— Car tout châtiment doit viser à l'amélioration du coupable, ce qui devient impossible avec une peine éternelle; et combien l'endurent! Songez donc, tous les anciens, les juifs, les musulmans, les idolâtres, les hérétiques et les enfants morts sans baptême, ces enfants créés par Dieu, et dans quel but? pour les punir d'une faute qu'ils n'ont pas commise!

— Telle est l'opinion de saint Augustin, ajouta le curé, et saint Fulgence enveloppe dans la damnation jusqu'aux fœtus. L'Église, il est vrai, n'a rien décidé à cet égard. Une remarque pourtant : ce n'est pas Dieu, mais le pécheur qui se damne lui-même, et l'offense étant infinie, puisque Dieu est infini, la punition doit être infinie. Est-ce tout, monsieur?

— Expliquez-moi la Trinité, dit Bouvard.

— Avec plaisir. Prenons une comparaison : les trois côtés du triangle, ou plutôt notre âme, qui contient : être, connaître et vouloir; ce qu'on appelle faculté chez l'homme, est personne en Dieu. Voilà le mystère.

— Mais les trois côtés du triangle ne sont pas chacun le triangle; ces trois facultés de l'âme ne font pas trois âmes, et vos personnes de la Trinité sont trois Dieux.

— Blasphème!

— Alors il n'y a qu'une personne, un Dieu, une substance affectée de trois manières!

— Adorons sans comprendre, dit le curé.

— Soit, dit Bouvard.

Il avait peur de passer pour un impie, d'être mal vu au château.

Maintenant ils y venaient trois fois la semaine, vers cinq heures, en hiver, et la tasse de thé les réchauffait. M. le comte, par ses allures, « rappelait le chic de l'ancienne cour »; la comtesse, placide et grasse, montrait sur toutes choses un grand discernement. Mlle Yolande, leur fille, était « le

type de la jeune personne », l'ange des keepsakes,
et Mme de Noares, leur dame de compagnie, ressemblait à Pécuchet, ayant son nez pointu.

La première fois qu'ils entrèrent dans le salon
elle défendait quelqu'un.

— Je vous assure qu'il est changé! Son cadeau
le prouve.

Ce quelqu'un était Gorju. Il venait d'offrir aux
futurs époux un prie-Dieu gothique. On l'apporta. Les armes des deux maisons s'y étalaient en
relief de couleur. M. de Mahurot en parut content,
et Mme de Noares lui dit :

— Vous vous souviendrez de mon protégé?

Ensuite, elle amena deux enfants, un gamin
d'une douzaine d'années, et sa sœur, qui en avait
peut-être dix. Par les trous de leurs guenilles, on
voyait leurs membres rouges de froid. L'un était
chaussé de vieilles pantoufles, l'autre n'avait plus
qu'un sabot. Leurs fronts disparaissaient sous leurs
chevelures, et ils regardaient autour d'eux avec
des prunelles ardentes comme de jeunes loups
effarés.

Mme de Noares conta qu'elle les avait rencontrés
le matin sur la grande route. Placquevent ne pouvait fournir aucun détail.

On leur demanda leur nom.

— Victor, Victorine.

— Où était leur père?

— En prison.

— Et avant, que faisait-il?

— Rien.

— Leur pays?

— Saint-Pierre.

— Mais quel Saint-Pierre?

Les deux petits, pour toute réponse, disaient, en reniflant :

— Sais pas, sais pas.

Leur mère était morte, et ils mendiaient.

Mme de Noares exposa combien il serait dangereux de les abandonner; elle attendrit la comtesse, piqua d'honneur le comte, fut soutenue par Mademoiselle, s'obstina, réussit. La femme du gardechasse en prendrait soin. On leur trouverait de l'ouvrage plus tard, et, comme ils ne savaient ni lire ni écrire, Mme de Noares leur donnerait elle-même des leçons, afin de les préparer au catéchisme.

Quand M. Jeufroy venait au château, on allait quérir les deux mioches; il les interrogeait, puis faisait une conférence où il mettait de la prétention, à cause de l'auditoire.

Une fois qu'il avait discouru sur les patriarches, Bouvard, en s'en retournant avec lui et Pécuchet, les dénigra fortement.

Jacob s'est distingué par des filouteries, David par les meurtres, Salomon par ses débauches.

L'abbé lui répondit qu'il fallait voir au delà. Le sacrifice d'Abraham est la figure de la Passion; Jacob une autre figure du Messie, comme Joseph, comme le serpent d'airain, comme Moïse.

— Croyez-vous, dit Bouvard, qu'il ait composé le Pentateuque?

— Oui, sans doute!

— Cependant on y raconte sa mort; même observation pour Josué, et, quant aux Juges, l'auteur nous prévient qu'à l'époque dont il fait l'histoire, Israël n'avait pas encore des rois. L'ouvrage

21

fut donc écrit sous les Rois. Les prophètes aussi m'étonnent.

— Il va nier les prophètes, maintenant!

— Pas du tout! mais leur esprit échauffé percevait Jéhovah sous des formes diverses, celle d'un feu, d'une broussaille, d'un vieillard, d'une colombe, et ils n'étaient pas certains de la révélation puisqu'ils demandent toujours un signe.

— Ah! et vous avez découvert ces belles choses?...

— Dans Spinoza.

A ce mot, le curé bondit.

— L'avez-vous lu?

— Dieu m'en garde!

— Pourtant, monsieur, la science...

— Monsieur, on n'est pas savant si l'on n'est chrétien.

La science lui inspirait des sarcasmes :

— Fera-t-elle pousser un épi de grain, votre science? Que savons-nous? disait-il.

Mais il savait que le monde a été créé pour nous; il savait que les archanges sont au-dessus des anges; il savait que le corps humain ressuscitera tel qu'il était vers la trentaine.

Son aplomb sacerdotal agaçait Bouvard, qui, par méfiance de Louis Hervieu, écrivit à Varlot, et Pécuchet, mieux informé, demanda à M. Jeufroy des explications sur l'Écriture.

Les six jours de la Genèse veulent dire six grandes époques. Le rapt des vases précieux fait par les Juifs aux Égyptiens doit s'entendre des richesses intellectuelles, les arts dont ils avaient dérobé le secret. Isaïe ne se dépouilla pas complètement, *nudus,* en latin, signifiant nu jusqu'aux hanches; ainsi Virgile conseille de se mettre nu pour labourer, et cet écrivain n'eût pas donné un précepte contraire à la pudeur! Ézéchiel dévorant un livre n'a rien d'extraordinaire; ne dit-on pas dévorer une brochure, un journal?

Mais si l'on voit partout des métaphores, que deviendront les faits? L'abbé soutenait, cependant, qu'ils étaient réels.

Cette manière de les entendre parut déloyale à Pécuchet. Il poussa plus loin ses recherches et apporta une note sur les contradictions de la Bible.

L'Exode nous apprend que pendant quarante ans on fit des sacrifices dans le désert, on n'en fit aucun suivant Amos et Jérémie. Les Paralipomènes et le livre d'Esdras ne sont point d'accord sur le dénombrement du peuple. Dans le Deutéronome, Moïse voit le Seigneur face à face; d'après l'Exode, jamais il ne put le voir. Où est alors l'inspiration?

— Motif de plus pour l'admettre, répliquait en souriant M. Jeufroy. Les imposteurs ont besoin de connivence, les sincères n'y prennent garde! Dans l'embarras recourons à l'Église. Elle est toujours infaillible.

De qui relève l'infaillibilité?

Les conciles de Bâle et de Constance l'attribuent aux conciles. Mais souvent les conciles diffèrent, témoin ce qui se passa pour Athanase et pour Arius; ceux de Florence et de Latran, la décernent au pape. Mais Adrien VI déclare que le pape, comme un autre, peut se tromper.

Chicanes! Tout cela ne fait rien à la permanence du dogme.

L'ouvrage de Louis Hervieu en signale les variations : le baptême, autrefois, était réservé pour les adultes. L'extrême-onction ne fut un sacrement qu'au ix⁰ siècle; la présence réelle a été décrétée au viii⁰, le purgatoire reconnu au xv⁰, l'Immaculée Conception est d'hier.

Et Pécuchet en arriva à ne plus savoir que penser de Jésus. Trois évangiles en font un homme. Dans un passage de saint Jean, il paraît s'égaler à Dieu; dans un autre, du même, se reconnaître son inférieur.

L'abbé ripostait par la lettre du roi Abgar, les actes de Pilate et le témoignage des Sibylles « dont le fond est véritable ». Il retrouvait la vierge dans les Gaules, l'annonce d'un rédempteur en Chine, la Trinité partout, la croix sur le bonnet du grand-lama, en Égypte au poing des dieux; et, même, il fit voir une gravure, représentant un nilomètre, lequel était un phallus, suivant Pécuchet.

M. Jeufroy consultait secrètement son ami Pruneau, qui lui cherchait des preuves dans les auteurs. Une lutte d'érudition s'engagea; et, fouetté par l'amour-propre, Pécuchet devint transcendant, mythologue.

Il comparait la Vierge à Isis, l'eucharistie au *homa* des Perses, Bacchus à Moïse, l'arche de Noé au vaisseau de Xithuros; ces ressemblances pour lui démontraient l'identité des religions.

Mais il ne peut y avoir plusieurs religions, puisqu'il n'y a qu'un Dieu; et quand il était à bout d'arguments, l'homme à la soutane s'écriait :

— C'est un mystère!

Que signifie ce mot? Défaut de savoir; très bien. Mais s'il désigne une chose dont le seul énoncé implique contradiction, c'est une sottise;

et Pécuchet ne quittait plus M. Jeufroy. Il le surprenait dans son jardin, l'attendait au confessionnal, le relançait dans la sacristie.

Le prêtre imaginait des ruses pour le fuir.

Un jour, qu'il était parti à Sassetot administrer quelqu'un, Pécuchet se porta au-devant de lui sur la route, manière de rendre la conversation inévitable.

C'était le soir, vers la fin d'août. Le ciel écarlate se rembrunit, et un gros nuage s'y forma, régulier dans le bas, avec des volutes au sommet.

Pécuchet, d'abord, parla de choses indifférentes; puis, ayant glissé le mot martyr :

— Combien pensez-vous qu'il y en ait eu?

— Une vingtaine de millions, pour le moins.

— Leur nombre n'est pas si grand, dit Origène.

— Origène, vous savez, est suspect!

Un large coup de vent passa, inclinant l'herbe des fossés, et les deux rangs d'ormeaux jusqu'au bout de l'horizon.

Pécuchet reprit :

— On classe, dans les martyrs, beaucoup d'évêques gaulois, tués en résistant aux Barbares, ce qui n'est plus la question.

— Allez-vous défendre les empereurs?

Suivant Pécuchet, on les avait calomniés.

L'histoire de la légion thébaine est une fable. Je conteste également Symphorose et ses sept fils, Félicité et ses sept filles, et les sept vierges d'Ancyre, condamnées au viol, bien que septuagénaires, et les onze mille vierges de sainte Ursule, dont une compagne s'appelait *Undecemilla*, un nom pris pour un chiffre; encore plus les dix martyrs d'Alexandrie!

— Cependant !... Cependant, ils se trouvent dans des auteurs dignes de créance.

Des gouttes d'eau tombèrent. Le curé déploya son parapluie; et Pécuchet, quand il fut dessous, osa prétendre que les catholiques avaient fait plus de martyrs chez les juifs, les musulmans, les protestants et les libres penseurs que tous les Romains autrefois.

L'ecclésiastique se récria :

— Mais on compte dix persécutions depuis Néron jusqu'au César Galba !

— Eh bien ! et les massacres des Albigeois ? et la Saint-Barthélemy ? et la révocation de l'édit de Nantes ?

— Excès déplorables sans doute, mais vous n'allez pas comparer ces gens-là à saint Étienne, saint Laurent, Cyprien, Polycarpe, une foule de missionnaires.

— Pardon ! je vous rappellerai Hypathie, Jérôme de Prague, Jean Huss, Bruno, Vanini, Anne Dubourg !

La pluie augmentait, et ses rayons dardaient si fort, qu'ils rebondissaient du sol, comme de petites fusées blanches. Pécuchet et M. Jeufroy marchaient avec lenteur serrés l'un contre l'autre, et le curé disait :

— Après des supplices abominables, on les jetait dans des chaudières !

— L'Inquisition employait de même la torture, et elle vous brûlait très bien.

— On exposait les dames illustres dans les *lupanars !*

— Croyez-vous que les dragons de Louis XIV fussent décents ?

— Et notez que les chrétiens n'avaient rien fait contre l'État!

— Les Huguenots pas davantage!

Le vent chassait, balayait la pluie dans l'air. Elle claquait sur les feuilles, ruisselait au bord du chemin, et le ciel, couleur de boue, se confondait avec les champs dénudés, la moisson étant finie. Pas un toit. Au loin seulement, la cabane d'un berger.

Le maigre paletot de Pécuchet n'avait plus un fil de sec. L'eau coulait le long de son échine, entrait dans ses bottes, dans ses oreilles, dans ses yeux, malgré la visière de la casquette Amoros; le curé, en relevant d'un bras la queue de sa soutane, se découvrait les jambes, et les pointes de son tricorne crachaient l'eau sur ses épaules comme des gargouilles de cathédrale.

Il fallut s'arrêter, et tournant le dos à la tempête, ils restèrent face à face, ventre contre ventre, en tenant à quatre mains le parapluie qui oscillait.

M. Jeufroy n'avait pas interrompu la défense des catholiques.

— Ont-ils crucifié vos protestants, comme le fut saint Siméon, ou fait dévorer un homme par deux tigres, comme il advint à saint Ignace?

— Mais comptez-vous pour quelque chose tant de femmes séparées de leurs maris, d'enfants arrachés à leurs mères! Et les exils des pauvres, à travers la neige, au milieu des précipices! On les entassait dans les prisons; à peine morts, on les traînait sur la claie.

L'abbé ricana :

— Vous me permettrez de n'en rien croire! Et nos martyrs à nous sont moins douteux. Sainte

Blandine a été livrée nue dans un filet à une vache furieuse. Sainte Julie périt assommée de coups. Saint Taraque, saint Probus et saint Andronic, on leur a brisé les dents avec un marteau, déchiré les côtes avec des peignes en fer, traversé les mains avec des clous rougis, enlevé la peau du crâne.

— Vous exagérez, dit Pécuchet. La mort des martyrs était, en ce temps-là, une amplification de rhétorique!

— Comment, de la rhétorique?

— Mais oui! tandis que moi, monsieur, je vous raconte de l'histoire. Les catholiques, en Irlande, éventrèrent des femmes enceintes pour prendre leurs enfants!

— Jamais.

— Et les donner aux pourceaux!

— Allons donc!

— En Belgique, il les enterraient toutes vives!

— Quelle plaisanterie!

— On a leurs noms!

— Et quand même, objecta le prêtre, en secouant de colère son parapluie. On ne peut les appeler des martyrs. Il n'y en a pas en dehors de l'Église.

— Un mot. Si la valeur du martyr dépend de la doctrine, comment servirait-il à en démontrer l'excellence?

La pluie se calmait; jusqu'au village ils ne parlèrent plus.

Mais, sur le seuil du presbytère, l'abbé dit :

— Je vous plains! véritablement, je vous plains!

Pécuchet conta de suite à Bouvard son altercation. Elle lui avait causé une malveillance antireligieuse, et une heure après, assis devant un feu de broussailles, ils lisaient le *Curé Meslier.* Ces négations lourdes le choquèrent; puis, se reprochant d'avoir méconnu peut-être des héros, il feuilleta, dans la *Biographie,* l'histoire des martyrs les plus illustres.

Quelles clameurs du peuple, quand ils entraient dans l'arène! et si les lions et les jaguars étaient trop doux, du geste et de la voix ils les excitaient à s'avancer. On les voyait tout couverts de sang, sourire debout, le regard au ciel; sainte Perpétue renoua ses cheveux pour ne point paraître affligée. Pécuchet se mit à réfléchir. La fenêtre était ouverte, la nuit tranquille, beaucoup d'étoiles brillaient. Il devait se passer dans leur âme des choses dont nous n'avons plus l'idée, une joie, un spasme divin! Et Pécuchet, à force d'y rêver, dit qu'il comprenait cela, aurait fait comme eux.

— Toi?

— Certainement.

— Pas de blague! Crois-tu, oui ou non?

— Je ne sais.

Il alluma une chandelle; puis ses yeux tombant sur le crucifix dans l'alcôve:

— Combien de misérables ont recouru à celui-là!

Et après un silence:

— On l'a dénaturé! c'est la faute de Rome: la politique du Vatican!

Mais Bouvard admirait l'Église pour sa magnificence, et aurait souhaité au moyen âge être un cardinal.

— J'aurais eu bonne mine sous la pourpre, conviens-en!

La casquette de Pécuchet posée devant les charbons n'était pas sèche encore. Tout en l'étirant, il sentit quelque chose dans la doublure et une médaille de saint Joseph tomba. Ils furent troublés, le fait leur paraissant inexplicable!

Mme de Noares voulut savoir de Pécuchet s'il n'avait pas éprouvé comme un changement, un bonheur et se trahit par ses questions. Une fois, pendant qu'il jouait au billard, elle lui avait cousu la médaille dans sa casquette.

Évidemment, elle l'aimait; ils auraient pu se marier : elle était veuve et il ne soupçonna pas cet amour, qui peut-être eût fait le bonheur de sa vie.

Bien qu'il se montrât plus religieux que M. Bouvard, elle l'avait dédié à saint Joseph, dont le secours est excellent pour les conversions.

Personne, comme elle, ne connaissait tous les chapelets et les indulgences qu'ils procurent, l'effet des reliques, les privilèges des eaux saintes. Sa montre était retenue par une chaînette qui avait touché aux liens de saint Pierre.

Parmi ses breloques luisait une perle d'or, à l'imitation de celle qui contient, dans l'église d'Allouagne, une larme de Notre-Seigneur; un anneau à son petit doigt enfermait des cheveux du curé d'Ars et, comme elle cueillait des simples pour les malades, sa chambre ressemblait à une sacristie et à une officine d'apothicaire.

Son temps se passait à écrire des lettres, à visiter les pauvres, à dissoudre des concubinages, à répandre des photographies du Sacré-Cœur. Un monsieur devait lui envoyer de la « pâte des martyrs », mélange de cire pascale et de poussière humaine prise aux catacombes, et qui s'emploie dans les cas désespérés en mouches ou en pilules. Elle en promit à Pécuchet.

Il parut choqué d'un tel matérialisme.

Le soir, un valet du château lui apporta une hottée d'opuscules, relatant des paroles pieuses du grand Napoléon, des bons mots du curé dans les auberges, des morts effrayantes advenues à des impies. Mme de Noares savait tout cela par cœur, avec une infinité de miracles.

Elle en contait de stupides, des miracles sans but, comme si Dieu les eût faits pour ébahir le monde. Sa grand'mère à elle-même avait serré dans une armoire des pruneaux couverts d'un linge, et quand on ouvrit l'armoire un an plus tard, on en vit treize sur la nappe, formant la croix.

— Expliquez-moi cela.

C'était son mot après ses histoires, qu'elle soutenait avec un entêtement de bourrique, bonne femme, d'ailleurs, et d'humeur enjouée.

Une fois pourtant « elle sortit de son caractère ». Bouvard lui contestait le miracle de Pezilla : un compotier où l'on avait caché des hosties pendant la Révolution, se dora de lui-même tout seul.

— Peut-être y avait-il au fond un peu de couleur jaune provenant de l'humidité ?

— Mais non! je vous répète que non! La dorure a pour cause le contact de l'Eucharistie.

Et elle donna en preuve l'attestation des évêques.

— C'est, disent-ils, comme un bouclier, un... un palladium sur le diocèse de Perpignan. Demandez plutôt à M. Jeufroy!

Bouvard n'y tint plus, et ayant repassé son Louis Hervieu, emmena Pécuchet.

L'ecclésiastique finissait de dîner. Reine offrit des sièges, et, sur un geste, alla prendre deux petits verres qu'elle emplit de *Rosolio.*

Après quoi, Bouvard exposa ce qui l'amenait.

L'abbé ne répondit pas franchement.

— Tout est possible à Dieu, et les miracles sont une preuve de la religion.

— Cependant il y a des lois.

— Cela n'y fait rien. Il les dérange pour instruire, corriger.

— Que savez-vous s'il les dérange? répliqua Bouvard. Tant que la nature suit sa routine, on n'y pense pas; mais dans un phénomène extraordinaire, nous voyons la main de Dieu.

Elle peut y être, dit l'ecclésiastique, et quand un événement se trouve certifié par des témoins?

— Les témoins gobent tout, car il y a de faux miracles!

Le prêtre devint rouge.

— Sans doute... quelquefois.

— Comment les distinguer des vrais? Et si les vrais donnés en preuves ont eux-mêmes besoin de preuves, pourquoi en faire?

Reine intervint, et, prêchant comme son maître, dit qu'il fallait obéir.

— La vie est un passage, mais la mort est éternelle!

— Bref, ajouta Bouvard en lampant le *Rosolio,* les miracles d'autrefois ne sont pas mieux démontrés que les miracles d'aujourd'hui; des raisons analogues défendent ceux des chrétiens et des païens.

Le curé jeta sa fourchette sur la table.

— Ceux-là étaient faux, encore un coup! Pas de miracles en dehors de l'Église!

— Tiens! se dit Pécuchet, même argument que pour les martyrs : la doctrine s'appuie sur les faits et les faits sur la doctrine.

M. Jeufroy, ayant bu un verre d'eau, reprit :

— Tout en les niant, vous y croyez. Le monde que convertissent douze pêcheurs, voilà, il me semble, un beau miracle!

— Pas du tout!

Pécuchet en rendait compte d'une autre manière.

— Le monothéisme vient des Hébreux, la Trinité des Indiens, le Logos est à Platon, la Vierge mère à l'Asie.

N'importe! M. Jeufroy tenait au surnaturel, ne voulait pas que le christianisme pût avoir humainement la moindre raison d'être, bien qu'il en vît chez tous les peuples des prodromes ou des déformations. L'impiété railleuse du xviiie siècle, il l'eût tolérée; mais la critique moderne, avec sa politesse, l'exaspérait.

— J'aime mieux l'athée qui blasphème, que le sceptique qui ergote!

Puis il les regarda d'un air de bravade, comme pour les congédier.

Pécuchet s'en retourna mélancolique. Il avait espéré l'accord de la foi et de la raison.

Bouvard lui fit lire ce passage de Louis Hervieu :

« Pour connaître l'abîme qui les sépare, opposez leurs axiomes :

« La raison vous dit : Le tout enferme la partie, et la foi vous répond : Par la substantiation, Jésus communiant avec ses apôtres, avait son corps dans sa main, et sa tête dans sa bouche.

« La raison vous dit : On n'est pas responsable du crime des autres, et la foi vous répond : Par le péché originel.

« La raison vous dit : Trois c'est trois, et la foi déclare que : Trois c'est un. »

Ils ne fréquentèrent plus l'abbé.

C'était l'époque de la guerre d'Italie.

Les honnêtes gens tremblaient pour le pape. On tonnait contre Emmanuel. Mme de Noares allait jusqu'à lui souhaiter la mort.

Bouvard et Pécuchet ne protestaient que timidement. Quand la porte du salon tournait devant eux et qu'ils se miraient en passant dans les hautes glaces, tandis que par les fenêtres on apercevait les allées, où tranchait, sur la verdure, le gilet rouge d'un domestique, ils éprouvaient un plaisir; et le luxe du milieu les faisait indulgents aux paroles qui s'y débitaient.

Le comte leur prêta tous les ouvrages de M. de Maistre. Il en développait les principes devant un cercle d'intimes : Hurel, le curé, le juge de paix, le notaire et le baron, son futur gendre, qui venait de temps à autre pour vingt-quatre heures au château.

— Ce qu'il y a d'abominable, disait le comte, c'est l'esprit de 89! D'abord, on conteste Dieu; ensuite, on discute le gouvernement; puis arrive la liberté. Liberté d'injures, de révolte, de jouissances, ou plutôt de pillage, si bien que la religion et le pouvoir doivent proscrire les indépendants, les hérétiques. On criera sans doute à la persécution, comme si les bourreaux persécu-

taient les criminels. Je me résume : Point d'État
sans Dieu! la loi ne pouvant être respectée que si
elle vient d'en haut, et, actuellement, il ne s'agit
pas des Italiens, mais de savoir qui l'emportera de
la révolution ou du pape, de Satan ou de Jésus-
Christ.

M. Jeufroy approuvait par des monosyllabes,
Hurel avec un sourire, le juge de paix en dode-
linant la tête. Bouvard et Pécuchet regardaient le
plafond; Mme de Noares, la comtesse et Yolande
travaillaient pour les pauvres, et M. de Mahurot,
près de sa fiancée, parcourait les feuilles.

Puis il y avait des silences, où chacun semblait
plongé dans la recherche d'un problème. Napoléon III n'était plus un sauveur, et même il donnait un exemple déplorable en laissant aux Tuileries les maçons travailler le dimanche.

« On ne devrait pas permettre », était la phrase
ordinaire de M. le comte.

Économie sociale, beaux-arts, littérature, histoire, doctrines scientifiques, il décidait de tout,
en sa qualité de chrétien et de père de famille; et
plût à Dieu que le gouvernement, à cet égard,
eût la même rigueur qu'il déployait dans sa maison! Le pouvoir seul est juge des dangers de la
science; répandue trop largement elle inspire au
peuple des ambitions funestes. Il était plus heureux, ce pauvre peuple, quand les seigneurs et les
évêques tempéraient l'absolutisme du roi. Les
industriels maintenant l'exploitent. Il va tomber
en esclavage.

Et tous regrettaient l'ancien régime : Hurel par
bassesse, Coulon par ignorance, Marescot comme
artiste.

Bouvard, une fois chez lui, se retrempait avec
Lamettrie, d'Holbach, etc.; et Pécuchet s'éloigna
d'une religion devenue un moyen de gouvernement. M. de Mahurot avait communié pour séduire mieux «ces dames», et s'il pratiquait, c'était
à cause des domestiques.

Mathématicien et dilettante, jouant des valses
sur le piano et admirateur de Topffer, il se distinguait par un scepticisme de bon goût. Ce qu'on
rapporte des abus féodaux, de l'inquisition ou
des jésuites, préjugés; et il vantait le progrès,
bien qu'il méprisât tout ce qui n'était pas gentilhomme ou sorti de l'École polytechnique!

M. Jeufroy, de même, leur déplaisait. Il croyait
aux sortilèges, faisait des plaisanteries sur les
idoles, affirmait que tous les idiomes sont dérivés
de l'hébreu; sa rhétorique manquait d'imprévu;
invariablement, c'était le cerf aux abois, le miel
et l'absinthe, l'or et le plomb, des parfums, des
urnes, et l'âme chrétienne comparée au soldat qui
doit dire en face du péché : « Tu ne passes pas! »

Pour éviter ses conférences, ils arrivaient au
château le plus tard possible.

Un jour, pourtant, ils l'y trouvèrent.

Depuis une heure, il attendait ses deux élèves.
Tout à coup, Mme de Noares entra.

— La petite a disparu. J'amène Victor. Ah! le
malheureux!

Elle avait saisi dans sa poche un dé d'argent
perdu depuis trois jours, puis suffoquée par les
sanglots :

— Ce n'est pas tout! ce n'est pas tout! Pendant que je le grondais, il m'a montré son derrière!

Et avant que le comte et la comtesse aient rien
dit :

— Du reste, c'est de ma faute; pardonnez-
moi!

Elle leur avait caché que les deux orphelins
étaient les enfants de Touache, maintenant au
bagne.

Que faire?

Si le comte les renvoyait, ils étaient perdus, et
son acte de charité passerait pour un caprice.

M. Jeufroy ne fut pas surpris. L'homme étant
corrompu naturellement, on doit le châtier pour
l'améliorer.

Bouvard protesta. La douceur valait mieux.

Mais le comte, encore une fois, s'étendit sur
le bras de fer indispensable aux enfants comme
pour les peuples. Ces deux-là étaient pleins de
vices : la petite fille menteuse, le gamin brutal.
Ce vol, après tout, on l'excuserait; l'insolence,
jamais, l'éducation devant être l'école du respect.

Donc, Sorel, le garde-chasse, administrerait
au jeune homme une bonne fessée immédiatement.

M. de Mahurot, qui avait à lui dire quelque
chose, se chargea de la commission. Il prit un
fusil dans l'antichambre et appela Victor, resté au
milieu de la cour, la tête basse :

— Suis-moi! dit le baron.

Comme la route pour aller chez le garde détournait peu de Chavignolles, M. Jeufroy, Bouvard et Pécuchet l'accompagnèrent.

A cent pas du château, il les pria de ne plus
parler tant qu'il longerait le bois.

Le terrain dévalait jusqu'au bord de la rivière,

où se dressaient de grands quartiers de roches.
Elle faisait des plaques d'or sous le soleil couchant.
En face, les verdures des collines se couvraient
d'ombre. Un air vif soufflait.

Des lapins sortirent de leurs terriers et broutaient le gazon.

Un coup de feu partit, un deuxième, un autre,
et les lapins sautaient, déboulaient. Victor se jetait dessus pour les saisir et haletait, trempé de
sueur.

— Tu arranges bien tes nippes! dit le baron.

Sa blouse, en loques, avait du sang.

La vue du sang répugnait à Bouvard. Il n'admettait pas qu'on en pût verser.

M. Jeufroy reprit :

— Les circonstances quelquefois l'exigent. Si
ce n'est pas le coupable qui donne le sien, il faut
celui d'un autre, vérité que nous enseigne la Ré-
demption.

Suivant Bouvard, elle n'avait guère servi, presque tous les hommes étant damnés, malgré le
sacrifice de Notre-Seigneur.

— Mais quotidiennement il le renouvelle dans
l'Eucharistie.

— Et le miracle, dit Pécuchet, se fait avec des
mots, quelle que soit l'indignité du prêtre.

— Là est le mystère, monsieur.

Cependant Victor clouait ses yeux sur le fusil,
tâchait même d'y toucher.

— A bas les pattes!

Et M. de Mahurot prit un sentier sous bois.

L'ecclésiastique avait Pécuchet d'un côté, Bouvard de l'autre, et il lui dit :

— Attention, vous savez *Debetur pueris*.

Bouvard l'assura qu'il s'humiliait devant le Créateur, mais était indigné qu'on en fît un homme. On redoute sa vengeance, on travaille pour sa gloire, il a toutes les vertus, un bras, un œil, une politique, une habitation. Notre Père, qui êtes aux cieux, qu'est-ce que cela veut dire ?

Et Pécuchet ajouta :

— Le monde s'est élargi, la Terre n'en fait plus le centre. Elle roule dans la multitude infinie de ses pareils. Beaucoup la dépassent en grandeur, et ce rapetissement de notre globe prouve de Dieu un idéal plus sublime.

Donc, la religion devait changer. Le paradis est quelque chose d'enfantin avec ses bienheureux toujours contemplant, toujours chantant et qui regardent d'en haut les tortures des damnés. Quand on songe que le christianisme a pour base une pomme !

Le curé se fâcha.

— Niez la révélation, ce sera plus simple.

— Comment voulez-vous que Dieu ait parlé ? dit Bouvard.

— Prouvez qu'il n'a pas parlé ! disait Jeufroy.

— Encore une fois, qui vous l'affirme ?

— L'Église !

— Beau témoignage !

Cette discussion ennuyait M. de Mahurot, et tout en marchant :

— Écoutez donc le curé, il en sait plus que vous !

Bouvard et Pécuchet se firent des signes pour prendre un autre chemin, puis à la Croix-Verte :

— Bien le bonsoir !

— Serviteur ! dit le baron.

22.

Tout cela serait conté à M. de Faverges, et peut-être qu'une rupture s'ensuivrait. Tant pis. Ils se sentaient méprisés par ces nobles. On ne les invitait jamais à dîner, et ils étaient las de Mme de Noares, avec ses continuelles remontrances.

Ils ne pouvaient cependant garder le *De Maistre*, et, une quinzaine après, ils retournèrent au château, croyant n'être pas reçus.

Ils le furent.

Toute la famille se trouvait dans le boudoir, Hurel y compris, et, par extraordinaire, Foureau.

La correction n'avait point corrigé Victor. Il refusait d'apprendre son catéchisme, et Victorine proférait des mots sales. Bref, le garçon irait aux Jeunes Détenus, la petite fille dans un couvent.

Foureau s'était chargé des démarches, et il s'en allait quand la comtesse le rappela.

On attendait M. Jeufroy pour fixer ensemble la date du mariage, qui aurait lieu à la mairie bien avant de se faire à l'église, afin de montrer que l'on honnissait le mariage civil.

Foureau tâcha de le défendre. Le comte et Hurel l'attaquèrent. Qu'était une fonction municipale près d'un sacerdoce! et le baron ne se fût pas cru marié s'il l'eût été seulement devant une écharpe tricolore.

— Bravo! dit M. Jeufroy, qui entrait. Le mariage étant établi par Jésus...

Pécuchet l'arrêta :

— Dans quel évangile! Aux temps apostoliques on le considérait si peu, que Tertullien le compare à l'adultère.

— Ah! par exemple!

— Mais oui! et ce n'est pas un sacrement! Il

faut au sacrement un signe. Montrez-moi le signe
dans le mariage!

Le curé eut beau répondre qu'il figurait l'alliance de Dieu avec l'Église.

— Vous ne comprenez plus le christianisme!
et la loi...

— Elle en garde l'empreinte, dit M. de Faverges; sans lui, elle autoriserait la polygamie!

Une voix répliqua :

— Où serait le mal?

C'était Bouvard, à demi caché par un rideau.

— On peut avoir plusieurs épouses, comme
les patriarches, les mormons, les musulmans et
néanmoins être honnête homme!

— Jamais! s'écria le prêtre, l'honnêteté consiste à rendre ce qui est dû. Nous devons hommage à Dieu. Or qui n'est pas chrétien n'est pas
honnête!

— Autant que d'autres, dit Bouvard.

Le comte, croyant voir dans cette repartie une
atteinte à la religion, l'exalta. Elle avait affranchi
les esclaves.

Bouvard fit des citations prouvant le contraire.

— Saint Paul leur recommande d'obéir aux
maîtres comme à Jésus. Saint Ambroise nomme
la servitude un don de Dieu.

— Le Lévitique, l'Exode et les conciles l'ont
sanctionnée. Bossuet la classe parmi le droit des
gens. Et Mgr Bouvier l'approuve.

Le comte objecta que le christianisme, pas
moins, avait développé la civilisation.

— Et la paresse, en faisant de la pauvreté une
vertu.

— Cependant, monsieur, la morale de l'Evangile?

— Eh! eh! pas si morale! Les ouvriers de la dernière heure sont autant payés que ceux de la première. On donne à celui qui possède, et on retire à celui qui n'a pas. Quant au précepte de recevoir des soufflets sans les rendre et de se laisser voler, il encourage les audacieux, les lâches et les coquins.

Le scandale redoubla, quand Pécuchet eut déclaré qu'il aimait autant le Bouddhisme.

Le prêtre éclata de rire :

— Ah! ah! ah! le Bouddhisme!

Mme de Noares leva les bras :

— Le Bouddhisme!

— Comment..., le Bouddhisme! répétait le comte.

— Le connaissez-vous? dit Pécuchet à M. Jeufroy, qui s'embrouilla.

— Eh bien, sachez-le! mieux que le christianisme, et avant lui, il a reconnu le néant des choses terrestres. Ses pratiques sont austères, ses fidèles plus nombreux que tous les chrétiens, et pour l'incarnation, Vischnou n'en a pas une, mais neuf! Ainsi, jugez!

— Des mensonges de voyageurs, dit Mme de Noares.

— Soutenus par les francs-maçons, ajouta le curé.

Et tous parlant à la fois :

— Allez donc, continuez!

— Fort joli!

— Moi, je le trouve drôle!

— Pas possible!

Si bien que Pécuchet, exaspéré, déclara qu'il se ferait bouddhiste!

— Vous insultez des chrétiennes! dit le baron.

Mme de Noares s'affaissa dans un fauteuil. La comtesse et Yolande se taisaient. Le comte roulait des yeux. Hurel attendait des ordres. L'abbé, pour se contenir, lisait son bréviaire.

Cette vue apaisa M. de Faverges, et, considérant les deux bonshommes:

— Avant de blâmer l'Évangile, et quand on a des taches dans sa vie, il est certaines réparations...

— Des réparations?

— Des taches?

— Assez, messieurs! vous devez me comprendre!

Puis s'adressant à Foureau:

— Sorel est prévenu! Allez-y!

Et Bouvard et Pécuchet se retirèrent sans saluer.

Au bout de l'avenue, ils exhalèrent, tous les trois, leur ressentiment:

— On me traite en domestique, grommelait Foureau.

Et les autres l'approuvant, malgré le souvenir des hémorroïdes, il avait pour eux comme de la sympathie.

Des cantonniers travaillaient dans la campagne. L'homme qui les commandait se rapprocha, c'était Gorju. On se mit à causer. Il surveillait le cailloutage de la route, votée en 1848, et devait cette place à M. de Mahurot, l'ingénieur.

— Celui qui doit épouser Mlle de Faverges! Vous sortez de là-bas, sans doute?

— Pour la dernière fois! dit brutalement Pécuchet.

Gorju prit un air naïf.

— Une brouille? Tiens! tiens!

Et s'ils avaient pu voir sa mine, quand ils eurent tourné les talons, ils auraient compris qu'il en flairait la cause.

Un peu plus loin, ils s'arrêtèrent devant un enclos de treillage, qui contenait des loges à chien, et une maisonnette en tuiles rouges.

Victorine était sur le seuil. Des aboiements retentirent. La femme du garde parut.

Sachant pourquoi le maire venait, elle héla Victor.

Tout d'avance était prêt, et leur trousseau dans deux mouchoirs que fermaient des épingles.

— Bon voyage, leur dit-elle, trop heureuse de n'avoir plus cette vermine!

Était-ce leur faute, s'ils étaient nés d'un père forçat? Au contraire, ils semblaient très doux, ne s'inquiétaient même pas de l'endroit où on les menait.

Bouvard et Pécuchet les regardaient marcher devant eux.

Victorine chantonnait des paroles indistinctes, son foulard au bras, comme une modiste qui porte un carton. Elle se retournait quelquefois, et Pécuchet, devant ses frisettes blondes et sa gentille tournure, regrettait de n'avoir pas une enfant pareille. Élevée en d'autres conditions, elle serait charmante plus tard : Quel bonheur que de la voir grandir, d'entendre tous les jours son ramage d'oiseau, quand il le voudrait de l'embrasser; et un attendrissement, lui montant du cœur aux lèvres, humecta ses paupières, l'oppressait un peu.

Victor, comme un soldat, s'était mis son bagage sur le dos. Il sifflait, jetait des pierres aux corneilles dans les sillons, allait sous les arbres pour se couper des badines. Foureau le rappela; et Bouvard, en le retenant par la main, jouissait de sentir dans la sienne ces doigts d'enfant robustes et vigoureux. Le pauvre petit diable ne demandait qu'à se développer librement, comme une fleur en plein air! et il pourrirait entre des murs, avec des leçons, des punitions, un tas de bêtises! Bouvard fut saisi par une révolte de la pitié, une indignation contre le sort, une de ces rages où l'on veut détruire le gouvernement.

— Galope! dit-il, amuse-toi! jouis de ton reste!

Le gamin s'échappa.

Sa sœur et lui coucheraient à l'auberge, et, dès l'aube, le messager de Falaise prendrait Victor pour le descendre au pénitencier de Beaubourg; une religieuse de l'orphelinat de Grand-Camp emmènerait Victorine.

Foureau, ayant donné ces détails, se replongea dans ses pensées. Mais Bouvard voulut savoir combien pouvait coûter l'entretien des deux mioches.

— Bah... L'affaire, peut-être, de trois cents francs! Le comte m'en a remis vingt-cinq pour les premiers débours! Quel pingre!

Et gardant sur le cœur le mépris de son écharpe, Foureau hâtait le pas silencieusement.

Bouvard murmura :

— Ils me font de la peine. Je m'en chargerais bien!

— Moi aussi, dit Pécuchet,
la même idée leur étant venue.

Il existait sans doute des empêchements?

— Aucun! répliqua Foureau.

D'ailleurs il avait le droit, comme maire, de confier à qui bon lui semblait, les enfants abandonnés. Et après une longue hésitation :

— Eh bien, oui! prenez-les! ça le fera bisquer.

Bouvard et Pécuchet les emmenèrent.

En rentrant chez eux, ils trouvèrent au bas de l'escalier, sous la madone, Marcel à genoux, et qui priait avec ferveur. La tête renversée, les yeux demi-clos, et dilatant son bec-de-lièvre, il avait l'air d'un fakir en extase.

— Quelle brute! dit Bouvard.

— Pourquoi? il assiste peut-être à des choses que tu lui jalouserais, si tu pouvais les voir. N'y a-t-il pas deux mondes tout à fait distincts? L'objet d'un raisonnement a moins de valeur que la manière de raisonner. Qu'importe la croyance! Le principal est de croire.

Telles furent, à la remarque de Bouvard, les objections de Pécuchet.

X

Ls se procurèrent plusieurs ouvrages touchant
l'éducation, et leur système fut résolu. Il fallait
bannir toute idée métaphysique, et, d'après
la méthode expérimentale, suivre le développement de la nature. Rien ne pressait, les deux
élèves devant oublier ce qu'ils avaient appris.

Bien qu'ils eussent un tempérament solide,
Pécuchet voulait comme un Spartiate les endurcir
encore, les accoutumer à la faim, à la soif, aux
intempéries, et même qu'ils portassent des chaussures trouées afin de prévenir les rhumes. Bouvard s'y opposa.

Le cabinet noir au fond du corridor devint
leur chambre à coucher. Elle avait pour meubles
deux lits de sangle, deux couchettes, un broc;
l'œil-de-bœuf s'ouvrait au-dessus de leur tête, et
des araignées couraient le long du plâtre.

Souvent, ils se rappelaient l'intérieur d'une cabane où l'on se disputait.

Leur père était rentré une nuit, avec du sang
aux mains. Quelque temps après, les gendarmes
étaient venus. Ensuite ils avaient logé dans un

bois. Des hommes qui faisaient des sabots embrassaient leur mère. Elle était morte, une charrette les avait emmenés. On les battait beaucoup, ils s'étaient perdus. Puis ils revoyaient le garde champêtre, Mme de Noares, Sorel, et, sans se demander pourquoi, cette autre maison, ils s'y trouvaient heureux. Aussi leur étonnement fut pénible, quand, au bout de huit mois, les leçons recommencèrent. Bouvard se chargea de la petite, Pécuchet du gamin.

Victor distinguait ses lettres, mais n'arrivait pas à former les syllabes. Il en bredouillait, s'arrêtait tout à coup et avait l'air idiot. Victorine posait des questions. D'où vient que *ch* dans orchestre a le son d'un *q* et celui d'un *k* dans archéologique ? On doit par moments joindre deux voyelles, d'autres fois les détacher. Tout cela n'est pas juste. Elle s'indignait.

Les maîtres professaient à la même heure, dans leurs chambres respectives, et, la cloison étant mince, ces quatre voix, une flûtée, une profonde et deux aiguës, composaient un charivari abominable. Pour en finir et stimuler les mioches par l'émulation, ils eurent l'idée de les faire travailler ensemble dans le muséum, et on aborda l'écriture.

Les deux élèves à chaque bout de la table copiaient un exemple; mais la position du corps était mauvaise. Il les fallait redresser, leurs pages tombaient, leurs plumes se fendaient, l'encre se renversait.

Victorine, en de certains jours, allait bien pendant trois minutes, puis traçait des griffonnages et, prise de découragement, restait les yeux au plafond. Victor ne tardait pas à s'endormir, vautré au milieu du bureau.

Peut-être souffraient-ils? Une tension trop forte nuit aux jeunes cervelles.

— Arrêtons-nous, dit Bouvard.

Rien n'est stupide comme de faire apprendre par cœur; cependant si on n'exerce pas la mémoire, elle s'atrophiera et ils leur serinèrent les premières fables de La Fontaine. Les enfants approuvaient la fourmi qui thésaurise, le loup qui mange l'agneau, le lion qui prend toutes les parts.

Devenus plus hardis, ils dévastaient le jardin. Mais quel amusement leur donner?

Jean-Jacques, dans *Émile,* conseille au gouverneur de faire faire à l'élève ses jouets lui-même en l'aidant un peu, sans qu'il s'en doute. Bouvard ne put réussir à fabriquer un cerceau, Pécuchet à coudre une balle. Ils passèrent aux jeux instructifs, tels que des découpures; Pécuchet leur montra son microscope. La chandelle étant allumée, Bouvard dessinait, avec l'ombre de ses doigts sur la muraille, le profil d'un lièvre ou d'un cochon. Le public s'en fatigua.

Des auteurs exaltent, comme plaisir, un déjeuner champêtre, une partie de bateau; était-ce praticable, franchement? Et Fénelon recommande de temps à autre « une conversation innocente ». Impossible d'en imaginer une seule!

Ils revinrent aux leçons et les boules à facettes, les rayures, le bureau typographique, tout avait échoué, quand ils avisèrent un stratagème.

Comme Victor était enclin à la gourmandise, on lui présentait le nom d'un plat; bientôt il lut

couramment dans le *Cuisinier français*. Victorine
étant coquette, une robe lui serait donnée, si,
pour l'avoir, elle écrivait à la couturière. En moins
de trois semaines elle accomplit ce prodige. C'é-
tait courtiser leurs défauts, moyen pernicieux,
mais qui avait réussi.

Maintenant qu'ils savaient écrire et lire, que
leur apprendre? Autre embarras.

Les filles n'ont pas besoin d'être savantes
comme les garçons. N'importe, on les élève ordinairement en véritables brutes, tout leur bagage
intellectuel se bornant à des sottises mystiques.

Convient-il de leur enseigner les langues?
«L'espagnol et l'italien, prétend le Cygne de
Cambray, ne servent guère qu'à lire des ouvrages
dangereux.» Un tel motif leur parut bête. Cependant Victorine n'aurait que faire de ces
idiomes, tandis que l'anglais est d'un usage plus
commun. Pécuchet en étudia les règles; il dé-
montrait, avec sérieux, la façon d'émettre le *th*.

— Tiens, comme cela, *the, the, the* ?

Mais avant d'instruire un enfant, il faudrait connaître ses aptitudes. On les devine par la phrénologie. Ils s'y plongèrent; puis voulurent en vérifier
les assertions sur leurs personnes. Bouvard présentait la bosse de la bienveillance, de l'imagination, de la vénération et celle de l'énergie
amoureuse : vulgo érotisme.

On sentait sur les temporaux de Pécuchet la
philosophique et l'enthousiasme joints à l'esprit de
ruse.

Effectivement, tels étaient leurs caractères. Ce
qui les surprit davantage, ce fut de reconnaître
chez l'un comme chez l'autre le penchant à l'amitié,

et, charmés de la découverte, ils s'embrassèrent avec attendrissement.

Leur examen ensuite porta sur Marcel. Son plus grand défaut, et qu'ils n'ignoraient pas, était un extrême appétit. Néanmoins Bouvard et Pécuchet furent effrayés en constatant au-dessus du pavillon de l'oreille, à la hauteur de l'œil, l'organe de l'alimentivité. Avec l'âge leur domestique deviendrait peut-être comme cette femme de la Salpêtrière qui mangeait quotidiennement huit livres de pain, engloutit une fois quatorze potages et une autre soixante bols de café. Ils ne pourraient y suffire.

Les têtes de leurs élèves n'avaient rien de curieux; ils s'y prenaient mal sans doute. Un moyen très simple développa leur expérience.

Les jours de marché, ils se faufilaient au milieu des paysans sur la place entre les sacs d'avoine, les paniers de fromages, les veaux, les chevaux, insensibles aux bousculades; et quand ils trouvaient un jeune garçon avec son père, ils demandaient à lui palper le crâne dans un but scientifique.

Le plus grand nombre ne répondait même pas; d'autres, croyant qu'il s'agissait d'une pommade pour la teigne, refusaient, vexés; quelques-uns, par indifférence, se laissaient emmener sous le porche de l'église, où l'on serait tranquille.

Un matin que Bouvard et Pécuchet y commençaient leur manœuvre, le curé tout à coup parut et, voyant ce qu'ils faisaient, accusa la phrénologie de pousser au matérialisme et au fatalisme.

Le voleur, l'assassin, l'adultère, n'ont plus qu'à rejeter leurs crimes sur la faute de leurs bosses.

Bouvard objecta que l'organe prédispose à l'action sans pourtant y contraindre. De ce qu'un homme a le germe d'un vice, rien ne prouve qu'il sera vicieux.

— Du reste, j'admire les orthodoxes; ils soutiennent les idées innées et repoussent les penchants. Quelle contradiction!

Mais la phrénologie, suivant M. Jeufroy, niait l'omnipotence divine, et il était malséant de la pratiquer à l'ombre du saint lieu, en face même de l'autel.

— Retirez-vous, non! retirez-vous!

Ils s'établirent chez Ganot, le coiffeur. Pour vaincre toute hésitation, Bouvard et Pécuchet allaient jusqu'à régaler les parents d'une barbe ou d'une frisure.

Le docteur, un après-midi, vint s'y faire couper les cheveux. En s'asseyant dans le fauteuil, il aperçut, reflétés par la glace, les deux phrénologues qui promenaient leurs doigts sur des caboches d'enfant.

— Vous en êtes à ces bêtises-là? dit-il.

— Pourquoi, bêtise?

Vaucorbeil eut un sourire méprisant; puis affirma qu'il n'y avait point dans le cerveau plusieurs organes.

Ainsi, tel homme digère un aliment que ne digère pas tel autre! Faut-il supposer dans l'estomac autant d'estomacs qu'il s'y trouve de goûts? Cependant un travail délasse d'un autre, un effort intellectuel ne tend pas à la fois toutes les facultés, chacune a un siège distinct.

— Les anatomistes ne l'ont pas rencontré, dit Vaucorbeil.

— C'est qu'ils ont mal disséqué, reprit Pécuchet.

— Comment?

— Eh, oui. Ils coupent des tranches, sans égard à la connexion des parties, phrase d'un livre qu'il se rappelait.

— Voilà une balourdise, s'écria le médecin. Le crâne ne se moule pas sur le cerveau, l'extérieur sur l'intérieur.

Gall se trompe, et je vous défie de légitimer sa doctrine en prenant, au hasard, trois personnes dans la boutique.

La première était une paysanne avec de gros yeux bleus.

Pécuchet dit, en l'observant :

— Elle a beaucoup de mémoire.

Son mari attesta le fait et s'offrit lui-même à l'exploration.

— Oh! vous, mon brave, on vous conduit difficilement.

D'après les autres, il n'y avait point dans le monde un pareil têtu.

La troisième épreuve se fit sur un gamin escorté de sa grand'mère.

Pécuchet déclara qu'il devait chérir la musique.

— Je crois bien, dit la bonne femme, montre à ces messieurs pour voir.

Il tira de sa blouse une guimbarde et se mit à souffler dedans.

Un fracas s'éleva, c'était la porte, claquée violemment par le docteur, qui s'en allait.

Ils ne doutèrent plus d'eux-mêmes, et, appelant les deux élèves, recommencèrent l'analyse de leur boîte osseuse.

23

Celle de Victorine était généralement unie, marque de pondération; mais son frère avait un crâne déplorable : une éminence très forte dans l'angle mastoïdien des pariétaux indiquait l'organe de la destruction, du meurtre, et plus bas un renflement était le signe de la convoitise, du vol. Bouvard et Pécuchet en furent attristés pendant huit jours.

Mais il faudrait comprendre le sens exact des mots; ce qu'on appelle la combativité implique le dédain de la mort. S'il fait des homicides, il peut de même produire des sauvetages. L'acquisivité englobe le tact des filous et l'ardeur des commerçants. L'irrévérence est parallèle à l'esprit de critique, la ruse à la circonspection. Toujours un instinct se dédouble en deux parties : une mauvaise, une bonne. On détruira la seconde en cultivant la première, et par cette méthode, un enfant audacieux, loin d'être un bandit, deviendra un général. Le lâche n'aura seulement que de la prudence, l'avare de l'économie, le prodigue de la générosité.

Un rêve magnifique les occupa : s'ils menaient à bien l'éducation de leurs élèves, ils fonderaient plus tard un établissement ayant pour but de redresser l'intelligence, dompter les caractères, ennoblir le cœur. Déjà ils parlaient des souscriptions et de la bâtisse.

Leur triomphe chez Ganot les avait rendus célèbres, et des gens les venaient consulter, afin qu'on leur dise leurs chances de fortune.

Il en défila de toutes les espèces : crânes en boule, en poire, en pain de sucre, des carrés, d'élevés, de resserrés, d'aplatis, avec des mâchoires de bœuf, des figures d'oiseaux, des yeux de cochon; mais tant de monde gênait le perruquier dans son travail. Les coudes frôlaient l'armoire à vitres contenant la parfumerie; on dérangeait les peignes, le lavabo fut brisé, et il flanqua dehors tous les amateurs, en priant Bouvard et Pécuchet de les suivre, *ultimatum* qu'ils acceptèrent sans murmurer, étant un peu fatigués de la cranioscopie.

Le lendemain, comme ils passaient devant le jardinet du capitaine, ils aperçurent, causant avec lui, Girbal, Coulon, le garde champêtre et son fils cadet, Zéphyrin, habillé en enfant de chœur. Sa robe était toute neuve; il se promenait dessous avant de la remettre à la sacristie, et on le complimentait.

Curieux de savoir ce qu'ils en pensaient, Placquevent pria ces messieurs de palper son jeune homme.

La peau du front avait l'air comme tendue; un nez mince, très cartilagineux du bout, tombait obliquement sur des lèvres pincées; le menton était pointu, le regard fuyant, l'épaule droite trop haute.

— Retire ta calotte, lui dit son père.

Bouvard glissa ses mains dans sa chevelure couleur de paille, puis ce fut le tour de Pécuchet, et ils se communiquaient à voix basse leurs observations :

— *Biophilie* manifeste. Ah! ah! *l'approbativité! conscienciosité* absente! *amativité* nulle!

— Eh bien? dit le garde champêtre.

Pécuchet ouvrit sa tabatière et huma une prise.

— Ma foi, répliqua Bouvard, ce n'est guère fameux.

Placquevent rougit d'humiliation :

— Il fera tout de même ma volonté.

— Oh! oh!

— Mais je suis son père, nom de Dieu! et j'ai bien le droit...

— Dans une certaine mesure, reprit Pécuchet.

Girbal s'en mêla :

— L'autorité paternelle est incontestable.

— Mais si le père est un idiot?

— N'importe, dit le capitaine, son pouvoir n'en est pas moins absolu.

— Dans l'intérêt des enfants, ajouta Coulon.

D'après Bouvard et Pécuchet, ils ne devaient rien aux auteurs de leurs jours, et les parents, au contraire, leur doivent la nourriture, l'instruction, des prévenances, enfin tout.

Les bourgeois se récrièrent devant cette opinion immorale. Placquevent en était blessé comme d'une injure.

— Avec cela, ils sont jolis ceux que vous ramassez sur les grandes routes; ils iront loin! Prenez garde!

— Garde à quoi! dit aigrement Pécuchet.

— Oh! je n'ai pas peur de vous!

— Ni moi non plus!

Coulon intervint, modéra le garde champêtre et le fit s'éloigner.

Pendant quelques minutes on resta silencieux. Puis il fut question des dahlias du capitaine, qui ne lâcha point son monde sans les avoir exhibés l'un après l'autre.

Bouvard et Pécuchet rejoignaient leur domi-

cile, quand, à cent pas devant eux, ils distinguèrent Placquevent; et Zéphyrin, près de lui,
levait le coude en manière de bouclier pour se
garantir des gifles.

Ce qu'ils venaient d'entendre exprimait, sous
d'autres formes, les idées de M. le comte; mais
l'exemple de leurs élèves témoignerait combien
la liberté l'emporte sur la contrainte. Un peu de
discipline était cependant nécessaire.

Pécuchet cloua dans le muséum un tableau
pour les démonstrations; on tiendrait un journal
où les actions de l'enfant, notées le soir, seraient
relues le lendemain. Tout s'accomplirait au son
de la cloche. Comme Dupont de Nemours, ils
useraient de l'injonction paternelle d'abord, puis
de l'injonction militaire, et le tutoiement fut in-
terdit.

Bouvard tâcha d'apprendre le calcul à Victorine.
Quelquefois, ils se trompaient; ils en riaient l'un
et l'autre, puis, le baisant sur le cou, à la place
qui n'a pas de barbe, elle demandait à s'en aller;
il la laissait partir.

Pécuchet, aux heures des leçons, avait beau
tirer la cloche et crier par la fenêtre l'injonction
militaire, le gamin n'arrivait pas. Ses chaussettes
lui pendaient toujours sur les chevilles; à table
même, il se fourrait les doigts dans le nez et ne
retenait point ses gaz. Broussais, là-dessus, défend
les réprimandes, car « il faut obéir aux sollicitations d'un instinct conservateur ».

Victorine et lui employaient un affreux langage, disant : *mé itou* pour « moi aussi », *bère* pour
« boire », *al* pour « elle », un *deventiau,* de *l'iau;*
mais comme la grammaire ne peut être comprise

des enfants, et qu'ils la sauront s'ils entendent
parler correctement, les deux bonshommes surveillaient leurs discours jusqu'à en être incom-
modés.

Ils différaient d'opinions quant à la géographie.
Bouvard pensait qu'il est plus logique de débuter
par la commune. Pécuchet, par l'ensemble du
monde.

Avec un arrosoir et du sable, il voulut démontrer ce qu'était un fleuve, une île, un golfe,
et même sacrifia trois plates-bandes pour les trois
continents; mais les points cardinaux n'entraient
pas dans la tête de Victor.

Par une nuit de janvier, Pécuchet l'emmena en
rase campagne. Tout en marchant, il préconisait
l'astronomie : les marins l'utilisent dans leurs
voyages; Christophe Colomb, sans elle, n'eût pas
fait sa découverte. Nous devons de la reconnaissance à Copernic, à Galilée et à Newton.

Il gelait très fort, et sur le bleu noir du ciel,
une infinité de lumières scintillaient. Pécuchet
leva les yeux.

— Comment, pas de Grande Ourse!

La dernière fois qu'il l'avait vue, elle était
tournée d'un autre côté; enfin, il la reconnut,
puis montra l'étoile polaire, toujours au Nord, et
sur laquelle on s'oriente.

Le lendemain, il posa au milieu du salon un
fauteuil et se mit à valser autour.

— Imagine que ce fauteuil est le soleil, et que
moi je suis la terre; elle se meut ainsi.

Victor le considérait plein d'étonnement.

Il prit ensuite une orange, y passa une baguette
signifiant les pôles, puis l'encercla d'un trait au

charbon pour marquer l'équateur. Après quoi, il promena l'orange à l'entour d'une bougie, en faisant observer que tous les points de la surface n'étaient pas éclairés simultanément, ce qui produit la différence des climats; et pour celle des saisons, il pencha l'orange, car la terre ne se tient pas droite, ce qui amène les équinoxes et les solstices.

Victor n'y avait rien compris. Il croyait que la terre pivote sur une longue aiguille et que l'équateur est un anneau, étreignant sa circonférence.

Au moyen d'un atlas, Pécuchet lui exposa l'Europe; mais, ébloui par tant de lignes et de couleurs, il ne retrouvait plus les noms. Les bassins et les montagnes ne s'accordaient pas avec les royaumes, l'ordre politique embrouillait l'ordre physique. Tout cela, peut-être, s'éclaircirait en étudiant l'histoire.

Il eût été plus pratique de commencer par le village, ensuite l'arrondissement, le département, la province; mais Chavignolles n'ayant point d'annales, il fallait bien s'en tenir à l'histoire universelle. Tant de matières l'embarrassent qu'on doit seulement en prendre les beautés.

Il y a pour la grecque : « Nous combattrons à l'ombre »; l'envieux qui bannit Aristide, et la confiance d'Alexandre en son médecin. Pour la romaine : les oies du Capitole, le trépied de Scévola, le tonneau de Régulus. Le lit de roses de Guatimozin est considérable pour l'Amérique. Quant à la France, elle comporte le vase de Soissons, le chêne de saint Louis, la mort de Jeanne d'Arc, la poule au pot du Béarnais : on n'a que l'embarras du choix, sans compter *A moi d'Auvergne !* et le naufrage du *Vengeur*.

Victor confondait les hommes, les siècles et les pays. Cependant, Pécuchet n'allait pas le jeter dans des considérations subtiles, et la masse des faits est un vrai labyrinthe.

Il se rabattit sur la nomenclature des rois de France. Victor les oubliait, faute de connaître les dates. Mais si la mnémotechnie de Dumouchel avait été insuffisante pour eux, que serait-ce pour lui ! Conclusion : l'histoire ne peut s'apprendre que par beaucoup de lectures. Il les ferait.

Le dessin est utile dans une foule de circonstances ; or Pécuchet eut l'audace de l'enseigner lui-même, d'après nature, en abordant tout de suite le paysage.

Un libraire de Bayeux lui envoya du papier, du caoutchouc, deux cartons, des crayons et du fixatif pour leurs œuvres qui, sous verre et dans des cadres, orneraient le muséum.

Levés dès l'aurore, ils se mettaient en route avec un morceau de pain dans la poche ; et beaucoup de temps était perdu à chercher un site. Pécuchet voulait à la fois reproduire ce qui se trouvait sous ses pieds, l'extrême horizon et les nuages, mais les lointains dominaient toujours les premiers plans ; la rivière dégringolait du ciel, le berger marchait sur le troupeau, un chien endormi avait l'air de courir. Pour sa part il y renonça, se rappelant avoir lu cette définition : « Le dessin se compose de trois choses : la ligne, le grain, le grainé fin, de plus le trait de force. Mais le trait de force, il n'y a que le maître seul qui le donne. » Il rectifiait la ligne, collaborait au grain, sur-

veillait le grainé fin, et attendait l'occasion de
donner le trait de force. Elle ne venait jamais,
tant le paysage de l'élève était incompréhensible.

Sa sœur, paresseuse comme lui, bâillait devant
la table de Pythagore. Mlle Reine lui montrait à
coudre, et quand elle marquait du linge, elle
levait les doigts si gentiment, que Bouvard, ensuite, n'avait pas le cœur de la tourmenter avec
sa leçon de calcul. Un de ces jours, ils s'y remet-
traient. Sans doute, l'arithmétique et la couture
sont nécessaires dans le ménage, mais il est cruel,
objecta Pécuchet, d'élever des filles en vue seulement du mari qu'elles auront. Toutes ne sont pas
destinées à l'hymen; si on veut que plus tard elles
se passent des hommes, il faut leur apprendre
bien des choses.

On peut inculquer les sciences, à propos des
objets les plus vulgaires : dire, par exemple, en
quoi consiste le vin; et l'explication fournie,
Victor et Victorine devaient la répéter. Il en fut
de même des épices, des meubles, de l'éclairage;
mais la lumière c'était pour eux la lampe, et elle
n'avait rien de commun avec l'étincelle d'un
caillou, la flamme d'une bougie, la clarté de la
lune.

Un jour Victorine demanda :

—— D'où vient que le bois brûle?

Ses maîtres se regardèrent embarrassés, la
théorie de la combustion les dépassant.

Une autre fois, Bouvard, depuis le potage
jusqu'au fromage, parla des éléments nourriciers
et ahurit les deux petits sous la fibrine, la caséine,
la graisse et le gluten.

Ensuite, Pécuchet voulut leur expliquer comment le sang se renouvelle, et il pataugea dans la circulation.

Le dilemme n'est point commode : si l'on part des faits, le plus simple exige des raisons trop compliquées, et en posant d'abord les principes, on commence par l'absolu, la foi.

Que résoudre ? Combiner les deux enseignements, le rationnel et l'empirique ; mais un double moyen vers un seul but est l'inverse de la méthode. Ah ! tant pis.

Pour les initier à l'histoire naturelle, ils tentèrent quelques promenades scientifiques.

— Tu vois, disaient-ils en montrant un âne, un cheval, un bœuf, les bêtes à quatre pieds, on les nomme des quadrupèdes. Généralement, les oiseaux présentent des plumes, les reptiles des écailles et les papillons appartiennent à la classe des insectes.

Ils avaient un filet pour en prendre, et Pécuchet, tenant la bestiole avec délicatesse, leur faisait observer les quatre ailes, les six pattes, les deux antennes et sa trompe osseuse qui aspire le nectar des fleurs.

Il cueillait des simples au revers des fossés, disait leurs noms, et quand ils ne les savait pas, en inventait, afin de garder son prestige. D'ailleurs, la nomenclature est le moins important de la botanique.

Il écrivit cet axiome sur le tableau : Toute plante a des feuilles, un calice et une corolle enfermant un ovaire ou péricarpe qui contient la graine. Puis il ordonna à ses élèves d'herboriser dans la campagne et de cueillir les premières venues.

Victor lui apporta des boutons d'or. Victorine une touffe de fraisiers ; il y chercha vainement un péricarpe.

Bouvard, qui se méfiait de son savoir, fouilla toute la bibliothèque, et découvrit, dans le *Redouté des Dames*, le dessin d'un iris où les ovaires n'étaient pas situés dans la corolle, mais au-dessous des pétales, dans la tige.

Il y avait dans leur jardin des graterons et des muguets en fleurs, ces rubiacées étaient sans calice ; ainsi le principe posé sur le tableau se trouvait faux.

— C'est une exception, dit Pécuchet.

Mais un hasard fit qu'ils aperçurent dans l'herbe une shérarde et elle avait un calice.

— Allons bon ! si les exceptions elles-mêmes ne sont pas vraies, à qui se fier ?

Un jour, dans une de ces promenades, ils entendirent crier des paons, jetèrent les yeux pardessus le mur, et, au premier moment, ils ne reconnaissaient pas leur ferme. La grange avait un toit d'ardoises, les barrières étaient neuves, les chemins empierrés. Le père Gouy parut :

— Pas possible ! est-ce vous ?

Que d'histoires depuis trois ans, la mort de sa femme entre autres. Quant à lui, il se portait toujours comme un chêne.

— Entrez donc une minute.

On était au commencement d'avril, et les pommiers en fleurs alignaient dans les trois masures leurs touffes blanches et roses ; le ciel, couleur de satin bleu, n'avait pas un nuage, des nappes, des draps et des serviettes pendaient, verticalement attachés par des fiches de bois à des cordes tendues.

Le père Gouy les soulevait pour passer, quand tout à coup ils rencontrèrent Mme Bordin, nu-tête, en camisole, et Marianne lui offrant à pleins bras des paquets de linge.

— Votre servante, messieurs! Faites comme chez vous! moi je vais m'asseoir, je suis rompue.

Le fermier proposa à toute la compagnie un verre de boisson.

— Pas maintenant, dit-elle, j'ai trop chaud.

Pécuchet accepta et disparut vers le cellier avec le père Gouy, Marianne et Victor.

Bouvard s'assit par terre, à côté de Mme Bordin.

Il recevait ponctuellement sa rente, n'avait pas à s'en plaindre, ne lui en voulait plus.

La grande lumière éclairait son profil; un de ses bandeaux noirs descendait trop bas, et les petits frisons de sa nuque se collaient à sa peau ambrée, moite de sueur. Chaque fois qu'elle respirait, ses deux seins montaient. Le parfum du gazon se mêlait à la bonne odeur de sa chair solide, et Bouvard eut un revif de tempérament qui le combla de joie. Alors il lui fit des compliments sur sa propriété.

Elle en fut ravie et parla de ses projets.

Pour agrandir les cours, elle abattrait le haut-bord.

Victorine, en ce moment-là, en grimpait le talus et cueillait des primevères, des hyacinthes et des violettes, sans avoir peur d'un vieux cheval qui broutait l'herbe au pied.

— N'est-ce pas qu'elle est gentille? dit Bouvard.

— Oui! c'est gentil, une petite fille!

Et la veuve poussa un soupir qui semblait exprimer le long chagrin de toute une vie.

— Vous auriez pu en avoir.

Elle baissa la tête.

— Il n'a tenu qu'à vous.

— Comment?

Il eut un tel regard qu'elle s'empourpra, comme
à la sensation d'une caresse brutale; mais de suite,
en s'éventant avec son mouchoir :

— Vous avez manqué le coche, mon cher.

— Je ne comprends pas.

Et, sans se lever, il se rapprochait.

Elle le considéra de haut en bas longtemps;
puis souriant, et les prunelles humides :

— C'est de votre faute.

Les draps, autour d'eux, les enfermaient comme
les rideaux d'un lit.

Il se pencha sur le coude, lui frôlant les genoux
de sa figure.

— Pourquoi? hein? pourquoi?

Et comme elle se taisait et qu'il était dans un
état où les serments ne coûtent rien, il tâcha de
se justifier, s'accusa de folie, d'orgueil :

— Pardon! ce sera comme autrefois! voulez-
vous?

Et il avait pris sa main, qu'elle laissait dans la
sienne.

Un coup de vent brusque fit se relever les
draps, et ils virent deux paons, un mâle et une
femelle. La femelle se tenait immobile, les jarrets
pliés, la croupe en l'air. Le mâle se promenait
autour d'elle, arrondissait sa queue en éventail, se
rengorgeait, gloussait, puis sauta dessus en ra-
battant ses plumes, qui la couvrirent comme un
berceau, et les deux grands oiseaux tremblèrent
d'un seul frémissement.

Bouvard le sentit dans la paume de Mme Bordin. Elle se dégagea bien vite. Il y avait devant eux, béant et comme pétrifié, le jeune Victor qui regardait; un peu plus loin, Victorine, étalée sur le dos en plein soleil, aspirait toutes les fleurs qu'elle s'était cueillies.

Le vieux cheval, effrayé par les paons, cassa sous une ruade une des cordes, s'y empêtra les jambes, et, galopant dans les trois cours, traînait la lessive après lui.

Aux cris furieux de Mme Bordin, Marianne accourut. Le père Gouy injuriait son cheval : « Bougre de rosse! carcan! voleur! » lui donnait des coups de pied dans le ventre, des coups sur les oreilles avec le manche d'un fouet.

Bouvard fut indigné de voir battre un animal.

Le paysan répondit :

— J'en ai le droit : il m'appartient!

Ce n'était pas une raison.

Et Pécuchet, survenant, ajouta que les animaux avaient aussi leurs droits, car ils ont une âme, comme nous, si toutefois la nôtre existe!

— Vous êtes un impie! s'écria Mme Bordin.

Trois choses l'exaspéraient : la lessive à recommencer, ses croyances qu'on outrageait et la crainte d'avoir été entrevue tout à l'heure dans une pose suspecte.

— Je vous croyais plus forte, dit Bouvard.

Elle répliqua magistralement :

— Je n'aime pas les polissons!

Et Gouy s'en prit à eux d'avoir abîmé son cheval, dont les naseaux saignaient. Il grommelait tout bas :

— Sacrés gens de malheur! j'allais l'entiérer quand ils sont venus.

Les deux bonshommes se retirèrent en haussant les épaules.

Victor leur demanda pourquoi ils s'étaient fâchés contre Gouy.

— Il abuse de sa force, ce qui est mal.

— Pourquoi est-ce mal ?

Les enfants n'auraient-ils aucune notion du juste ? Peut-être ?

Et le soir même, Pécuchet, ayant Bouvard à sa droite, sous la main quelques notes et en face de lui les deux élèves, commença un cours de morale.

Cette science nous apprend à diriger nos actions.

Elles ont deux motifs : le plaisir, l'intérêt ; et un troisième plus impérieux : le devoir.

Les devoirs se divisent en deux classes :

1° Devoirs envers nous-mêmes, lesquels consistent à soigner notre corps, nous garantir de toute injure. Ils entendaient cela parfaitement ;

2° Devoirs envers les autres, c'est-à-dire être toujours loyal, débonnaire et même fraternel, le genre humain n'étant qu'une seule famille. Souvent une chose nous agrée qui nuit à nos semblables ; l'intérêt diffère du bien, car le bien est de soi-même irréductible. Les enfants ne comprenaient pas. Il remit à la fois prochaine la sanction des devoirs.

Dans tout cela, suivant Bouvard, il n'avait pas défini le bien.

— Comment veux-tu le définir ? On le sent.

Alors les leçons de morale ne conviendraient qu'aux gens moraux, et le cours de Pécuchet n'alla pas plus loin.

Ils firent lire à leurs élèves des historiettes tendant à inspirer l'amour de la vertu. Elles assommèrent Victor.

Pour frapper son imagination, Pécuchet suspendit aux murs de sa chambre des images exposant la vie du bon sujet et du mauvais sujet.

Le premier, Adolphe, embrassait sa mère, étudiait l'allemand, secourait un aveugle et était reçu à l'École polytechnique.

Le mauvais, Eugène, commençait par désobéir à son père, avait une querelle dans un café, battait son épouse, tombait ivre-mort, fracturait une armoire, et un dernier tableau le représentait au bagne, où un monsieur, accompagné d'un jeune garçon, disait, en le montrant :

« Tu vois, mon fils, les dangers de l'inconduite. »

Mais pour les enfants l'avenir n'existe pas. On avait beau les saturer de cette maxime : « Que le travail est honorable et que les riches parfois sont malheureux », ils avaient connu des travailleurs nullement honorés et se rappelaient le château où la vie semblait bonne.

Les supplices du remords leur étaient dépeints avec tant d'exagération qu'ils flairaient la blague et se méfiaient du reste.

On essaya de les conduire par le point d'honneur, l'idée de l'opinion publique et le sentiment de la gloire, en leur vantant les grands hommes, surtout les hommes utiles, tels que Belzunce, Franklin, Jacquard ! Victor ne témoignait aucune envie de leur ressembler.

Un jour qu'il avait fait une addition sans faute, Bouvard cousit à sa veste un ruban qui signifiait la croix. Il se pavana dessous ; mais ayant oublié la mort de Henri IV, Pécuchet le coiffa d'un bonnet d'âne. Victor se mit à braire avec tant de violence et pendant si longtemps qu'il fallut enlever ses oreilles de carton.

Sa sœur, comme lui, se montrait fière des éloges et indifférente aux blâmes.

Afin de les rendre plus sensibles, on leur donna un chat noir qu'ils devaient soigner, et on leur comptait deux ou trois sols pour qu'ils fissent l'aumône. Ils trouvèrent la prétention injuste, cet argent leur appartenait.

Se conformant à un désir des pédagogues, ils appelaient Bouvard « mon oncle » et Pécuchet « bon ami » ; mais ils les tutoyaient, et la moitié des leçons ordinairement se passait en disputes.

Victorine abusait de Marcel, montait sur son dos, le tirait par les cheveux ; pour se moquer de son bec-de-lièvre, parlait du nez comme lui ; et le pauvre homme n'osait se plaindre, tant il aimait la petite fille. Un soir, sa voix rauque s'éleva extraordinairement. Bouvard et Pécuchet descendirent dans la cuisine. Les deux élèves observaient la cheminée, et Marcel, joignant les mains, s'écriait :

— Retirez-le ! c'est trop ! c'est trop !

Le couvercle de la marmite sauta comme un obus éclate. Une masse grisâtre bondit jusqu'au plafond, puis tourna sur elle-même frénétiquement en poussant d'abominables cris.

On reconnut le chat, tout efflanqué, sans poil, la queue pareille à un cordon ; des yeux énormes lui sortaient de la tête ; ils étaient couleur de lait, comme vidés, et pourtant regardaient.

La bête hideuse hurlait toujours, se jeta dans l'âtre, disparut, puis retomba au milieu des cendres, inerte.

C'était Victor qui avait commis cette atrocité, et les deux bonshommes se reculèrent, pâles de stupéfaction et d'horreur. Aux reproches qu'on lui adressa, il répondit comme le garde champêtre pour son fils et comme le fermier pour son cheval :

— Eh bien ! puisqu'il est à moi ;

sans gêne, naïvement, dans la placidité d'un instinct assouvi.

L'eau bouillante de la marmite était répandue par terre ; des casseroles, les pincettes, et des flambeaux jonchaient les dalles.

Marcel fut quelque temps à nettoyer la cuisine, et ses maîtres et lui enterrèrent le pauvre chat dans le jardin, sous la pagode.

Ensuite Bouvard et Pécuchet causèrent longuement de Victor. Le sang paternel se manifestait. Que faire ? Le rendre à M. de Faverges ou le confier à d'autres serait un aveu d'impuissance. Il s'amenderait peut-être.

N'importe ! l'espoir était douteux, la tendresse n'existait plus. Quel plaisir pourtant que d'avoir eu près de soi un adolescent curieux de vos idées, dont on observe les progrès, qui plus tard devient un frère ; mais Victor manquait d'esprit, de cœur encore plus ! et Pécuchet soupira, le genou plié dans ses mains jointes.

— La sœur ne vaut pas mieux, dit Bouvard.

Il imaginait une fille de quinze ans à peu près, l'âme délicate, l'humeur enjouée, ornant la maison des élégances de sa jeunesse ; et comme s'il eût été

son père et qu'elle vînt de mourir, le bonhomme
pleura.

Puis, cherchant à excuser Victor, il allégua l'opinion de Rousseau : « L'enfant n'a pas de respon-
sabilité, ne peut être moral ou immoral. »

Ceux-là, suivant Pécuchet, avaient l'âge du discernement, et ils étudièrent les moyens de les
corriger. Pour qu'une punition soit bonne, dit
Bentham, elle doit être proportionnée à la faute,
sa conséquence naturelle. L'enfant a brisé un carreau, on n'en remettra pas : qu'il souffre du froid ;
si, n'ayant plus faim, il demande d'un plat, cédez-
lui ; une indigestion le fera vite se repentir. Il est
paresseux, qu'il reste sans travail : l'ennui de soi-
même l'y ramènera.

Mais Victor ne souffrirait pas du froid, son
tempérament pouvait endurer les excès et la fainéantise lui conviendrait.

Ils adoptèrent le système inverse, la punition
médicinale, des pensums lui furent donnés, il devint plus paresseux ; on le privait de confitures, sa
gourmandise en redoubla. L'ironie aurait peut-être
du succès ? Une fois, étant venu déjeuner les
mains sales, Bouvard le railla, l'appelant joli cavalier, muscadin, gants jaunes. Victor écoutait le
front bas, blêmit tout à coup, et jeta son assiette
à la tête de Bouvard ; puis, furieux de l'avoir manqué, se précipita sur lui. Ce n'était pas trop que
trois hommes pour le contenir. Il se roulait par
terre, tâchant de mordre. Pécuchet l'arrosa de loin
avec une carafe d'eau ; de suite il fut calmé, mais
enroué pendant deux jours. Le moyen n'était pas
bon.

Ils en prirent un autre : au moindre symptôme

24.

de colère, le traitant comme un malade, ils le couchaient dans un lit; Victor s'y trouvait bien, et chantait. Un jour, il dénicha dans la bibliothèque une vieille noix de coco et commençait à la fendre, quand Pécuchet survint :

— Mon coco!

C'était un souvenir de Dumouchel! Il l'avait apporté de Paris à Chavignolles, en leva les bras d'indignation. Victor se mit à rire. « Bon ami » n'y tint plus, et d'une large calotte l'envoya bouler au fond de l'appartement, puis tremblant d'émotion, alla se plaindre à Bouvard.

Bouvard lui fit des reproches.

— Es-tu bête avec ton coco! Les coups abrutissent, la terreur énerve. Tu te dégrades toi-même!

Pécuchet objecta que les châtiments corporels sont quelquefois indispensables. Pestalozzi les employait, et le célèbre Mélanchton avoue que, sans eux, il n'eût rien appris. Mais des punitions cruelles ont poussé des enfants au suicide, on en lit des exemples. Victor s'était barricadé dans sa chambre. Bouvard parlementa derrière la porte, et, pour la faire ouvrir, lui promit une tarte aux prunes.

Dès lors il empira.

Restait un moyen préconisé par Mgr Dupanloup : « le regard sévère ». Ils tâchèrent d'imprimer à leurs visages un aspect effrayant, et ne produisirent aucun effet.

— Nous n'avons plus qu'à essayer de la religion, dit Bouvard.

Pécuchet se récria. Ils l'avaient bannie de leur programme.

Mais le raisonnement ne satisfait pas tous les besoins. Le cœur et l'imagination veulent autre chose. Le surnaturel pour bien des âmes est indispensable, et ils résolurent d'envoyer les enfants au catéchisme.

Reine proposa de les y conduire. Elle revenait dans la maison et savait se faire aimer par des manières caressantes.

Victorine changea tout à coup, fut réservée, mielleuse, s'agenouillait devant la Madone, admirait le sacrifice d'Abraham, ricanait avec dédain au nom de protestant.

Elle déclara qu'on lui avait prescrit le jeûne; ils s'en informèrent, ce n'était pas vrai. Le jour de la Fête-Dieu, des juliennes disparurent d'une plate-bande pour décorer le reposoir; elle nia effrontément les avoir coupées. Une autre fois, elle prit à Bouvard vingt sols qu'elle mit, aux vêpres, dans le plat du sacristain.

Ils en conclurent que la morale se distingue de la religion; quand elle n'a point d'autre base, son importance est secondaire.

Un soir, pendant qu'ils dînaient, M. Marescot entra, Victor s'enfuit immédiatement.

Le notaire, ayant refusé de s'asseoir, conta ce qui l'amenait : le jeune Touache avait battu, presque tué son fils.

Comme on savait les origines de Victor, et qu'il était désagréable, les autres gamins l'appelaient forçat, et tout à l'heure, il avait flanqué à M. Arnold Marescot une insolante raclée. Le cher Arnold en portait des traces sur le corps :

— Sa mère est au désespoir, son costume en lambeaux, sa santé compromise! Où allons-nous?

Le notaire exigeait un châtiment rigoureux, et que Victor, entre autres, ne fréquentât plus le catéchisme, afin de prévenir des collisions nouvelles.

Bouvard et Pécuchet, bien que blessés par son ton rogue, promirent tout ce qu'il voulut, calèrent.

Victor avait-il obéi au sentiment de l'honneur ou de la vengeance? En tout cas, ce n'était point un lâche.

Mais sa brutalité les effrayait; la musique adoucissait les mœurs, Pécuchet imagina de lui apprendre le solfège.

Victor eut beaucoup de peine à lire couramment les notes et à ne pas confondre les termes *adagio*, *presto* et *sforzando*.

Son maître s'évertua à lui expliquer la gamme, l'accord parfait, la diatonique, la chromatique, et les deux espèces d'intervalles, appelés majeur et mineur.

Il le fit se mettre tout droit, la poitrine en avant, les épaules bien effacées, la bouche grande ouverte, et, pour l'instruire par l'exemple, poussa des intonations d'une voix fausse; celle de Victor lui sortait péniblement du larynx, tant il le contractait; quand un soupir commençait la mesure, il partait tout de suite ou trop tard.

Pécuchet néanmoins aborda le chant en partie double. Il prit une baguette pour tenir lieu d'archet, et faisait aller son bras magistralement, comme s'il avait eu un orchestre derrière lui; mais occupé par deux besognes, il se trompait de temps, son erreur en amenait d'autres chez l'élève, et, fronçant les sourcils, tendant les muscles de

leur cou, ils continuaient au hasard, jusqu'au bas
de la page.

Enfin Pécuchet dit à Victor :

— Tu n'es pas près de briller aux orphéons.

Et il abandonna l'enseignement de la musique.

Locke, d'ailleurs, a peut-être raison : « Elle engage dans des compagnies tellement dissolues
qu'il vaut mieux s'occuper à autre chose. »

Sans vouloir en faire un écrivain, il serait commode pour Victor de savoir trousser une lettre.
Une réflexion les arrêta : le style épistolaire ne
peut s'apprendre, car il appartient exclusivement
aux femmes.

Ils songèrent ensuite à fourrer dans sa mémoire
quelques morceaux de littérature, et, embarrassés
du choix, consultèrent l'ouvrage de Mme Campan.
Elle recommande la scène d'Éliacin, les chœurs
d'*Esther,* Jean-Baptiste Rousseau tout entier.

C'est un peu vieux. Quant aux romans, elle les
prohibe, comme peignant le monde sous des couleurs trop favorables.

Cependant elle permet *Clarisse Harlowe* et le
Père de famille par miss Opy. Qui est-ce miss
Opy?

Ils ne découvrirent pas son nom dans la *Biographie Michaud.* Restait les contes de fées.

— Ils vont espérer des palais de diamants, dit
Pécuchet. La littérature développe l'esprit, mais
exalte les passions.

Victorine fut renvoyée du catéchisme à cause
des siennes. On l'avait surprise embrassant le fils
du notaire, et Reine ne plaisantait pas : sa figure
était sérieuse sous son bonnet à gros tuyaux.

Après un scandale pareil, comment garder une jeune fille si corrompue?

Bouvard et Pécuchet qualifièrent le curé de vieille bête. Sa bonne le défendit en grommelant :

— On vous connaît! on vous connaît!

Ils ripostèrent, et elle s'en alla en roulant des yeux terribles.

Victorine effectivement s'était prise de tendresse pour Arnold, tant elle le trouvait joli avec son col brodé, sa veste de velours, ses cheveux sentant bon, et elle lui apportait des bouquets jusqu'au moment où elle fut dénoncée par Zéphyrin.

Quelle niaiserie que cette aventure, les deux enfants étant d'une innocence parfaite!

Fallait-il leur apprendre le mystère de la génération?

— Je n'y verrais pas de mal, dit Bouvard. Le philosophe Basedow l'exposait à ses élèves, ne détaillant toutefois que la grossesse et la naissance.

Pécuchet pensa différemment. Victor commençait à l'inquiéter.

Il le soupçonnait d'avoir une mauvaise habitude. Pourquoi pas? des hommes graves la conservent toute leur vie, et on prétend que le duc d'Angoulême s'y livrait.

Il interrogea son disciple d'une telle façon qu'il lui ouvrit les idées, et peu de temps après n'eut aucun doute.

Alors, il l'appela criminel et voulait, comme traitement, lui faire lire Tissot. Ce chef-d'œuvre, selon Bouvard, était plus pernicieux qu'utile. Mieux vaudrait lui inspirer un sentiment poétique; Aimé Martin rapporte qu'une mère, en pareil cas, prêta la *Nouvelle Héloïse* à son fils, et, pour se rendre digne de l'amour, le jeune homme se précipita dans le chemin de la vertu.

Mais Victor n'était pas capable de rêver une Sophie.

— Si plutôt nous le menions chez les dames?

Pécuchet exprima son horreur des filles publiques.

Bouvard la jugeait idiote et même parla de faire exprès un voyage au Havre.

— Y penses-tu? on nous verrait entrer!

— Eh bien! achète-lui un appareil!

— Mais un bandagiste croirait peut-être que c'est pour moi, dit Pécuchet.

Il lui aurait fallu un plaisir émouvant comme la chasse, elle amènerait la dépense d'un fusil, d'un chien; ils préférèrent le fatiguer, et entreprirent des courses dans la campagne.

Le gamin leur échappait, bien qu'ils se relayassent : ils n'en pouvaient plus, et, le soir, n'avaient pas la force de tenir le journal.

Pendant qu'ils attendaient Victor ils causaient avec les passants, et, par besoin de pédagogie, tâchaient de leur apprendre l'hygiène, déploraient la perte des eaux, le gaspillage des fumiers, tonnaient contre les superstitions, le squelette d'un merle dans une grange, le buis bénit au fond de l'étable, un sac de vers sur les orteils des fiévreux.

Ils en vinrent à inspecter les nourrices et s'indignaient contre le régime de leurs poupons; les unes les abreuvent de gruau, ce qui les fait périr de faiblesse; d'autres les bourrent de viande avant six mois et ils crèvent d'indigestion; plusieurs les nettoient de leur propre salive, toutes les manient brutalement.

Quand ils apercevaient sur une porte un hibou crucifié, ils entraient dans la ferme et disaient :

— Vous avez tort, ces animaux vivent de rats, de campagnols ; on a trouvé dans l'estomac d'une chouette une quantité de larves de chenilles.

Les villageois les connaissaient pour les avoir vus, premièrement comme médecins, puis en quête de vieux meubles, puis à la recherche des cailloux, et ils répondaient :

— Allez donc, farceurs ! n'essayez pas de nous en remontrer.

Leur conviction s'ébranla ; car les moineaux purgent les potagers, mais gobent les cerises. Les hiboux dévorent les insectes, et en même temps les chauves-souris qui sont utiles, et si les taupes mangent les limaces, elles bouleversent la terre. Une chose dont ils étaient certains, c'est qu'il faut détruire tout le gibier comme funeste à l'agriculture.

Un soir qu'ils passaient dans le bois de Faverges, ils arrivèrent devant la maison où Sorel, au bord de la route, gesticulait entre trois individus.

Le premier était un certain Dauphin, savetier, petit, maigre, et la figure sournoise. Le second, le père Aubain, commissionnaire dans les villages, portait une vieille redingote jaune avec un pantalon de coutil bleu. Le troisième, Eugène, domestique chez M. Marescot, se distinguait par sa barbe, taillée comme celle des magistrats.

Sorel leur montrait un nœud coulant, en fil de cuivre, qui s'attachait à un fil de soie retenu par une brique, ce qu'on nomme un collet, et il avait découvert le savetier en train de l'établir.

— Vous êtes témoins, n'est-ce pas?

Eugène baissa le menton d'une manière approbative, et le père Aubain répliqua :

— Du moment que vous le dites.

Ce qui enrageait Sorel, c'était le toupet d'avoir dressé un piège aux abords de son logement, le gredin se figurant qu'on n'aurait pas l'idée d'en soupçonner dans cet endroit.

Dauphin prit le genre pleurard :

— Je marchais dessus, je tâchais même de le casser.

On l'accusait toujours, on lui en voulait, il était bien malheureux!

Sorel, sans lui répondre, avait tiré de sa poche un calepin, une plume et de l'encre pour écrire un procès-verbal.

— Oh! non! dit Pécuchet.

Bouvard ajouta :

— Relâchez-le, c'est un brave homme!

— Lui, un braconnier!

— Eh bien, quand cela serait?

Et ils se mirent à défendre le braconnage : on sait d'abord que les lapins rongent les jeunes pousses, les lièvres abîment les céréales, sauf la bécasse peut-être...

— Laissez-moi donc tranquille.

Et le garde écrivait, les dents serrées.

— Quel entêtement! murmura Bouvard.

— Un mot de plus et je fais venir les gendarmes!

— Vous êtes un grossier personnage! dit Pécuchet.

— Vous des pas grand'chose, reprit Sorel.

Bouvard s'oubliant, le traita de butor, d'esta-
fier! et Eugène répétait :

— La paix! la paix! respectons la loi,
tandis que le père Aubain gémissait, à trois pas
d'eux, sur un mètre de cailloux.

Troublés par ces voix, tous les chiens de la
meute sortirent de leurs cabanes, on voyait à travers le grillage leurs prunelles ardentes, leurs
mufles noirs et courant çà et là, ils aboyaient
effroyablement.

— Ne m'embêtez plus, s'écria leur maître, ou
bien je les lance sur vos culottes!

Les deux amis s'éloignèrent, contents, néanmoins, d'avoir soutenu le progrès, la civilisation.

Dès le lendemain, on leur envoya une citation
à comparaître devant le tribunal de simple police,
pour injures envers le garde, et s'y entendre con-
damner à 100 francs de dommages et intérêts
«sauf le recours du ministère public, vu les con-
traventions par eux commises : coût 6 fr. 75 c.
Tiercelin, huissier. »

Pourquoi un ministère public? La tête leur en
tourna, puis se calmant, ils préparèrent leur défense.

Le jour désigné, Bouvard et Pécuchet se rendirent à la mairie une heure trop tôt. Personne;
des chaises et trois fauteuils entouraient une table
ovale couverte d'un tapis, une niche était creusée
dans le mur pour recevoir un poêle, et le buste
de l'empereur occupant un piédouche, dominait
l'ensemble.

Ils flânèrent jusqu'au grenier, où il y avait une
pompe à incendie, plusieurs drapeaux, et dans

un coin, par terre, d'autres bustes en plâtre : le grand Napoléon sans diadème, Louis XVIII avec des épaulettes sur un frac, Charles X, reconnaissable à sa lèvre tombante, Louis-Philippe, les sourcils arqués et la chevelure en pyramide; l'inclinaison du toit frôlait sa nuque et tous étaient salis par les mouches et la poussière. Ce spectacle démoralisa Bouvard et Pécuchet. Les gouvernements leur faisaient pitié quand ils revinrent dans la grande salle.

Ils y trouvèrent Sorel et le garde champêtre, l'un ayant sa plaque au bras, et l'autre un képi. Une douzaine de personnes causaient, incriminées pour défaut de balayage, chiens errants, manque de lanternes à des carrioles, ou avoir tenu, pendant la messe, un cabaret ouvert.

Enfin Coulon se présenta affublé d'une robe en serge noire et d'une toque ronde avec du velours dans le bas. Son greffier se mit à gauche, le maire en écharpe à droite, et on appela peu de temps après l'affaire Sorel contre Bouvard et Pécuchet.

Louis-Martial-Eugène Lenepveur, valet de chambre à Chavignolles (Calvados), profita de sa position de témoin pour épandre tout ce qu'il savait sur une foule de choses étrangères au débat.

Nicolas-Juste Aubain, manouvrier, craignait de déplaire à Sorel et de nuire à ces messieurs; il avait entendu de gros mots, en doutait cependant; allégua sa surdité.

Le juge de paix le fit rasseoir, puis s'adressant au garde :

— Persistez-vous dans vos déclarations ?

— Certainement.

Coulon ensuite demanda aux deux prévenus ce qu'ils avaient à dire.

Bouvard soutenait n'avoir pas injurié Sorel; mais en prenant le parti du braconnier, avoir défendu l'intérêt de nos campagnes; il rappela les abus féodaux, les chasses ruineuses des grands seigneurs.

— N'importe! la contravention...

— Je vous arrête! s'écria Pécuchet.

Les mots contravention, crime et délit ne valent rien. Vouloir ainsi classer les faits punissables, c'est prendre une base arbitraire.

Autant dire aux citoyens : « Ne vous inquiétez pas de la valeur de vos actions, elle n'est déterminée que par le châtiment du pouvoir »; le Code pénal, du reste, me paraît une œuvre absurde, sans principes.

— Cela se peut! répondit Coulon.

Et il allait prononcer son jugement; mais Foureau, qui était ministère public, se leva. On avait outragé le garde dans l'exercice de ses fonctions. Si on ne respecte pas les propriétés, tout est perdu.

— Bref, plaise à M. le juge de paix d'appliquer le maximum de la peine.

Elle fut de dix francs, sous forme de dommages et intérêts envers Sorel.

— Bravo! s'écria Bouvard.

Coulon n'avait pas fini :

— Les condamne, en outre, à cinq francs d'amende comme coupables de la contravention relevée par le ministère public.

Pécuchet se tourna vers l'auditoire :

— L'amende est une bagatelle pour le riche,

mais un désastre pour le pauvre. Moi, ça ne me fait rien!

Et il avait l'air de narguer le tribunal.

— Vraiment, dit Coulon, je m'étonne que des gens d'esprit...

— La loi vous dispense d'en avoir! répliqua Pécuchet. Le juge de paix siège indéfiniment, tandis que le juge de la cour suprême est réputé capable jusqu'à soixante-quinze ans, et celui de première instance ne l'est plus à soixante-dix.

Mais sur un geste de Foureau, Placquevent s'avança. Ils protestèrent.

— Ah! si vous étiez nommés au concours!

— Ou par le conseil général.

— Ou un comité de prud'hommes, d'après une liste sérieuse!

Placquevent les poussait; et ils sortirent, hués des autres prévenus, croyant se faire bien voir au moyen de cette bassesse.

Pour épancher leur indignation, ils allèrent le soir chez Beljambe; son café était vide, les notables ayant coutume d'en partir vers dix heures. On avait baissé le quinquet, les murs et le comptoir apparaissaient dans un brouillard; une femme survint. C'était Mélie.

Elle ne parut pas troublée, et, en souriant, leur versa deux bocks. Pécuchet, mal à son aise, quitta vite l'établissement.

Bouvard y retourna seul, divertit quelques bourgeois par des sarcasmes contre le maire, et dès lors fréquenta l'estaminet.

Dauphin, six semaines après, fut acquitté faute de preuves. Quelle honte! On suspectait ces

mêmes témoins, que l'on avait crus déposant contre
eux.

Et leur colère n'eut pas de bornes quand l'enregistrement les avertit d'avoir à payer l'amende.
Bouvard attaqua l'enregistrement comme nuisible
à la propriété.

— Vous vous trompez! dit le percepteur.

— Allons donc! elle endure le tiers de la
charge publique!

Je voudrais des procédés d'impôts moins vexa-
toires, un cadastre meilleur, des changements au
régime hypothécaire et qu'on supprimât la Banque
de France, qui a le privilège de l'usure.

Girbal n'était pas de force, dégringola dans
l'opinion et ne reparut plus.

Cependant Bouvard plaisait à l'aubergiste; il
attirait du monde, et en attendant les habitués,
causait familièrement avec la bonne.

Il émit des idées drôles sur l'instruction primaire. On devrait, en sortant de l'école, pouvoir
soigner les malades, comprendre les découvertes
scientifiques, s'intéresser aux arts. Les exigences
de son programme le fâchèrent avec Petit; et il
blessa le capitaine en prétendant que les soldats,
au lieu de perdre leur temps à la manœuvre,
feraient mieux de cultiver des légumes.

Quand vint la question du libre échange, il
emmena Pécuchet; et pendant tout l'hiver, il y
eut dans le café des regards furieux, des attitudes
méprisantes, des injures et des vociférations avec
des coups de poing sur les tables qui faisaient
sauter les canettes.

Langlois et les autres marchands défendaient
le commerce national; Oudot, filateur, et Ma-

thieu, orfèvre, l'industrie nationale; les propriétaires et les fermiers, l'agriculture nationale; chacun réclamant pour soi des privilèges au détriment
du plus grand nombre. Les discours de Bouvard
et Pécuchet alarmaient.

Comme on les accusait de méconnaître la *pratique,* de tendre au nivellement et à l'immoralité,
ils développèrent ces trois conceptions : remplacer
le nom de famille par un numéro matricule;
hiérarchiser les Français, et, pour conserver son
grade, il faudrait de temps à autre, subir un examen; plus de châtiments, plus de récompenses,
mais, dans tous les villages, une chronique indi-
viduelle qui passerait à la postérité.

On dédaigna leur système. Ils en firent un article pour le journal de Bayeux, rédigèrent une
note au préfet, une pétition aux Chambres, un
mémoire à l'empereur.

Le journal n'inséra pas leur article.

Le préfet ne daigna répondre.

Les Chambres furent muettes, et ils attendirent
longtemps un pli des Tuileries.

De quoi donc s'occupait l'empereur, de femmes
sans doute ?

Foureau, de la part du sous-préfet, leur conseilla plus de réserve.

Ils se moquaient du sous-préfet, du préfet, des
conseillers de préfecture, voire du Conseil d'État.
La justice administrative était une monstruosité,
car l'administration, par des faveurs et des menaces, gouverne injustement ses fonctionnaires.
Bref, ils devenaient incommodes, et les notables
enjoignirent à Beljambe de ne plus recevoir ces
deux particuliers.

25

Alors Bouvard et Pécuchet brûlèrent de se signaler par une œuvre qui éblouirait leurs concitoyens, et ils ne trouvèrent pas autre chose que des projets d'embellissement pour Chavignolles.

Les trois quarts des maisons seraient démolies, on ferait au milieu du bourg une place monumentale, un hospice du côté de Falaise, des abattoirs sur la route de Caen et « au pas de la Vaque » une église romane et polychrome.

Pécuchet composa un lavis à l'encre de Chine, n'oubliant pas de teinter les bois en jaune, les bâtiments en rouge, et les prés en vert, car les tableaux d'un Chavignolles idéal le poursuivaient dans ses rêves; il se retournait sur son matelas.

Bouvard, une nuit, en fut réveillé.

— Souffres-tu ?

Pécuchet balbutia :

— Haussmann m'empêche de dormir.

Vers cette époque, il reçut une lettre de Dumouchel pour savoir le prix des bains de mer sur la côte normande.

— Qu'il aille se promener avec ses bains! Est-ce que nous avons le temps d'écrire?

Et quand ils se furent procurés une chaîne d'arpenteur, un graphomètre, un niveau d'eau et une boussole, d'autres études commencèrent.

Ils envahissaient les propriétés; souvent les bourgeois étaient surpris de voir ces deux hommes plantant des jalons.

Bouvard et Pécuchet annonçaient d'un air tranquille leurs projets et ce qui en adviendrait.

Les habitants s'inquiétèrent, car enfin l'autorité se rangerait peut-être à leur avis ?

Quelquefois on les renvoyait brutalement.

Victor escaladait les murs et montait dans les combles pour y appendre un signal, témoignait de la bonne volonté et même une certaine ardeur.

Ils étaient aussi plus contents de Victorine.

Quand elle repassait le linge, elle poussait son fer sur la planche en chantonnant d'une voix douce, s'intéressait au ménage, fit une calotte pour Bouvard, et ses points de piqué lui valurent les compliments de Romiche.

C'était un de ces tailleurs qui vont dans les fermes raccommoder les habits. On l'eut quinze jours à la maison.

Bossu avec des yeux rouges, il rachetait ses défauts corporels par une humeur bouffonne. Pendant que les maîtres étaient dehors, il amusait Marcel et Victorine en leur contant des farces, tirait sa langue jusqu'au menton, imitait le coucou, faisait le ventriloque, et, le soir, s'épargnant les frais d'auberge, allait coucher dans le fournil.

Or, un matin, de très bonne heure, Bouvard ayant froid, vint y prendre des copeaux pour allumer son feu.

Un spectacle le pétrifia.

Derrière les débris du bahut, sur une paillasse, Romiche et Victorine dormaient ensemble.

Il lui avait passé le bras autour de la taille, et son autre main, longue comme celle d'un singe, la tenait par un genou, les paupières entre-closes, le visage encore convulsé dans un spasme de plaisir. Elle souriait, étendue sur le dos. Le bâillement de sa camisole laissait à découvert sa gorge enfantine, marbrée de plaques rouges par les caresses du bossu; ses cheveux blonds traînaient, et la clarté de l'aube jetait sur tous les deux une lumière blafarde.

Bouvard, au premier moment, avait ressenti comme un heurt en pleine poitrine. Puis une pudeur l'empêcha de faire un seul geste; des réflexions douloureuses l'assaillaient.

— Si jeune! perdue! perdue!

Ensuite il alla réveiller Pécuchet, et, d'un mot, lui apprit tout.

— Ah! le misérable!

— Nous n'y pouvons rien! Calme-toi.

Et ils furent longtemps à soupirer l'un devant l'autre : Bouvard, sans redingote et les bras croisés; Pécuchet, au bord de sa couche, pieds nus et en bonnet de coton.

Romiche devait partir ce jour-là, ayant terminé son ouvrage. Ils le payèrent d'une façon hautaine, silencieusement.

Mais la Providence leur en voulait.

Marcel les conduisit peu de temps après dans la chambre de Victor et leur montra au fond de sa commode une pièce de vingt francs. Le gamin l'avait chargé de lui en fournir la monnaie.

D'où provenait-elle? D'un vol, bien sûr! et commis durant leurs tournées d'ingénieurs. Mais, pour la rendre, il eût fallu connaître la personne, et si on la réclamait, ils auraient l'air complices.

Enfin, ayant appelé Victor, ils lui commandèrent d'ouvrir son tiroir; le napoléon n'y était plus. Il feignit de ne pas comprendre.

Tantôt, pourtant, ils l'avaient vue, cette pièce, et Marcel était incapable de mentir. Cette histoire le révolutionnait tellement que, depuis le matin, il gardait dans sa poche une lettre pour Bouvard.

« Monsieur,

« Craignant que M. Pécuchet ne soit malade, j'ai recours à votre obligeance... »

— De qui donc la signature?

« Olympe DUMOUCHEL, née CHARPEAU. »

Elle et son époux demandaient dans quelle localité balnéaire, Courseulles, Langrune ou Lucques, se trouvait la meilleure compagnie, la moins bruyante, et tous les moyens de transport, le prix du blanchissage, etc., etc.

Cette importunité les mit en colère contre Dumouchel; puis la fatigue les plongea dans un découragement plus lourd.

Ils récapitulèrent tout le mal qu'ils s'étaient donné; tant de leçons, de précautions, de tourments!

— Et songer, disaient-ils, que nous voulions autrefois faire d'elle une sous-maîtresse! et de lui, dernièrement, un piqueur de travaux!

— Ah! quelle déception!

— Si elle est vicieuse, ce n'est pas la faute de ses lectures.

— Moi, pour le rendre honnête, je lui avais appris la biographie de Cartouche.

— Peut-être ont-ils manqué d'une famille, des soins d'une mère.

— J'en étais une! objecta Bouvard.

— Hélas! reprit Pécuchet. Mais il y a des natures dénuées de sens moral, et l'éducation n'y peut rien.

— Ah! oui, c'est beau, l'éducation!

Comme les orphelins ne savaient aucun métier, on leur chercherait deux places de domestiques; et puis, à la grâce de Dieu! ils ne s'en mêleraient plus.

Et désormais, « Mon oncle et Bon ami » les firent manger à la cuisine.

Mais bientôt ils s'ennuyèrent, leur esprit ayant besoin d'un travail, leur existence d'un but.

D'ailleurs, que prouve un insuccès? Ce qui avait échoué sur des enfants pouvait être moins difficile avec des hommes. Et ils s'imaginèrent d'établir un cours d'adultes.

Il aurait fallu une conférence pour exposer leurs idées. La grande salle de l'auberge conviendrait à cela parfaitement.

Beljambe, comme adjoint, eut peur de se compromettre, refusa d'abord, puis, songeant qu'il pouvait y gagner, changea d'opinion et le fit dire par sa servante.

Bouvard, dans l'excès de sa joie, la baisa sur les deux joues.

Le maire était absent; l'autre adjoint, M. Marescot, pris tout entier par son étude, s'occuperait peu de la conférence; ainsi elle aurait lieu, et le tambour l'annonça pour le dimanche suivant, à trois heures.

La veille, seulement, ils pensèrent à leur costume.

Pécuchet, grâce au ciel, avait conservé un vieil habit de cérémonie à collet de velours, deux cravates blanches et des gants noirs. Bouvard mit sa redingote bleue, un gilet de nankin, des souliers de castor; et ils étaient fort émus quand ils traversèrent le village et arrivèrent à l'Hôtel de la Croix d'or...

Ici s'arrête le manuscrit de Gustave Flaubert.

Nous publions un extrait du plan, trouvé dans ses papiers, et qui indique la conclusion de l'ouvrage.

CONFÉRENCE.

L'auberge de la Croix d'or, — deux galeries de bois latérales au premier avec balcon saillant, — corps de logis au fond, — café au rez-de-chaussée, salle à manger, billard, les portes et les fenêtres sont ouvertes.

Foule : notables, gens du peuple.

Bouvard : «Il s'agit d'abord de démontrer l'utilité de notre projet, nos études nous donnent le droit de parler.»

Discours de Pécuchet, pédantesque.

Sottises du gouvernement et de l'administration, — trop d'impôts, deux économies à faire : suppression du budget des cultes et de celui de l'armée.

On l'accuse d'impiété.

«Au contraire; mais il faut une rénovation religieuse.»

Foureau survient et veut dissoudre l'assemblée.

Bouvard fait rire aux dépens du maire en rappelant ses primes imbéciles pour les hiboux. — Objection.

«S'il faut détruire les animaux nuisibles aux plantes, il faudrait aussi détruire le bétail, qui mange de l'herbe.»

Foureau se retire.

Discours de Bouvard, familier.

Préjugés : célibat des prêtres, futilité de l'adultère, — émancipation de la femme :
«Ses boucles d'oreille sont le signe de son ancienne servitude.»
Haras d'hommes.

On reproche à Bouvard et à Pécuchet l'inconduite de leurs élèves. — Aussi pourquoi avoir adopté les enfants d'un forçat?
Théorie de la réhabilitation. Ils dîneraient avec Touache.
Foureau, revenu, lit, pour se venger de Bouvard, une pétition de lui au conseil municipal, où il demande l'établissement d'un bordel à Chavignolles. — (Raisons de Robin.)
La séance est levée dans le plus grand tumulte.

En s'en retournant chez eux, Bouvard et Pécuchet aperçoivent le domestique de Foureau, galopant sur la route de Falaise à franc étrier.
Ils se couchent très fatigués, sans se douter de toutes les trames qui fermentent contre eux, — expliquer les motifs qu'ont de leur en vouloir le curé, le médecin, le maire, Marescot, le peuple, tout le monde.

Le lendemain, au déjeuner, ils reparlent de la conférence.
Pécuchet voit l'avenir de l'Humanité en noir :
L'homme moderne est amoindri et devenu une machine.
Anarchie finale du genre humain (Buchner, I. II.)
Impossibilité de la Paix (*id.*).
Barbarie par l'excès de l'individualisme et le délire de la science.
Trois hypothèses : 1° le radicalisme panthéiste rompra tout lien avec le passé, et un despotisme inhumain s'ensuivra; 2° si l'absolutisme théiste triomphe, le libéralisme dont l'humanité s'est pénétrée depuis la Réforme succombe, tout est renversé; 3° si les convulsions qui existent depuis 89 continuent, sans fin entre deux issues, ces oscillations nous emporteront par leurs propres forces. Il n'y aura plus d'idéal, de religion, de moralité.
L'Amérique aura conquis la terre.
Avenir de la littérature.
Pignouflisme universel. Tout ne sera plus qu'une vaste ribote d'ouvriers.
Fin du monde par la cessation du calorique.

Bouvard voit l'avenir de l'Humanité en beau. L'Homme moderne est en progrès.

L'Europe sera régénérée par l'Asie. La loi historique étant que la civilisation aille d'Orient en Occident, — rôle de la Chine, — les deux humanités enfin seront fondues.

Inventions futures : manières de voyager. Ballon. — Bateaux sous-marins avec vitres, par un calme constant, l'agitation de la mer n'étant qu'à la surface. — On verra passer les poissons et les paysages au fond de l'Océan. — Animaux domptés. — Toutes les cultures.

Avenir de la littérature (contre-partie de littérature industrielle). Sciences futures. — Régler la force magnétique.

Paris deviendra un jardin d'hiver; — espaliers à fruits sur le boulevard. La Seine filtrée et chaude, — abondance de pierres précieuses factices, — prodigalité de la dorure, — éclairage des maisons — on emmaganisera la lumière, car il y a des corps qui ont cette propriété, comme le sucre, la chair de certains mollusques et le phosphore de Bologne. On sera tenu de faire badigeonner les façades des maisons avec la substance phosphorescente, et leur radiation éclairera les rues.

Disparition du mal par la disparition du besoin. La philosophie sera une religion.

Communion de tous les peuples. Fêtes publiques.

On ira dans les astres, — et quand la terre sera usée, l'Humanité déménagera vers les étoiles.

A peine a-t-il fini que les gendarmes apparaissent. — Entrée des gendarmes.

A leur vue, effroi des enfants, par l'effet de leurs vagues souvenirs.

Désolation de Marcel.

Émoi de Bouvard et Pécuchet. — Veut-on arrêter Victor?

Les gendarmes exhibent un mandat d'amener.

C'est la conférence qui est en cause. On les accuse d'avoir attenté à la religion, à l'ordre, excité à la révolte, etc.

Arrivée soudaine de M. et Mme Dumouchel, avec leurs bagages; ils viennent prendre les bains de mer. Dumouchel n'est pas changé, Madame porte des lunettes et compose des fables. — Leur ahurissement.

Le maire, sachant que les gendarmes sont chez Bouvard et Pécuchet, arrive, encouragé par leur présence.

Gorju, voyant que l'autorité et l'opinion publique sont contre eux, a voulu en profiter et escorte Foureau. Supposant Bouvard le plus riche des deux, il l'accuse d'avoir autrefois débauché Mélie.

«Moi, jamais!»

Et Pécuchet tremble.

«Et même de lui avoir donné du mal.»

Bouvard se récrie.

«Au moins qu'il lui fasse une pension pour l'enfant qui va naître, car elle est enceinte.»

Cette seconde accusation est basée sur la privauté de Bouvard au café.

Le public envahit peu à peu la maison.

Barberou, appelé dans le pays par une affaire de son commerce, tout à l'heure a appris à l'auberge ce qui se passe et survient.

Il croit Bouvard coupable, le prend à l'écart, et l'engage à céder, à faire une pension.

Arrivent le médecin, le comte, Reine, Mme Bordin, Mme Marescot sous son ombrelle, et d'autres notables. Les gamins du village, en dehors de la grille, crient, jettent des pierres dans le jardin. (Il est maintenant bien tenu et la population en est jalouse.)

Foureau veut traîner Bouvard et Pécuchet en prison.

Barberou s'interpose, et, comme lui, s'interposent Marescot, le médecin et le comte avec une pitié insultante.

Expliquer le mandat d'amener. Le sous-préfet, au reçu de la lettre de Foureau, leur a expédié un mandat d'amener pour leur faire peur, avec une lettre à Marescot et à Faverges, disant de les laisser tranquilles s'ils témoignaient du repentir.

Vaucorbeil cherche également à les défendre.

«C'est plutôt dans une maison de fous qu'il faudrait les mener; ce sont des maniaques. — J'en écrirai au préfet.»

Tout s'apaise.

Bouvard fera une pension à Mélie.

On ne peut leur laisser la direction des enfants. — Ils se rebiffent; mais comme ils n'ont pas adopté légalement les orphelins, le maire les reprend.

Ils montrent une insensibilité révoltante. — Bouvard et Pécuchet en pleurent.

M. et Mme Dumouchel s'en vont.

Ainsi tout leur a craqué dans la main.

Ils n'ont plus aucun intérêt dans la vie.

Bonne idée nourrie en secret par chacun d'eux. Ils se la dissimulent. — De temps à autre, ils sourient quand elle leur vient, — puis, enfin, se la communiquent simultanément :

Copier comme autrefois.

Confection du bureau à double pupitre. — (Ils s'adressent pour cela à un menuisier. Gorju, qui a entendu parler de leur invention, leur propose de le faire. — Rappeler le bahut.)
Achat de livres et d'ustensiles, sandaraque, grattoirs, etc.

Ils s'y mettent.

FIN.

NOTES

ORIGINE

DE

BOUVARD ET PÉCUCHET.

« T'aperçois-tu que je deviens moraliste? est-ce un signe de vieillesse? Mais je tourne certainement à la haute comédie, j'ai quelquefois des prurits atroces d'engueuler les humains, et je le ferai à quelque jour, dans dix ans d'ici, dans quelque long roman à cadre large; en attendant, une vieille idée m'est revenue, à savoir celle de mon *Dictionnaire des idées reçues* (sais-tu ce que c'est?); la préface surtout m'excite fort, et de la manière dont je la conçois (ce serait tout un livre), aucune loi ne pourrait me mordre quoique j'y attaquerais tout. Ce serait la glorification historique de tout ce qu'on approuve : j'y démontrerais que les majorités ont toujours eu raison, les minorités toujours tort; j'immolerais les grands hommes à tous les imbéciles, les martyrs à tous les bourreaux, et cela dans un style poussé à outrance, à fusées. Ainsi, pour la littérature, j'établirais, ce qui serait facile, à savoir que le médiocre étant à la portée de tous est le seul légitime, et qu'il faut donc honnir toute espèce d'originalité comme dangereuse, sotte, etc. Cette apologie de la canaillerie humaine sur toutes ses faces, ironique et hurlante d'un bout à l'autre, pleine de citations, de preuves (qui prouveraient le contraire) et de textes effrayants (ce serait facile), est dans le but d'en finir une fois pour toutes avec les excentricités, quelles qu'elles soient. Je rentrerais, par là, dans l'idée démocratique moderne d'égalité, dans le mot de Fourier : que les grands hommes deviendront inutiles, et c'est dans ce but, dirais-je, que ce livre est fait. On y trouverait donc par ordre alphabétique, sur tous les sujets possibles, *tout ce qu'il faut dire en société pour être un homme convenable et aimable.* Ainsi on trouverait :

ARTISTE. Sont tous désintéressés.

LANGOUSTE. Femelle du homard.

FRANCE. Veut un bras de fer pour être régie.

ÉRECTION. Ne se dit qu'en parlant des monuments, etc. (Voir *Dictionnaire des idées reçues*, page 420.)

«Je crois que l'ensemble serait formidable comme *plomb*. Il faudrait que, dans tout le cours du livre, il n'y eût pas un mot de mon cru, et qu'une fois qu'on l'aurait lu on n'osât plus parler de peur de dire naturellement une phrase qui s'y trouve.

«Quelques articles, du reste, pourraient prêter à des développements splendides, comme ceux de *homme, femme, ami, politique, mœurs, magistrat*; on pourrait, d'ailleurs, en quelques lignes, faire des types et montrer non seulement ce qu'il faut *dire*, mais ce qu'il faut *paraître*.» (Lettre à Louise Colet, décembre 1852, voir *Correspondance*, II, p. 185.)

Le long roman à cadre large, c'est *Bouvard et Pécuchet;* l'idée en apparaît ici pour la première fois, voisinant avec le projet du *Dictionnaire des idées reçues*, qui, lui, est antérieur à 1850. Ces deux œuvres, dans la pensée primitive de Flaubert, devaient faire l'objet de deux publications distinctes; mais elles ont quelque chose de commun : l'esprit satirique, et peu à peu, pensant à l'un en préparant ses documents pour l'autre, l'auteur en vit l'esprit d'unité et, dans le plan du second volume, réunit le *Dictionnaire des idées reçues* à *Bouvard*. Il y est logiquement incorporé et fait d'ailleurs partie du dossier formidable de la bêtise humaine dont nous publions plus loin la nomenclature. Bouvard et Pécuchet, découragés par leurs déboires scientifiques, renoncent à toute action personnelle, copient scrupuleusement toutes les âneries qui, à leurs yeux, tiennent lieu de préceptes philosophiques. «Quand Bouvard et Pécuchet, dégoûtés de tout, se remettaient à copier, ils ouvraient naturellement les livres qu'ils avaient lus et, reprenant l'ordre naturel de leurs études, transcrivaient minutieusement des passages choisis par eux dans les ouvrages où ils avaient puisé. Alors commençait une effrayante série d'inepties, d'ignorances, de contradictions flagrantes et monstrueuses, d'erreurs énormes, d'affirmations honteuses, d'inconcevables défaillances des plus hauts esprits, des plus vastes intelligences. Quiconque a écrit sur un sujet quelconque a dit parfois une sottise. Cette sottise, Flaubert l'avait infailliblement trouvée et recueillie; et, la rapprochant d'une autre, puis d'une autre, il en avait formé un faisceau formidable qui déconcerte toute croyance et toute affirmation.» (Guy de Maupassant, *Bouvard et Pécuchet*, Quantin, éditeur.) Malheureusement ce second volume ne fut pas développé, la mort surprit Flaubert à sa table de travail, penché sur ses documents.

C'est de 1872 à 1874, après avoir achevé la *Tentation de saint Antoine*, au milieu des chagrins et des soucis de la vie, après l'échec du *Candidat* et tout en s'occupant de faire jouer le *Sexe faible*, que Flaubert rassembla les premiers éléments de la documentation de *Bouvard et Pécuchet*. « Je vais commencer un livre qui va m'occuper pendant plusieurs années. Quand il sera fini, si les temps sont plus prospères, je le ferai paraître en même temps que *Saint Antoine*. C'est l'histoire de ces deux bonshommes qui copient une espèce d'encyclopédie critique en farce. Vous devez en avoir une idée! Pour cela il va me falloir étudier beaucoup de choses que j'ignore : la chimie, la médecine, l'agriculture. Je suis maintenant dans la médecine, mais il faut être fou et triplement frénétique pour entreprendre un pareil bouquin. » (Lettre à Mme Roger des Genettes, *Correspondance*, IV, p. 121.) Aimant, depuis l'enfance, à flétrir l'esprit bourgeois, à critiquer chez ses contemporains les idées sans art, les pensées stupides et niaises, Flaubert avait trouvé, dans *Bouvard et Pécuchet*, le sujet convenant le mieux à sa nature. Aveuglé par un désir inaltérable de raillerie, poussé par la haine de la bêtise humaine, le plan de son roman s'élargit démesurément, et c'est par monceaux que nous trouvons : feuillets, journaux, notes, prospectus, circulaires, formules administratives, annonces commerciales, enseignes, phrases informes, notes sur la chimie, la médecine, le jardinage, fragments de discours politiques, bourrés de lieux communs, de termes impropres, formant la prodigieuse documentation de *Bouvard et Pécuchet*. L'idée du livre est connue des amis qui lui restent encore : MM. Laporte, Baudry, Guy de Maupassant et l'éditeur Charpentier; chacun lui envoie des trouvailles de niaiseries ou des renseignements demandés sur la chimie, la botanique et l'agriculture, etc. M. Laporte en particulier fut non seulement l'ami le plus fidèle de ses dernières années, mais le collaborateur assidu de l'œuvre en préparation; c'est lui qui réunit en grande partie la documentation de *Bouvard et Pécuchet*.

L'ÉCRITURE

DE

BOUVARD ET PÉCUCHET.

« Je lis maintenant des livres d'hygiène. Oh! que c'est comique! Quel aplomb que celui des médecins! quel toupet! quels ânes, pour la plupart! Je viens de finir la *Gaule poétique* du sieur Marchangy. Ce bouquin m'a donné des accès de rire. » (Lettre à George Sand, *Correspondance*, IV, p. 195.)

«Dans une quinzaine, je m'en retourne vers ma cabane, où je vais me mettre à écrire mes *deux copistes*. La semaine prochaine, j'irai à Clamart *ouvrir des cadavres*. Oui! Madame, voilà jusqu'où m'entraîne l'amour de la littérature.» (Lettre à Mme Roger des Genettes, *Correspondance*, IV, p. 206.)

Dans le courant de l'été 1874, Flaubert écrit à George Sand qu'au cours d'un petit voyage en basse Normandie, il a découvert «sur un plateau stupide» un endroit propice à loger ses deux bonshommes, «entre la vallée de l'Orne et la vallée d'Auge. J'aurai besoin d'y retourner plusieurs fois. Dès le mois de septembre, je vais donc commencer cette rude besogne. Elle me fait peur, et j'en suis d'avance écrasé». Au mois de juillet, Flaubert, pris de syncopes d'étouffements, est envoyé au Righi, où il ne reste que trois semaines, et dès sa rentrée il écrit à Edmond de Goncourt : «A mon retour ici, j'ai enfin commencé mon roman, lequel va me demander trois ou quatre ans. J'ai cru d'abord que je ne pouvais plus écrire une ligne. Le début a été dur. Mais enfin, j'y suis, ça marche, ou du moins ça va mieux.» Le 2 décembre, il écrit à George Sand : «Dans un mois j'espère en avoir fini avec l'agriculture et le jardinage, et je ne serai qu'aux deux tiers de mon premier chapitre.» Mais ici commence pour Flaubert, en raison de son caractère loyal et orgueilleux, les angoisses morales les plus pénibles qui précipiteront sa fin. Pour sauver son neveu de la ruine, il lui a prêté sa fortune, et le labeur écrasant de *Bouvard*, mêlé aux inquiétudes financières, semble avoir raison du bon géant. «Il se passe dans mon individu des choses anormales. Mon affaissement psychique doit tenir à quelque chose de caché. Je me sens vieux, usé, écœuré de tout;» écrit-il, en mai 1875, à George Sand. L'écriture de *Bouvard* avance péniblement. «*Je veux avancer dans ma besogne, laquelle me pèse comme un poids de 500 kilogrammes.*» (Lettre à George Sand.) Le premier chapitre n'est pas achevé, et pourtant l'écriture de *Bouvard et Pécuchet* sera interrompue : les soucis financiers se précisent, et la fortune de Flaubert est engloutie dans la liquidation de son neveu. «Mon existence est maintenant bouleversée; j'aurai toujours de quoi vivre, mais dans d'autres conditions. Quant à la littérature, je suis incapable d'aucun travail. Depuis bientôt quatre mois (que nous sommes dans des angoisses infernales), j'ai écrit en tout quatorze pages, et mauvaises! Ma pauvre cervelle ne résistera pas à un pareil coup. Voilà ce qui me paraît le plus clair. Comme j'ai besoin de sortir du milieu où j'agonise, dès le commencement de septembre, je m'en irai à Concarneau, près de Georges Pouchet, qui travaille là-bas les poissons. J'y resterai le plus longtemps possible... La vie n'est pas drôle, et je commence une lugubre vieillesse.» (Lettre à Émile Zola, 13 août 1875, *Correspondance*, IV, p. 239.) En effet, vers le 18 septembre 1875, Flaubert partit pour Concarneau. Un repos de quinze jours sur les rivages bretons sembla lui suffire; là-bas il reprit la plume, non pour continuer *Bouvard*, mais pour écrire les *Trois Contes.* (Voir *Trois Contes, notes,* p. 217.)

C'est au mois de mai 1877, seulement, que Flaubert reprit, plein de courage, contact avec *Bouvard et Pécuchet*, et, à cette époque seulement, qu'il en acheva le premier chapitre. «*Bouvard et Pécuchet* m'emplissent à un tel point que je suis devenu eux! Leur bêtise est mienne et j'en rêve... J'ai enfin terminé le premier chapitre et préparé le second, qui comprendra la chimie, la médecine et la géologie, tout cela devant tenir en 30 pages,» écrit-il à Mme Roger des Genettes, en mai 1877; puis il envoie à Maupassant ce simple mot: «Jeune lubrique, voulez-vous, afin d'entendre le premier chapitre de *Bouvard et Pécuchet*, venir dîner vendredi à 6 h. 1/2 chez votre G. F.?» (Inédit.) Au mois de septembre, Flaubert entreprend une série d'excursions, dont deux en compagnie de M. Laporte, au pays de ses deux bonshommes. «Ah! mon pauvre vieux, quel plaisir je me promets de ce petit voyage! Je vous préviens que je le ferai durer le plus longtemps possible. Rien ne presse d'ailleurs... Avez-vous fini le travail des notes sur l'agriculture et la médecine? Dans ce cas-là, apportez les paperasses.» (Lettre inédite de Flaubert à Laporte, 12 septembre 1877.) Rentré à Croisset, dispos, il compte avoir terminé le chapitre de l'archéologie et de l'histoire avant la fin de l'année, mais l'effet de son livre le préoccupe. «J'ai peur que ce soit embêtant à crever. Il me faut une rude patience, je vous en réponds, car je ne peux en être quitte avant trois ans,» écrit-il à Zola, le 5 octobre. (Voir *Correspondance,* IV, p. 309). Cette préoccupation devient grandissante, il en fait part plusieurs fois à Guy de Maupassant: «Bonhomme, qu'en penses-tu?» et le 10 juillet 1878, il l'exprime, sous le coup d'une fatigue cérébrale, encore plus clairement à Mme Roger des Genettes (voir *Correspondance,* IV, p. 331): «En de certains jours, je me sens broyé par la pesanteur de cette masse, et je continue cependant, une fatigue chassant l'autre. C'est de la conception même du livre que je doute. Il n'est plus temps d'y réfléchir, tant pis! N'importe! je me demande souvent pourquoi passer tant d'années là-dessus, et si je n'aurais pas mieux fait d'écrire autre chose? Mais je me réponds que je n'étais pas libre de choisir, ce qui est vrai.» Enfin, au milieu de toutes ces crises, le livre peu à peu s'achemine; c'est encore à M. Laporte qu'en janvier 1879 il demande un document relatif au spiritisme: «Pensant que vous serez à la bibliothèque, trouvez-moi dans l'*Illustration,* 1853, une image représentant l'Europe s'occupant à faire tourner les tables. Comme on ne vous laissera pas emporter ce volume, vous me ferez la description dudit dessin.»

26

(Inédit.) Les deux bonshommes se lancent maintenant dans les théories philosophiques et religieuses : « Me voilà à la partie la plus rude! (et qui peut être la plus haute) de mon infernal bouquin, c'est-à-dire à la métaphysique! Faire rire avec la théorie des idées innées! Enfin, j'espère au commencement de septembre (1879) n'avoir plus que deux chapitres. Mais je suis encore loin de la terminaison totale.» (Lettre à Mme Roger des Genettes, *Correspondance*, IV, p. 374.) Et comme poursuivi par un pressentiment, le 25 octobre 1879, il écrit à Maupassant : « Ma *religion* m'exténue!... J'ai peur d'être terminé moi-même avant la terminaison de mon roman.» Au mois de février suivant il adresse à l'éditeur Charpentier cette dernière requête : «... Si vous pouviez me découvrir quelque part et n'importe à quel prix *De l'Éducation*, par Spurzheim, vous seriez un vrai sauveur. Sans compter sa collaboration avec Gall dans le grand ouvrage intitulé *De l'anatomie du cerveau*, Spurzheim a fait un livre spécial intitulé *De l'Éducation*. C'est ça qu'il me faudrait. Que ne me faudrait-il pas? J'attends même un couple de paons pour étudier le coït de ces beaux volatiles.» (Inédit.) Au mois de mars il commence le dernier chapitre du premier volume; il mourut, sans l'avoir achevé, le 8 mai 1880.

Le second volume devait comprendre le dossier de la bêtise humaine dont fait partie le *Dictionnaire des idées reçues* que nous publions plus loin; aussi Flaubert comptait l'établir en six mois, n'ayant probablement que des commentaires à ajouter : «... J'irai à Paris pour le second volume, qui ne me demandera pas plus de six mois; il est fait aux trois quarts et ne sera presque composé que de citations. Après quoi, je reposerai ma pauvre cervelle qui n'en peut plus...»

DOCUMENTATION.

« Savez-vous à combien se montent les volumes qu'il m'a fallu absorber pour mes deux bonshommes? à plus de 1,500! Mon dossier de notes a huit pouces de hauteur, et tout cela ou rien c'est la même chose. Mais cette surabondance de documents m'a permis de n'être pas pédant; de cela, j'en suis sûr.» (Lettre à Mme Roger des Genettes, *Correspondance*, IV, p. 410.)

De ces 1,500 volumes Flaubert a plus ou moins extrait des notes; son ami Laporte, travaillant pour lui dans les bibliothèques, lui en a beaucoup recueilli. «Il m'est venu à l'esprit des travaux pour vous, puisque vous m'en demandez. Mais les livres vous manqueraient. Il vous faudrait pour moi toute une bibliothèque *imbécille* (*sic*). Le carton des curiosités se classe-t-il, et les *Idées reçues? Quid?»* Nous avons feuilleté, dans l'ordre où il nous a été remis, cet amoncellement de documents. En voici la nomenclature abrégée.

Dans une enveloppe portant l'inscription : DOCUMENTS, sont renfermés :

Une lettre de Taine, lui conseillant le *Dictionnaire politique* de Maurice Block : «Impossible de trouver un plus beau charivari d'abstractions et de grands mots... Mais un danger, c'est le trop; vous aurez l'air de faire une encyclopédie de toutes les sottises possibles... Au contraire, les sottises politiques et littéraires peuvent être senties par tout le monde»;

Une lettre sur le fouriérisme;

Des coupures de faits divers de journaux;

Une lettre de Jules Troubat le renseignant sur Mme Cottin;

Une lettre le renvoyant à Condorcet : Esquisse d'un tableau historique des progrès de l'esprit humain;

Un extrait de traité de médecine pratique;

Plusieurs lettres de Maupassant, lui donnant la situation géographique d'Etretat et de la falaise de Bénouville, en vue d'une excursion où Bouvard rencontrerait Pécuchet;

Une lettre de Raoul Duval;

Des lettres adressées à Flaubert, par diverses personnes, le renseignant sur le jargon, le droit en justice de paix, l'enregistrement, etc.

Une autre enveloppe, avec le mot : RECHERCHES, contient des fiches sur l'éducation.

Une autre enveloppe, avec le mot : LITTÉRATURE, contient des fiches avec des extraits de Dumas père, Soulié, et des coupures de journaux sur des faits politiques de faible importance.

Un dossier, avec mention : CURIOSITÉS POLITIQUES, contenant des coupures de journaux, des articles de Proudhon, Eugène Sue, opinions de Carnot sur la République, la profession de foi de Victor Hugo en 1848, le discours que Ledru-Rollin prononça sur l'arbre de la liberté au Champ de Mars, en mars 1848, etc.

Un dossier, avec mention : POÉSIES ET CHANSONS; elles sont de l'époque et d'un ton badin.

Un dossier composé de coupures de journaux, d'extraits de gazettes de tribunaux, où l'on ne trouve que des sujets curieux de mœurs bizarres.

Un dossier contenant des extraits de journaux, sujets : injures, amour, palinodies.

Un dossier sur les événements dus à l'influence de l'esprit catholique.

Un dossier formé de coupures de journaux contenant des exemples de charabia officiel.

Quelques feuillets de pensées philosophiques.

Une liasse de petites fiches (300 au moins), représentant la première copie du *Dictionnaire des idées reçues*. Nous citons quelques-unes de ces fiches, car elles ne sont pas toutes répétées dans le manuscrit qui comprend 40 feuillets, et les définitions offrent des variantes :

CHATEAUBRIAND. Connu surtout par le beefsteack qui porte son nom.

DOCUMENT. Les documents sont toujours de la plus haute importance.

ÉTALON. Toujours vigoureux. — Une femme doit ignorer la différence qu'il y a entre un étalon et un cheval.

CONCILIATION. La prêcher toujours, même quand les contraires sont absolus.

COLÈRE. Fouette le sang; hygiénique de s'y mettre de temps en temps.

CONJURÉ. Les conjurés ont toujours la manie de s'inscrire sur une liste.

ART. Ça mène à l'hôpital. A quoi ça sert, puisqu'on le remplace par la mécanique qui fait «mieux et plus vite»?

CHIRURGIEN. Les chirurgiens ont le cœur dur. Les appeler boucher.

RICHARD WAGNER. Ricaner quand on entend son nom et faire des plaisanteries sur la musique de l'avenir.

FUSILLADE. Seule manière de faire taire les Parisiens.

ADOLESCENT. Ne jamais commencer un discours de distribution de prix autrement que par : «Jeunes adolescents», ce qui est un pléonasme.

Etc.

Un dossier porte, de la main de Flaubert, l'inscription : SCIENCES — MÉDECINE — HYGIÈNE.

Il comprend 130 feuillets, écrits au recto et au verso.

Ce sont des notes sur : fièvre typhoïde (causes, symptômes) — cours de pathologie interne — méningite — paralysie — anémie — hémorragie — traité de médecine pratique — traité de l'altération du sang — manuel d'hygiène.

Le dossier s'ouvre par une liste des auteurs consultés :
Trousseau, Jaccoud, Daremberg, Rédard, Raspail, Lucas, etc.

Un dossier : ARTS (41 feuillets), contient des notes sur le
fouriérisme — L'esthétique anglaise — Traité des arts céramiques
— Traité sur l'art chez les Romains — Extrait des petits mystères de l'Hôtel des ventes, d'après Rochefort.

Un dossier : RELIGION (80 feuillets). Auteurs consultés :
Pascal, abbé Gaume, Fénelon, Lasserre, Voltaire, Renan, etc.

Deux dossiers : SOCIALISME (104 feuillets). Auteurs consultés : Proudhon, Vaïsse, Bastiat, Black, Saint-Simon, Lamennais,
Fourier, Louis Blanc, Bayle, etc.

Un dossier : AGRICULTURE, JARDINAGE, ÉCONOMIE DOMES-
TIQUE (68 feuillets). Auteurs consultés : Duplan, Appert,
Chevallier, Gressent, Gasparin, Casanova, Laudrin, Désor-
meaux, etc.
Puis quelques lettres renseignant sur la taille des arbres, l'arboriculture forestière, l'agriculture, le potager moderne, la façon
de tailler, de greffer; la pousse, les époques, etc.

Un dossier, portant la mention : BIBLIOGRAPHIE (71 feuillets), comprend des notes diverses sur la religion, les arts, la
littérature.

Un dossier : ÉDUCATION, MORALE (41 feuillets) contient :
Essai sur l'éducation des femmes, essai sur l'éducation des enfants, traité de pédagogie, etc.

Un dossier : RELIGION (44 feuillets), puis, dedans, un résumé
de notes sur la religion (11 feuillets).

Un dossier : PHILOSOPHIE (77 feuillets). Auteurs consultés :
Spinoza, Renouvier, Kant, Cousin, Auguste Comte, Taine,
Schopenhauer, etc.

Un dossier : MYSTICISME, MAGNÉTISME (46 feuillets). Auteurs consultés : Figuier, Bertrand, Matter, Tissandier, Gougenot
des Mousseaux, Mermillod, etc.

Un dossier : POLITIQUE (48 feuillets). Auteurs consultés : Bossuet, Locke, Stuart Mill, Dupont White, Staël, Passy, Bien-
court, Matter, Henri Martin, etc.

Un dossier : PEINTURE (22 feuillets) contient des biographies
de peintres de toutes les écoles.

Un dossier : Œuvres posthumes du Dr Charles Lefèvre, pu-
bliées par Lefèvre-Daumier (18 feuillets).

Un dossier, portant l'inscription : MATÉRIAUX (139 feuillets)
contient des citations de nos grands auteurs, des poésies, des
scènes, etc.

Dans un carton spécial, une série de dossiers contenant les curiosités et qui dans leur ensemble forment un véritable dossier de la bêtise humaine [1] :

1° DICTIONNAIRE DES IDÉES REÇUES (40 feuillets);

2° UN ALBUM (24 feuillets) contenant des citations d'auteurs connus;

3° Un dossier : BEAUTÉS (53 feuillets). — Beautés des gens de lettres, beautés de la religion, beautés du peuple, haine des romans, beautés des souverains, bizarreries, nomenclatures (19 feuillets), République de 1848 (56 feuillets);

4° Un dossier : HISTOIRES ET IDÉES SCIENTIFIQUES (52 feuillets) : Beautés du parti de l'ordre, Bévues historiques et géographiques, Histoire, Idées scientifiques;

5° Un dossier : GRANDS HOMMES (30 feuillets);

6° Un dossier : ESTHÉTIQUE ET CRITIQUE, STYLE (33 feuillets). Esthétique, Critique, Grands écrivains, Ecclésiastiques, Révolutionnaires, Romantiques, Littérature officielle, Souverains;

7° Un dossier : MORALE, SOCIALISME ET POLITIQUE;

8° Un dossier : JOURNAUX;

9° Un dossier : ROCOCO;

10° Un dossier : AMOUR, PHILOSOPHIE, EXALTATION DES BAS IMBÉCILES, ESPRIT DES JOURNAUX. — Journalistes, Religions, Mysticisme, Prophéties, Amour, Philosophie, Imbécilles (sic), Esprit des journaux;

11° Cinq dossiers portant les inscriptions suivantes : MORALE — PÉRIPHRASES — CLASSIQUES CORRIGÉS — RÉSUMÉ ET SOMMAIRE — ANNEXE DU PLAN. Ces deux derniers dossiers contiennent les éléments de l'ensemble de l'œuvre.

Puis une enveloppe porte, de la main de Mme Caroline Franklin-Grout, cette inscription touchante : «papiers trouvés çà et là sur la table de travail».

Voici le contenu placé dans cette enveloppe au moment de la mort de Flaubert :

Notes diverses : Massillon, *Petit Carême, Sermons du lundi.* —

---

[1] Notre nomenclature n'est pas à la lettre celle que Maupassant a donnée dans *Bouvard et Pécuchet,* édition Quantin. Il se peut, ces documents ayant été transportés de Croisset à Antibes, que dans le cours du déménagement des mélanges se soient faits dans cette énorme paperasserie. Nous ne pouvons ici nous étendre davantage et donner de plus nombreuses citations.

Bossuet, *Histoire universelle,* 1ʳᵉ partie. — De Potter, *Histoire du christianisme.* — Boulanger, *Antiquité dévoilée ;*

Note : «Il s'agit de désavouer l'enfant prodigue. » ;

Des coupures de journaux, deux articles sur *Madame Bovary ;*

Des notes diverses sur la beauté, le mariage ;

Puis une lettre, du 8 janvier 1879, de «Jumièges et alentours (service des épidémies)», adressée au Préfet. C'est le Rapport d'un médecin sur la situation hygiénique des villages qu'il visite habituellement : «Fièvre typhoïde. — Son habitation, bien orientée, est dans de bonnes conditions hygiéniques, et son moral excellent.» Flaubert a souligné cette phrase : *C'est le soleil pour l'oiseau en cage et 98 chances de gain sur 100 pour un malade, au tirage de la loterie médico-nationale de la guérison.*

«Notre presqu'île compte malheureusement d'autres tanières, où la propreté n'a pas d'autel que les palais des renards, peu scrupuleux à ce sujet. Que ne peut-on changer toutes nos habitations en maisons d'école !»

Puis, dans une liasse, nous avons trouvé de nombreuses ébauches illisibles de scénarios.

En tête d'un feuillet moins raturé que les autres nous lisons l'inscription :

MÉTHODE. — PLAN GÉNÉRAL.

Rattacher, au personnage secondaire de chaque chapitre, des personnages tertiaires.

I.   Agriculture : le fermier.
II.   Sciences : le médecin.
III.   Archéologie : le notaire.
IV.   Littérature : le gentilhomme.
V.   Politique : le maire.
VI.   Sentiment, amour : Mélie, Mᵐᵉ Bordin.
VII.   Mysticisme, philosophie.
VIII. Le curé.
IX.   Socialisme : tous les personnages reviennent.

Montrer comment et pourquoi chacun des personnages secondaires — la Science, le Vrai, le Beau, le Juste : 1° par instinct, 2° par intérêt. — Plusieurs fois, il faut que le lecteur voie qu'ils vont changer d'existence et de milieu. — Au milieu de la médecine, ils se dégoûtent de la campagne, la géologie, leurs courses, les y rattachent — quand ils sont dans la période artistique, ils rêvent un voyage en Italie, en Suisse — 1848 les retient — après le désespoir de ferme, ils pensent encore à quitter le pays, mais ne trouvent pas à vendre leur propriété.

PLAN.

SCÈNE FINALE.

Descente des gendarmes — émeute populaire.

B. et P. ont oublié d'adopter légalement les deux petits malheureux. Ils ne veulent pas les rendre.

Ils sont prévenus :

1° De captation de mineurs; 2° d'excitation à la haine de citoyens entre eux; 3° attaque contre l'ordre; 4° contre la propriété, contre la Religion.

Ils ont, malgré le sous-préfet, tenu une conférence socialiste. Le maire, par rancune, a provoqué des mesures judiciaires contre eux.

Ils ont planté des jalons dans les propriétés pour leurs études d'embellissement. — Haussmann.

Les réclamations des propriétaires sont soutenues par le notaire.

Le curé les a dénoncés comme subversifs.

Le maire, le notaire et le curé renforcent les gendarmes.

LES ÉBAUCHES.

Le procédé de travail de Flaubert est connu.

Comme pour ses précédents ouvrages, il établit le plan de ses chapitres, puis il procède par ébauches, qu'il surcharge et qu'il rature à les rendre illisibles; il recommence souvent quatre ou cinq fois l'ébauche d'une même période ou d'un même chapitre, puis il transcrit au net.

Nous donnons en fac-similé le plan du chapitre II, puis l'ébauche de deux pages du roman.

Les ébauches du chapitre I forment 49 feuillets écrits au recto et au verso; celles du chapitre II, 66; du chapitre IV, 32. L'ensemble des ébauches du manuscrit forme 1,142 feuillets, témoignant d'un immense et persévérant labeur.

Plan du chapitre II de *Bouvard et Pécuchet*.

Page d'ébauche (page 1re) de *Bouvard et Pécuchet*.

Page d'ébauche de *Bouvard et Pécuchet*.

LE MANUSCRIT.

Le manuscrit de *Bouvard et Pécuchet* est une mise au net de
la main de Flaubert. Il comprend 215 feuillets, écrits d'un seul
côté, paginés 1 à 215 jusqu'à la fin du chapitre IX. La partie
écrite du chapitre X n'a pas été mise au net.

Nous trouvons à la fin du manuscrit le plan du chapitre X, il
se compose de 4 feuillets; puis la dernière ébauche inachevée
de ce chapitre, qui comprend 35 feuillets, dont quelques-uns
écrits au recto et au verso.

La partie du chapitre X publiée n'a donc pas reçu sa forme dé-
finitive, car, habituellement, de la dernière ébauche à la mise au
net, Flaubert modifie encore sensiblement, sans compter que ses
manuscrits définitifs comportent encore des corrections.

I

Comme il faisait une chaleur de trente-trois degrés, le boulevard Bourdon se trouvait
absolument désert.

Plus bas le canal, St martin, fermé par les deux écluses, étalait en ligne droite
son eau sur le canal, St martin, fermé par les deux écluses, étalait en ligne droite
deux. Il y avait au milieu, un bateau plein de bois, et sur la berge deux rangs de
barriques

Au delà du canal, entre les maisons qui séparent les chantiers le ciel pur se découpe
en plaques d'outremer; et sous le réverbération du soleil, les façades blanches, les toits
d'ardoises, les quais de granit éblouissaient. Une rumeur confuse montait de loin dans
l'atmosphère tiède; et tout semblait engourdi par le désœuvrement du dimanche et la
tristesse des jours d'été.

Deux hommes parurent.
L'un venait de la Bastille, l'autre du jardin des Plantes le plus grand, vêtu de toile,
marchait le chapeau en arrière, le gilet déboutonné et sa cravate à la main. Le plus
petit, dont le corps disparaissait dans une redingote marron, baissait la tête sous
une casquette à visière pointue.

Quand ils furent arrivés au milieu du boulevard, ils s'assirent à la même minute, sur
le même banc.
Pour s'essuyer le front, ils retirèrent leurs coiffures, que chacun posa près de soi
et le petit homme aperçut écrit dans le chapeau de son voisin: Bouvard; pendant que
celui-ci distinguait aisément dans la casquette du particulier du redingote le
mot Pécuchet.

"Tiens" a dit l'mois avons en lumière idée, celle d'inscrire notre nom dans nos
couvre-chefs."

"mon Dieu, oui; on pourrait prendre le mien à mon bureau..."

"C'est comme moi, je suis employé."

Alors ils se considérèrent.
L'aspect aimable de Bouvard charma de suite Pécuchet.
Ses yeux bleuâtres, toujours entrouverts, souriaient dans son visage coloré. un pantalon
à gd pont, que godait par le bas sur des souliers de castor, moulant son
ventre, faisait bouffer sa chemise à la ceinture, et ses cheveux blonds, frisés
d'eux-mêmes en boucles légères, lui donnaient quelque chose d'enfantin.

Page 1re du manuscrit de *Bouvard et Pécuchet*.

LE

DICTIONNAIRE DES IDÉES REÇUES.

Vox populi, vox Dei.
Sagesse des nations.

Il y a à parier que toute idée publique, toute
convention reçue, est une sottise, car elle a convenu au plus grand nombre.

CHAMFORT, *Maximes.*

LE CATALOGUE DES OPINIONS CHIC.

A

ACADÉMIE FRANÇAISE. La dénigrer, mais tâcher d'en faire partie
si on peut.

AGRICULTURE. Manque de bras.

AFFAIRES (LES). Passent avant tout. — Une femme doit éviter
de parler des siennes. — Sont dans la vie ce qu'il y a de plus
important. — Tout est là.

AIRAIN. Métal de l'antiquité.

ALBÂTRE. Sert à décrire les plus belles parties du corps de la
femme.

ALLEMANDS. Peuple de rêveurs (vieux).

ANGE. Fait bien en amour et en littérature.

ARGENT. Cause de tout le mal. — Dire : *Auri sacra fames.*

ARCHITECTES. Tous imbéciles. — Oublient toujours l'escalier
des maisons.

ARCHITECTURE. Il n'y a que quatre ordres d'architecture. — Bien
entendu qu'on ne compte pas l'égyptien, le cyclopéen, l'assy-
rien, l'indien, le chinois, gothique, roman, etc.

ASPIC. Animal connu par le panier de figues de Cléopâtre.

ASTRONOMIE. Belle science. — Très utile pour (n'est utile que
pour) la marine. — Et, à ce propos, rire de l'astrologie.

ATHÉE. Un peuple d'athées ne saurait subsister.

AUTEUR. On doit «connaître des auteurs»; inutile de savoir leurs noms.

AUTRUCHE. Digère les pierres.

AVOCATS. Trop d'avocats à la Chambre. — Ont le jugement faussé. — Dire d'un avocat qui parle mal : oui, mais il est fort en droit.

ABRICOTS. Nous n'en aurons pas encore cette année.

ALCOOLISME. Cause de toutes les maladies modernes.

ARCHIMEDE. Dire à son nom : «Eurèka». — «Donnez-moi un point d'appui et je soulèverai le monde.» — Il y a encore la vis d'Archiméde; mais on n'est pas tenu de savoir en quoi elle consiste.

ABÉLARD. Inutile d'avoir la moindre idée de sa philosophie, ni même de connaître le titre de ses ouvrages. — Faire une allusion discrète à la mutilation opérée sur lui par Fulbert. — Tombeau d'Héloïse et d'Abélard; si l'on vous prouve qu'il est faux, s'écrier : «Vous m'ôtez mes illusions».

ABSINTHE. Poison extra-violent. — A tué plus de soldats que les Bédouins.

ACTRICES. La perte des fils de famille. — Sont d'une lubricité effrayante, se livrent à des orgies, avalent des millions (finissent à l'hôpital). — Pardon! il y en a qui sont bonnes mères de famille !

AIR. Toujours se méfier des courants d'air. — Invariablement le fond de l'air est en contradiction avec la température : si elle est chaude, il est froid, et l'inverse.

ANTIQUITÉ. Et tout ce qui se (sic) rapporte, poncif, embêtant.

ANTIQUITÉS (LES). Sont toujours de fabrication moderne.

AMÉRIQUE. Bel exemple d'injustice : c'est Colomb qui la découvrit, et elle tient son nom d'Améric Vespucci. — Faire une tirade sur le self-governement.

APPARTEMENT DE GARÇON. Toujours en désordre. — Avec des colifichets de femme traînant çà et là. — Odeur de cigarette. — On doit y trouver des choses extraordinaires.

ANGLAIS. Tous riches.

ANGLAISES. S'étonner de ce qu'elles ont de jolis enfants.

ARTISTES. Tous farceurs. — Vanter leur désintéressement (vieux). — S'étonner de ce qu'ils sont habillés comme tout le monde (vieux). — Gagnent des sommes folles, mais les jettent par les fenêtres. — Souvent invités à dîner en ville. — Femme artiste ne peut être qu'une catin.

ARSENIC. Se trouve partout. Rappeler Mme Lafarge (?). — Cependant, il y a des peuples qui en mangent.

ARTS. Sont bien inutiles, puisqu'on les remplace par des machines qui fabriquent même plus promptement.

B

BACCALAURÉAT. Tonner contre.

BÂILLEMENT. Il faut dire : Excusez-moi, ça ne vient pas d'ennui, mais de l'estomac.

BARBE. Signe de force. — Trop de barbe fait tomber les cheveux. — Utile pour protéger les cravates.

BASQUES. Le peuple qui court le mieux.

BASILIQUE. Synonyme pompeux d'église; est toujours imposante.

BÂTON. Plus redoutable que l'épée.

BAUDRUCHE. Ne sert pas qu'à faire des ballons.

BAYADÈRES Toutes les femmes de l'Orient sont des bayadères. — Ce mot entraîne l'imagination fort loin.

BILLARD. Noble jeu. — Indispensable à la campagne.

BIBLIOTHÈQUE. Toujours en avoir une chez soi, principalement quand on habite la campagne.

BOUDIN. Signe de gaieté dans les maisons. — Indispensable la nuit de Noël.

BOURSE (LA). Thermomètre de l'opinion publique.

BOURSIERS. Tous voleurs.

BOUDDHISME. «Fausse religion de l'Inde» (définition du dictionnaire Bouillet, 1re édition).

BRETELLES. .....

BUDGET. Jamais en équilibre.

BUREAU. .....

BOIS. Les bois font rêver. — Sont propres à composer des vers. — A l'automne, quand on se promène, on doit dire : De la dépouille de nos bois, etc.

BONNET GREC. Indispensable à l'homme de cabinet. — Donne de la majesté au visage.

BOUCHERS. Sont terribles en temps de révolution.

BLONDES. Plus chaudes que les brunes (voy. Brunes).

BANQUET. La plus franche cordialité ne cesse d'y régner. — On en emporte le meilleur souvenir, et on ne se sépare jamais sans s'être donné rendez-vous à l'année prochaine. — Un farceur doit dire : Au banquet de la vie, infortuné convive.

BALLONS. Avec les ballons, on finira par aller dans la lune. — On n'est pas près de les diriger.

BAGNOLET. Pays célèbre par ses aveugles.

BIBLE. Le plus ancien livre du monde.

BRACONNIERS. Tous forçats libérés. — Auteurs de tous les crimes commis dans les campagnes. — Doivent exciter une colère frénétique : «Pas de pitié, monsieur, pas de pitié!»

BOULET. Le vent des boulets rend aveugle (asphyxie).

BOUTONS. Au visage ou ailleurs, signe de santé et de force du sang. — Ne point les faire passer.

BOUILLI (LE). C'est sain. — Inséparable du mot soupe : la soupe et le bouilli.

BOSSUS. Ont beaucoup d'esprit. — Sont très recherchés des femmes lascives.

BAS-BLEU. Terme de mépris pour désigner toute femme qui s'intéresse aux choses intellectuelles. — Citer Molière à l'appui : «Quand la capacité de son esprit se hausse,» etc.

BASES. De la société, sont (id est) la propriété, la famille, la religion, le respect des autorités. — En parler avec colère si on les attaque.

BRAS. Pour gouverner la France, il faut un bras de fer.

BUFFON. Mettait des manchettes pour écrire.

BANQUIERS. Tous riches, Arabes, loups-cerviers.

BADIGEON. Dans les églises. Tonner contre. Cette colère artistique est extrêmement bien portée.

BARAGOUIN. Manière de parler aux (sic) étrangers. — Toujours rire de l'étranger qui parle mal français.

BRETONS. Tous braves gens, mais entêtés.

BRUNES. Sont plus chaudes que les blondes (voy. Blondes).

C

CAFÉ. Donne de l'esprit. — N'est bon qu'en venant du Havre. — Dans un grand dîner, doit se prendre debout. — L'avaler sans sucre, très chic, donne l'air d'avoir vécu en Orient.

CALVITIE. Toujours précoce, et causée par des excès de jeunesse, ou la conception de grandes pensées.

CHÂTEAU FORT. A toujours subi un siège, sous Philippe Auguste.

CHAMBRE À COUCHER. Dans un vieux château : Henri IV y a toujours passé une nuit.

CARÊME. Au fond n'est qu'une mesure hygiénique.

CAUCHEMAR. Vient de l'estomac.

CAVALERIE. Plus noble que l'infanterie.

CENSURE. Utile! on a beau dire.

CIDRE. Gâte les dents.

CHAPEAU. Protester contre la forme des.

COCU. Toute femme doit faire son mari cocu.

CHEMINÉE. Fume toujours. — Sujet de discussion à propos du chauffage.

CHRISTIANISME. A affranchi les esclaves.

CHOLÉRA. Le melon donne le choléra. — On s'en guérit en prenant beaucoup de thé avec du rhum.

CIRAGE. N'est bon que si on le fait soi-même.

CLASSIQUES (LES). On est censé les connaître.

CLAIR-OBSCUR. On ne sait pas ce que c'est.

COFFRES-FORTS. Leurs complications sont très faciles à déjouer.

COMMERCE. Discuter pour savoir lequel est le plus noble, du commerce ou de l'industrie.

CANARDS. Viennent tous de Rouen.

CAMPAGNE. Les gens de la campagne meilleurs que ceux des villes; envier leur sort. — A la campagne, tout est permis : habits bas, farces, etc.

CANONNADE. Change le temps.

CHIEN. Spécialement créé pour sauver la vie à son maître. — (Le chien est l'idéal de) L'ami de l'homme, (parce qu'il est son esclave dévoué).

CHARCUITIER (sic). Anecdote des pâtés faits avec de la chair humaine. — Toutes les charcuitières sont jolies.

CHARTREUX. Passent leur temps à faire de la chartreuse, à creuser leur tombe et à dire : Frère il faut mourir.

CHAT. Les chats sont traîtres. — Les appeler tigres de salon (sic). — Leur couper la queue pour empêcher le vertigo.

CHASSE. Excellent exercice que l'on doit feindre d'adorer. — Fait partie de la pompe des souverains. — Sujet de délire pour la magistrature.

CATHOLICISME. A eu une influence très favorable sur les arts.

CAVERNES. Habitation ordinaire des voleurs. — Sont toujours remplies de serpents.

CÈDRE. Celui du Jardin des plantes a été rapporté dans un chapeau.

CÉLÉBRITÉ. Les célébrités : s'inquiéter du moindre détail de leur vie privée, afin de pouvoir les dénigrer.

CHAMPIGNONS. Ne doivent être achetés qu'au marché (ne manger que ceux qui viennent du marché).

CHALEUR. Toujours insupportable. — Ne pas boire quand il fait chaud.

CHAMPAGNE. Caractérise le dîner de cérémonie. — Faire semblant de le détester en disant que «ce n'est pas un vin». — Provoque l'enthousiasme chez les petites gens. — La Russie en consomme plus que la France. — C'est par lui que les idées françaises se sont répandues en Europe. — Sous la Régence, on ne faisait pas autre chose que d'en boire. — (Mais on ne le boit pas, on le «sable».)

CHAMEAU. A deux bosses et le dromadaire une seule. — Ou bien : le chameau a une bosse et le dromadaire une seule (on ne sait pas au juste; on s'y embrouille).

CERTIFICAT. Garantie pour les familles et pour les parents. — Est toujours favorable.

CÉLIBATAIRES. Tous égoïstes et débauchés. — On devrait les imposer. — Se préparent une triste vieillesse.

CHEMINS DE FER. Si Napoléon les avait eus à sa disposition, il aurait été invincible. — S'extasier sur l'invention et dire : «Moi, monsieur, qui vous parle, j'étais ce matin à X; je suis parti par le train de X; là-bas, j'ai fait mes affaires, etc., et à X heures, j'étais revenu!)

CARABINS. Dorment près des cadavres. — Il y a *(sic)* qui en mangent.

CRAPAUD. Mâle de la grenouille. — Possède un venin fort dangereux. — Habite l'intérieur des pierres.

CROCODILE. Imite le cri des enfants pour attirer l'homme.

CRÉOLE. Vit dans un hamac.

CROISADES. Ont été bienfaisantes (utiles seulement) pour le commerce de Venise.

CRITIQUE. Toujours éminent. — Est censé tout connaître, tout savoir, avoir tout lu, tout vu. — Quand il vous déplaît, l'appeler un Aristarque (ou eunuque).

CYGNE. Chante avant de mourir. — Avec son aile, peut casser la cuisse d'un homme. — Le cygne de Cambrai n'était pas un oiseau, mais un homme (évêque) nommé Fénelon. — Le cygne de Mantoue, c'est Virgile. — Le cygne de Pesaro, c'est Rossini.

COMÉDIE. En vers, ne convient plus à notre époque. — On doit cependant respecter la haute comédie.

COGNAC. Très funeste. — Excellent dans plusieurs maladies. — Un bon verre de cognac ne fait jamais de mal. — Pris à jeun tue le ver de l'estomac.

COPAHU. Feindre d'en ignorer l'usage.

CONSTIPATION. Tous les gens de lettres sont constipés. — Influe sur les convictions politiques.

COSAQUES. Mangent de la chandelle.

COR (AUX PIEDS). Indique le changement de temps mieux qu'un baromètre. — Très dangereux quand il est mal coupé; citer des exemples d'accidents terribles.

COR DE CHASSE. Dans les bois fait bon effet (et le soir sur l'eau).

CORSET. Empêche d'avoir des enfants.

CONFISEURS. Tous les Rouennais sont confiseurs.

CORPS. Si nous savions comment notre corps est fait, nous n'oserions pas faire un mouvement.

CORDE. On ne connaît pas la force d'une corde. — Est plus solide que le fer.

CUJAS. Inséparable de Bartholde; on ne sait pas ce qu'ils ont écrit, n'importe. — Dire à tout homme étudiant le droit : Vous êtes enfermé dans Cujas et Bartholde.

CUISINE. De restaurant : toujours échauffante. — Bourgeoise : toujours saine. — Du Midi : trop épicée ou toute à l'huile.

CRUCIFIX. Fait bien dans une alcôve et à la guillotine.

CYPRÈS. Ne pousse que dans les cimetières.

CHÂTAIGNE. Femelle du marron.

CHEVAL. S'il connaissait sa force, ne se laisserait pas conduire. — Viande de cheval. — Beau sujet de brochure pour un homme qui désire se poser en personnage sérieux. — De course : le mépriser. A quoi sert-il ?

COCHON. L'intérieur de son corps étant «tout pareil à celui d'un homme», on devrait s'en servir dans les hôpitaux pour apprendre l'anatomie.

CLOWN. A été disloqué dès l'enfance.

CIGARES. Ceux de la régie, «tous infects !». — Les seuls bons viennent par contrebande.

CHIRURGIENS. Ont le cœur dur : les appeler bouchers.

CATAPLASME. Doit toujours être mis en attendant l'arrivée du médecin.

CLOCHER. De village : fait battre le cœur.

CLUB. Sujet d'exaspération pour les conservateurs. — Embarras et discussion sur la prononciation du mot.

CERCLE. On doit toujours faire partie d'un.

COLLÉGE. Lycée. — Plus noble qu'une pension.

COLONIES (NOS). S'attrister quand on en parle.

CONVERSATION. La politique et la religion doivent en être exclues.

CONSERVATOIRE. Il est indispensable d'être abonné au Conservatoire.

COMÈTES. Rire des gens qui en avaient peur.

COMMUNION. La première communion : le plus beau jour de la vie.

COTON. Est surtout utile pour les oreilles. — Une des bases de la société dans la Seine Inférieure.

CONFORTABLE. Précieuse découverte moderne.

COURTISANNE (sic). Est un mal nécessaire. — Sauvegarde de nos filles et de nos sœurs (tant qu'il y aura des célibataires). — Ou bien : devraient être chassées impitoyablement. — On ne peut plus sortir avec sa femme, à cause de leur présence sur le boulevard. — Sont toujours des filles du peuple débauchées par des bourgeois riches.

D

DAGUERRÉOTYPE. Remplacera la peinture.

DAMAS. Seul endroit où on sache faire les sabres. — Toute bonne lame est de Damas.

DAUPHIN. Porte les enfants sur son dos.

DÉBAUCHE. Cause de toutes les maladies des célibataires.

DÉCORATION. De la Légion d'honneur. — La blaguer, mais la convoiter. — Quand on l'obtient, toujours dire qu'on ne l'a pas demandée.

DÉCOR DE THÉÂTRE. N'est pas de la peinture : il suffit de jeter à vrac sur la toile un seau de couleurs; puis on l'étend avec un balai; et l'éloignement avec la lumière font l'illusion.

DENT. Sont gâtées par le cidre, le tabac, les dragées, la glace, dormir la bouche ouverte, et boire de suite après le potage.

DENT ŒILLÈRE. Dangereux de l'arracher parce qu'elle correspond à l'œil. — L'arrachement d'une dent «ne fait pas jouir».

DESCARTES. «*Cogito, ergo sum.*»

DÉCORUM. Donne du prestige. — Frappe l'imagination des masses. — «Il en faut! Il en faut!»

DÉICIDE. S'indigner contre, bien que le crime ne soit pas fréquent.

DÉJEUNER DE GARÇONS. Exige des huîtres, du vin blanc et des gaudrioles.

DÉMÊLOIR. Fait tomber les cheveux.

DÉPURATIF. Se prend en cachette.

DÉPUTÉ. L'être, comble de la gloire. — Tonner contre la Chambre des députés. — Trop de bavards à la Chambre. — Ne font rien.

DÉSERT. Produit des dattes.

DESSERT. Regretter qu'on n'y chante plus. — Les gens vertueux le méprisent : «Non! non! pas de pâtisseries! Jamais de dessert!».

DESSIN (L'ART DU). Se compose de trois choses : la ligne, le grain et le grainé fin; de plus le trait de force. Mais le trait de force, il n'y a que le maître seul qui le donne (Christophe).

DÉVOUEMENT. Se plaindre de ce que les autres en manquent. — «Nous sommes bien inférieurs au chien, sous ce rapport!»

DIAMANT. On finira par en faire! — Et dire que ce n'est que du charbon! — Si nous en trouvions un dans son état naturel, nous ne le ramasserions pas!

DICTIONNAIRE. En dire : N'est fait que pour les ignorants.

DICTIONNAIRE DE RIMES. S'en servir? honteux!

DIEU. Voltaire lui-même l'a dit : «Si Dieu n'existait pas, il faudrait l'inventer.»

DILETTANTE. Homme riche, abonné à l'Opéra.

DILIGENCES. Regretter le temps des diligences.

DIPLÔME. Signe de science. — Ne prouve rien.

DIRECTOIRE (LE). Les hontes du. — «Dans ce temps-là, l'honneur s'était réfugié aux armées.» — Les femmes, à Paris, se promenaient toutes nues.

DINER. Autrefois on dînait à midi, maintenant on dîne à des heures impossibles. — Le dîner de nos pères était notre déjeuner, et notre déjeuner c'était leur dîner. — Dîner si tard que ça ne s'appelle pas dîner, mais souper.

DÉMOSTHÈNES. Ne prononçait pas de discours sans avoir un galet dans la bouche.

DÉFAITE. S'essuie, et est tellement complète qu'il ne reste personne pour en porter la nouvelle.

DIDEROT. Toujours suivi de d'Alembert.

DIOGÈNE. «Je cherche un homme.» — «Retire-toi de mon soleil.»

DIVORCE. Si Napoléon n'avait pas divorcé, il serait encore sur le trône.

DJIN. Nom d'une danse orientale.

DIPLOMATIE. Belle carrière (mais hérissée de difficultés, pleine de mystères). — Ne convient qu'aux gens nobles. — Métier d'une vague signification, mais au-dessus du commun. — Un diplomate est toujours fin et pénétrant.

DISSECTION. Outrage à la majesté de la mort.

DIX (LE CONSEIL DES). C'était formidable! — Délibéraient masqués. — En trembler encore.

DOCTRINAIRES. Les mépriser. Pourquoi? on n'en sait rien.

DOCTEUR. Toujours précéder de «bon», et, entre hommes, dans la conversation familière, de «foutre» : Ah! foutre, docteur! — Tous matérialistes.

DOGE. Épousait la mer. — On n'en connaît qu'un : Marino Faliero.

DOLMEN. A rapport aux anciens Français. — Pierre qui servait aux sacrifices des druides. — On n'en sait pas davantage. — Il n'y en a qu'en Bretagne.

DÔME. Tour de forme architecturale. — Comment se tient-il? (S'étonner de ce que cela puisse tenir seul.) — En citer deux : celui des Invalides et celui de Saint-Pierre de Rome.

DOMINOS. On y joue d'autant mieux qu'on est gris.

DOMPTEURS DE BÊTES FÉROCES. Emploient des pratiques obscènes.

DONJON. Éveille des idées lugubres.

DOUANE. On doit se révolter contre, et la frauder.

DOULEUR. A toujours un résultat favorable. — La véritable est toujours contenue.

DOUTE. Pire que la négation.

DRAPEAU (NATIONAL). Sa vue fait battre le cœur.

DROIT (LE). On ne sait pas ce que c'est.

DUPE. Mieux vaut être fripon que dupe.

DUEL. Tonner contre. — N'est pas une preuve de courage. — Prestige de l'homme qui a eu un duel.

DORTOIRS. Toujours spacieux et bien aérés. — Préférables aux chambres, pour la moralité des élèves.

DOS. Une tape dans le dos peut rendre poitrinaire.

DEVOIRS. Les exiger de la part des autres, s'en affranchir. — Les autres en ont envers nous, mais on n'en a pas envers eux.

DORMIR (TROP). Épaissit le sang.

E

ÉCONOMIE. Toujours précédée de «Ordre», mène à la fortune. — Citer l'anecdote de Laffitte ramassant une épingle dans la cour du banquier Perregaut.

ÉCONOMIE POLITIQUE. Science sans entrailles.

ÉCHAFAUD. S'arranger quand on y monte pour prononcer quelques mots éloquents avant de mourir.

ÉCHARPE. Poétique.

ÉCHO. Citer ceux du Panthéon et du pont de Neuilly.

EAU. L'eau de Paris donne des coliques. — L'eau de mer soutient pour nager. — L'eau de Cologne sent bon.

ÉCLECTISME. Tonner contre, comme étant une philosophie immorale.

ÉCHECS (JEU DES). Image de la tactique militaire. — Tous les grands capitaines y étaient forts. — Trop sérieux pour un jeu, trop futile pour une science.

ÉCOLES. Polytechnique, rêve de toutes les mères (vieux). — Terreur du bourgeois dans les émeutes quand il apprend que l'École polytechnique sympathise avec les ouvriers (vieux). — Dire simplement» l'École» fait accroire qu'on y a été. — A Saint-Cyr : jeunes gens nobles. — A l'École de médecine : tous exaltés. — A l'École de droit : jeunes gens de bonne famille.

ÉCRIT, BIEN ÉCRIT. Mot de portiers pour désigner les romans-feuilletons qui les amusent.

ÉCRITURE. Une belle écriture mène à tout. — Indéchiffrable : signe de science; exemple : les ordonnances des médecins.

ÉLÉPHANTS. Se distinguent par leur mémoire et adorent le soleil.

ÉLECTIONS. .....

ÉMAIL. Le secret en est perdu.

EMBONPOINT. Signe de richesse et de fainéantise.

ÉMIGRÉS. Gagnaient leur vie à donner des leçons de guitare et à faire la salade.

ÉMIR. Ne se dit qu'en parlant d'Abd-el-Kader.

ENCRIER. Se donne en cadeau à un médecin.

ENCYCLOPÉDIE. En rire de pitié comme étant un ouvrage rococo et même tonner contre...

ENGELURE. Signe de santé; vient de s'être chauffé quand on avait froid.

ÉNIGME. . . . . .

ENFANTS. Affecter pour eux une tendresse lyrique quand il y a du monde.

ENTHOUSIASME. Ne peut être provoqué que par le retour des cendres de l'Empereur.

ENTR'ACTE. Toujours trop long.

ENVERGURE. Se disputer sur la prononciation du mot.

ÉPACTE, NOMBRE D'OR, LETTRE DOMINICALE. Sur les calendriers on ne sait pas ce que c'est.

ÉPARGNE (CAISSE D'). Occasion de vol pour les domestiques.

ÉPÉE. Regretter le temps où l'on en portait.

ÉPERONS. Font bien à une paire de bottes.

ÉPICIERS. . . . . .

ÉPICURE. Le mépriser.

ÉPUISEMENT. Toujours prématuré.

ÉPOQUE (LA NÔTRE). Tonner contre elle. — Se plaindre de ce qu'elle n'est pas poétique. — L'appeler époque de transaction, de décadence.

ÉQUITATION. Bon exercice pour faire maigrir. Exemple : tous les soldats de cavalerie sont maigres. — Pour engraisser. Exemple : tous les officiers de cavalerie ont un gros ventre.

ÉRECTION. Ne se dit qu'en parlant des monuments.

ESCRIME. Les maîtres d'escrime savent des bottes secrètes.

ESCROC. Est toujours du grand monde.

ESPLANADE. Ne se voit qu'aux Invalides.

ESTOMAC. Toutes les maladies viennent de l'estomac.

ÉTAGÈRE. Indispensable chez une jolie femme.

ÉTERNUEMENT. Après qu'on a dit : Dieu vous bénisse, engager une discussion sur l'origine de cet usage.

ÉTOILE. Chacun a la sienne.

ÉTRENNES. S'indigner contre.

ÉTALON. Pour les petites filles, cheval plus gros qu'un autre.

ÉTYMOLOGIE. Rien de plus facile à trouver avec le latin et un peu de réflexion.

ENTERREMENT. . . . . .

ENCEINTE. Le faire entrer dans les discours officiels : Messieurs, dans cette enceinte. — Fait bien dans un discours.

EUNUQUE. Fulminer contre les castrats de la chapelle Sixtine.

ÉTÉ. Toujours exceptionnel.

ÉTRANGER. Engouement pour tout ce qui vient de l'étranger, preuve de l'esprit libéral. — Dénigrement de tout ce qui n'est pas français, preuve de patriotisme.

ÉTRUSQUE. Tous les vases anciens sont étrusques.

EXPOSITION. Sujet de délire du XIXᵉ siècle.

EXTIRPER. Ce verbe ne s'emploie que pour les hérésies et les cors aux pieds.

EXÉCUTIONS CAPITALES. Se plaindre des femmes qui vont les voir.

ENTERREMENT. A propos du défunt : Et dire que je dînais avec lui il y a huit jours !

ÉGOÏSME. Se plaindre de celui des autres et ne pas s'apercevoir du sien.

EXERCICE. Préserve de toutes les maladies : toujours conseiller d'en faire.

ÉRUDITION. La mépriser comme étant la marque d'un esprit étroit.

F

FOULARD. Il est «comme il faut» de se moucher dedans (dans un foulard).

FOULE. A toujours de bons instincts.

FOURRURE. Signe de richesse.

FRANÇAIS. Le premier peuple de l'Univers.

FRESQUE. On n'en fait plus.

FROMAGE. Citer l'aphorisme de Brillat-Savarin : «un dîner sans fromage est une belle à qui il manque un œil».

FRANC-MAÇONNERIE. Encore une des causes de la Révolution ! — Les épreuves d'initiation sont terribles : quelques-uns en sont morts ! — Cause de dispute dans les ménages. — Mal vue des ecclésiastiques. — Quel peut bien être leur secret ?

FRONTISPICE. Les grands hommes font bien dessus.

FORNARINA. C'était une belle femme; inutile d'en savoir plus long.

FORTUNE. Quand on vous parle d'une grande fortune, ne pas manquer de dire : Oui, mais est-elle bien sûre ?

FŒTUS. Toute pièce anatomique conservée dans de l'esprit-de-vin.

FONDS SECRETS. Sommes incalculables avec lesquelles les ministres achètent les consciences. — S'indigner contre.

FONCTIONNAIRE. Inspire le respect, quelque (sic) soit la fonction qu'il remplisse.

FORÇATS. Ont toujours une figure patibulaire. — Tous très adroits de leurs mains. — Au bagne, il y a des hommes de génie.

FOSSILES. Preuve du déluge. — Plaisanterie de bon goût en parlant d'un académicien.

FOURMIS. Bel exemple à citer devant un dissipateur. — Ont donné l'idée des caisses d'épargne.

FUGUE. On ignore en quoi cela consiste, mais il faut affirmer que c'est difficile et très ennuyeux.

FABRIQUE. Voisinage dangereux.

FACTURE. Toujours trop élevée.

FAISCEAUX. A former, est le comble de la difficulté dans la garde nationale.

FARD. Abîme la peau.

FAISAN. Très chic dans un dîner.

FAUBOURGS. Terribles dans les révolutions.

FAUX RÂTELIER. Troisième dentition. — Prendre garde de l'avaler en dormant.

FAUX MONNAYEURS. Travaillent toujours dans les souterrains.

FAUTE. «C'est pire qu'un crime, c'est une faute» (Talleyrand). «Il ne vous reste plus de fautes à commettre» (Thiers). — Ces deux phrases doivent être articulées avec profondeur.

FEMME. . . . . .

FÉODALITÉ. N'en avoir aucune idée précise, mais tonner contre.

FEUILLETONS. Cause de démoralisation. — Se disputer sur le dénouement probable. — Écrire à l'auteur pour lui donner (fournir) des idées.

FLAMANT. Oiseau ainsi nommé parce qu'il vient des Flandres.

FEU. Purifie tout. — Quand on entend crier «au feu», on doit commencer par perdre la tête.

FIÈVRE. Preuve de la force du sang. — Est causée par les prunes.

FIGARO (LE MARIAGE DE). Encore une des causes de la Révolution !

FILLES. Les jeunes filles : Éviter pour elles toute espèce de livres. — Articuler ce mot timidement.

FEMMES DE CHAMBRE. Plus jolies que leurs maîtresses. — Connaissent tous leurs secrets et les trahissent. — Toujours déshonorées par le fils de la maison.

FERMIERS. Tous à leur aise.

FONDEMENT. Toutes les nouvelles en manquent.

FRONT. Large et chauve, signe de génie.

FRICASSÉE. Ne se fait bien qu'à la campagne.

FRUSTE. Tout ce qui est antique est fruste, et tout ce qui est fruste est antique. — A bien se rappeler quand on achète des curiosités.

FRISER, FRISURE. Ne convient pas à un homme.

FULMINER. Joli verbe.

FOUDRES DU VATICAN. En rire.

FUSIL. Toujours en avoir un à la campagne.

FUSILLER. Plus noble que guillotiner. — Joie de l'individu à qui on accorde cette faveur.

FUSION DES BRANCHES ROYALES. L'espérer toujours !

FRANCS-TIREURS. Plus terribles que l'ennemi.

FROID. Plus sain que la chaleur.

G

GAGNE-PETIT. Belle enseigne pour une boutique, comme inspirant la confiance.

GALETS. Il [faut] en rapporter de la mer.

GALBE. Dire devant toute statue qu'on examine : ça ne manque pas de galbe.

GAMIN. Toujours suivi «de Paris». — A invariablement beaucoup d'esprit.

GARES DE CHEMIN DE FER. S'extasier devant elles et les donner comme modèles d'architecture.

GARNISON DE JEUNE HOMME. *Id est culex pubensis.*

GAUCHERS. Terribles à l'escrime. — Plus adroits que ceux qui se servent de la main droite.

GENDARMES. Rempart de la société.

GÉNÉRATION SPONTANÉE. Idée de socialiste.

GENOVÉFAIN. On ne sait pas ce que c'est.

GENTILHOMME. Il n'y [en] a plus.

GÉNIE (LE). Inutile de l'admirer, c'est une névrose.

GENRE ÉPISTOLAIRE. Genre de style exclusivement réservé aux femmes.

GIAOUR. Expression farouche, d'une signification inconnue, mais on sait que ça a rapport à l'Orient.

GIBERNE. Étui pour bâton de maréchal de France.

GIBELOTTE. Toujours faite avec du chat.

GIBIER. N'est bon que faisandé.

GIRONDINS. Plus à plaindre qu'à blâmer.

GLACES. Il est dangereux d'en prendre.

GLÈBE (LA). S'apitoyer sur la . . . . .

GLOIRE. N'est qu'un peu de fumée.

GOBELINS (TAPISSERIES DES). Est une œuvre inouïe et qui demande cinquante ans à finir. — S'écrier devant : c'est plus beau que la peinture ! — L'ouvrier ne sait pas ce qu'il fait.

GOMME ÉLASTIQUE. Est faite avec le scrotum du cheval.

GOTHIQUE. Style d'architecture portant plus à la religion que les autres.

GRAS. Les personnes grasses n'ont pas besoin d'apprendre à nager. — Font le désespoir des bourreaux parce qu'elles offrent des difficultés d'exécution. Exemple : la Dubarry.

GRAMMAIRE. L'apprendre aux enfants dès le plus bas âge, comme étant une chose claire et facile.

GRÊLÉ. Les femmes grêlées sont toutes lascives.

GRENIER. On y est bien à vingt ans !

GROG. Pas comme il faut.

GUÉRILLA. Fait plus de mal à l'ennemi que l'armée régulière.

GRENOUILLE. La femelle du crapaud.

GROTTES À STALACTITES. Il y a eu dedans une fête célèbre, bal ou souper, donnée par un grand personnage. — On y voit «comme des tuyaux d'orgue». — On y a dit la messe pendant la Révolution.

GULF-STREAM. Ville célèbre de Norvège nouvellement découverte.

GYMNASTIQUE. On ne saurait trop en faire. — Exténue les enfants.

GYMNASE (LE). Succursale de la Comédie-Française.

GOD SAVE THE KING. Chez Béranger se prononce : God savé te King, et rime avec Sauvé (Préservé).

GROUPE. Convient sur une cheminée et en politique.

H

HABIT NOIR. En province est le dernier terme de la cérémonie et du dérangement.

HALEINE. L'avoir «forte» donne «l'air distingué».

HAMAC. Propre aux créoles. — Indispensable dans un jardin. — Se persuader qu'on y est mieux que dans un lit.

HAMEAU. Substantif attendrissant. — Fait bien en poésie.

HANNETONS. Beau sujet d'opuscule. — Leur destruction radicale est le rêve de tout préfet.

HAQUENÉE. Animal blanc du moyen âge dont la race est disparue.

HARAS (LA QUESTION DES). Beau sujet de discussion parlementaire.

HARENG. Fortune de la Hollande.

HARPE. Produit des harmonies célestes. — Ne se joue, en gravure, que sur des ruines ou au bord d'un torrent. — Fait valoir le bras et la main.

HEIDUQUE. Se confondre avec Eunuque.

HÉLICE. Avenir de la mécanique.

HÉBREU. Est hébreu tout ce qu'on ne comprend pas.

HÉMORROÏDES. Vient de s'asseoir sur les poêles et sur les bancs de pierre.

HENRI III ET HENRI IV. A propos de ces rois, ne pas manquer de dire : «Tous les Henri ont été malheureux».

HIPPOCRATE. On doit toujours le citer en latin, parce qu'il écrivait en grec.

HÉMICYCLE. Ne connaître que celui des Beaux-Arts.

HERMAPHRODITE. Excite la curiosité malsaine. — Chercher à en voir.

HIATUS. Ne pas le tolérer.

HIÉROGLYPHES. Ancienne langue des Égyptiens, inventée par les prêtres pour cacher leurs secrets criminels. — Et dire qu'il y a des gens qui les comprennent! — Après tout, c'est peut-être une blague?

HIVER. Toujours exceptionnel (voy. Été). — Est plus sain que les autres saisons.

HOBEREAUX DE CAMPAGNE. Avoir pour eux le plus souverain mépris.

HORIZONS. Trouver beaux ceux de la nature, et sombres ceux de la politique.

HÔTELS. Ne sont bons qu'en Suisse.

HUILE D'OLIVE. N'est jamais bonne. — Il faut avoir un ami de Marseille qui vous en fait venir un petit tonneau.

HYDRE (DE L'ANARCHIE). Tâcher de la vaincre.

HYDROTHÉRAPIE. Enlève toutes les maladies et les procure.

HYPOTHÈQUE. Demander «la réforme du régime hypothécaire», très chic.

HYSTÉRIE. La confondre avec la nymphomanie.

HUGO (VICTOR). A eu bien tort vraiment de s'occuper de politique.

HUMEUR. Se réjouir quand elle sort, et s'étonner que le corps humain puisse en contenir de si grandes quantités.

HUMIDITÉ. Cause de toutes les maladies.

HUITRES. On n'en mange plus! elles sont trop chères!

HERNIE. Tout le monde en a sans le savoir.

HOSPODAR. Fait bien dans une phrase, à propos de «la question d'Orient».

HOMERE. N'a jamais existé. — Célèbre par sa façon de rire : un rire homérique.

I

IDÉOLOGUE. Tous les journalistes le sont.

IDÉAL. Tout à fait inutile.

IDOLÂTRES. Sont cannibales.

ILLUSIONS. Affecter d'en avoir eu beaucoup, se plaindre de ce qu'on les a perdues.

IMMORALITÉ. Ce mot bien prononcé rehausse celui qui l'emploie.

ILOTES. Exemple à donner à son fils, mais on ne sait où les trouver.

IMAGES. Il y en a toujours trop dans la poésie.

IMBÉCILLES (sic). Ceux qui ne pensent pas comme nous.

IMBROGLIO. Le fond de toutes les pièces de théâtre.

IMPÉRATRICES. Toutes belles.

IMPERMÉABLE (UN). Très avantageux comme vêtement. — Meurtrier (dangereux), (nuisible), à cause de la transpiration empêchée.

IMPÉRIALISTES. Tous gens honnêtes, paisibles, polis, distingués.

IMPIE. Tonner contre.

IMPORTATION. Ver rongeur du commerce.

IMPRIMERIE. Découverte merveilleuse. — A fait plus de mal que de bien.

INAUGURATION. Sujet de joie.

IMAGINATION. Toujours vive. — S'en défier. — Et la dénigrer chez les autres.

INCENDIE. Un spectacle à voir.

INCOGNITO. Costume des princes en voyage.

INDOLENCE. Résultat des pays chauds.

INDUSTRIE. (Voy. Commerce.)

INFANTICIDE. Ne se commet que dans le peuple.

INFINITÉSIMAL. On ne sait pas ce que c'est, mais a rapport à l'homéopathie.

INGÉNIEUR. La première carrière pour un jeune homme. — Connaît toutes les sciences.

INNÉES (IDÉES). Les blaguer.

INNOCENCE. L'impossibilité la prouve.

INNOVATION. Toujours dangereuse.

INSCRIPTION. Toujours cunéiforme.

INQUISITION. On a bien exagéré ses crimes.

INSTITUT (L'). Les membres de l'Institut sont tous des vieillards, et portent des abat-jour en taffetas vert.

INSTITUTRICES. Sont toujours d'une excellente famille qui a éprouvé des malheurs. — Dangereuses dans les maisons : corrompent le mari.

INHUMATION. Trop souvent précipitée : raconter des histoires de cadavres qui s'étaient dévoré le bras pour apaiser leur faim.

INTÉGRITÉ. Appartient surtout à la magistrature.

INTRIGUE. Mène à tout.

INTRODUCTION. Mot obscène.

ITALIE. Doit se voir immédiatement après le mariage. — Donne bien des déceptions, n'est pas si belle qu'on dit.

INSPIRATION (POÉTIQUE). Choses qui la provoquent : la vue de la mer, l'amour, la femme, etc.

ILLISIBLE. Une ordonnance de médecin doit l'être; toute signature, *id.*

INSTRUCTION. Laisser croire qu'on en a reçu beaucoup. — Le peuple n'en a pas besoin pour gagner sa vie.

INVENTEURS. Meurent tous à l'hôpital. — Un autre profite de leur découverte, ce n'est pas juste.

IVOIRE. Ne s'emploie qu'en parlant des dents.

ITALIENS. Tous musiciens, traîtres.

INONDÉS. Toujours de la Loire.

J

JALOUSIE. Passion terrible.

JAMBAGE (DROIT DE). Ne pas y croire.

JANSÉNISME. On ne sait pas ce que c'est, mais il est très chic d'en parler.

JARDINS ANGLAIS. Plus naturels que les jardins à la française.

JAVELOT. Vaut bien un fusil, quand on sait s'en servir.

JOCKEY. Déplorer la race des.

JOUETS. Devraient toujours être scientifiques.

JOUISSANCE. Mot obscène.

JOURNAUX. Ne pouvoir s'en passer. — Mais tonner contre.

JAMBON. Toujours de Mayence. — S'en méfier, à cause des trichines.

JEUNE HOMME. Toujours farceur. — Il doit l'être. — S'étonner quand il ne l'est pas.

JÉSUITES. Ont la main dans toutes les révolutions. — On ne se doute pas du nombre qu'il y en a. — Ne point parler de «la bataille des Jésuites».

JEU. S'indigner contre cette fatale passion.

JARNAC (COUP DE). S'indigner contre ce coup, qui, du reste, était fort loyal.

JUJUBE. On ne sait pas avec quoi c'est fait.

JUSTICE. Ne jamais s'en inquiéter.

JOCKEY-CLUB. Les membres sont tous des jeunes gens farceurs et très riches. Dire simplement «le Jockey», très chic, donne à croire qu'on en fait partie.

K

KEEPSAKE. Doit se trouver sur la table d'un salon.

KIOSQUE. Lieu de délices dans un jardin.

KNOUT. Mot qui vexe les Russes.

KORAN. Livre de Mahomet, où il n'est question que de femmes.

L

LABORATOIRE. On doit en avoir un à la campagne.

LABOUREURS. Que serions-nous sans eux ?

LAC. Avoir une femme près de soi, quand on se promène dessus.

LACONISME. Langue qu'on ne parle plus.

LACUSTRES (LES VILLES). Nier leur existence, parce qu'on ne peut pas vivre sous l'eau.

LAGUNE. Ville de l'Adriatique.

LANCETTE. En avoir toujours une dans sa poche, mais craindre de s'en servir.

LAIT. Dissout les huîtres. — Attire les serpents. — Blanchit la peau ; des femmes, à Paris, prennent un bain de lait tous les matins.

LANGOUSTE. Femelle du homard.

LANGUES VIVANTES. Les malheurs de la France viennent de ce qu'on n'en sait pas assez.

LATIN. Langue naturelle à l'homme. — Gâte l'écriture. — Est seulement utile pour lire les inscriptions des fontaines publiques. — Se méfier des citations en latin : elles cachent toujours quelque chose de leste.

LION. Est généreux. — Joue toujours avec une boule.

LÉTHARGIE. On en a vu qui duraient des années.

LIBELLE. On n'en fait plus.

LIBERTÉ. O liberté ! que de crimes on commet en ton nom ! — Nous avons toutes celles qui sont nécessaires.

LIBERTINAGE. Ne se voit que dans les grandes villes.

LIBRE ÉCHANGE. Cause de tous les maux, des souffrances du commerce.

LIÈVRE. Dort les yeux ouverts.

28.

LITTRÉ. Ricaner quand on entend son nom : «Ce monsieur qui dit que nous descendons des singes!».

LIGUEURS. Précurseurs du libéralisme en France.

LILAS. Fait plaisir parce qu'il annonce l'été.

LITTÉRATURE. Occupation des oisifs.

LINGE. On n'en montre jamais trop (assez).

LORD. Anglais riche.

LORGNON. Insolent et distingué.

LUNE. Inspire la mélancolie. — Est peut-être habitée ?

LUXE. Perd les États.

LYNX. Animal célèbre par son œil.

LIVRE. Quel qu'il soit, toujours trop long.

M

MACADAM. A supprimé les révolutions : plus moyen de faire des barricades. — Est néanmoins bien incommode.

MACHIAVÉLISME. Mot qu'on ne doit prononcer qu'en frémissant.

MACHIAVEL. Ne pas l'avoir lu, mais le regarder comme un scélérat.

MALTUS. «L'infâme Maltus.»

MAGIE. S'en moquer.

MAIRE DE VILLAGE. Toujours ridicule.

MAGNÉTISME. Joli sujet de conversation, et qui sert à «faire des femmes».

MAGISTRATURE. Belle carrière pour un jeune homme (voy. Ingénieur).

MAJOR. Ne se trouve plus que dans les tables d'hôte.

MALADE. Pour remonter le moral d'un malade, rire de son affection et nier ses souffrances.

MAL DE MER. Pour ne pas l'éprouver, il suffit de penser à autre chose.

MALADIE DE NERFS. Toujours des grimaces.

MALÉDICTION. Toujours donnée par un père.

MAMELUCKS. Ancien peuple de l'Orient (Égypte).

MANDOLINE. Indispensable pour séduire les Espagnoles.

MARTYRS. Tous les premiers chrétiens l'ont été.

MASQUE. Donne de l'esprit.

MATELAS. Plus il est dur, plus il est hygiénique.

MATINAL. L'être, preuve de moralité. — Si l'on se couche à 4 heures du matin et qu'on se lève à 8, on est paresseux, mais si on se met au lit à 9 heures du soir, pour en sortir le lendemain à 5, on est actif.

MAZARINADES. Les mépriser, inutile d'en connaître une seule.

MÉCANIQUE. Partie inférieure des mathématiques.

MÉDAILLE. On n'en faisait que dans l'antiquité.

MÉDECINE. S'en moquer quand on se porte bien.

MÉLANCOLIE. Signe de distinction du cœur et d'élévation de l'esprit.

MÉLODRAMES. Moins immoraux que les drames.

MÉMOIRE. Se plaindre de la sienne, et même se vanter de n'en pas avoir. — Mais rugir si on vous dit que vous n'avez pas de jugement.

MÉNAGE. En parler toujours avec respect.

MENDICITÉ. Devrait être interdite et ne l'est jamais.

MELON. Joli sujet de conversation à table. Est-ce un légume? est-ce un fruit? — Les Anglais le mangent au dessert, ce qui étonne.

MER. N'as pas de fond. — Image de l'infini. — Donne de grandes pensées.

MESSAGE. Plus noble que lettre.

MÉTAMORPHOSE. Rire du temps où on y croyait. — Ovide en est l'inventeur.

MÉTALLURGIE. Très chic.

MÉTAPHORES. Il y en a toujours trop dans le style.

MÉTAPHYSIQUE. En rire : donne l'air (c'est une preuve) d'esprit supérieur.

MÉTHODE. Ne sert à rien.

MERCURE. Tue la maladie et le malade.

MINISTRE. Dernier terme de la gloire humaine.

MISSIONNAIRES. Sont tous mangés ou crucifiés.

MOBILIER. Tout craindre pour son —.

MOSAÏQUES. Le secret en est perdu.

MONSTRES. On n'en voit plus.

MOUCHARDS. Tous de la police.

MOUTARDE. Ruine l'estomac.

MOULIN. Fait bien dans un paysage.

MONTRE. N'est bonne que si elle vient de Genève. — Dans les
féeries, quand un personnage tire la sienne, ce doit être un
oignon : cette plaisanterie est infaillible.

MOUSTIQUE. Plus dangereux que n'importe quelle bête féroce.

MYTHE. . . . . .

MUSIQUE. Fait penser à un tas de choses. — Adoucit les mœurs.
Ex. : la *Marseillaise*.

MUSICIEN. Le propre du véritable musicien, c'est de ne composer aucune musique, de ne jouer d'aucun instrument, et de
mépriser les virtuoses.

MUSÉE. De Versailles : retrace les hauts faits de la gloire nationale. — Belle idée du roi Louis-Philippe. — Du Louvre : à
éviter pour les jeunes filles. — Dupuytren : très utile à montrer aux jeunes gens.

MINUIT. Limite du bonheur et des plaisirs honnêtes; tout ce
qu'on fait au delà est immoral.

MARSEILLAIS. Tous gens d'esprit.

MATHÉMATIQUES. Dessèchent le cœur.

MÉRIDIONAUX (LES). Tous poètes.

MIDI (CUISINE DU). Toujours à l'ail. Tonner contre.

N

NAVIRE. On ne les construit bien qu'à Bayonne.

NECTAR. Le confondre avec l'ambroisie.

NÈGRES. S'étonner que leur salive soit blanche, et de ce qu'ils
parlent français.

NÉGRESSES. Plus chaudes que les blanches (voy. Brunes et
Blondes).

NÉOLOGISME. La peste de la langue française.

NOBLESSE. La mépriser et l'envier.

NŒUD GORDIEN. A rapport à l'antiquité.

NERVEUX. Se dit chaque fois qu'on ne comprend rien à une
maladie; cette explication satisfait l'auditeur.

NUMISMATIQUE. A rapport aux hautes sciences, inspire un
immense respect.

NORMANDS. Croire qu'ils prononcent des hâvresâcs, et les blaguer sur le bonnet de coton.

NOTAIRES. Maintenant ne pas s'y fier.

NATIONS. Réunir ici tous les peuples (?).

O

OASIS. Auberge dans le désert.

OBUS. Sert à faire des pendules et des encriers.

OCTROI. On doit le frauder.

ODALISQUE. (Voy. Bayadère.)

ODÉON. Plaisanteries sur son éloignement.

ODEUR (DES PIEDS). Signe de santé.

OMÉGA. Deuxième lettre de l'alphabet grec, puisqu'on dit toujours l'alpha et l'oméga.

OPÉRA (COULISSES DE L'). Est le paradis de Mahomet sur la terre.

OPTIMISTE. Équivalent d'imbécille (*sic*).

ORAISON. Tout discours de Bossuet.

ORCHESTRE. Image de la société; chacun fait sa partie, et il y a un chef.

ORDRE (L'). Que de crimes on commet en ton nom!

OREILLER. Ne jamais s'en servir, ça rend bossu.

ORGUE. Élève l'âme vers Dieu.

ORIENTALISTE. Homme qui a beaucoup voyagé.

ORIGINAL. Rire de tout ce qui est original, le haïr, le bafouer, et l'exterminer si l'on peut.

ORTHOGRAPHE. Y croire comme aux mathématiques (à la géométrie).

OUVRIER. Toujours honnête, quand il ne fait pas d'émeutes.

OMNIBUS. On n'y trouve jamais de place. — Ont été inventés par Louis XIV. — «Moi, Monsieur, j'ai connu les tricycles qui n'avaient que trois roues!»

OFFENBACH. Dès qu'on entend son nom, il faut fermer deux doigts de la main droite pour se préserver du mauvais œil. Très parisien, bien porté.

ORCHITE. Maladie de Monsieur.

OURS. S'appelle généralement Martin. — Citer l'anecdote de l'invalide qui, voyant une montre tombée dans sa fosse, y est descendu, et a été dévoré.

ŒUF. Point de départ pour une dissertation philosophique sur la genèse des êtres.

OISEAU. Désirer en être un, et dire en soupirant : «Des ailes! Des ailes!», marque une âme poétique.

P

PAIN. On ne sait pas toutes les saletés qu'il y a dans le pain.

PALLADIUM. Forteresse de l'antiquité.

PALMYRE. Une reine d'Égypte? des ruines? on ne sait pas.

PALMIER. Donne de la couleur locale.

PARENTS. Toujours désagréables. — Cacher ceux qui ne sont pas riches.

PAUVRES. S'en occuper tient lieu de toutes les vertus.

PAYSAGES (DE PEINTRES). Toujours des plats d'épinards.

PÉDÉRASTIE. Maladie dont tous les hommes sont affectés à un certain âge.

PÉDANTISME. Doit être bafoué, si ce n'est quand il s'applique à des choses légères.

PÉROU. Pays où tout est en or.

PEUR. Donne des ailes.

PHAÉTON. Inventeur des voitures de ce nom.

PHÉNIX. Beau nom pour une compagnie d'assurances contre l'incendie.

PHILOSOPHIE. On doit toujours en ricaner.

PENSER. Pénible; les choses qui nous y forcent généralement sont délaissées.

PIANO. Indispensable dans un salon.

PIPE. Pas comme il faut, sauf aux bains de mer.

PITIÉ. Toujours s'en garder.

PLACE. Toujours en demander une.

POÉSIE (LA). Est tout à fait inutile : passée de mode.

POÈTE. Synonyme noble de nigaud (rêveur).

POLICE. A toujours tort.

PONSARD. Seul poète que ait eu du bon sens.

POPILIUS. Inventeur d'une espèce de cercle.

POURPRE. Mot plus noble que rouge. — Citer l'anecdote du chien qui découvrit la pourpre en mordant un coquillage.

PRADON. Ne pas lui pardonner d'avoir été l'émule de Racine.

PRATIQUE. Supérieure à la théorie.

PRISE DE TABAC. Convient à l'homme de cabinet.

PORTEFEUILLE. En avoir un sous le bras donne l'air d'un ministre.

PARAPHE. Plus il est compliqué, plus il est beau.

PARADOXE. Se dit toujours sur le boulevard des Italiens, entre deux bouffées de cigarette.

PAGANINI. N'accordait jamais son violon. — Célèbre par la longueur de ses doigts.

PRIAPISME. Culte de l'antiquité.

PRINCIPES. Toujours indiscutables; on ne peut en dire ni la nature, ni le nombre, n'importe, sont sacrés.

PROGRÈS. Toujours mal entendu et trop hâtif.

PROSE. Plus facile à faire que les vers.

PUDEUR. Le plus bel ornement de la femme.

PUCELLE. Ne s'emploie que pour Jeanne d'Arc, et avec «d'Orléans».

PYRAMIDE. Ouvrage inutile.

PHILIPPE D'ORLÉANS-ÉGALITÉ. Tonner contre. — Encore une des causes de la Révolution. — A commis tous les crimes de cette époque néfaste.

PEINTURE SUR VERRE. Le secret en est perdu.

PORTRAIT. Le difficile est de rendre le sourire.

PEIGNE (?) POLONAISE. Si on coupe les cheveux, ils saignent (?).

PRÊTRES. Couchent avec leurs bonnes et ont des enfants qu'ils appellent leurs neveux. — C'est égal, il y en a de bons, tout de même!

PUNCH. Convient à une soirée de garçons. — Source de délire. — Éteindre les lumières quand on l'allume. — Et ça produit des flammes fantastiques!

Q

QUADRATURE DU CERCLE. On ne sait pas ce que c'est, mais il faut lever les épaules quand on en parle.

R

RECONNAISSANCE. N'a pas besoin d'être exprimée.

RINCE-BOUCHE. Signe de richesse dans une maison.

RIME. Ne s'accorde jamais avec la raison.

ROBE. Inspire le respect.

RICHESSE. Tient lieu de tout, et même de considération.

442   NOTES.

RACINE. Polisson!

ROMANS. Pervertissent les masses. — Sont moins immoraux en
feuilletons qu'en volume. — Seuls les romans historiques
peuvent être tolérés parce qu'ils enseignent l'histoire. — Il y a
des romans écrits avec la pointe d'un scalpel, d'autres qui
reposent sur la pointe d'une aiguille.

ROMANCES. Le chanteur de — plaît aux dames.

RONSARD. Ridicule avec ses mots grecs et latins.

ROUSSEAU. Croire que J.-J. Rousseau et J.-B. Rousseau sont
les deux frères comme l'étaient les deux Corneille.

RUINES. Font rêver, et donnent de la poésie à un paysage.

RÉPUBLICAINS. Les républicains ne sont pas tous voleurs, mais
les voleurs sont tous républicains.

RELIGION (LA). Fait partie des bases de la Société. — Est
nécessaire pour les peuples, cependant pas trop n'en faut. —
«La religion de nos pères» doit se dire avec onction.

RADICALISME. D'autant plus dangereux qu'il est latent.

ROUSSES. (Voy. Blondes, Brunes, Blanches et Négresses.)

RATE. Autrefois on l'enlevait aux coureurs.

S

STUART (MARIE). S'apitoyer sur son sort.

SALON (FAIRE LE). Début littéraire qui pose très bien son
homme.

SAPHIQUE ET ADONIQUE (VERS). Produit un excellent effet
dans un article de littérature.

SABOTS. Un homme riche qui a eu des commencements difficiles
est toujours venu à Paris en sabots.

SANTÉ. Trop de —, cause de maladies.

SOCIÉTÉ. Ses ennemis. — Ce qui cause sa perte.

SATRAPE. Homme riche et débauché.

SOUPERS DE LA RÉGENCE. On y dépensait encore plus d'esprit
que de champagne.

SATURNALES. Fêtes du Directoire.

SCUDÉRY. On doit le blaguer, sans savoir si c'était un homme
ou une femme.

SERPENT. Tous venimeux.

SITE. Endroit pour faire des vers.

SÉVILLE. Célèbre par son barbier (voy. Naples).

SERVICE. C'est rendre service aux enfants, que de les calotter; aux animaux, que de les battre; aux domestiques, que de les chasser; aux malfaiteurs, que de les punir.

SAIGNER. Se faire saigner au printemps.

SAINTE-BEUVE. Le Vendredi Saint, dînait exclusivement de charcuterie.

SAINTE-HÉLÈNE. Île connue par son rocher.

SABRE. Les Français veulent être gouvernés par un sabre.

SAVANTS. Les blaguer. — Pour être savant il ne faut pas que de la mémoire et du travail.

SÉNÈQUE. Écrivait sur un pupitre d'or.

SOMNAMBULE. Se promène la nuit sur la crête des toits.

SAINT-BARTHÉLEMY. Vieille blague.

SOUPIR. Doit s'exhaler près d'une femme.

SPIRITUALISME. Le meilleur système de philosophie.

STOÏCISME. Est impossible.

SUFFRAGE UNIVERSEL. Dernier terme de la science politique.

SUICIDE. Preuve de lâcheté.

SYBARITES. Tonner contre.

SYPHILIS. Plus ou moins, tout le monde en est affecté.

T

TABAC. Cause de toutes les maladies du cerveau et des maladies de la moelle épinière.

TOILETTE DES DAMES. Trouble l'imagination.

TRANSPIRATION DES PIEDS. Signe de santé.

TALLEYRAND (LE PRINCE DE). S'indigner contre.

TOLÉRANCE (UNE MAISON DE). N'est pas celle où on a des opinions tolérantes.

TEMPS. Éternel sujet de conversation. — Toujours s'en plaindre.

THÈME. Au collège, prouve l'application, comme la version prouve l'intelligence. — Mais, dans le monde, il faut rire des forts en thème.

TOUR. Indispensable à avoir dans son grenier, à la campagne, les jours de pluie.

TOURISTE. . . . . .

U

UKASE. Appeler ukase tout décret autoritaire, ça vexe le gouvernement.

UNIVERSITÉ. «*Alma mater.*»

V

VINS. Sujet de conversations entre hommes. — Le meilleur est le bordeaux, puisque les médecins l'ordonnent. — Plus il est mauvais, plus il est naturel.

VACCINE. Ne fréquenter que des personnes vaccinées.

VALSE. S'indigner contre.

VISIR. Tremble à la vue d'un cordon.

VENTE. Vendre et acheter, but de la vie.

VOLTAIRE. Célèbre par son «rictus» épouvantable. — Science superficielle.

VIEILLARD. A propos d'une inondation, d'un orage, etc., les vieillards du pays ne se rappellent jamais en avoir vu un semblable.

VEILLÉE. Celles de la campagne sont morales.

VOISINS. Tâcher de se faire rendre par eux des services sans qu'il en coûte rien.

VELOURS. Sur les habits, distinction et richesse.

VOYAGE. Doit être fait rapidement.

VOITURES. Plus commode d'en louer que d'en posséder : de cette manière, on n'a pas le tracas des domestiques, ni des chevaux qui sont toujours malades.

W

WAGNER. Ricaner quand on entend son nom, et faire des plaisanteries sur la musique de l'avenir.

Y

YVETOT. Voir Yvetot et mourir.

CATALOGUE DES IDÉES CHIC.

Sur un fragment de papier détaché, figure la citation suivante :

IDÉES CHIC. « Il est de la dernière évidence, que les compagnies savantes de l'Europe ne sont que des écoles publiques de mensonges, et très rarement il y a plus (?) d'erreurs dans l'Académie des sciences que dans tout un peuple de Hurons. »

J.-J. ROUSSEAU. Émile, liv. III.

Sur une feuille grand format, la dernière de ce manuscrit :

Défense de l'esclavage.

Défense de la Saint-Barthélemy.

Se moquer des forts en thème.

Se moquer des savants.

Se moquer des études classiques.

Dire à propos d'un grand homme : « Il est bien surfait ! » Tous les grands hommes [sont surfaits]. Et d'ailleurs il n'y a pas de grands hommes.

Admiration de M. de Maistre.

Admiration de Veuillot.

Admiration de Steindhal *(sic)*.

Admiration de Proudhon.

Science superficielle de Voltaire.

Raphaël, aucun talent.

Mirabeau, aucun talent ; mais son père (qu'on n a pas lu), oh !

Molière, tapissier de lettres.

Charron, bien supérieur à Montaigne.

A. Musset, bien supérieur à Hugo.

Homère, n'a jamais existé.

Shakespeare, n'a jamais existé, c'est Bacon qui est l'auteur de ses pièces.

EXTRAITS D'AUTEURS CÉLÈBRES.

Nous donnons quelques exemples des énormités relevées chez les grands maîtres. Ce sont ces pensées que Flaubert devait faire copier par ses deux bonshommes, qui, furieux de n'avoir pas trouvé dans la science la certitude qu'ils cherchaient, se vengeaient en notant les stupidités qui, pour le commun des hommes, tiennent lieu de science en société.

MORALE :

Les souverains ont le droit de changer quelque chose aux mœurs.

(DESCARTES. *Discours sur la Méthode*, part. 6.)

L'étude des mathématiques, en comprimant la sensibilité et l'imagination, rend quelquefois l'explosion des passions terribles.

(DUPANLOUP. *Éducation intellectuelle*, p. 417.)

L'eau est faite pour soutenir ces prodigieux édifices flottants que l'on appelle des vaisseaux.

FÉNELON.

Shakespeare lui-même, tout grossier qu'il était, n'était pas sans lecture et sans connaissance.

(LA HARPE. *Introduction de Cours littéraire.*)

Style ecclésiastique :

Mesdames, dans la marche de la société chrétienne, sur le railway du monde, la femme, c'est la goutte d'eau dont l'influence magnétique, vivifiée et purifiée par le feu de l'Esprit saint, communique aussi le mouvement au convoi social sous son impulsion bienfaisante; il court sur la voie du progrès et s'avance vers les doctrines éternelles.

Mais si, au lieu de fournir la goutte d'eau de la bénédiction divine, la femme apporte la pierre du déraillement, il se produit d'affreuses catastrophes.

(Mgr MERMILLOD. *De la vie surnaturelle dans les âmes.*)

PÉRIPHRASES. — *Imbéciles :*

Je trouverais mauvais qu'une fille peu sage vécût avec un homme avant le mariage.

(PONSARD. *Traduction d'Homère.*)

Style romantique :

Sibylle, jouant de la harpe, était généralement adorable. Le mot ange venait aux lèvres en la regardant.

(O. FEUILLET. *Sibylle*, p. 146.)

Style des souverains :

La richesse d'un pays dépend de la prospérité générale.

LOUIS-NAPOLÉON.

Style catholique :

L'enseignement philosophique fait boire à la jeunesse du fiel de dragon dans le calice de Babylone.

(PIE IX. *Manifeste*, 1847.)

Les inondations de la Loire sont dues aux excès de la presse et à l'inobservation du dimanche.

(L'ÉVÊQUE DE METZ. *Mandement*, décembre 1846.)

IDÉES SCIENTIFIQUES. — *Histoire naturelle :*

Les femmes en Égypte se prostituaient publiquement aux crocodiles !

(PROUDHON. *De la célébration du dimanche*, 1850.)

Les puces se jettent, partout où elles sont, sur les couleurs blanches. Cet instinct leur a été donné afin que nous puissions les attraper plus aisément.

(BERNARDIN DE SAINT-PIERRE. *Harmonies de la Nature.*)

Le melon a été divisé en tranches par la nature afin d'être mangé en famille; la citrouille, étant plus grosse, peut être mangée avec les voisins.

(BERNARDIN DE SAINT-PIERRE. *Études de la Nature.*)

Souci de la vérité :

Toute autorité, mais surtout celle de l'Église, doit s'opposer aux nouveautés, sans se laisser effrayer par le danger de retarder la découverte de quelques vérités, inconvénient passager et tout à fait nul, comparé à celui d'ébranler les institutions et les opinions reçues.

(DE MAISTRE. *Exam. philos. Bacon*, p. 283, t. II.)

La maladie des pommes de terre a pour cause le désastre de

Monville. Le météore a plus agi dans les vallées, il a soustrait le
calorique. C'est l'effet d'un refroidissement subit.

(RASPAIL. *Hist. Santé et Maladie*, p. 246-247.)

Poissons :

Je remarque sur les poissons que c'est une merveille qu'ils
puissent naître et vivre dans l'eau de la mer, qui est salée, et que
leur race ne soit pas anéantie depuis longtemps.

(GAUME. *Catéchisme de persévérance*, 57.)

De la chimie :

Est-il nécessaire d'observer que cette vaste science (la chimie)
est absolument déplacée dans un enseignement général? A quoi
sert-elle pour le ministre, pour le magistrat, pour le militaire,
pour le marin, pour le négociant?

(DE MAISTRE. *Lettres et opuscules inédits.*)

BÊTISES SUR LES GRANDS HOMMES :

Malgré la réputation dont jouit cet écrivain (La Bruyère), il y
a beaucoup de négligence dans son style.

(CONDILLAC. *Traité de l'art d'écrire.*)

(Descartes), rêveur fameux par les écarts de son imagination
et dont le nom est fait pour le pays des chimères.

MARAT, à propos du Panthéon.

Rabelais, ce boueux de l'humanité.

LAMARTINE.

Lulli :

Ses airs tant répétés dans le monde ne servent qu'à insinuer
des passions les plus déréglées.

(BOSSUET. *Maximes sur la comédie.*)

Molière :

C'est dommage que Molière ne sache pas écrire.

FÉNELON.

Molière est un infâme histrion.

BOSSUET.

Byron :

Le génie byronien me semble, au fond, un peu bête.

(L. VEUILLOT. *Libres Penseurs*, p. 11.)

A mon avis, Byron, très justement rejeté de la famille et de la patrie, c'est-à-dire mis au bagne pour avoir été mari infidèle et citoyen scandaleux, s'il eût été homme de sens et vraiment grand par l'esprit et par le cœur, aurait fait tout simplement pénitence, afin de reconquérir le droit d'élever sa fille et de servir son pays.

(L. VEUILLOT. *Libres Penseurs*, p. 11.)

INJURES AUX GRANDS HOMMES :

C'est (Bonaparte) en effet un grand gagneur de batailles; mais, hors de là, le moindre général est plus habile que lui.

(CHATEAUBRIAND. *De Buonaparte et des Bourbons.*)

Bonaparte :

On a cru qu'il (Bonaparte) avait perfectionné l'art de la guerre, et il est certain qu'il l'a fait rétrograder vers l'enfance de l'art.

(CHATEAUBRIAND. *De Buonaparte et des Bourbons.*)

Bacon :

Bacon est absolument dépourvu de l'esprit d'analyse; non seulement ne savait pas résoudre les questions, mais ne savait pas même les poser.

(DE MAISTRE. *Examen de la philosophie de Bacon*, t. I, p. 37.)

Bacon, homme étranger à toutes les sciences et dont toutes les idées fondamentales étaient fausses.

(DE MAISTRE. *Examen de la philosophie de Bacon*, t. I, p. 82.)

Gœthe :

La postérité, à laquelle Gœthe a donné son œuvre à juger, fera ce qu'elle a à faire. Elle écrira sur ses tablettes d'airain :
«Gœthe, né à Francfort en 1749, mort à Weimar en 1832, grand écrivain, grand poète, grand artiste.»
Et, lorsque les fanatiques de la forme pour la forme, de l'art pour l'art, de l'amour quand même et du matérialisme, viendront lui demander d'ajouter :
«Grand homme!» elle répondra : Non !

A. DUMAS FILS.

23 juillet 1873.

IDÉES SUR L'ART. --- *Imbéciles :*

Nul doute que les hommes extraordinaires, en quelque genre que ce soit, ne doivent une partie de leurs succès aux qualités supérieures dont leur organisation est douée.

(DAMIRON. *Cours de philosophie*, t. II, p. 35.)

29

Jocrisses :

Sitôt qu'un Français a passé la frontière, il entre sur le territoire étranger.

(L. Havin. Courrier du Dimanche.)

15 décembre.

Quand la borne est franchie, il n'est plus de limites.

Ponsard.

Imbéciles :

L'épicerie est respectable. C'est une branche du commerce. L'armée est plus respectable encore, parce qu'elle est une institution dont le but est l'ordre.
L'épicerie est utile, l'armée est nécessaire.

(Jules Noriac. Les Nouvelles.)

26 octobre 1865.

L'aptitude de Gustave Flaubert pour découvrir ce genre de bêtises était surprenante, dit Maupassant. Un exemple est caractéristique.

En lisant le discours de réception de Scribe à l'Académie française, il s'arrêta net devant cette phrase qu'il nota immédiatement :

La comédie de Molière nous instruit-elle des grands événements du siècle de Louis XIV ? Nous dit-elle un mot des erreurs, des faiblesses ou des fautes du grand roi ? Nous parle-t-elle de la révocation de l'Édit de Nantes ?

Il écrivit au-dessous de cette citation :

Révocation de l'Édit de Nantes, 1685.
Mort de Molière, 1673.

En dehors de ces citations, nous devons mentionner celles contenues dans *l'album* (voir p. 406) sur lequel une main amie, celle de M. Jules Duplan, croyons-nous, a recopié, également d'après nos grands auteurs, tous les exemples de style d'un grotesque incomparable. Quelques citations sont précédées d'une croix, indiquant probablement la décision de Flaubert de les utiliser. Nous donnons les principales :

Elle avait des rayons d'août dans les yeux, des parfums de tubéreuse dans le cœur, des ondoiements de blé mûr dans tout elle.

Louise Valory.

De fins sourcils nets et réguliers comme l'arche d'un pont.

ALEXANDRE DUMAS fils.

Des dents d'ivoire et des lèvres pourprées dont la cerise ne demandait qu'à être cueillie.

OCTAVE FEUILLET.

Sa bouche entr'ouverte laissait passer un souffle aussi pur qu'un petit vent qui aurait traversé un rosier.

CHAMPFLEURY.

Une taille à tenir dans une jarretière et que faisaient plus fine encore à l'œil le ressaut des hanches et le rebondissement de rondeurs ballonnant la robe, une taille impossible, ridicule de minceur, adorable comme tout ce qui, chez la femme, a la monstruosité de la petitesse.

EDMOND et JULES DE GONCOURT.

Puissance du ciel! j'entendais alors dans mes rêves le lacet de ses bottines qui fouettait son cou-de-pied lorsqu'elle se déchaussait. J'entendais les bottines mollement pressées tomber à terre, l'une après l'autre, et je me torturais en vain l'esprit pour trouver le moyen de les lui voler.

ERNEST FEYDEAU.

Les édifices humains ne conservent leur solidité qu'autant qu'ils restent sur leurs bases.

FRÉDÉRIC GAILLARDET.

Une femme de génie porte ses entrailles dans sa tête.

CLAUDIA BACHI.

Homme heureux qui a obtenu la gloire pendant sa vie, le seul moment où l'on puisse en jouir.

ALFRED MICHIELS.

Un vieillard honnête qui digère paisiblement au coucher du soleil. Le ravissant tableau!

OCTAVE FEUILLET.

Je demanderai à la société si la fumée d'une vieille bouffarde ne gênerait pas sa respiration?

AUGUSTE RICARD.

Je mijote à l'étuvée la cuisine de mon âme.

BENJAMIN GASTINEAU.

Voltaire est infiniment méprisable; rien de plus hideux que le cynisme de ce vieux satyre dans la moitié de ses écrits et dans les trois quarts de ses lettres familières. Pour son célèbre et merveilleux esprit, je ne trouve pas qu'il en eut tant.

En somme, tous les jugements de Voltaire sont cassés ou par la science ou par la probité; il n'a pleinement l'admiration que des sots et pleinement l'estime que des drôles. Voltaire a fait non seulement le métier le plus vil, mais encore le plus sot du monde. Sa prose est d'ailleurs jolie.

Louis Veuillot.

Eh! bon Dieu, qui pense aujourd'hui à Voltaire? quelque sot ignorant, en retard d'un demi-siècle, un épicier parvenu de la rue Quincampoix peut-être, ou un maire de village qui veut faire peur à son curé.

Eugène de Mirecourt.

Il faut que l'inimitié sociale s'océanise dans la coupe de l'anarchie; car le besoin de vérité est au fond du vase et il faut avaler jusqu'à la dernière goutte avant de pouvoir atteindre à ce sédiment si nécessaire.

Colins.

En admettant que l'hippophagie devienne générale et que les estomacs les plus délicats s'en accommodent, trouvera-t-on assez de coursiers pour défrayer nos tables?

Adrien Marx.

Il est plus méprisable de garder rancune que les pourceaux.

Commerson.

L'alexandrin parle des vertus et des vices avec toute l'autorité convenable, c'est son vrai langage. Sous la main de Molière, il se brisait, il s'assouplissait pour suivre les détours de la conversation. On eût dit le gendarme qui, rentré dans son ménage, débarbouille ses enfants et leur trempe la soupe.

Francisque Sarcey.

De quel philtre les Parisiennes se servent-elles pour être toutes jolies au mois d'avril, même celles qui ne le sont pas? Est-ce un don qu'elles tiennent du serpent qui les a tant aimées depuis le jardin d'Éden?

Amédée Achard.

ŒUVRES COMPLÈTES
DE
GUSTAVE FLAUBERT

EN 18 VOLUMES
AUGMENTÉES DE VARIANTES, DE NOTES
D'APRÈS LES MANUSCRITS, VERSIONS ET SCÉNARIOS DE L'AUTEUR
ET DE REPRODUCTIONS EN FAC-SIMILÉ
DE PAGES D'ÉBAUCHES ET DÉFINITIVES DE SES MANUSCRITS

Chaque volume broché . . . . **8** fr.
Relié amateur, par Canape, en chagrin vert foncé, *net*. . . . . . **15** fr.
Relié amateur, par Canape, en maroquin, *net*. . . . . **22** fr.
Il est tiré des œuvres complètes 50 ex. numérotés sur chine, *net*. **40** fr.

CORRESPONDANCE

On sait avec quelle pudeur intransigeante Gustave Flaubert a tenu à s'exiler lui-même de ses livres. Sa religion de l'art désintéressé, de l'Art pour l'Art, son dogme de l'impersonnalité littéraire lui imposaient le devoir de taire son existence. Se confesser au public lui apparaissait à la fois comme une erreur, une trahison et une lâcheté. Et, sans la *Correspondance*, nous ne connaîtrions pour ainsi dire rien de lui.

C'est, en effet, dans ses lettres que le véritable Flaubert nous apparaît avec ses enthousiasmes et ses découragements, ses touchantes délicatesses et ses superbes violences, son exquise sensibilité et sa terrible clairvoyance. Par elles nous sont révélées toute l'intime noblesse, toute la naïve bonhomie de ce pur martyr des lettres. Elles nous font assister enfin à la genèse douloureuse de tant de chefs-d'œuvre; elles en sont le commentaire vivant, *indispensable*. Personne n'a le droit de les ignorer sous peine de moins comprendre, partant de moins admirer *Bovary*, *Salammbô*, *l'Éducation*, *la Tentation*, *Bouvard*.

Et leur réunion même est un immortel monument. Écrites hors des habituelles contraintes, avec tout l'abandon du génie qui se donne, leur magnifique spontanéité a fait justement dire à bien des maîtres qu'en elles la prose du XIXᵉ siècle avait trouvé son expression souveraine, sa perfection française.

VOLUMES EN VENTE :

Madame Bovary, 1 vol. — *Correspondance*, 5 vol. — *Trois Contes*, 1 vol. — *Par les Champs et par les Grèves*, 1 vol. — *Œuvres de Jeunesse inédites*, 3 vol. — *L'Éducation Sentimentale*, 1 vol. — *Théâtre*, 1 vol.

www.ingramcontent.com/pod-product-compliance
Lightning Source LLC
Chambersburg PA
CBHW070754030726
47504CB00003B/550